Frederick Forsyth
In Irland gibt es keine Schlangen

Serie Piper
Band 5637

Zu diesem Buch

Betrug, Erpressung, Mord und Rache sind die Themen dieser Geschichten, die in London und an der spanischen Südküste, auf Mauritius, in Belfast und in Dublin spielen. Immer geht es um Menschen, die sich in dramatischen Situationen mit allen Mitteln wehren: im schlimmsten Fall, indem sie töten. Ob Forsyth den geplanten Mord schildert, den Schock eines unvorhersehbaren Zufalls, eine verhängnisvolle Panne oder einen folgenreichen Selbstmord – am Ende aller dieser Geschichten kommt immer noch ein völlig überraschender Knalleffekt, raffiniert witzig oder schockierend.

Hier beweist sich Forsyth als der unvergleichliche Meister des Nervenkitzels.

Frederick Forsyth, geboren 1938 in Ashford/Kent, war mit 19 Jahren jüngster Jetpilot der Royal Air Force. Er arbeitete zunächst als Journalist, dann als Auslandskorrespondent in Paris, der DDR, der Tschechoslowakei, in der Bundesrepublik, in Brüssel, Madrid, Budapest und Rom; ab 1965 Fernsehreporter der BBC, u. a. in Westafrika. Forsyth lebt als freier Schriftsteller in London.

Mit dem »Schakal«, seinem ersten Roman, wurde Forsyth auf einen Schlag berühmt. »Der Schakal«, »Die Akte ODESSA«, »Die Hunde des Krieges«, »Des Teufels Alternative«, »Das vierte Protokoll« und »Mc Creadys Doppelspiel«, alle bei Piper erschienen, wurden Weltbestseller und erreichten eine Gesamtauflage von circa 30 Millionen. Vier seiner Romane wurden erfolgreich verfilmt.

Frederick Forsyth

In Irland gibt es keine Schlangen

Zehn Stories

Aus dem Englischen
von Rolf und Hedda Soellner

Piper
München Zürich

SERIE PIPER
SPANNUNG
Herausgegeben von Friedrich Kur

Von Frederick Forsyth liegen
in der Serie Piper Spannung außerdem vor:
Der Lotse (5503)
Das vierte Protokoll (5506)
Der Schakal (5511)
Die Akte Odessa (5522)
Die Hunde des Krieges (5529)
Des Teufels Alternative (5545)

Für Carrie

Die Originalausgabe erschien 1982 unter dem Titel
»No Comebacks« bei Hutchinson & Co. (Publishers)
Ltd., London.

ISBN 3-492-15637-1
Neuausgabe 1994
5. Auflage, 75.–89. Tausend September 1994
(1. Auflage, 1.–15. Tausend dieser Ausgabe)

Umschlag: Federico Luci,
unter Verwendung einer Zeichnung von Jörg Extra
Foto Umschlagrückseite: Nick Powell
Satz: Carl Ueberreuter, Korneuburg
Druck und Bindung: Clausen & Bosse, Leck
Printed in Germany

Inhalt

In Irland gibt es keine Schlangen 7
Auftrag ausgeführt 40
Der Kaiser 71
Glück muß man haben 119
Wer zuletzt lacht 143
Corpus delicti 168
Wie du mir 208
Nur ein Soldat 236
Ein umsichtiger Mensch 257
Mit harten Bandagen 297

In Irland gibt es keine Schlangen

McQueen saß hinter seinem Schreibtisch und musterte den neuen Bewerber ziemlich skeptisch. So einen hatte er noch nie gehabt. Aber er war kein Unmensch, und wenn der Neue das Geld brauchte und arbeitswillig war, dann war McQueen bereit, ihm eine Chance zu geben.

»Wissen Sie, daß es verdammt schwere Arbeit ist?« sagte er mit breitem Belfast-Akzent.

»Ja, Sir«, sagte der Bewerber.

»Bei diesem Job wird schnell ein- und ausgestiegen. Keine Fragen, keine Schikanen. Sie arbeiten gegen Pausch. Wissen Sie, was das bedeutet?«

»Nein, Mr. McQueen.«

»Das bedeutet, Sie werden gut bezahlt, aber Sie werden auf die Hand bezahlt. Kein Papierkram. Kapiert?«

Es bedeutete, daß keine Lohnsteuer entrichtet, keine Krankenkassenbeiträge einbehalten würden. McQueen hätte noch hinzufügen können, daß auch kein Unfallversicherungsschutz bestehen und die elementarsten Gesundheits- und Sicherheitsregeln mißachtet würden. Schnelles Geld für alle war die Parole, der Löwenanteil für ihn als Unternehmer. Der Bewerber nickte, ja, er habe kapiert, obwohl es nicht stimmte. McQueen sah ihn prüfend an.

»Also Medizinstudent sind Sie, im letzten Jahr am Royal Victoria?« Wieder ein Nicken. »Und haben jetzt Sommerferien?«

Wieder ein Nicken. Offensichtlich gehörte der Bewerber

zu jenen Studenten, die sich zu ihrem Monatswechsel etwas hinzuverdienen müssen, um fertigmachen zu können. McQueen, der von seinem schäbigen Büro in Bangor aus unter Einsatz von Schwarzarbeitern, eines klapprigen Lastwagens und etlicher gebrauchter Vorschlaghämmer eine Abbruchfirma betrieb, betrachtete sich als Selfmademan und war höchst angetan vom Arbeitsethos der Ulster-Protestanten. Er wäre der letzte, einen solchen Kandidaten, wie immer der aussehen mochte, abzuwimmeln.

»All right«, sagte er. »Suchen Sie sich ein Quartier hier in Bangor. Jeden Tag von Belfast hierher und zurück, das schaffen Sie nicht beizeiten. Wir arbeiten von sieben Uhr morgens bis Sonnenuntergang. Akkordarbeit, schwer, aber gut bezahlt. Und in punkto Behörden: Klappe halten, sonst ist Feierabend. O. K.?«

»Ja, Sir. Bitte, wann fange ich an, und wo?«

»Der Lastwagen holt die Mannschaft jeden Morgen um halb sieben am Güterbahnhof ab. Kommen Sie Montag früh. Der Vorarbeiter ist Big Billie Cameron. Ich sag' ihm, daß Sie kommen.«

»Ja, Mr. McQueen.« Der Bewerber wandte sich zur Tür.

»Moment noch«, sagte McQueen und zückte den Bleistift. »Der Name?«

»Harkishan Ram Lal«, sagte der Student. McQueen beäugte den Bleistift, die Namensliste auf dem Schreibtisch und dann den Studenten.

»Wir nennen Sie Ram«, sagte er und trug diesen Namen auf der Liste ein.

Der Student ging hinaus in die strahlende Julisonne Bangors, das an der Nordküste von County Down in Nordirland liegt.

Am folgenden Samstagabend hatte er endlich ein billiges Quartier in einer schäbigen Pension in der Railway View

Street gefunden, Bangors größter Ansammlung von Billig-Unterkünften. Wenigstens war es nicht weit bis zum Hauptbahnhof, von wo der Werkslaster allmorgendlich kurz nach Sonnenaufgang abfahren würde. Durch das schmutzige Fenster seines Zimmers sah er direkt auf das Hochgleis, das die Züge aus Belfast in den Bahnhof trug.

Es war nicht leicht gewesen, eine Bleibe zu finden. Die meisten Häuser mit einem Schild »Zimmer m. Frühstück« im Fenster schienen voll belegt zu sein, als er vorsprach. Aber es stimmte nun einmal, daß im Hochsommer eine Menge Gelegenheitsarbeiter in die Stadt strömten. Und Mrs. McGurk war nun einmal Katholikin, und sie hatte noch mehrere Zimmer frei.

Am Sonntagvormittag schaffte er seine Habseligkeiten, zumeist medizinische Lehrbücher, aus Belfast herüber. Am Nachmittag lag er auf seinem Bett und dachte an das blendend klare Licht auf den braunen Hügeln seiner Heimat, des Pandschab. Noch ein Jahr, dann würde er Arzt sein, und noch ein Jahr, in dem er als Medizinalassistent in einem Krankenhaus arbeiten wollte, dann könnte er nach Hause reisen und seinen leidenden Landsleuten helfen. Das war sein Traum. Nach seinen Berechnungen würde er in diesem Sommer genügend Geld verdienen, um sich bis zum Abschlußexamen durchzubringen, und danach würde er Gehalt beziehen.

Am Montagmorgen klingelte ihn sein Wecker um Viertel vor sechs aus dem Bett. Er wusch sich mit kaltem Wasser und war kurz nach sechs am Güterbahnhof. Er hatte noch Zeit. Er fand ein bereits geöffnetes Lokal und trank zwei Tassen Tee. Das war alles. Um Viertel nach sechs kam ein Mann des Bautrupps mit einem klapprigen Lastwagen angefahren, und ein Dutzend Arbeiter sammelte sich in der Nähe. Harkishan Ram Lal wußte nicht, ob er zu ihnen hingehen und sich vorstellen oder in einiger Entfernung warten sollte. Er wartete.

Um fünf vor halb traf der Vorarbeiter in seinem Auto ein, stellte es in einer Seitenstraße ab und schritt auf den Laster zu. Er hielt McQueens Liste in der Hand. Er warf einen Blick auf die zwölf Männer, erkannte sie alle und nickte. Der Inder trat auf ihn zu. Der Vorarbeiter sah ihn an.

»Biste der Nigger, den McQueen angeheuert hat?« fragte er.

Ram Lal erstarrte. »Harkishan Ram Lal«, sagte er. »Ja.«

Es war unnötig zu fragen, wie Big Billie Cameron zu seinem Namen gekommen war. Barfuß maß er einen Meter neunzig, und jetzt trug er mächtige genagelte Stiefel mit Eisen an den Spitzen. Arme wie Baumstämme hingen von den massigen Schultern, und auf dem Kopf thronte ein rostroter Haarschopf. Zwei kleine blaßbewimperte Augen starrten gehässig auf den schmalen und drahtigen Inder hinab. Es war klar, daß dem Vorarbeiter der Neue nicht paßte.

»Los, rein in den Scheißkarren«, sagte er.

Auf dem Weg zum Arbeitsplatz saß Cameron im Fahrerhaus. Es war von dem Laderaum, wo die zwölf Leute auf den zwei Seitenbänken saßen, nicht abgetrennt. Ram Lal saß hinten am Rückbrett, neben einem kleinen lederharten Mann mit hellen blauen Augen, der, wie sich herausstellte, Tommy Burns hieß.

Er wirkte freundlich.

»Wo bist 'n her?« fragte er mit unverhohlener Neugier.

»Aus Indien«, sagte Ram Lal. »Aus dem Pandschab.«

»Entschließ dich«, sagte Tommy Burns.

Ram Lal lächelte. »Der Pandschab ist ein Teil von Indien«, sagte er.

Burns dachte eine Weile über diese Auskunft nach. »Protestant oder Katholik?« fragte er schließlich.

»Keines von beiden«, sagte Ram Lal. »Ich bin Hindu.«

»Was, du bist überhaupt kein Christ?« fragte Burns verblüfft.

»Nein. Ich gehöre der Hindu-Religion an.«

»He«, sagte Burns zu den anderen, »unser Neuer ist überhaupt kein Christ.« Er war nicht entrüstet, nur neugierig, wie ein kleines Kind vor einem neuen und interessanten Spielzeug.

Cameron drehte sich auf dem Beifahrersitz um. »Aha«, knurrte er, »ein Heide.«

Das Lächeln schwand aus Ram Lals Gesicht. Er starrte auf die Seitenplane des Lastwagens. Inzwischen waren sie schon ein gutes Stück südlich von Bangor und ratterten über die Autostraße in Richtung Newtownards. Nach einer Weile fing Burns an, ihn mit den anderen bekannt zu machen. Mit einem Craig, einem Munroe, einem Patterson, einem Boyd und zwei Browns. Ram Lal lebte schon lange genug in Belfast, um zu wissen, daß es typisch schottische Namen waren, also eingefleischten Presbyterianern gehörten, die den harten Kern der protestantischen Majorität der sechs Counties bildeten. Die Männer schienen wohlgesinnt und nickten ihm zu.

»Hast du keine Lunchdose dabei, Junge?« fragte der ältere Mann namens Patterson.

»Nein«, sagte Ram Lal. »So früh konnte ich meine Wirtin nicht bitten, mir was zurechtzumachen.«

»Aber mittags brauchst du was«, sagte Burns, »jawohl, und Frühstück auch. Wir machen uns ein Feuer und kochen Tee.«

»Ich kaufe mir noch heute eine Dose und bringe morgen etwas mit«, sagte Ram Lal.

Burns blickte auf die leichten Stiefel mit Gummisohlen, die der Inder trug. »Hast du so eine Arbeit noch nie gemacht?« fragte er.

Ram Lal schüttelte den Kopf.

»Du brauchst ein Paar schwere Stiefel. Deinen Füßen zuliebe, verstehst du.«

Ram Lal versprach, daß er sich auch schwere Militärstiefel kaufen würde, wenn er am Abend noch einen offenen Laden fände. Newtownards lag jetzt hinter ihnen, und sie fuhren auf der A 21 Richtung Süden auf die Kleinstadt Comber zu. Craig blickte zu ihm hinüber.

»Was ist denn dein richtiger Beruf?« fragte er.

»Ich bin Medizinstudent am Royal Victoria in Belfast«, sagte Ram Lal. »Nächstes Jahr mache ich Examen, wenn alles gut geht.«

Tommy Burns war begeistert. »Dann bist du ja fast schon ein richtiger Doktor«, sagte er. »He, Big Billie, wenn einer von uns was abkriegt, kann der junge Ram ihn kurieren.«

Big Billie grunzte. »Mich rührt der nicht mit 'm kleinen Finger an«, sagte er.

Das würgte jede Unterhaltung ab, bis sie zum Arbeitsplatz kamen. Der Fahrer war hinter Comber nach Nordwesten eingeschwenkt, zwei Meilen auf der Dundonald Road gefahren und dann einen Feldweg rechter Hand entlanggerumpelt, bis sie schließlich dort haltmachten, wo die Bäume aufhörten und man das abbruchreife Gebäude sehen konnte.

Es war eine riesige alte Whiskeybrennerei, windschief und längst außer Betrieb. Eine von zweien in dieser Gegend, die früher einmal guten irischen Whiskey fabriziert hatten und nun schon seit Jahren stillgelegt waren. Sie stand am Comber, der von Dundonald nach Comber fließt, in den Strangforn Lough mündet und der früher das große Wasserrad der Brennerei antrieb. Pferdekarren hatten das Malz über den Feldweg angeliefert, und auf demselben Weg waren die Whiskeyfässer abtransportiert worden. Das Süßwasser, das die Maschinen antrieb, verwendete man auch zur Herstellung des Whiskeys. Jetzt aber stand die Brennerei schon seit Jahren einsam, verlassen und leer.

Natürlich waren die Kinder aus der Nachbarschaft eingebrochen und hatten einen idealen Spielplatz gefunden. Bis eines zu Fall kam und sich ein Bein brach. Dann war eine Inspektion aus der Kreisstadt angerückt, hatte das Haus für baufällig erklärt und vom Besitzer den Abbruch gefordert.

Dieser Besitzer, ein Mann aus dem alten Landadel, der bessere Tage gesehen hatte, wollte die Sache so billig wie möglich erledigt haben. Hier kam McQueen ins Spiel. Schwere Maschinen hätten eine schnellere, aber auch teurere Arbeit geleistet; Big Billie und sein Team würden Schmiedehämmer und Brecheisen benutzen. McQueen hatte sogar zugesichert, alle gut erhaltenen Balken und die vielen hundert Tonnen Backsteine »aus der Zeit« einer Baufirma zu verkaufen. Schließlich wollen die Neureichen heutzutage »stilvolle« Häuser, was heißt, daß sie alt aussehen sollen. Man zahlte stolze Preise für sonnengebleichte alte Ziegel und echte alte Balken, die den neuerbauten »Stammschlössern« der Topmanager Patina verliehen. McQueen würde die Sache schaukeln.

»So, Leute«, sagte Big Billie, während der Lastwagen wieder zurück nach Bangor donnerte, »das ist es. Wir fangen mit den Dachziegeln an. Ihr wißt, wie's geht.«

Die Männer standen neben dem abgeladenen Werkzeug, einem Haufen riesiger Vorschlaghämmer mit siebenpfündigen Köpfen, fast zwei Meter langen und mehr als zolldicken Brechstangen, den Nagelklauen, achtzig Zentimeter lang, mit ihren gebogenen und gespaltenen Spitzen zum Herausziehen von Nägeln, den Breitäxten und allen möglichen Sägen. Das einzige Zugeständnis an den Unfallschutz bildeten mehrere Gurte mit Karabinerhaken und ein paar hundert

Meter Seil. Ram Lal blickte an dem Gebäude hoch und schluckte. Es hatte vier Stockwerke, und er haßte Höhen. Aber Gerüste sind teuer.

Einer der Männer ging unaufgefordert zum Haus, brach eine Brettertür los, riß sie wie eine Spielkarte in Stücke und entzündete ein Feuer. Bald brodelte das Flußwasser im Blechkessel, und sie brühten Tee auf. Jeder, bis auf Ram Lal, hatte einen Emaillebecher. Einen Becher müßte er sich also auch kaufen. Die Arbeit würde viel Staub und viel Durst machen. Tommy Burns trank seinen Becher leer, füllte ihn wieder und bot ihn Ram Lal an.

»Gibt's in Indien auch Tee?« fragte er.

Ram Lal nahm den Becher entgegen. Der Tee war bereits mit Zucker und Milch, süß und fast weiß. Er fand ihn gräßlich.

Die ersten paar Stunden arbeiteten sie hoch oben auf dem Dach. Die Dachplatten wurden nicht mehr verwendet, also rissen die Männer sie mit den Händen ab und schleuderten sie auf die dem Fluß abgewandte Seite zu Boden. Laut Vorschrift durfte man den Fluß nicht mit Bauschutt verstopfen. Alles mußte drüben im hohen Gras landen, in dem Gestrüpp aus Unkraut, Ginster und Stechginster, das rings um die Brennerei wucherte. Die Männer waren aneinandergeseilt, so daß, wenn einer den Halt verlor und abglitt, der nächste dessen Gewicht abfangen könnte. Wo die Dachplatten verschwanden, gähnten große Lücken im Sparrenwerk. Drunten war der Fußboden des obersten Stockwerks, des Malzspeichers.

Um zehn stiegen sie die wackelige Innentreppe hinunter und frühstückten im Gras, und wieder gab es einen Kessel voll Tee. Ram Lal aß nichts. Um zwei Uhr war Lunchpause. Die Männer schlugen die Zähne in dick belegte Brote. Ram Lal blickte auf seine Hände. Sie waren an mehreren Stellen aufgeschürft und bluteten. Seine Muskeln schmerzten, und er war sehr hungrig. Er nahm sich vor, auch ein Paar dicke Arbeitshandschuhe zu kaufen.

Tommy Burns bot ihm ein Brot aus seiner Dose an. »Hast du keinen Hunger, Ram?« fragte er. »Nimm, ich hab' 'ne ganze Menge.«

»Was machst du 'n da?« fragte Big Billie, der Tommy im Kreis um das Feuer gegenübersaß.

Burns wirkte zerknirscht. »Wollte dem Jungen bloß ein Brot geben«, sagte er.

»Der Nigger soll sich seinen Fraß selber mitbringen«, sagte Cameron.

Die Männer blickten auf ihre Lunchdosen und aßen schweigend. Es war klar, daß keiner sich mit Big Billie anlegen würde.

»Vielen Dank, ich bin nicht hungrig«, sagte Ram Lal zu Burns. Er verließ den Kreis und setzte sich an den Fluß, um seine brennenden Hände zu kühlen.

Als bei Sonnenuntergang der Lastwagen wiederkam, um sie abzuholen, war die Hälfte der Ziegel von dem riesigen Dach verschwunden. Noch einen Tag, und sie könnten mit dem Gebälk beginnen, eine Arbeit für Säge und Nagelklaue.

Die ganze Woche hindurch ging die Arbeit weiter, der einst so stattliche Bau verlor Dachstuhl, Planken und Balken, bis er hohl und offen dastand und die leeren Fenster wie aufgerissene Augen dem nahen Tod entgegenstarrten. Ram Lal war an die Mühen einer solchen Arbeit nicht gewöhnt. Seine Muskeln schmerzten dauernd, die Hände waren voller Blasen, aber er schuftete weiter wegen des Geldes, das er so nötig brauchte.

Er hatte sich eine Blechdose gekauft, einen Emaillebecher, schwere Stiefel und feste Handschuhe. Er war der einzige, der welche trug. Die Hände der Männer waren von jahrelanger Schwerarbeit gehärtet. Big Billie Cameron piesackte ihn die ganze Woche lang unaufhörlich, gab ihm die schwerste Arbeit und schickte ihn immer ganz nach oben, sobald er gemerkt hatte, daß Ram Lal sich vor Höhen fürchtete. Der Pandschabi würgte seinen Zorn hinunter, denn er brauchte das Geld. Am Samstag platzte die Bombe.

Alles Holz war entfernt, und sie arbeiteten jetzt am Mauerwerk. Damit die Trümmer auf die dem Fluß abgewandte Seite stürzten, hätte man am besten Sprengladungen an den Enden der zur Lichtung gelegenen Wand angebracht. Aber Dynamit kam nicht in Frage. Man müßte, zumal hier in Nordirland, die Genehmigung einholen, und das hätte das Finanzamt auf den Plan gebracht. McQueen und seine Mannen hätten beträchtliche Steuergelder entrichten müssen und McQueen obendrein noch die Versicherungsabgaben. Also zerschlugen die Männer mit Hämmern einen Quadratmeter nach dem anderen, und je weiter die tragenden Mauern abbröckelten, um so gefährlicher sackte der Estrich unter den Füßen der Leute ab.

Während der Lunchpause schritt Cameron ein paarmal um den ganzen Bau und kehrte dann zu dem Kreis um das Feuer zurück. Er fing an zu beschreiben, wie ein ansehnliches Stück Außenmauer in Höhe des dritten Stockwerks zum Einsturz gebracht werden sollte. Er wandte sich an Ram Lal.

»Du gehst ganz oben rauf«, sagte er. »Wenn's zu wackeln anfängt, stößt du die Mauer vollends runter.«

Ram Lal blickte zu dem Mauerabschnitt hoch. Ein großer Sprung lief an der Unterkante entlang.

»Dieses Ziegelwerk wird jeden Augenblick einstürzen«, sagte er ruhig. »Wer dort droben sitzt, muß mit herunterfallen.«

Cameron starrte ihn an, Zornesröte überströmte sein Gesicht, das Weiß der Augen färbte sich rosa. »Gib du mir keine guten Lehren; du tust, was ich dir sage, du blöder Scheißnigger.« Er drehte sich um und ging weg.

Ram Lal stand auf. Dann durchschnitt seine Stimme die Luft wie ein Peitschenhieb. *»Mister Cameron . . .«*

Cameron drehte sich erstaunt um. Die Männer saßen mit offenen Mündern da. Ram Lal ging langsam auf den großen Vorarbeiter zu.

»Ich möchte etwas klarstellen«, sagte Ram Lal, und seine Stimme war für jeden in der Lichtung deutlich zu hören. »Ich komme aus Nordindien, aus dem Pandschab. Ich bin auch ein Kschatria, ein Angehöriger der Kriegerkaste. Ich habe zwar nicht genügend Geld für mein Medizinstudium, aber meine Vorfahren waren Soldaten und Fürsten, Herrscher und Gelehrte, schon vor zweitausend Jahren, als Ihre noch in Felle gehüllt auf allen vieren liefen. Bitte beleidigen Sie mich in Zukunft nicht mehr.«

Big Billie Cameron glotzte auf den indischen Studenten hinunter. Das Weiß seiner Augen war jetzt feuerrot. Die Arbeiter saßen starr vor Staunen da.

»Was du nicht sagst!« sagte Cameron ruhig. »Nein, was du nicht sagst! Bloß, heute sieht's ein bißchen anders aus, du schwarzer Bastard. Was sagst du zum Beispiel dazu?«

Beim letzten Wort holte er weit aus und versetzte Ram Lal eine schallende Ohrfeige. Der junge Mann wurde buchstäblich im hohen Bogen zu Boden geschleudert. Sein Kopf schwirrte. Er hörte Tommy Burns rufen: »Bleib liegen, Junge. Wenn du aufstehst, bringt Big Billie dich um.«

Ram Lal blickte zur Sonne auf. Der Riese stand mit geballten Fäusten hoch über ihm. Er begriff, daß er gegen den großen Mann aus Ulster keine Chance hatte. Wogen der Scham und Demütigung schlugen über ihm zusammen. Seine Vorfahren waren, Schwert und Lanze in der Faust, über Ebenen geritten, hundertmal so groß wie diese sechs Counties zusammen, und hatten alles Land vor sich erobert.

Ram Lal schloß die Augen und rührte sich nicht. Nach ein paar Sekunden hörte er den großen Mann weggehen. Die Männer fingen an, sich leise zu unterhalten. Er preßte die Lider fester zusammen, um die Tränen der Scham zurückzuhalten. Vor seinen geschlossenen Augen ritten Männer über die glühheißen Ebenen des Pandschab, stolze, wilde Männer, hakennasig und schwarzäugig, mit Bärten und Turbanen, die Krieger aus dem Fünfstromland.

Einst, vor langer Zeit, war Iskaner von Mazedonien mit seinen heißen, hungrigen Augen über diese Ebenen geritten; Alexander, der junge Gott, den sie den Großen nannten und der als Fünfundzwanzigjähriger geweint hatte, weil es keine Welten mehr zu erobern gab. Diese Reiter waren die Abkömmlinge von Alexanders Heerführern und die Ahnen von Harkishan Ram Lal.

Er lag im Staub, und im Vorüberreiten blickten sie auf ihn herab. Im Vorüberreiten rief jeder ihm beschwörend ein einziges Wort zu. Rache.

Ram Lal stand schweigend auf. Es war entschieden, und was noch zu tun blieb, mußte getan werden. So hielt es sein Volk. Bis zum Ende des Tages arbeitete er schweigend. Er sprach mit keinem, und keiner sprach mit ihm.

Am Abend, in seinem Zimmer, begann er bei sinkender Nacht mit seinen Vorbereitungen. Er räumte Bürste und Kamm von dem verschrammten Toilettentisch, entfernte auch das schmutzige Deckchen und den Frisierspiegel. Er holte das heilige Buch der Hindus hervor und schnitt ein ganzseitiges Bild der Göttin Çakti, der weiblichen Verkörperung von Macht und Gerechtigkeit, heraus. Dieses Bild heftete er an die Wand über dem Frisiertisch, um einen Altar davor zu errichten.

Von einem Händler am Bahnhof hatte er einen Blumenstrauß gekauft und daraus eine Girlande geflochten. Seitlich vor das Götterbild stellte er eine flache, zur Hälfte mit Sand gefüllte Schale, steckte eine Kerze in den Sand und zündete sie an. Aus seinem Koffer nahm er eine Stoffrolle und zog ein halbes Dutzend Räucherstäbchen heraus. Dann nahm er eine billige Vase mit einer kleinen Öffnung vom Bücherbrett, stellte die Stäbchen hinein und zündete sie an. Der süße schwere Duft des Weihrauchs verbreitete sich im Zimmer. Draußen rollten riesige Gewitterwolken vom Meer heran.

Als der Altar fertig war, stellte Ram Lal sich mit gesenktem Kopf, die Girlande in den Händen, davor und fing an, um Rat zu beten. Das erste Donnergrollen rollte über Bangor hin. Ram Lal benutzte nicht das moderne Pandschabi, sondern das altehrwürdige Sanskrit, die Sprache des Gebets.

»*Devi Çakti . . . Maa . . .* Göttin Çakti . . . große Mutter . . .«

Wieder krachte der Donner, und die ersten Regentropfen fielen. Er pflückte die erste Blume und legte sie vor Çaktis Bild.

»Ich habe bitteres Unrecht erfahren. Ich will Rache nehmen an dem Schuldigen . . .« Er pflückte die zweite Blume und legte sie neben die erste.

Er betete eine Stunde lang, während der Regen niederprasselte, auf das Dach über seinem Kopf trommelte, vor dem Fenster hinter ihm strömte. Er beendete sein Gebet, als das Unwetter nachließ. Er mußte wissen, in welcher Form die Vergeltung zu üben sei. Er mußte auf ein Zeichen der Göttin warten.

Als er geendet hatte, waren die Räucherstäbchen abgebrannt, und ihr Duft hing betäubend im Raum. Die Kerze war heruntergeschmolzen. Die Blumen lagen alle auf der lackierten Platte des Frisiertisches vor dem Götterbild. Çakti starrte Ram Lal ungerührt an.

Er wandte sich ab, trat ans Fenster und schaute hinaus. Der Regen hatte aufgehört, aber draußen troff alles von Nässe. Während er durch die Scheibe blickte, schwappte Wasser aus der Dachrinne über dem Fenster, und ein kleines Rinnsal floß die staubige Scheibe entlang, suchte sich einen Weg durch den Schmutz. Wegen der Dreckschicht rann es nicht senkrecht herab, sondern schlängelte sich seitwärts und zog Ram Lals Blick immer weiter an den Rand der Scheibe. Als es anhielt, starrte er in die Zimmerecke, wo sein Bademantel an einem Haken hing.

Er sah, daß während des Unwetters die Kordel aus der Schlaufe geglitten und zu Boden gefallen war. Sie lag aufgerollt da, das verknotete Ende zuunterst, das andere sichtbar auf dem Teppich. Von dem Dutzend Quasten waren nur zwei zu sehen, sie sahen aus wie eine gespaltene Zunge. Die aufgerollte Kordel in der Ecke glich zum Verwechseln einer Schlange. Ram Lal begriff. Am nächsten Tag fuhr er mit der Bahn nach Belfast und suchte den Sikh auf.

Ranjit Singh war ebenfalls Medizinstudent, aber er war besser dran. Seine Eltern waren reich und versahen ihn mit ansehnlichen Mitteln. Er empfing Ram Lal in seinem komfortabel eingerichteten Zimmer im Studentenwohnheim.

»Ich bekam Nachricht von zu Hause«, sagte Ram Lal. »Mein Vater liegt im Sterben.«

»Das tut mir leid«, sagte Ranjit Singh. »Mein herzliches Mitgefühl.«

»Er möchte mich sehen. Ich bin sein Erstgeborener. Ich muß zu ihm.«

»Natürlich«, sagte Singh. Der erstgeborene Sohn sollte immer an der Seite des sterbenden Vaters sein.

»Es handelt sich um das Flugbillett«, sagte Ram Lal. »Ich habe Arbeit und verdiene gut. Aber es reicht nicht. Wenn du mir den Rest leihst, dann arbeite ich nach meiner Rückkehr weiter und gebe dir das Geld zurück.«

Sikhs leihen häufig Geld aus, wenn der Fall dringend und die Rückzahlung gesichert ist. Ranjit Singh versprach, das Geld am Montagmorgen von der Bank zu holen.

Am Sonntagabend suchte Ram Lal Mr. McQueen zu Hause in Groomsport auf. Der Bauunternehmer saß mit einer Dose Bier neben sich vor dem Fernsehgerät. So verbrachte er seine Sonntagabende am liebsten. Aber er stellte das Gerät leiser, als seine Frau Ram Lal ins Zimmer führte.

»Ich komme wegen meines Vaters«, sagte Ram Lal. »Er liegt im Sterben.«

»Oh, tut mir leid, das zu hören, mein Junge«, sagte McQueen.

»Ich muß zu ihm. Der erstgeborene Sohn muß am Sterbebett seines Vaters sein. Das ist Brauch bei meinem Volk.«

McQueen hatte einen Sohn in Kanada, den er seit sieben Jahren nicht mehr gesehen hatte.

»Ja«, sagte er, »das scheint nur recht und billig.«

»Ich habe mir das Geld für das Flugticket geborgt«, sagte Ram Lal. »Wenn ich morgen fliege, könnte ich bis zum Wochenende wieder hier sein. Es geht darum, Mr. McQueen, daß ich den Job jetzt dringender brauche denn je; um das Darlehen zurückzuzahlen und für mein nächstes Studiensemester. Nehmen Sie mich wieder, wenn ich bis zum Wochenende wieder da bin?«

»All right«, sagte McQueen. »Ich kann Ihnen die Zeit Ihrer Abwesenheit nicht bezahlen. Und eine weitere Woche kann ich den Job auch nicht reservieren. Aber wenn Sie spätestens am Wochenende zurück sind, können Sie weiterarbeiten. Gleiche Bedingungen, versteht sich.«

»Vielen Dank«, sagte Ram, »Sie sind sehr freundlich.«

Er behielt das Zimmer in der Railway View Street, verbrachte die Nacht jedoch im Studentenheim in Belfast. Am Montagmorgen begleitete er Ranjit Singh zur Bank, wo der Sikh das nötige Geld abhob und es dem Hindu gab. Ram fuhr mit dem Taxi zum Flugplatz Aldergrove und von dort mit dem Zubringer nach London, wo er ein Ticket der Economy-Klasse für den nächsten Flug nach Indien löste. Vierundzwanzig Stunden später landete er in der sengenden Hitze Bombays.

Am Mittwoch fand er, was er suchte, im menschenwimmelnden Bazar an der Grant-Road-Brücke. Mr. Chatterjees Zierfisch- und Reptilienhandlung war fast leer, als der junge Student, sein Lehrbuch über Reptilien unterm Arm, sie betrat. Der alte Inhaber saß im halbdunklen Hintergrund des Ladens, umgeben von Aquarien und Glaskästen, in denen seine Schlangen und Eidechsen in der Hitze dösten.

Die akademische Welt war Mr. Chatterjee nicht fremd. Er belieferte mehrere medizinische Institute mit Studien- und Sektionsexemplaren und erledigte dann und wann eine lohnende Bestellung aus dem Ausland. Er nickte sachkundig mit dem weißhaarigen Kopf, als der Student erklärte, was er suche.

»Ah ja«, sagte der alte Gudscharati, »ich kenne diese Schlange. Sie haben Glück. Erst vor ein paar Tagen habe ich eine aus Radschputana hereinbekommen.«

Er führte Ram Lal in sein Allerheiligstes, und die beiden Männer blickten schweigend in die gläserne Behausung der Schlange.

Echis carinatus hieß sie im Lehrbuch, denn der englische Verfasser hatte die wissenschaftliche Bezeichnung benutzt. Es war eine Sandrasselotter, die kleinste und gefährlichste aller Giftschlangen.

Weite Verbreitung, sagte das Lehrbuch, von West- bis Nordafrika und in östlicher Richtung bis Persien, Indien und Pakistan. Sehr anpassungsfähig, kann in nahezu jeder Umgebung leben, vom feuchten westafrikanischen Busch bis zu den kalten Bergen des winterlichen Persiens und den glutheißen Hügeln Indiens.

Unter den Blättern im Glaskasten regte sich etwas.

Körper, sagte das Lehrbuch, zwischen 23 und 33 Zentimeter lang und sehr dünn. Färbung olivbraun mit einigen, manchmal kaum sichtbaren, helleren Tupfen und einem etwas dunkleren gewellten Streifen entlang der Körperseite. In trockenem heißem Klima nachtaktiv, verkriecht sich bei Tage vor der Hitze.

Wieder raschelten die Blätter in der Kiste, und ein winziger Kopf tauchte auf.

Äußerste Vorsicht geboten, sagte das Lehrbuch, da sie sogar noch mehr Todesfälle verursacht als die berühmtere Kobra, vor allem da man sie ihrer geringen Größe wegen oft mit der Hand oder dem Fuß berührt, ohne es zu merken. Der Autor des Lehrbuches hatte eine Fußnote des Sinnes angefügt, daß die kleine, aber todbringende Schlange, die Kipling in seiner wunderbaren Erzählung »Rikki-Tikki-Tavy« erwähnt, fast mit Sicherheit kein Krait war, der ungefähr sechzig Zentimeter mißt, sondern vermutlich eine Sandrasselotter. Der Autor war offensichtlich stolz darauf, den großen Kipling bei einer Ungenauigkeit erwischt zu haben.

In dem Kasten hinter der Glasscheibe schnellte den beiden Indern eine kleine schwarze gespaltene Zunge entgegen.

Sehr wachsam und reizbar, hatte der längst verstorbene englische Experte am Schluß des Kapitels über *Echis carinatus* geschrieben. Beißt blitzschnell und ohne Warnung zu. Die Giftzähne sind so klein, daß sie eine praktisch unsichtbare

Spur hinterlassen, wie zwei winzige Dornen. Man verspürt keinen Schmerz, jedoch tritt der Tod fast mit Sicherheit ein, zumeist nach zwei bis vier Stunden, je nach dem Körpergewicht des Opfers und seiner physischen Kondition im Augenblick des Bisses und danach. Todesursache ist stets eine Gehirnblutung.

»Wieviel wollen Sie für die Schlange?« flüsterte Ram Lal.

Der alte Gudscharati spreizte hilflos die Hände. »Ein so erstklassiges Exemplar«, sagte er bedauernd, »und so schwer zu bekommen. Fünfhundert Rupien.«

Ram Lal handelte den Preis auf 350 Rupien herunter und nahm die Schlange in einem Glas mit.

Für den Rückflug nach London kaufte Ram Lal ein Kistchen Zigarren, leerte es aus und bohrte zwanzig kleine Luftlöcher in den Deckel. Die winzige Otter würde, das wußte er, eine Woche lang keine Nahrung und zwei bis drei Tage kein Wasser brauchen. Auch konnte sie mit einem Minimum an Luft auskommen, also klebte er das Zigarrenkistchen mit der Schlange und den Blättern darin wieder zu und wickelte es in mehrere Handtücher, deren dickes Frotteegewebe sogar im Inneren eines Koffers genügend Luft speichern würde.

Er war mit einer Reisetasche angekommen, kaufte aber einen billigen Kunststoffkoffer, füllte ihn mit Kleidungsstücken aus Marktbuden und packte das Zigarrenkistchen in die Mitte. Erst zehn Minuten vor seiner Abfahrt zum Flugplatz Bombay klappte er den Koffer zu und verschloß ihn. Am Schalter gab er den Koffer als Reisegepäck auf, das in den Frachtraum der Boeing kam. Sein Handgepäck wurde durchsucht, aber es enthielt nichts Verdächtiges.

Am Freitagmorgen landete der Jet der Air India in Heathrow, und Ram Lal stellte sich in die lange Schlange der Inder, die nach Großbritannien einreisen wollten. Er konnte nachweisen, daß er Medizinstudent war, nicht Einwanderer, und durfte bald passieren. Er war schon am Gepäckkarussell, als die ersten Stücke auf das Fließband kullerten, und fand seinen Koffer unter den ersten zwei Dutzend. Er nahm ihn mit auf die Toilette, wo er das Zigarrenkistchen herausnahm und in seine Reisetasche steckte.

Vor dem Ausgang wurde er zwar vom Zoll kontrolliert, aber man durchsuchte nur seinen Koffer. In die Umhängetasche warf der Zöllner einen Blick, dann ließ er ihn passieren. Ram Lal fuhr mit dem Flughafenbus hinüber zum Gebäude Nummer eins und erreichte noch die Mittagsmaschine nach Belfast. Zur Teezeit war er in Bangor und konnte endlich sein Schmuggelgut inspizieren.

Er nahm die Glasplatte vom Nachttisch und schob sie vorsichtig zwischen den Deckel des Zigarrenkistchens und seinen todbringenden Inhalt, ehe er den Deckel aufklappte. Er sah das Reptil sich unter dem Glas im Kreis winden. Es hielt inne und starrte ihn mit zornigen schwarzen Augen an. Er klappte den Deckel wieder zu und zog gleichzeitig blitzschnell die Glasplatte weg.

»Schlaf, kleine Freundin«, sagte er, »wenn deinesgleichen jemals schläft. Morgen früh wirst du Çaktis Auftrag erfüllen.«

Ehe es dunkel wurde, kaufte er ein kleines Schraubglas voll Kaffee und schüttete den Inhalt in einen Porzellantopf in seinem Zimmer. Am nächsten Morgen zog er seine dikken Handschuhe an und beförderte die Schlange aus dem Kistchen ins Glas. Das wütende Tier biß einmal in den Handschuh, aber das machte nichts. Bis zum Mittag würde sich das Gift wieder erneuert haben. Eine Weile betrachtete er die aufgerollte, verknäuelte Schlange in ihrem Glas. Schließlich dichtete er es durch eine letzte kräftige Drehung am Verschluß fest ab und steckte es in seine Lunchdose. Dann ging er zum Halteplatz des Lastwagens.

Big Billie Cameron hatte die Gewohnheit, seine Jacke auszuziehen, sobald sie am Arbeitsplatz ankamen, und sie an einen passenden Nagel oder Zweig zu hängen. In der Lunchpause ging der riesige Vorarbeiter, wie Ram Lal beobachtet hatte, Tag für Tag nach dem Essen zu seiner Jacke und holte aus der rechten Tasche Pfeife und Tabaksbeutel. Darauf konnte man sich verlassen. Nach einem gemütlichen Pfeifchen klopfte er den Tabaksrest aus, stand auf und sagte: »So, Jungs, weiter geht's«, während er die Pfeife in die Jackentasche fallen ließ. Wenn er sich wieder umdrehte, mußten alle aufgestanden sein.

Ram Lals Plan war einfach, aber todsicher. Im Lauf des Vormittags würde er die Schlange in die rechte Tasche der aufgehängten Jacke stecken. Cameron, der Leuteschinder, würde nach der Mahlzeit vom Feuer aufstehen, zu seiner Jacke gehen und die Hand in die Tasche stecken. Die Schlange würde tun, wozu die große Çakti sie über den halben Erdball hinweg hierher befohlen hatte. Sie, die Schlange, nicht Ram Lal, würde Camerons Henker sein.

Der Ulstermann würde fluchend die Hand aus der Tasche reißen, von einem Finger baumelt das Reptil, dessen Giftzähne tief im Fleisch stecken. Ram Lal würde aufspringen, die Schlange packen, zu Boden schleudern und auf ihrem Kopf herumtrampeln. Da ihr Gift verspritzt war, würde sie harmlos sein. Schließlich würde er, Ram Lal, das tote Reptil angeekelt weit von sich schleudern, bis in den Fluß, der das Corpus delicti mit sich fort ins Meer trug. Argwohn mochte auftauchen, aber das war auch alles, was jemals auftauchen würde.

Kurz nach elf Uhr ging Harkishan Ram Lal, unter dem Vorwand, sich einen anderen Hammer zu holen, zu seiner Lunchdose, nahm das Kaffeeglas heraus, schraubte den Deckel ab und schüttete den Inhalt in die rechte Tasche der aufgehängten Jacke. Sechzig Sekunden später war er wieder an der Arbeit. Niemand hatte etwas bemerkt.

Mittags hatte er keinen Appetit. Die Männer saßen wie immer im Kreis um das Feuer; das trockene alte Bauholz krachte und sprühte Funken, darüber brodelte der Wasserkessel. Die Männer scherzten und spaßten wie immer, während Big Billie auf den Berg von Doppeldeckern einhieb, den seine Frau ihm mitgegeben hatte. Ram Lal hatte sich absichtlich in möglichst kurzer Entfernung von der Jacke ans Feuer gesetzt. Er zwang sich zum Essen. Das Herz hämmerte ihm in der Brust, und seine innere Anspannung wuchs ständig.

Endlich zerknüllte Big Billie das Butterbrotpapier, warf es ins Feuer und rülpste. Grunzend stand er auf und ging zu seiner Jacke. Ram Lals Augen folgten ihm aufmerksam. Die anderen Männer nahmen keine Notiz. Jetzt stand Billie Cameron bei der Jacke und tauchte die Hand in die rechte Tasche. Ram Lal hielt den Atem an. Camerons Hand wühlte eine Weile und kam dann mit Pfeife und Tabaksbeutel wieder zum Vorschein. Er fing an, den Pfeifenkopf mit frischem Tabak zu stopfen. Dabei fing er Ram Lals starren Blick auf.

»Was gibt's denn da zu glotzen?« fragte er streitsüchtig.

»Nichts«, sagte Ram Lal und wandte sich dem Feuer zu. Aber er konnte nicht stillsitzen. Er stand auf, reckte sich und vollführte dabei geschickt eine halbe Drehung. Aus dem Augenwinkel sah er, wie Cameron den Tabaksbeutel in die Tasche steckte und die Hand diesmal mit einer Schachtel Streichhölzer wieder zum Vorschein kam. Der Vorarbeiter zündete die Pfeife an und paffte zufrieden. Er schlenderte wieder ans Feuer.

Ram Lal setzte sich auf seinen alten Platz und starrte ungläubig in die Flammen. Warum, so fragte er sich, warum hatte die große Çakti ihm das angetan? Das Reptil war ihr

Werkzeug, von ihr zu dieser Tat ausersehen. Und doch hielt sie es zurück, ließ es die von ihr verhängte Strafe nicht vollziehen. Wieder riskierte er einen Blick auf die Jacke. Ganz unten im Futter, direkt am Saum auf der äußersten linken Seite, bewegte sich etwas und war wieder ruhig. Ram Lal schloß vor Entsetzen die Augen. Ein Loch, ein winziges Loch im Taschenfutter hatte seinen ganzen Plan zunichte gemacht. Den Nachmittag hindurch arbeitete er in einem Nebel aus Unschlüssigkeit und Verstörung.

Auf der Rückfahrt nach Bangor saß Big Billie Cameron wie üblich im Führerhaus des Lastwagens, aber wegen der Hitze faltete er die Jacke zusammen und legte sie sich auf die Knie. Vor dem Bahnhof sah Ram Lal, wie er die noch immer zusammengefaltete Jacke auf den Rücksitz seines Wagens warf und wegfuhr. Ram Lal trat zu Tommy Burns, der auf seinen Bus wartete.

»Wissen Sie«, fragte er, »ob Mister Cameron Familie hat?«

»Klar«, sagte der kleine Arbeiter treuherzig. »Eine Frau und zwei Kinder.«

»Wohnt er weit von hier?« sagte Ram Lal. »Ich meine, weil er mit dem Wagen fährt.«

»Nicht weit«, sagte Burns. »Drüben in der Kilcooley-Siedlung. Ganaway Gardens, glaub' ich. Willst du ihn besuchen?«

»Nein, nein«, sagte Ram Lal. »Also, bis Montag.«

In seinem Zimmer starrte Ram Lal lange das teilnahmslose Bild der Göttin der Gerechtigkeit an.

»Ich wollte nicht den Tod seiner Frau und der Kinder«, erklärte er ihr. »Sie haben mir nichts getan.«

Die Göttin starrte ihn aus der Unendlichkeit an und antwortete nicht.

Harkishan Ram Lal verbrachte das ganze Wochenende in qualvollen Ängsten. Noch am Abend ging er zur Kilcooley-

Siedlung an der Umgehungsstraße und fand Ganaway Gardens. Es lag nahe bei Owenroe Gardens an der Einmündung von Woburn Walk. An der Ecke Woburn Walk stand eine Telefonzelle, und dort wartete er eine Stunde lang. Er tat, als telefonierte er, während er die kurze Seitenstraße beobachtete. Einmal glaubte er, Big Billie Cameron hinter einem Fenster zu sehen, und merkte sich das Haus.

Er sah ein halbwüchsiges Mädchen herauskommen und sich zu einigen anderen Kindern gesellen. Sekundenlang war er versucht, es anzusprechen und ihm zu sagen, welcher Dämon in der Jacke seines Vaters schlief, aber er wagte es nicht.

Kurz vor dem Dunkelwerden verließ eine Frau mit einem Einkaufskorb das Haus. Er folgte ihr bis zum Ladenzentrum von Clandeboy, das für Leute, die samstags ihren Wochenlohn bekamen, bis spät abends geöffnet hatte. Die Frau, die er für Mrs. Cameron hielt, ging in Stewarts Supermarkt, und der indische Student folgte ihr durch die Regalreihen und versuchte, sich ein Herz zu fassen, sie anzusprechen und auf die Gefahr in ihrem Haus aufmerksam zu machen. Wieder fehlte ihm der Mut. Vielleicht war es eine andere Frau, vielleicht hatte er sich sogar im Haus geirrt. In diesem Fall würde man ihn für geisteskrank halten und in Gewahrsam nehmen.

Er schlief schlecht in dieser Nacht, in seinen Alpträumen sah er die Sandrasselotter aus ihrem Versteck im Jackenfutter hervorkommen und lautlos und todbringend durch das Siedlungshaus gleiten.

Am Sonntag strich er wieder im Kilcooley-Viertel herum, und diesmal identifizierte er das Haus der Camerons eindeutig. Er sah Big Billie im Garten. Allmählich erregte Ram Lal die Neugier der Nachbarn, und am späteren Nachmittag wußte er, daß er entweder kühn an der Haustür klingeln und gestehen mußte, was er getan hatte, oder weggehen und alles der Göttin überlassen. Der Gedanke, dem furchtbaren Cameron ins Gesicht zu sagen, welcher tödlichen Gefahr er die Kinder ausgesetzt hatte, war zuviel. Er ging zurück zur Railway View Street.

Am Montag früh, einem hellen sonnigen Augustmorgen, standen die Camerons um Viertel vor sechs auf. Um sechs saßen sie alle vier in der winzigen Küche an der Rückseite des Hauses beim Frühstück, Sohn, Tochter und Ehefrau in Morgenmänteln, Big Billie in Arbeitskleidung. Seine Jacke hing, wie schon das ganze Wochenende, in einem Schrank in der Diele.

Kurz nach sechs stand die Tochter Jenny auf und stopfte sich noch ein Stück Marmeladentoast in den Mund.

»Ich geh' mich waschen«, sagte sie.

»Hol mir erst noch meine Jacke aus 'm Kasten, Mädel«, sagte ihr Vater, der seinen Teller Porridge löffelte. Das Mädchen kam nach ein paar Sekunden zurück und hielt die Jacke am Kragen. Sie reichte sie dem Vater. Der blickte kaum auf.

»Häng sie hinter die Tür«, sagte er. Das Mädchen tat es, aber die Jacke hatte keinen Aufhänger, und der Haken war kein rostiger Nagel, sondern ein glattes Chromding. Eine Weile blieb die Jacke hängen, dann fiel sie auf den Küchenboden. Der Vater blickte auf, als das Mädchen hinausging.

»Jenny«, schrie er, »heb das verdammte Ding auf.«

Niemand im Hause Cameron widersprach dem Familienoberhaupt. Jenny kam zurück, nahm die Jacke und hängte sie sorgfältiger auf. Dabei schlüpfte etwas Dünnes, Dunkles aus dem Inneren und glitt mit trockenem Rascheln über das Linoleum in die nächste Ecke. Jenny starrte es entsetzt an.

»Daddy, was hast du in deiner Jacke?«

Big Billie Camerons Hand mit dem Breilöffel verhielt auf

halbem Weg. Mrs. Cameron wandte sich am Herd um. Der vierzehnjährige Bobby hörte auf, seinen Toast zu buttern, und starrte. Das kleine Reptil lag aufgerollt in der Ecke neben den Einbauten, ein kompaktes Knäuel, aus dem wachsame Augen blickten, eine winzige Zunge heftig vor- und zurückschnellte.

»Gott sei uns gnädig, das ist ja eine Schlange«, sagte Mrs. Cameron.

»Red keinen Stuß, Frau. In Irland gibt es keine Schlangen, das weiß jedes Kind«, sagte ihr Mann. Er legte den Löffel weg. »Was ist es, Bobby?«

Obwohl Big Billie zu Hause und außerhalb ein Tyrann war, hatte er großen Respekt vor dem Wissen seines Sohnes, der ein guter Schüler war und eine Menge seltsamer Dinge lernte. Der Junge glotzte die Schlange durch seine dicken Brillengläser an.

»Es muß eine Blindschleiche sein, Vater«, sagte er. »Letztes Jahr hat uns der Biologielehrer ein paar gezeigt. Die Schule hat sie zum Präparieren gekauft. Im Ausland.«

»Sieht mir nicht aus, als ob sie blind wär'«, sagte sein Vater.

»Ist sie auch nicht«, sagte Bobby.

»Warum heißt sie dann Blindschleiche?« fragte sein unwirscher Vater.

»Ich weiß nicht«, sagte Bobby.

»Wozu gehst du eigentlich in die Schule?«

»Beißt sie?« fragte Mrs. Cameron ängstlich.

»Bestimmt nicht«, sagte Bobby. »Sie ist harmlos.«

»Bring sie um«, sagte Cameron senior. »Und schmeiß sie auf 'n Müll.«

Der Sohn stand auf, zog einen Pantoffel aus und hielt ihn wie eine Fliegenklappe in der Hand. Schon näherte er sich mit bloßen Fußknöcheln der Ecke, als sein Vater es sich anders überlegte. Big Billie blickte grinsend von seinem Teller auf.

»Moment, Bobby, laß mal«, sagte er, »mir ist was eingefallen. Frau, gib mir ein Glas.«

»Was denn für ein Glas?« fragte Mrs. Cameron.

»Was weiß ich? Irgendein Glas mit einem Deckel drauf.«

Mrs. Cameron seufzte, ging im Bogen um die Schlange herum und öffnete einen Schrank. Sie inspizierte ihren Vorrat an Gläsern.

»Da ist ein Marmeladenglas mit getrockneten Erbsen drin«, sagte sie.

»Tu die Erbsen woanders rein und gib mir das Glas«, befahl Cameron. Sie gab es ihm.

»Wir haben 'nen Nigger auf 'm Bau. Einen Heiden. Kommt aus einem Land, wo's jede Menge Schlangen gibt. Ich hab' vor, daß ich dem einen Schreck einjag'. Bloß zum Spaß. Gib mir den Topfhandschuh, Jenny.«

»Du brauchst keinen Handschuh«, sagte Bobby. »Sie beißt nicht.«

»Ich fass' das dreckige Ding nicht an«, sagte Cameron.

»Es ist nicht dreckig«, sagte Bobby. »Es sind sehr reinliche Tiere.«

»Du bist blöd, Junge, trotz der ganzen Lernerei. Heißt's nicht in der Bibel: ›Auf dem Bauch sollst du kriechen, und Staub sollst du fressen . . .‹ Jawohl, und nicht bloß Staub, nehm' ich an. Ich fass' das Ding nicht mit der bloßen Hand an.«

Jenny gab ihrem Vater den Topfhandschuh. Das offene Marmeladenglas in der linken Hand, die rechte vom Handschuh geschützt, stand Big Billie Cameron vor dem Reptil. Langsam senkte sich die rechte Hand. Dann stieß sie schnell zu; aber die kleine Schlange war schneller. Die winzigen Gifthaken fuhren in die Wattierung an der Innenseite des

Handschuhs, ohne Schaden anzurichten. Cameron bemerkte es nicht einmal, denn seine eigenen Hände verdeckten ihm die Sicht. Im Nu war die Schlange im Marmeladenglas und der Deckel zugeschraubt. Durch das Glas sahen sie zu, wie das Tier sich wütend wand.

»Mir graust davor, harmlos oder nicht«, sagte Mrs. Cameron. »Mir wird erst wieder wohl, wenn das Biest aus dem Haus ist.«

»Ist bald soweit«, sagte ihr Mann. »Bin ohnehin schon spät dran.«

Er steckte das Marmeladenglas zu seiner Lunchdose in die Umhängetasche, schob Pfeife und Tabaksbeutel in die rechte Jackentasche und nahm beides mit hinaus zum Wagen. Er kam mit fünf Minuten Verspätung zum Bahnhof und stellte überrascht fest, daß der indische Student ihn wie hypnotisiert anstarrte.

Der wird doch nicht das Zweite Gesicht haben, dachte Big Billie, als sie südwärts nach Newtownards und Comber kutschierten.

Um die Mitte des Vormittags war jeder Arbeiter in Big Billies Geheimnis eingeweiht und mit einer Tracht Prügel bedroht, falls er dem »Nigger« den Scherz hinterbringen würde. Es bestand keine Gefahr; da die Blindschleiche ihnen als völlig harmlos geschildert wurde, fanden sie den Streich ebenfalls sehr lustig. Nur Ram Lal arbeitete ahnungslos weiter, in seine eigenen Gedanken und Sorgen vertieft.

In der Lunchpause hätte ihm etwas dämmern müssen. Die Spannung war fühlbar. Die Männer saßen wie immer im Kreis um das Feuer, aber die Unterhaltung war gekünstelt, und wäre er nicht so nachdenklich gewesen, dann hätte er das verhohlene Grinsen und die heimlichen Seitenblicke bemerkt. Er bemerkte nichts. Er stellte seine Lunchdose zwischen die Knie und öffnete sie. Zwischen den Broten und dem Apfel eingerollt, den Kopf stoßbereit zurückgebogen, war die Schlange.

Der Schrei des Inders gellte über die Lichtung, eine Sekunde, ehe das brüllende Gelächter der Arbeiter ausbrach. Zugleich mit dem Schrei flog die Lunchdose hoch in die Luft, als Ram Lal sie mit aller Kraft von sich schleuderte. Der Inhalt verstreute sich in alle Richtungen, landete im hohen Gras, im Unkraut und den Ginsterbüschen ringsum.

Ram Lal stand da und schrie. Die Mannschaft krümmte sich in unbezähmbarem Entzücken, allen voran Big Billie. So hatte er seit Monaten nicht mehr gelacht.

»Es ist eine Schlange!« brüllte Ram Lal. »Eine Giftschlange! Alle weg von hier, schnell! Sie ist tödlich!«

Das Gelächter verdoppelte sich; die Männer konnten sich nicht beherrschen. Die Reaktion des Gefoppten überstieg alle ihre Erwartungen.

»Bitte glaubt mir. Es ist eine Schlange, eine tödliche Schlange.«

Big Billie war hochrot im Gesicht und mußte sich die Tränen aus den Augen wischen. Er saß in der Lichtung, ein Stück entfernt von Ram Lal, der dastand und wild um sich blickte.

»Du blöder Nigger«, keuchte Big Billie, »weißt du das denn nicht? In Irland gibt's keine Schlangen. Kapiert? Überhaupt keine.«

Vor Lachen schmerzten ihn die Seiten, und er stemmte die Arme hinter sich ins Gras und lehnte sich zurück. Er spürte nichts von den beiden Spitzen, die wie winzige Dornen in die Ader an der Innenseite des rechten Handgelenks stachen.

Der Spaß war vorbei, und die hungrigen Männer stürzten sich auf ihr Essen. Harkishan Ram Lal setzte sich zögernd wieder hin, weit ab vom hohen Gras, seine Augen wanderten ständig, in der rechten Hand hielt er einen Becher kochendheißen Tee bereit, aß nur mit der linken. Nach dem Lunch arbeiteten sie weiter. Die alte Brennerei war schon fast niedergerissen, die staubigen Berge von Schutt und wiederverwendbarem Bauholz lagen unter der Augustsonne.

Um halb vier hielt Big Billie Cameron mit seiner Arbeit inne, stützte sich auf die Hacke und fuhr sich mit der Hand über die Stirn. Er leckte eine leichte Schwellung an der Innenseite des Handgelenks ab, dann begann er weiterzuarbeiten. Nach fünf Minuten richtete er sich erneut auf.

»Mir is' nicht besonders«, sagte er zu Patterson, seinem Nebenmann. »Ich geh' eine Weile in den Schatten.«

Er setzte sich unter einen Baum, und nach kurzer Zeit stützte er den Kopf in die Hände. Um Viertel nach vier bäumte er sich, den schmerzenden Kopf noch immer umklammernd, einmal auf und kippte dann zur Seite. Es dauerte ein paar Minuten, bis Tommy Burns ihn so sah. Er ging zu ihm hin, dann rief er Patterson.

»Big Billie is' krank«, rief er. »Er gibt keine Antwort.«

Die Männer stellten ihre Arbeit ein und traten zu dem Baum, in dessen Schatten der Vorarbeiter lag. Die blicklosen Augen starrten in das Gras, das fast sein Gesicht berührte. Patterson beugte sich über ihn. Er war schon lange beim Bau und hatte mehr als einen Toten gesehen.

»Ram«, sagte er, »du verstehst doch was von Medizin. Was sagst du dazu?«

Ram Lal hätte den Daliegenden nicht erst zu untersuchen brauchen, tat es aber dennoch. Als er sich wieder aufrichtete, sagte er nichts, aber Patterson verstand. Er übernahm das Kommando.

»Ihr bleibt alle hier«, sagte er. »Ich bestell' einen Krankenwagen und ruf' McQueen an.«

Er schlug den Feldweg zur Hauptstraße ein. Nach einer halben Stunde kam der Krankenwagen. Er fuhr rückwärts in den Feldweg ein, und zwei Männer hoben Cameron auf eine Bahre. Er wurde ins Städtische Krankenhaus von Newtownards gebracht, der nächstgelegenen Unfallstation, und dort als »Auf dem Transport verstorben« registriert. Dreißig Minuten später traf ein höchst nervöser McQueen ein.

Da die näheren Umstände des Todes unbekannt waren, wurde eine Autopsie angeordnet und vom Gerichtspathologen im Leichenhaus von Newtownards, wohin der Tote gebracht worden war, durchgeführt. Das war am Dienstag. Am gleichen Abend ging der Bericht des Pathologen an die Staatsanwaltschaft von North Down in Belfast ab.

Der Bericht enthielt nichts Ungewöhnliches. Der Verstorbene war einundvierzig Jahre alt gewesen, sehr groß und außerordentlich kräftig. Der Körper wies verschiedene kleine Schnitte und Abschürfungen auf, besonders an Händen und Handgelenken, durchaus normal bei einem Bauarbeiter und in keinem Fall mit der Todesursache in Verbindung zu bringen. Der Tod trat ohne jeden Zweifel infolge einer schweren Gehirnblutung ein, die ihrerseits durch extreme körperliche Anstrengung in großer Hitze verursacht wurde.

Aufgrund eines solchen Berichts würde der Coroner normalerweise keine Leichenschau abhalten, sondern dem Standesamt in Bangor eine Sterbeurkunde mit dem Vermerk »Tod durch natürliche Ursachen« zugehen lassen. Eines allerdings wußte Ram Lal nicht:

Big Billie Cameron war führendes Mitglied der Ortsgruppe Bangor der illegalen Ulster Volunteer Force, der extremen protestantischen paramilitärischen Organisation, gewesen. Der Computer in Lurgan, in den jeder auch noch so unverdächtige Todesfall in der Provinz Ulster eingegeben wird, warf diesen speziellen Fall aus, und jemand in Lurgan griff zum Telefon, um die Königliche Polizei von Ulster in Castlereagh anzurufen.

Dort rief jemand die Staatsanwaltschaft in Belfast an, und es wurde eine gerichtliche Leichenschau angeordnet. In Ulster genügt es nicht, daß der Tod auf natürliche Weise eintritt, er muß es vor Zeugen tun. Zumindest bei gewissen Personen. Die Leichenschau fand am Mittwoch im Rathaus von Bangor statt. Mit höchst peinlichen Folgen für McQueen, denn die Steuerbehörde war ebenfalls anwesend. Desgleichen zwei ruhige Männer von ausgeprägt loyalistischer Gesinnung, die zu der Ortsgruppe der UVF gehörten. Sie saßen ganz hinten. Die meisten Arbeitskollegen des Toten saßen weiter vorn in der Nähe von Mrs. Cameron.

Nur Patterson wurde zur Sache vernommen. Er schilderte, vom Coroner ermuntert, die Ereignisse des Montag, und da sich kein Widerspruch erhob, wurde keiner der übrigen Arbeiter als Zeuge aufgerufen, nicht einmal Ram Lal. Der Coroner verlas das gerichtsmedizinische Gutachten, das vollkommen eindeutig war. Danach faßte er zusammen, ehe er seinen Spruch fällte:

»Der gerichtsmedizinische Befund ist völlig klar. Mr. Patterson berichtete uns über die Ereignisse während dieser Lunchpause, über den vielleicht recht albernen Streich, den der Verstorbene dem indischen Studenten spielte. Wie es scheint, belustigte dieser Streich Mr. Cameron so sehr, daß er fast bis an die Grenze eines Schlagflusses darüber lachen mußte. Die nachfolgende Schwerarbeit mit Pickel und Schaufel in der prallen Sonne tat das übrige. Es kam zum Bruch eines großen Blutgefäßes im Gehirn oder, wie der Pathologe es in der Fachsprache ausdrückt, zu einer zerebralen Haemorrhagie. Das Gericht spricht der Witwe und ihren Kindern sein Beileid aus und befindet, daß Mr. William Camerons Tod auf natürliche Ursachen zurückzuführen ist.«

Draußen auf der Rasenfläche vor dem Rathaus von Bangor sprach McQueen zu seinen Arbeitern.

»Ich lasse euch nicht im Stich, Jungens«, sagte er. »Der Job geht weiter, aber ich kann's mir nicht leisten, keine Steuern und so weiter abzuziehen, nicht jetzt, wo mir das Finanzamt im Nacken sitzt. Das Begräbnis ist morgen, ihr könnt den Tag freinehmen. Wer weitermachen will, kann sich am Freitag zurückmelden.«

Harkishan Ram Lal ging nicht zum Begräbnis. Während es auf dem Friedhof von Bangor stattfand, fuhr er mit einem Taxi nach Comber und ließ den Fahrer auf der Straße warten, während er den Feldweg entlangging. Der Fahrer war aus Bangor und hatte von Camerons Tod gehört.

»Sie wollen ihm wohl an Ort und Stelle die letzte Ehre erweisen, wie?« fragte er.

»So ungefähr«, sagte Ram Lal.

»Ist das der Brauch in Ihrer Heimat?« fragte der Fahrer.

»Könnte man sagen«, sagte Ram Lal.

»Aha, na, ich könnt' nicht sagen, daß ich's besser oder schlechter finde, als am Grab, wie wir's machen«, sagte der Fahrer und schickte sich an, einstweilen seine Zeitung zu lesen.

Harkishan Ram Lal folgte dem Feldweg bis zur Lichtung und blieb dort stehen, wo das Lagerfeuer gewesen war. Er blickte um sich, auf das hohe Gras, das Gestrüpp und den Ginster in dem sandigen Boden.

»*Visha serp*«, rief er der verborgenen Schlange zu. »Du giftiges Reptil, kannst du mich hören? Du hast getan, wofür ich dich bis von den Hügeln Radschputanas hierherbrachte. Aber du hättest sterben müssen. Ich hätte dich eigenhändig töten sollen, wenn alles nach Plan gegangen wäre, und deinen unreinen Kadaver in den Fluß werfen.

Hörst du mich, du Mörderin? Dann merke dir: Du magst

noch eine Weile leben, aber dann wirst du sterben, wie alles stirbt. Und du wirst einsam sterben, ohne einen Gefährten, mit dem du dich hättest paaren können, denn in Irland gibt es keine Schlangen.«

Die Sandrasselotter hörte ihn nicht, oder wenn, so blieb jede Art von Bestätigung aus. Tief unter Ram Lal, in ihrer Höhle im warmen Sand, war sie eifrig am Werk, tat, was die Natur ihr zu tun gebot.

Am Schwanzende einer Schlange befinden sich zwei übereinandergreifende Hornschuppen, die die Kloake verdecken. Der Schwanz der Otter war hochgereckt, der Leib zuckte im uralten Rhythmus. Die Schuppen teilten sich, und dann – eines nach dem anderen, jedes einen Zoll lang in seiner durchsichtigen Hülle, jedes schon bei der Geburt so todbringend wie die Mutter – entließ die Schlange ihre zwölf Jungen in die Welt.

Auftrag ausgeführt

Mark Sanderson hatte ein Faible für Frauen. Er hatte auch eines für Filetsteaks à la Aberdeen Angus, halbdurch, mit trockengeschleuderten Salatherzen, und er führte sich beides mit gleichem, wenn auch flüchtigem Genuß zu Gemüte. Wann immer er Appetit verspürte, rief er den zuständigen Lieferanten an und ließ sich das Gewünschte in sein Penthouse bringen. Er konnte sich das leisten, denn er war mehrfacher Millionär, und zwar in Pfund Sterling, deren jedes selbst in unseren schweren Zeiten ungefähr zwei US-Dollar wert ist.

Wie die meisten reichen und erfolgreichen Männer führte er drei Leben: Sein öffentliches und berufliches Leben als Goldfinger der Londoner City; sein Privatleben – eine nicht ganz zutreffende Bezeichnung, denn manche Menschen führen ein Privatleben im Scheinwerferlicht der Publicity; und sein Geheimleben.

Über das erstgenannte Leben wurde regelmäßig in den Finanzspalten der großen Zeitungen und im Fernsehen berichtet. Mitte der sechziger Jahre hatte er seine Laufbahn als Mitarbeiter einer Immobilienfirma im Londoner Westend begonnen, ohne gründliche Schulbildung, aber mit messerscharfem Gespür für einträgliche Transaktionen. Nach zwei Jahren beherrschte er die Spielregeln und wußte – was noch viel wichtiger ist –, wie man sie legal umgeht. Mit dreiundzwanzig schloß er sein erstes Geschäft im Alleingang ab, schlichte zehntausend Pfund Profit innerhalb von vierundzwanzig Stunden an einem Wohnobjekt in St. John's Wood, und gründete Hamilton's Holdings, eine Firma, die noch sechzehn Jahre später die Basis seines Wohlstandes war. Er benannte sie nach seinem ersten großen Abschluß, dem Objekt in Hamilton Terrace. Es war die letzte sentimentale Anwandlung seines Lebens. Anfang der siebziger stieg er mit seiner ersten Million vom Wohnbau aus und auf den Bau von Bürokomplexen um. Mitte der siebziger war er an die fünf Millionen schwer und fing an, seine Interessen zu streuen. Ob Finanz- und Bankgeschäfte, chemische Industrie oder Ferienkolonien am Mittelmeer, was immer er anfaßte, wurde zu Gold, wie schon damals in St. John's Wood. Die Presse vermeldete es, die Leute glaubten es, und die Aktien der zehn in Hamilton's Holdings zusammengefaßten Firmen stiegen ständig.

Sein Privatleben konnte man in denselben Zeitungen ein paar Seiten weiter vorn finden. Ein Penthouse in Regent's Park, ein elisabethanischer Landsitz in Worcestershire, ein Château an der Loire, eine Villa am Cap d'Antibes, Jacht, Lamborghini, Rolls-Royce und eine scheinbar endlose Parade junger und sportlicher Starlets, die man sich in seiner Gesellschaft auf Fotos ansehen oder in seinem kreisrunden Viermeterbett vorstellen konnte, üben im allgemeinen eine unausweichliche Faszination auf die Schreiber der Klatschspalten aus. Die Erwähnung seines Namens in den Meldungen über den Scheidungsprozeß einer Hollywood-Diva und die Vaterschaftsklage einer obskuren Miss-World-Kandidatin hätten ihn fünfzig Jahre zuvor ruiniert, doch an der Wende dieses Jahrzehnts war dies nur der Beweis, falls ein Beweis nötig ist – und heutzutage scheint er oft nötig zu sein –, daß er *es* konnte, und genügte, um ihm die Bewunderung der Westend-Schickeria zu sichern. Er war das tägliche Brot der Massenmedien.

Sein Geheimleben war wiederum etwas anderes und in einem Wort zusammenzufassen: Langeweile. Der ganze Rummel langweilte Mark Sanderson bis zum Wahnsinn. Das Bonmot, das er einst geprägt hatte – »Was Mark will, das kriegt Mark« –, war zum abgestandenen Witz geworden. Mit seinen siebenunddreißig Jahren sah er recht gut aus, etwas düster, à la Marlon Brando, körperlich fit und innerlich einsam. Er fühlte, daß er eine Frau brauchte, nicht Hunderte, nur eine einzige, und Kinder von ihr und ein Haus auf dem Land, sein Heim. Er wußte auch, daß er sie höchstwahrscheinlich nie finden würde, denn er hatte eine präzise Vorstellung, wie sie sein müßte, und war seinem Ideal in einem Jahrzehnt nicht begegnet. Wie die meisten reichen Lebemänner würde ihn nur eine Frau beeindrucken, die von ihm sichtlich nicht beeindruckt sein würde, zumindest nicht von seinem öffentlichen Ich, dem Mann mit Geld und Macht und Ansehen. Im Gegensatz zu den meisten Lebemännern besaß er noch genügend Selbsterkenntnis, um sich dies, wenigstens im stillen, einzugestehen. Es öffentlich zuzugeben, hätte Tod durch Lächerlichkeit bedeutet.

Er war also bereits völlig überzeugt, daß er ihr nie begegnen werde, als es im Frühsommer dennoch geschah. Es war bei einer Wohltätigkeitsparty, einer jener Veranstaltungen, bei denen sich jedermann nur langweilt und der winzige Überschuß aus dem Kartenverkauf gerade für eine Schale Milch in Bangladesch reicht. Sie stand auf der anderen Seite des Saals und lauschte einem fetten Mann, der seinen Zwergenwuchs durch eine Riesenzigarre kompensierte. Sie lauschte mit leisem, gelassenem Lächeln, das nicht verriet, ob es der Anekdote galt oder der Possierlichkeit des Kleinen, der Einblick in ihr Dekolleté zu erhaschen suchte.

Sanderson schlenderte hinüber und ließ sich kraft seiner Grußbekanntschaft mit dem kleinen Filmproduzenten ihr vorstellen. Sie hieß Angela Summers, und die Hand, die sie ihm reichte, war kühl und lang mit vollendeten Fingernägeln. Die andere, die einen Gin-Tonic hielt, der sich als Tonic ohne Gin erwies, trug am Mittelfinger einen schmalen Goldreif. Was Sanderson nicht störte; verheiratete Frauen waren ebenso leicht zu haben wie alle anderen. Er vergraulte den Filmproduzenten und führte sie in eine Ecke zum Plaudern. Ihre Erscheinung imponierte ihm, was ungewöhnlich war, und reizte ihn, wie üblich.

Mrs. Summers war groß und rank und hatte ein ruhiges, hübsches, wenn auch nicht modisch-schönes Gesicht. Ihre Figur war für die lattendürren achtziger Jahre schlechthin unmöglich – üppiger Busen, schmale Taille, kräftige Hüften und lange Beine. Das glänzende kastanienbraune Haar war am Hinterkopf aufgesteckt, gesundes Haar, keine teure Coiffure. Sie trug ein schlichtes weißes Kleid, das den hellen Goldton der Sonnenbräune hervorhob, keinen Schmuck und nur einen Hauch von Lidschatten, wodurch allein sie sich schon von den übrigen Partylöwinnen unterschied. Er schätzte sie auf dreißig und erfuhr später, daß sie zweiunddreißig war.

Er nahm an, die Sonnenbräune stamme vom üblichen, bis in den April verlängerten Skiurlaub oder einer Frühjahrskreuzfahrt in der Karibik, was bedeutete, daß sie oder ihr Mann über die entsprechenden Mittel verfügten, wie dies bei den anderen anwesenden Damen der Fall war. Beide Annahmen waren falsch. Er erfuhr, daß sie und ihr Mann ein Häuschen an der spanischen Küste bewohnten und es aus den schmalen Einkünften finanzierten, die ihr Mann mit Büchern über Vögel und sie selber mit Englischunterricht erzielten.

Einen Augenblick lang dachte er, das dunkle Haar und die dunklen Augen, die Haltung und die goldfarbene Haut bedeuteten, daß sie gebürtige Spanierin sei, aber sie war ebenso englisch wie er. Sie erzählte ihm, daß sie ihre Eltern in den Midlands besucht habe und von einer ehemaligen Schulfreundin eingeladen worden sei, vor der Rückreise noch eine Woche in London zu bleiben. Sie war eine gute Gesprächspartnerin. Sie schmeichelte ihm nicht, was ihm nur recht war, und brach auch nicht in glockenhelles Lachen aus, wenn er etwas annähernd Witziges gesagt hatte.

»Was sagen Sie zu unserer Westend-Society?« fragte er, als sie an der Wand standen und die Party beobachteten.

»Nicht das, was Sie vermutlich hören wollen«, antwortete sie nachdenklich.

»Wie Papageien unter einer Käseglocke!« brummte er erbittert.

Sie stutzte. »Ich dachte, Mark Sanderson sei eine Säule dieser Gesellschaft.« Sie neckte ihn, sehr freundlich, aber entschieden.

»Dringt unser Tun und Treiben bis hinunter nach Spanien?« fragte er.

»Sogar an der Costa Blanca kann man den *Daily Express* kriegen«, antwortete sie trocken.

»Einschließlich der Berichte über Leben und Lieben des Mark Sanderson?«

»Auch das«, sagte sie ruhig.

»Finden Sie es imponierend?«

»Müßte ich ›Ja‹ sagen?«

»Nein.«

»Also: Nein.«

Ihre Antwort erleichterte ihn. »Das freut mich«, sagte er. »Aber darf ich fragen, warum?«

Sie überlegte kurz. »Das Ganze ist nur Talmi.«

»Ich auch?«

Er blickte hinab auf das ruhige Heben und Senken ihrer Brüste unter dem schlichten weißen Baumwollkleid, als sie die Augen auf ihn richtete.

»Ich weiß nicht«, sagte sie ernst. »Ich nehme an, unter günstigeren Umständen könnten Sie ein ganz netter Mensch sein.«

Diese Antwort warf ihn um.

»Wenn Sie sich da bloß nicht täuschen«, knurrte er, aber sie lächelte ihn nur nachsichtig an, wie einen trotzigen kleinen Jungen.

Kurz darauf kamen ihre Bekannten, um sie zu holen, schwatzten auf Sanderson ein und mahnten zum Aufbruch. Auf dem Weg zur Garderobe bat er sie flüsternd, sie möge am nächsten Abend mit ihm zum Dinner ausgehen. Seit Jahren hatte er Einladungen nicht mehr auf diese Weise vorgebracht. Sie wies nicht schalkhaft auf die Gefahr hin, mit ihm gesehen zu werden, falls er sie nicht irgendwo hinführe, wo es keine Fotografen gebe. Sie bedachte sich eine Weile, dann sagte sie: »Ja, das wäre sehr nett.«

Er dachte die ganze Nacht über sie nach, ließ das dürre und hoffnungsvolle Mannequin, das er bei *Annabel* in den frühen Morgenstunden aufgegabelt hatte, links liegen, starrte schlaflos zur Decke hoch und träumte mit offenen Augen von glänzendem kastanienbraunem Haar auf seinem Kissen und zarter goldener Haut unter seinen Händen. Er hätte wetten mögen, daß sie so ruhig und friedlich schlief, wie sie alles zu tun schien. Er tastete im Dunkeln nach der Brust des Mannequins, fand aber nur eine unerhebliche Unebenheit und erntete ein übertriebenes Stöhnen gespielter Lust. Er ging in die Küche, kochte Kaffee und trank ihn im dunklen Salon. Dort saß er noch immer und blickte hinaus auf die Bäume des Parks, als über den fernen Marschen von Wanstead die Sonne aufging.

Eine Woche ist für eine Affäre nicht lang, aber lang genug, um ein Leben zu verändern oder zwei, sogar drei Leben. Am nächsten Abend holte er sie mit dem Wagen ab, und sie kam herunter. Sie trug das Haar hoch aufgetürmt, eine weiße Rüschenbluse mit Keulenärmeln und Spitzenmanschetten, einen breiten Ledergürtel und einen schwarzen Maxirock. Diese Kleidung verlieh ihr ein züchtig-nostalgisches Aussehen, das er aufregend fand, weil es in krassem Kontrast zu seinen eigenen nächtlichen Gedanken stand.

Sie sprach einfach, aber klug, und hörte aufmerksam zu, wenn er über seine Geschäfte redete, was er Frauen gegenüber selten tat. Als der Abend vorrückte, wurde ihm klar, daß sie keinen flüchtigen Reiz in ihm wachrief, auch keine simple Begierde. Er bewunderte sie. Sie besaß eine innere Ruhe, eine Sicherheit und Gelassenheit, die ihm guttaten.

Unwillkürlich erzählte er ihr immer offener von Dingen, die er gewöhnlich für sich behielt – von seinen Geldangelegenheiten, seinem Ekel vor der permissiven Gesellschaft, die er ausbeutete und zugleich verachtete. Sie schien nicht viel davon zu wissen, aber alles zu verstehen, was bei einer Frau weit wichtiger ist als Wissen. Nach Mitternacht, als das Restaurant schließen wollte, saßen sie noch immer an ihrem Ecktisch und unterhielten sich. Sie lehnte so anmutig wie möglich die Einladung zu einem Schlummertrunk in seinem Penthouse ab, was ihm seit Jahren nicht passiert war.

Um die Wochenmitte mußte er sich eingestehen, daß er verknallt war wie ein Pennäler. Er fragte sie nach ihrem Lieblingsparfum, und sie sagte, manchmal leiste sie sich eine Viertelunze *Miss Dior*, zollfrei im Flugzeug. Er schickte einen Diener in die Bond Street und überreichte ihr am selben Abend die größte Flasche, die in London aufzutreiben war. Sie nahm sie mit ungeheuchelter Freude an und protestierte im nächsten Augenblick wegen der Größe.

»Das ist die reine Verschwendung«, sagte sie.

Er wurde verlegen. »Ich wollte Ihnen etwas Besonderes schenken«, sagte er.

»Sie muß ein Vermögen gekostet haben«, sagte sie streng.

»Ich kann es mir wirklich leisten, wie Sie wissen.«

»Mag sein, und es ist sehr freundlich, aber Sie dürfen mir so etwas nie wieder kaufen. Die reine Verschwendung«, erklärte sie mit Entschiedenheit.

Vor dem Wochenende rief er in seinem Landsitz in Worcestershire an und ließ den Swimmingpool heizen, und am Samstag fuhren sie hin und schwammen, obwohl er wegen des kühlen Maiwinds an drei Seiten des Beckens die Glaswände hochkurbeln lassen mußte. Sie kam in einem einteiligen weißen Stoffbadeanzug aus der Umkleidekabine, und ihr Anblick raubte ihm den Atem. Sie war, fand er, in jedem Sinn ein Prachtweib.

Zum letztenmal gingen sie am Vorabend ihrer Rückreise nach Spanien aus. Um die Ecke der Straße, in der sie wohnte, küßten sie sich lange im dunklen Rolls, doch als er mit der Hand an ihrem Rock entlangglitt, nahm sie die Hand sanft, aber energisch weg und legte sie wieder auf sein Knie.

Er schlug vor, sie solle ihren Mann verlassen, die Scheidung einreichen und ihn heiraten. Da er den Vorschlag offensichtlich sehr ernst nahm, nahm auch sie ihn ernst und schüttelte den Kopf.

»Das könnte ich nie tun«, sagte sie.

»Ich liebe Sie. Nicht nur flüchtig, sondern aufrichtig und tief. Ich würde alles für Sie tun.«

Sie blickte geradeaus durch die Windschutzscheibe auf die dunkle Straße. »Ja, Mark, ich glaube Ihnen. Wir hätten es nicht so weit kommen lassen dürfen. Ich hätte es längst merken und Ihre Gesellschaft meiden müssen.«

»Lieben Sie mich? Wenigstens ein bißchen?«

»Das kann ich nicht so ohne weiteres sagen. Bitte, drängen Sie mich nicht.«

»Aber könnten Sie mich lieben? Jetzt oder später?«

Wiederum besaß sie genügend weiblichen Instinkt, die Frage völlig ernst zu nehmen.

»Ja, ich könnte Sie lieben. Oder besser, ich *hätte* es gekonnt. Sie gleichen in nichts dem, was Sie selber oder Ihr Ruf aus Ihnen zu machen suchen. Hinter der zynischen Maske sind Sie sehr verwundbar, und das mag ich.«

»Dann verlassen Sie ihn und heiraten Sie mich.«

»Das kann ich nicht. Ich bin Archies Frau und darf ihn nicht verlassen.«

In Sanderson wallte Zorn hoch auf den gesichtslosen Mann in Spanien, der ihm im Wege stand. »Was hat er, das ich Ihnen nicht bieten kann?«

Sie lächelte eine Spur traurig. »Oh, nichts. Er ist eigentlich ein schwacher Mensch, nicht sehr tatkräftig . . .«

»Warum verlassen Sie ihn dann nicht?«

»Weil er mich braucht«, sagte sie einfach.

»Ich brauche Sie.«

Sie schüttelte den Kopf. »Nein, nicht wirklich. Sie möchten mich haben, aber Sie kommen auch ohne mich aus. Er nicht. Er ist einfach nicht stark genug.«

»Es geht nicht darum, daß ich Sie haben möchte, Angela. Ich liebe Sie, mehr als irgend etwas, was mir je begegnet ist. Ich bete Sie an, und ich begehre Sie.«

»Sie verstehen nicht«, sagte sie nach einer Weile. »Die Frauen lieben die Liebe eines Mannes, beten darum, daß er sie anbete, begehren sein Begehren. Vor allem aber brauchen sie das Gefühl, daß man sie braucht, und Archie braucht mich wie die Luft zum Atmen.«

Sanderson zerdrückte seine Sobranie im Aschenbecher. »Also heißt es zusammenbleiben . . . ›bis daß der Tod euch scheidet‹.«

Sie ging nicht auf den Spott ein, sondern nickte nur und

wandte sich ihm zu. »Ja, so ungefähr. Bis daß der Tod uns scheidet. Es tut mir leid, Mark, aber so bin ich nun einmal. Zu einer anderen Zeit und an einem anderen Ort und wenn ich nicht mit Archie verheiratet wäre, hätte es vielleicht anders sein können, wahrscheinlich sogar. Aber ich bin verheiratet und bleibe es.«

Am nächsten Tag war sie fort. Er hatte sie von seinem Chauffeur zum Flugplatz fahren lassen, wo sie in die Maschine nach Valencia stieg.

Es gibt sehr feine Nuancen zwischen Liebe und Verlangen, Begehren und Begierde, und jede einzelne kann sich bei einem Mann bis zur Besessenheit steigern. Bei Mark Sanderson taten es alle vier, und die Besessenheit wuchs mit der zunehmenden Einsamkeit, als auf den Mai der Juni folgte. Auf keinem Gebiet hatte Sanderson bisher Mißerfolge einstecken müssen, und im Lauf eines Jahrzehnts hatte er sich – wie die meisten Machtmenschen – zum moralischen Krüppel entwickelt. Wunsch, Entschluß, Überlegung, Planung und Ausführung bildeten für ihn eine logische und präzise Kette, und am Ende stand unweigerlich die Inbesitznahme. Anfang Juni beschloß er, Angela Summers in Besitz zu nehmen, und während des Planungsstadiums ging ihm ständig ein Satz aus dem kirchlichen Trauungsritual durch den Kopf: Bis daß der Tod uns scheidet. Wäre sie eine andere Frau gewesen, empfänglich für Reichtum, Luxus, Macht und gesellschaftliches Ansehen, so hätte er es leicht gehabt; er hätte sie mit seinem Reichtum blenden und gewinnen können. Aber diese andere Frau hätte er niemals mit solcher Besessenheit begehrt. So gingen seine Gedanken ständig im Kreis, und der Kreis würde in den Wahnsinn führen, und es gab nur eine Möglichkeit, aus diesem Kreis auszubrechen.

Unter dem Namen Michael Johnson mietete er eine kleine Wohnung. Er hatte mit dem Makler telefonisch verhandelt und per Einschreiben eine Monatsmiete plus Kaution in bar entrichtet. Er bat, man möge den Schlüssel unter die Türmatte legen, da er sehr früh morgens in London eintreffen werde.

Von dieser Wohnung, seiner Operationsbasis, aus rief er eine jener Detekteien an, die keine Fragen stellen, solange alles legal ist, und gab seine Anweisungen. Als die Agentur hörte, daß der Klient anonym zu bleiben wünsche, forderte sie eine Vorauszahlung. Er schickte durch Boten fünfhundert Pfund in bar.

Nach einer Woche erhielt Mr. Johnson einen Brief mit der Mitteilung, das Material liege vor und die Restzahlung betrage zweihundertfünfzig Pfund. Er schickte sie mit der Post und bekam drei Tage später die gewünschten Auskünfte. Die Akte enthielt die Kurzfassung einer Biographie, die er überflog, ein Porträtfoto, das vom Umschlag eines Buchs über die Vogelwelt des Mittelmeers stammte, eines Werks, das nach dem Verkauf von einem paar Dutzend Exemplaren längst im Ramsch gelandet war, und ein paar Teleschnappschüsse. Sie zeigten einen kleinen schmalschultrigen Mann mit Lippenbärtchen und schwachem Kinn. Major Archibald Clarence Summers – auf den Major würde er nicht verzichten können, dachte Sanderson boshaft –, britischer Exoffizier, jetzt ansässig in einer kleinen, eine halbe Meile von der Küste entfernten Villa am Rand eines unterentwickelten spanischen Dorfs in der Provinz Alicante, halbwegs zwischen Alicante und Valencia. Ferner ein paar Aufnahmen der Villa. Schließlich eine Serie über den Alltag in der Villa, Frühstück im winzigen Patio, der vormittägliche Gang der Ehefrau zum Castillo, wo sie den drei Kindern der Condesa Englischunterricht gab, ihr regelmäßiger Nachmittagsausflug an den Strand zum Sonnen und Schwimmen zwischen drei und vier Uhr, während der Major an seinen Notizen über Vögel der Costa Blanca arbeitete.

Als nächstes informierte Sanderson seine Angestellten, daß er bis auf weiteres zu Hause bleiben, jedoch täglich im Büro anrufen werde. Dann ging er daran, sein Aussehen zu verändern.

Dabei war ihm ein kleiner Friseur, der in *Gay News* inserierte, eine große Hilfe: Er schor Sandersons ziemlich langes Haar zu einer Bürste und färbte es hellblond. Die Prozedur dauerte über eine Stunde, würde ein paar Wochen wirksam sein und wurde von dem Friseur mit beifälligem Schmus begleitet.

Von nun an parkte Sanderson seinen Wagen stets direkt in der Tiefgarage seines Wohnblocks und fuhr mit dem Lift in sein Penthouse, um nicht vom Portier gesehen zu werden. Von seiner Wohnung aus verschaffte er sich telefonisch über einen Bekannten in der Fleet Street den Namen und die Adresse eines der führenden Londoner Archive, das auf aktuelle Ereignisse spezialisiert war. Es verfügte über eine fabelhafte Nachschlagebibliothek und eine umfangreiche Sammlung von Zeitungs- und Zeitschriftenausschnitten. Nach drei Tagen hatte er seine Lesekarte, ausgestellt auf den Namen Michael Johnson.

Er begann mit dem Stichwort »Söldnerführer«. Diese Akte enthielt Unterteilungen und Artikel mit Überschriften wie »Mike Hoare«, »Robert Denard«, »John Peters« und »Jacques Schramm«. Weitere Artikel handelten von Katanga, Kongo, Jemen, Nigeria/Biafra, Rhodesien und Angola. Er akkerte sie alle durch. Sämtliche Reportagen, Zeitschriftenbeiträge, Kommentare, Buchbesprechungen und Interviews. Er notierte sich jedes der erwähnten Bücher, begab sich in den allgemeinen Lesesaal, holte sich den Band heraus und las ihn. So zum Beispiel die *Geschichte des Söldnerwesens* von Anthony Mockler, *Söldner im Kongo* von Mike Hoare und *Firepower,* das ausschließlich von Angola handelte.

Nach einer Woche tauchte aus dem Wust von Bruchstükken ein Name auf. Der Mann hatte in drei Feldzügen gekämpft, und sogar die berüchtigsten Autoren schienen Respekt vor ihm zu haben. Er gab keine Interviews, und in den Akten fand sich kein Foto von ihm. Aber er war Engländer. Sanderson konnte nur hoffen, daß der Mann noch immer irgendwo in London lebte.

Vor Jahren hatte Sanderson mit der Übernahme eines Konzerns, dessen Anlagevermögen hauptsächlich in Standardwerten bestand, ein kleines Sortiment anderer Firmen erworben, zu denen ein Zigarrenvertrieb, ein Filmkopierwerk und eine literarische Agentur gehörten. Er hatte nie versucht, sie abzustoßen. Jetzt lieferte die literarische Agentur die Privatadresse des Autors eines der Memoirenbände, die Sanderson im Archiv gelesen hatte. Der Verleger dieses Mannes hatte keinen Grund zum Argwohn, und die Adresse war noch immer dieselbe, an die seinerzeit die bescheidenen Tantiemen geschickt worden waren.

Als der Geldbaron den Söldnerautor aufsuchte, wobei er sich als Mitarbeiter des Verlags ausgab, sah er einen Mann vor sich, der seit langem auf dem Abstellgleis stand und nur noch vom Alkohol und von seinen Erinnerungen lebte. Der ehemalige Söldner hoffte, der Besuch bedeute eine Neuauflage und weitere Tantiemen, und war sichtlich enttäuscht, daß dem nicht so war. Indes hob sich seine Stimmung bei der Erwähnung einer Vermittlungsgebühr.

Sanderson, der sich als Mr. Johnson ausgab, erklärte, sein Verlag habe gehört, daß ein ehemaliger Kamerad des Exsöldners daran denke, seine eigene Lebensgeschichte zu veröffentlichen. Man wolle sich die Rechte nicht von einem anderen Verlag wegschnappen lassen, nur wisse man nicht, wie man an diesen Mann herankommen könne ...

Als der Exsöldner den Namen hörte, brummte er:

»Dann will er also auspacken, wie? Das wundert mich.«

Er blieb reserviert, bis er den sechsten großen Whisky intus hatte und ein Bündel Geldscheine in seiner Hand fühlte. Er kritzelte etwas auf einen Zettel und gab ihn Sanderson.

»Wenn der Kerl in London ist, dann säuft er immer dort.«

Es war ein ruhiger Club hinter Earl's Court, wie Sanderson am Abend feststellte. Am zweiten Abend erschien sein Mann. Sanderson hatte nie ein Bild von ihm gesehen, aber in einem der Bände über Söldnerführer war er genau beschrieben worden, einschließlich der Narbe überm Kinn, und der Barmann begrüßte ihn mit einem Vornamen, der gleichfalls paßte. Er war ein hochgewachsener breitschultriger Mann und wirkte sehr fit. Im Spiegel hinter der Bar konnte Sanderson über dem Bierglas finster blickende Augen und einen mürrischen Mund sehen. Er folgte dem Mann bis zu einem Wohnblock, vierhundert Meter entfernt.

Von der Straße aus sah er das Licht angehen, wartete noch zehn Minuten und klopfte dann an die Wohnungstür. Der Söldner trug ein Unterhemd und dunkle Hosen. Sanderson stellte fest, daß der Mann, ehe er öffnete, das Licht in seiner Diele gelöscht hatte, so daß er selber im Dunkeln stand. Das Licht im Treppenhaus beleuchtete den Besucher.

»Mr. Hughes?« fragte Sanderson.

Der Mann hob eine Braue. »Wer möchte das wissen?«

»Mein Name ist Michael Johnson«, sagte Sanderson.

»Ausweis«, sagte Hughes im Befehlston.

»Kein Bulle«, sagte Sanderson. »Ich bin Privatmann. Darf ich reinkommen?«

»Wer hat Ihnen gesagt, wo Sie mich finden können?« fragte Hughes, ohne die Bitte zu beachten.

Sanderson nannte den Namen seines Informanten. »In vierundzwanzig Stunden erinnert er sich an nichts mehr«, fügte er hinzu. »Er ist so versoffen, daß er sich nicht einmal mehr an seinen eigenen Namen erinnert.«

Die Andeutung eines Lächelns erschien in Hughes' Mundwinkeln, aber es war ohne Heiterkeit.

»Jaah«, sagte er, »das paßt«, und wies mit einer Kopfbewegung nach drinnen. Sanderson ging an ihm vorbei ins Wohnzimmer. Es war dürftig und schäbig möbliert, wie Tausende von Mietwohnungen in dieser Gegend Londons. In der Mitte stand ein Tisch. Hughes, der ihm nachgekommen war, bedeutete ihm, dort Platz zu nehmen. Sanderson setzte sich, und Hughes setzte sich ihm gegenüber.

»Also?«

»Ich brauche jemand, der etwas für mich erledigt. Einen Auftrag.«

Hughes starrte ihn an, ohne eine Miene zu verziehen.

»Hören Sie gern Musik?« fragte er schließlich. Sanderson war verblüfft. Er nickte.

»Dann wollen wir mal«, sagte Hughes. Er stand auf und ging zu einem Transistorradio, das auf dem Tischchen neben dem Bett in der Ecke stand. Er drehte es an und griff mit der anderen Hand unter das Kopfkissen. Als er sich wieder umdrehte, blickte Sanderson in die Mündung eines automatischen 45er Colt. Er schluckte und holte tief Atem. Hughes stellte das Radio lauter. Der Söldner griff in die Schublade des Nachttisches, die Augen über dem Colt blieben auf Sanderson gerichtet. Er holte Notizblock und Bleistift heraus und trat wieder an den Tisch. Er kritzelte ein einziges Wort auf den Block und schob ihn Sanderson zu. Es lautete: »Ausziehen.«

Sanderson wurde übel. Er hatte gehört, daß solche Männer manchmal Sadisten seien. Hughes machte Sanderson mit der Automatic ein Zeichen, er solle vom Tisch weggehen, was er tat. Sanderson ließ Jackett, Krawatte und Hemd zu Boden fallen. Er trug kein Unterhemd. Die Automatic bewegte sich wiederum, wies nach unten; Sanderson zog den Reißverschluß der Hose auf und ließ sie fallen. Hughes beobachtete ihn mit ausdruckslosem Gesicht. Dann redete er.

»All right, anziehen«, sagte er. Er behielt die Waffe in der Hand, richtete sie jedoch zu Boden, ging durchs Zimmer und stellte die Radiomusik leiser. Dann trat er wieder an den Tisch.

»Jacke rüberwerfen«, sagte er. Sanderson, der Hose und Hemd wieder angezogen hatte, legte die Jacke auf den Tisch. Hughes klopfte das leere Jackett ab.

»Anziehen«, sagte er. Sanderson gehorchte. Dann setzte er sich wieder. Er hatte es nötig. Hughes setzte sich ihm gegenüber, legte die Automatic neben seiner rechten Hand auf den Tisch und zündete sich eine französische Zigarette an.

»Was sollte das Ganze?« fragte Sanderson. »Dachten Sie, ich sei bewaffnet?«

Hughes schüttelte langsam den Kopf.

»Hab' gesehen, daß Sie's nicht waren«, sagte er, »aber falls Sie verkabelt gewesen wären, hätte ich Ihnen den Mikrodraht um die Eier gezwirbelt und die Tonbandaufnahme an Ihren Boß geschickt.«

»Verstehe«, sagte Sanderson. »Keine Knarre, keine Wanzen, kein Boß. Ich bin mein eigener Boß; und manchmal der Boß von anderen Leuten. Und ich habe ernste Absichten. Es geht um eine dringende Erledigung, und ich bin willens, gut zu zahlen. Ich bin außerdem sehr diskret. Muß ich sein.«

»Genügt mir nicht«, sagte Hughes. »In Parkhurst hocken eine Menge harte Burschen, die sich von einem Großmaul haben einwickeln lassen.«

»Ich will nicht *Sie* engagieren«, sagte Sanderson gleichmütig. Wieder hob Hughes eine Braue. »Ich will niemand, der in England lebt oder Verbindungen hierher hat. Hier lebe ich selber; das genügt. Ich will einen Ausländer für einen Job im Ausland. Ich will einen Namen. Und ich werde für diesen Namen gut zahlen.«

Er zog ein Bündel von fünfzig brandneuen Zwanzigpfundnoten aus der Innentasche und legte es auf den Tisch. Hughes sah mit ausdrucksloser Miene zu. Sanderson teilte das Bündel, schob die eine Hälfte Hughes zu und riß die andere sorgfältig in der Mitte auseinander. Ein Päckchen mit fünfundzwanzig halbierten Banknoten steckte er wieder ein.

»Die ersten fünfhundert sind für den Versuch, die zweiten für den Erfolg«, sagte er. »Will heißen, daß der ›Name‹ sich mit mir treffen und den Job übernehmen muß. Keine Angst, es ist nicht schwierig. Die Zielperson ist keine Berühmtheit, vielmehr eine komplette Null.«

Hughes äugte nach den fünfhundert Pfund auf dem Tisch. Er machte keine Bewegung, um sie an sich zu nehmen.

»Kann sein, daß ich einen Mann kenne«, sagte er. »Hat vor Jahren mit mir gearbeitet. Ich weiß nicht, ob er noch arbeitet. Muß mich erkundigen.«

»Sie könnten ihn anrufen«, sagte Sanderson. Hughes schüttelte den Kopf.

»Auslandsleitungen mag ich nicht«, sagte er. »Zu viele sind heutzutage angezapft, besonders in Europa. Ich müßte rüberfahren und ihn aufsuchen. Das würde nochmals zweihundert kosten.«

»Einverstanden«, sagte Sanderson. »Sobald ich den Namen habe.«

»Wie kann ich wissen, daß Sie mich nicht reinlegen?« fragte Hughes.

»Können Sie nicht«, sagte Sanderson. »Aber in diesem Fall würden Sie mir auf den Pelz rücken. Das habe ich wirklich nicht nötig. Nicht wegen siebenhundert Pfund.«

»Wie können Sie wissen, daß ich Sie nicht reinlege?«

»Kann ich auch nicht«, sagte Sanderson. »Aber irgendwann finde ich meinen harten Burschen. Und ich bin reich genug, um noch einen zweiten Auftrag zu bezahlen. Ich lasse mich nicht gern für dumm verkaufen. Ich hab' meine Grundsätze, Sie verstehen.«

Zehn Sekunden lang starrten die beiden Männer einander an. Sanderson glaubte schon, er sei zu weit gegangen. Dann lächelte Hughes wieder, diesmal breit und beifällig. Er schnappte sich die fünfhundert Pfund in ganzen und die zweihundertfünfzig in halben Banknoten.

»Ich besorg' Ihnen den Namen«, sagte er, »und mache einen Treff aus. Wenn Sie den Namen gesehen und den Handel abgeschlossen haben, schicken Sie mir die andere Hälfte der Scheine, plus zweihundert für Spesen. Postlagernd, Postamt Earl's Court, für Mr. Hargreaves. Gewöhnlicher Brief, gut verschlossener Umschlag. Nicht eingeschrieben. Wenn eine Woche nach dem Treff nichts da ist, erfährt mein Kumpel, daß Sie ein Zechpreller sind, und dann ist bei ihm der Ofen aus. O. K.?«

Sanderson nickte. »Wann bekomme ich den Namen?«

»In einer Woche«, sagte Hughes. »Wo kann ich Sie erreichen?«

»Überhaupt nicht«, sagte Sanderson. »Ich melde mich.«

Hughes war nicht gekränkt. »Rufen Sie in der Kneipe an, wo ich heute abend war«, sagte er. »Um zehn Uhr.«

Eine Woche später rief Sanderson zur verabredeten Zeit an. Der Barmann meldete sich, und dann kam Hughes an den Apparat.

»In der Rue Miollin in Paris ist ein Lokal, wo sich die Art Leute, die Sie suchen, trifft«, sagte er. »Gehen Sie nächsten Montag um die Mittagszeit hin. Der Mann wird Sie erkennen. Lesen Sie den *Figaro* vom Tage, und halten Sie die Zeitung so, daß die erste Seite dem Lokal zugewandt ist. Er wird Sie als Johnson kennen. Alles Weitere ist Ihre Sache. Sollten Sie am Montag nicht dort sein, so kommt er Dienstag und Mittwoch mittag nochmals. Danach ist die Sache gestorben. Und nehmen Sie Bargeld mit.«

»Wieviel?«

»Ungefähr fünftausend Pfund, um sicher zu gehen.«

»Wie kann ich wissen, daß er nicht einfach einen Holdup macht?«

»Gar nicht«, sagte die Stimme. »Aber er kann auch nicht wissen, ob Sie nicht irgendwo im Lokal einen Leibwächter haben.« Es klickte, und die Leitung war tot.

Am nächsten Montag um fünf nach zwölf saß Sanderson mit dem Rücken zur Wand in dem Lokal an der Rue Miollin und las noch immer die letzte Seite des *Figaro,* als der Stuhl vor ihm gerückt wurde und ein Mann Platz nahm. Er war einer der Männer, die schon seit einer Stunde an der Theke gesessen hatten.

»Monsieur Johnson?«

Er ließ die Zeitung sinken, faltete sie und legte sie neben sich. Der Mann war groß und dürr, schwarzhaarig und schwarzäugig, ein Korse mit vorgeschobenem Unterkiefer. Die beiden verhandelten eine halbe Stunde lang. Der Korse nannte sich Calvi, nach seinem Geburtsort. Nach zwanzig Minuten hatte Sanderson ihm zwei Fotos gegeben. Auf dem einen war das Gesicht eines Mannes, auf der Rückseite stand in Maschinenschrift: »Major Archie Summers, Villa San Crispin, Playa, Ondara, Alicante.« Das zweite zeigte ein kleines, weiß getünchtes Haus mit kanariengelben Fensterläden. Der Korse nickte bedächtig.

»Es muß zwischen drei und vier Uhr nachmittags sein«, sagte Sanderson.

Der Korse nickte. »Kein Problem«, sagte er.

Dann hatten sie zehn Minuten lang über Geld gesprochen, und Sanderson hatte dem Mann fünf Banknotenbündel ausgehändigt, jedes im Wert von fünfhundert Pfund. Auslandsaufträge seien teurer, hatte der Korse erklärt, und die spanische Polizei könne gegenüber einer gewissen Sorte Touristen äußerst ungastlich sein. Danach stand Sanderson auf und schickte sich zum Gehen an.

»Wie lang?« fragte er.

Der Korse sah ihn an und zuckte die Achseln. »Ein, zwei Wochen, vielleicht drei.«

»Ich wünsche Meldung, sobald Sie fertig sind, ja?«

»Dann muß ich wissen, wo ich Sie erreichen kann«, sagte der Killer. Als Antwort schrieb der Engländer eine Nummer auf einen Zettel.

»Ab nächster Woche, und danach drei Wochen lang, können Sie mich zwischen halb acht und acht Uhr früh unter dieser Nummer in London anrufen. Versuchen Sie nicht, mir nachzuspüren, und verpatzen Sie den Auftrag nicht.«

Der Korse lächelte dünn. »Bestimmt nicht, schließlich will ich mir die zweite Rate verdienen.«

»Nur noch eins«, sagte der Kunde, »es dürfen keinerlei Spuren zurückbleiben, nichts, was auf mich hinweist. Es muß aussehen wie ein Einbruch, der schiefgegangen ist.«

Der Korse lächelte noch immer. »Für Sie steht Ihr Ruf auf dem Spiel, Monsieur Johnson. Für mich mein Leben oder zumindest dreißig Jahre im Zuchthaus von Toledo. Es wird keine Spuren geben – Auftrag ausgeführt, alles erledigt.«

Als der Engländer fort war, verließ auch Calvi das Lokal, überzeugte sich, daß niemand ihm folgte, und verbrachte zwei Stunden auf einer Café-Terrasse in der Innenstadt, wo er in der Julisonne in tiefen Gedanken dasaß und den Auftrag in allen Einzelheiten überlegte. Der Job selbst bot kaum

Probleme, das simple Abschießen einer arglosen Taube. Aber wie die Waffe nach Spanien hineinbringen? Er konnte sie in den Zug von Paris nach Barcelona mitnehmen und die Zollkontrolle riskieren. Die französische Polizei war ungefährlich, aber die spanische konnte ihn erwischen, und deren Einstellung zu berufsmäßigen Killern war reichlich altmodisch. Flugzeuge kamen nicht in Frage – dank der internationalen Terroristen wurde man in Orly eingehend nach Waffen untersucht. Aus seiner Zeit bei der OAS hatte er noch Verbindungen in Spanien, Männer, die lieber an der Küste zwischen Alicante und Valencia lebten, als die Rückkehr nach Frankreich zu riskieren, und er nahm an, daß er aus ihren Reihen einen Revolvermann anheuern könnte. Aber er beschloß, diesen Leuten fernzubleiben, die in der Tatenlosigkeit des Exils allzusehr zum Klatsch neigen mochten.

Schließlich stand der Korse auf, zahlte und ging einkaufen. Er verbrachte eine halbe Stunde am Informationsschalter des spanischen Reisebüros und weitere zehn Minuten im Büro von Iberia Airlines. Seine letzte Station war ein Buch- und Schreibwarengeschäft in der Rue de Rivoli, dann fuhr er nach Hause in seinen Vorort.

Am selben Abend rief er im Metropol an, dem besten Hotel von Valencia, und bestellte zwei Einzelzimmer für nur eine Nacht, in vierzehn Tagen, auf den Namen Calvi und auf den Namen, der in seinem Paß stand. Am Telefon nannte er sich Calvi und sagte zu, daß er die Bestellung unverzüglich schriftlich bestätigen werde. Ferner ließ er sich einen Hin- und Rückflug Paris–Valencia reservieren, Ankunft an dem Abend, für den er die Hotelzimmer bestellt hatte, Rückflug nach Paris am nächsten Abend.

Bis die Verbindung mit Valencia zustande kam, hatte er bereits das Bestätigungsschreiben an das Hotel fertig. Es war kurz und sachlich. Darin wurden die beiden Reservierungen bestätigt und das Hotel gebeten, für den Unterzeichneten, M. Calvi, bis zu dessen Ankunft ein Buch über die Geschichte Spaniens aufzubewahren, das er, da er vor seinem Eintreffen in Valencia ständig auf Reisen sein werde, an diese Adresse habe schicken lassen.

Calvi hatte sich folgendes überlegt: Sollte das Buch abgefangen und geöffnet worden sein, so würde er, wenn er unter seinem richtigen Namen beim Portier danach fragte, an dessen Miene ablesen können, daß etwas schiefgegangen war, und Zeit haben, sich aus dem Staub zu machen. Und selbst wenn er erwischt würde, könnte er behaupten, er wisse von nichts und habe nur die Bitte eines Bekannten erfüllt, ohne zu ahnen, daß der abwesende Calvi dabei irgendwelche Hintergedanken gehegt habe.

Er setzte den Namen Calvi mit der linken Hand unter den Brief, den er verschloß und frankierte, und widmete sich sodann dem Buch, das er am Nachmittag gekauft hatte. Es war wirklich eine Geschichte Spaniens, ein teurer und schwerer Band, auf gutem Papier, mit zahlreichen Fotos, die das Gewicht noch erhöhten. Er knickte beide Deckel nach hinten und hielt sie mit einem Gummiband zusammen. Die dazwischenliegenden vierhundert Seiten befestigte er im ganzen mittels zweier Zimmermannszwingen an der Kante des Küchentischs. Mit dem schmalen, rasiermesserscharfen Skalpell, das er ebenfalls am Nachmittag erstanden hatte, fing er an, den Papierblock zu präparieren. Er arbeitete fast eine Stunde lang, bis aus jeder Seite in knapp vier Zentimeter Abstand vom Rand ein Geviert ausgeschnitten war, das einen achtzehn mal fünfzehn Zentimeter großen und sieben Zentimeter tiefen Behälter bildete. Diesen Hohlraum bestrich er dick mit Klebstoff und rauchte zwei Zigaretten, während er wartete, daß der Kleister trocknete. Schließlich war er fest geworden. Die vierhundert Seiten würden sich nie wieder aufblättern lassen.

Ein genau zurechtgeschnittenes Polster aus Schaumstoff, mit dem er die Höhlung auskleidete, ersetzte die eineinhalb Pfund Papier, die er herausgeschnitten und auf der Küchenwaage gewogen hatte. Er zerlegte den kleinen 9 mm Browning Automatic, den er vor zwei Monaten auf einer Reise nach Belgien gekauft hatte, nachdem er seine bisherige Waffe, einen 38er Colt, benutzt und in den Albertkanal geworfen hatte. Er war ein vorsichtiger Mann und benutzte nie zweimal das gleiche Schießeisen. Der Lauf des Browning war an der Mündung zweieinhalb Zentimeter freigelegt und so bearbeitet, daß ein Schalldämpfer aufgesetzt werden konnte.

Ein Schalldämpfer auf einer Automatic dämpft den Schall nie völlig, wieviel Mühe sich auch die Geräuschspezialisten bei Fernsehthrillern geben mögen, um diesen Effekt vorzutäuschen. Automatics haben keine völlig dichten Verschlüsse wie Revolver. Wenn die Kugel den Lauf verläßt, gleitet das Verschlußstück zurück, um die leere Hülse auszuwerfen, und eine neue Patrone wird eingeführt. Daher der Name Automatic. Aber in diesem Bruchteil einer Sekunde dringt die Hälfte des Explosionsknalls durch den geöffneten Gelenkverschluß, so daß ein Schalldämpfer am Ende des Laufs nur fünfzig Prozent Wirkung hat. Calvi hätte lieber einen Revolver mit abgedichtetem Verschlußstück gehabt, doch er brauchte für die Höhlung im Buch eine flache Waffe.

Der Schalldämpfer, den er zu den Bestandteilen des Browning legte, war das größte Stück, fünfzehn Zentimeter lang. Als Profi wußte er, daß man mit den champagnerkorkengroßen Schalldämpfern, die im Fernsehen gezeigt werden, ungefähr soviel bewirkt, als wollte man mit einer Handfeuerspritze den Vesuv löschen.

Wenn die fünf Teile, einschließlich Schalldämpfer und Magazin, nebeneinander auf dem Schaumgummikissen lagen, paßten sie nicht in die Höhlung; also stieß er das Magazin in den Griff der Automatic, um Platz zu sparen. Er markierte die Vertiefungen für die vier Teile mit einem Filzstift und fing an, mit einem neuen Skalpell in den Schaumgummi zu schneiden. Um Mitternacht lagen die Bestandteile der Waffe friedlich in ihren Bettchen, der lange Schalldämpfer senkrecht, parallel zum Buchrücken, Lauf, Griff und Verschlußstück in drei waagrechten Reihen vom oberen zum unteren Seitenrand.

Er bedeckte das Ganze mit einer dünnen Schaumstoffplatte, bestrich auch die Innenseiten der beiden Buchdeckel mit Klebstoff und klappte das Buch zu. Nachdem das Buch eine Stunde lang zwischen dem Fußboden und einem umgekippten Tisch gelegen hatte, bildete es einen soliden Block, den man nur mit einem Messer aufsprengen konnte. Er wog es nochmals. Es war nur fünfzehn Gramm schwerer als vorher.

Schließlich steckte er die Geschichte Spaniens in eine starke, an einer Seite offene Klarsichthülle, wie sie Verlage benutzen, um die Umschläge sehr teurer Bücher vor Verstauben und Verkratzen zu schützen. Sie paßte haargenau, und er versiegelte das offene Ende der Hülle mit der Klinge seines Klappmessers, die er über der Gasflamme erhitzt hatte. Sollte sein Päckchen geöffnet werden, so durfte er hoffen und erwarten, daß der Prüfer sich damit begnügte, durch die Klarsichtfolie festzustellen, daß der Inhalt tatsächlich aus einem harmlosen Buch bestand, und das Päckchen wieder verschließen würde.

Er steckte das Buch in eine große, gefütterte Versandtasche und verschloß sie nur mit einem Metallclip, den man ohne weiteres entfernen kann, indem man die weichen

Stifte zusammenbiegt und durch das Loch in der Umschlagklappe schiebt. Mit Hilfe eines kleinen Setzkastens fertigte er einen Aufkleber mit dem Namen einer bekannten Buchhandlung an und schrieb mit der Maschine Namen und Adresse des Empfängers darauf – Monsieur Alfred Calvi, Hotel Metropol, Calle de Jativa, Valencia, Espagne. Ebenfalls mit dem Setzkasten verfertigte er einen Stempel und bedruckte das Päckchen mit den Worten LIBROS – IMPRESOS – LIVRES.

Am nächsten Morgen schickte er den Brief per Luftpost ab und das Päckchen mit gewöhnlicher Post, was eine Bahnreise und Beförderungsdauer von zehn Tagen bedeutete.

Die Caravelle der Iberia schwebte in den Flugplatz von Campo de Manises ein und landete, als gerade die Sonne unterging. Es war noch immer schrecklich heiß, und die dreißig Passagiere, zumeist Villenbesitzer aus Paris, die sechs Wochen Urlaub hier verbringen wollten, murrten, weil die Zollkontrolle, wie üblich, ziemlich viel Zeit in Anspruch nahm.

Calvi hatte als Handgepäck einen mittelgroßen Koffer bei sich. Der Koffer wurde geöffnet und genau geprüft, dann stand Calvi vor dem Flughafengebäude. Er ging zuerst hinüber zum Parkplatz und sah mit Befriedigung, daß zahlreiche Bäume die Sicht vom Flughafengebäude aus zum großen Teil verstellten. Die Wagen standen in Reihen unter den Bäumen und warteten auf ihre Besitzer. Calvi beschloß, am nächsten Morgen wiederzukommen und sich hier ein Fahrzeug zu besorgen. Dann fuhr er mit dem Taxi in die Stadt.

Der Empfangschef des Hotels war über die Maßen entgegenkommend. Sobald der Korse seinen Namen nannte und den Paß vorzeigte, erinnerte sich der Mann an die Zimmerbestellung, an Monsieur Calvis schriftliche Bestätigung, verschwand kurz im Büro und tauchte mit dem Buchpäckchen wieder auf. Der Korse erklärte, leider könne sein Freund Calvi nicht kommen, er werde jedoch selbstverständlich morgen bei seiner Abreise für beide Zimmer bezahlen. Er zeigte einen Brief des verhinderten Calvi vor, worin er ermächtigt wurde, das verwahrte Buch in Empfang zu nehmen. Der Empfangschef warf einen Blick auf den Brief, dankte dem Korsen, daß er beide Zimmerrechnungen begleichen wolle, und gab ihm das Päckchen.

In seinem Zimmer inspizierte Calvi den gefütterten Umschlag. Er war geöffnet worden, die Metallstifte waren zusammengebogen worden, damit man sie herausnehmen konnte, und dann wieder eingesteckt und auseinandergespreizt. Der Kleistertropfen, den er auf einen der Metallstifte geklebt hatte, war nicht mehr da. Aber das Buch in seiner Klarsichthülle war unangetastet, denn es wäre unmöglich gewesen, die Hülle zu öffnen, ohne den Kunststoff zu zerreißen oder zu verziehen.

Er entfernte die Hülle, sprengte die Buchdeckel mit der Klinge seines Taschenmessers und holte die Teile der Waffe heraus. Er setzte sie wieder zusammen, schraubte den Schalldämpfer auf und prüfte die Patronen im Magazin. Sie waren alle da – seine Spezialbohnen, aus denen die Hälfte des Sprengstoffs entfernt war, um den Lärm zum leisen Knacken zu reduzieren. Auch mit der halben Feuerkraft schlägt eine 9-mm-Patrone auf drei Meter Entfernung glatt durch einen menschlichen Schädel, und Calvi schoß bei einem Auftrag nie aus mehr als drei Metern Entfernung.

Er verschloß die Waffe im Boden des Kleiderschranks, steckte den Schlüssel ein und rauchte auf dem Balkon eine Zigarette. Während er hinausblickte auf die Stierkampfarena, ließ er sich den morgigen Tag durch den Kopf gehen.

Um neun Uhr ging er hinunter, noch immer in seinem dunkelgrauen Anzug (der von einem der exklusivsten Pariser Schneider stammte), genau das Passende für die wohlanständige Atmosphäre des alten und teuren Hotels. Er speiste im Terrasa del Rialto zu Abend und ging um Mitternacht schlafen. Vom Portier erfuhr er, daß um acht Uhr morgens eine Maschine nach Madrid starte, und ließ sich um sechs Uhr wecken.

Um sieben Uhr meldete er sich im Hotel ab und fuhr mit dem Taxi zum Flugplatz. Er blieb am Tor stehen und sah ein Dutzend Wagen ankommen, notierte sich Marken und Nummern und das Aussehen der Fahrer. Sieben Wagen wurden von Männern in Straßenanzügen gesteuert und hatten keine weiteren Fahrgäste. Von der Zuschauergalerie des Flughafengebäudes aus beobachtete er, wie die Passagiere zur Maschine nach Madrid hinausströmten, unter ihnen vier der Autofahrer. Er sah sich seine Notizen an, die er auf die Rückseite eines Briefumschlags geschrieben hatte, und stellte fest, daß er die Wahl hatte zwischen einem Simca, einem Mercedes, einem Jaguar und einem kleinen Seat, der spanischen Ausgabe des Fiat 600.

Nachdem die Maschine abgehoben hatte, ging er zur Toilette und vertauschte den Anzug gegen cremefarbige Jeans, ein hellblaues Sporthemd und eine Nylonjacke mit Reißverschluß. Die Waffe wickelte er in ein Handtuch und verstaute sie in der weichen Flugtasche, die er seinem Koffer entnahm. Er gab den Koffer bei der Aufbewahrung ab, bestätigte seine Reservierung für den Abendflug nach Paris und ging wieder zum Parkplatz.

Er wählte den Seat, weil er in Spanien der gebräuchlichste Wagen ist und für einen Autodieb leicht zu öffnen. Während er wartete, fuhren zwei Männer auf den Parkplatz, und als sie weg waren, ging er hinüber zu dem kleinen roten Miniauto. Er ließ ein Metallrohr aus dem Ärmel gleiten, schob es über den Türgriff und drückte ihn nach unten. Das Schloß gab mit leisem Knacken nach. Von drinnen öffnete er die Haube und schloß die Zündung kurz. Der Wagen startete auf Knopfdruck, und er rollte aus dem Parkplatz auf die Straße nach Valencia und über die neue Küstenautobahn N332 in südlicher Richtung nach Alicante.

Von Valencia nach Ondara fährt man zweiundneunzig Kilometer oder fünfundfünfzig Meilen durch die Orangenhaine von Gandia und Oliva, und er ließ sich Zeit. Die Fahrt dauerte zwei Stunden. Die ganze Küste warf Blasen in der Morgensonne, ein langes Band aus goldenem Sand, gesprenkelt mit braunen Körpern und planschenden Schwimmern. Sogar die Hitze war wie ein böses Omen, ohne einen Windhauch, und am Horizont lag über dem Meer ein schwacher, trüber Dunst.

In Ondara fuhr er am Hotel Palmera vorbei, wo, wie er wußte, der ehemalige Sekretär des Generals Raoul Salan, des einstigen Führers der OAS, noch immer mit seinen Erinnerungen lebte. Im Stadtzentrum erfragte er mühelos den Weg nach Playa Caldera, das, wie ihm hilfreiche Einheimische erklärten, nur zwei Meilen außerhalb der Stadt lag. Kurz vor Mittag erreichte er das ausgedehnte Villenviertel, wo hauptsächlich Ausländer wohnten, und durchfuhr es auf der Suche nach der Villa San Crispin, die er von dem längst vernichteten Foto her kannte. Nach dem Weg zum Strand konnte man gefahrlos fragen, aber an eine Frage nach der Villa könnte sich unter Umständen später jemand erinnern.

Er fand die gelben Fensterläden und die weiß getünchten Terrakottamauern kurz vor ein Uhr, las den Namen auf einer in den Pfeiler neben der Einfahrt eingelassenen Fliese und stellte den Wagen zweihundert Meter weiter ab. Gemächlich, die Flugtasche umgehängt wie ein Tourist, der zum Strand will, pirschte er sich an den Hintereingang heran. Es war einfach. Ein Stück weiter führte von der Staubstraße, an der die Villa stand, ein schmaler Fußpfad in eine Orangenplantage hinter der Häuserreihe. Im Schutz der Bäume konnte er erkennen, daß nur ein niedriger Zaun die rote Erde der Orangenpflanzung von dem Garten und dem offenen Patio an der Rückseite des Hauses mit den gelben Fensterläden trennte, und er konnte seinen Mann mit einer Gießkanne im Garten herumtrödeln sehen. Die Verandatüren, die vom hinteren Teil des Gartens in den ebenerdigen Wohnraum führten, waren weit geöffnet, um Luftzug durchzulassen, falls sich ein Windhauch regen sollte. Er sah auf die Uhr – Zeit zum Mittagessen – und fuhr nach Ondara zurück.

Bis drei Uhr saß er in der Bar Valencia an der Calle Doctor Fleming, verzehrte eine Riesenportion gegrillte Garnelen und trank zwei Gläser des leichten einheimischen Weißweins. Dann zahlte er und ging.

Als er zurück zur Playa fuhr, schoben sich endlich die Regenwolken vom Meer her landwärts, und über dem ölglatten Wasser hörte man dumpfes Donnergrollen, etwas sehr Ungewöhnliches an der Costa Blanca um die Julimitte. Er stellte den Wagen dicht am Fußpfad zum Orangenhain ab, schob sich den Browning mit Schalldämpfer in den Gürtel, zog den Reißverschluß der Windjacke bis zum Hals hoch und spurtete unter die Bäume. Es war sehr still, als er den Hain verließ und über die niedrige Mauer in den Garten der Villa sprang. Die Einheimischen hielten in der Hitze Siesta, und die ersten Regentropfen klatschten auf das Laub der Orangenbäume; während er über die Steinfliesen schritt, fielen große Tropfen auf seine Schultern, und als er die Verandatüren erreicht hatte, brach der Guß endlich los und trommelte auf die rosafarbenen Dachziegel. Er war froh darüber; niemand würde etwas hören.

Aus einem Zimmer links des Wohnraums hörte er mehrmals Schreibmaschinengeklapper. Vorsichtig zog er die Waffe, blieb regungslos mitten in der Wohnhalle stehen und entsicherte den Browning. Dann schritt er über den Sisalteppich zur offenen Tür des Studios.

Major Archie Summers erfuhr nie, was geschah oder warum. Er sah einen Mann unter der Tür seines Studios stehen und richtete sich auf, um zu fragen, was er wolle. Dann sah er, was der Besucher in der Hand hielt, und sein Mund klappte halb auf. Zwei schwache Knacklaute, die der Regen draußen verschluckte, und beide Kugeln saßen in seiner Brust. Die dritte bekam er aus einem halben Meter Entfernung von oben in die Schläfe, aber die spürte er schon nicht mehr. Der Korse kauerte neben seinem Opfer nieder und legte den Zeigefinger dorthin, wo er den Puls hätte spüren müssen. Noch immer in der Hocke, fuhr er herum und starrte auf die Tür zum Wohnraum ...

Am nächsten Abend trafen sich die beiden Männer, der Killer und der Kunde, in dem Lokal an der Rue Miollin. Calvi war am Abend zuvor kurz vor Mitternacht aus Valencia zurückgekommen, hatte frühmorgens in London angerufen, und Sanderson war sofort herübergeflogen. Der Kunde schien nervös zu sein, als er die restlichen zweitausendfünfhundert Pfund ablieferte.

»Wirklich keine Probleme?« fragte er nochmals. Der Korse lächelte gelassen und schüttelte den Kopf.

»Sehr einfach, und Ihr Major ist sehr tot. Zwei Kugeln ins Herz und eine durch den Kopf.«

»Und niemand hat Sie gesehen?« fragte der Engländer. »Keine Zeugen?«

»Nein.« Der Korse stand auf und klopfte auf das Geldbündel in seiner Brusttasche. »Obwohl ich leider am Ende noch gestört wurde. Es schüttete in Strömen, und jemand kam herein und sah mich bei dem Toten.«

Der Engländer starrte ihn entsetzt an. »Wer?«

»Eine Frau.«

»Groß, dunkelhaarig?«

»Jaah. Und ein Prachtstück dazu.« Er sah das panische Entsetzen im Gesicht des Kunden und klopfte ihm tröstend auf die Schulter.

»Keine Sorge, Monsieur«, sagte er beruhigend. »Auftrag ausgeführt. Ich hab' sie auch gleich erledigt.«

Der Kaiser

»Und was mich noch stört . . .« sagte Mrs. Murgatroyd.

Ihr Mann, der neben ihr im Taxi saß, unterdrückte einen Seufzer. Immer störte sie noch etwas. Egal, wie gut alles klappte. Edna Murgatroyds ganzes Leben spielte sich zur Begleitmusik eines ständigen Lamentos ab, einer endlosen Litanei der Unzufriedenheit. Kurz, sie nörgelte unablässig.

Higgins, der junge Angestellte aus der Bankzentrale, dem die Firma als »bester Nachwuchskraft des Jahres« diese Urlaubswoche spendiert hatte, saß schweigend vorne. Der dynamische junge Mann von der Devisenabteilung hatte die Murgatroyds erst vor zwölf Stunden auf dem Flugplatz Heathrow kennengelernt, doch unter der Wucht von Ednas Trommelfeuer war sein Schwung bereits merklich erlahmt.

Auch dem Kreolen am Steuer – noch vor wenigen Minuten, als er die Fuhre zum Hotel ergattert hatte, ganz Lächeln und Herzlichkeit – hatte die Quenglerin im Fond die Laune verdorben, er war verstummt. Seine Muttersprache war Kreolen-Französisch, aber er verstand recht gut Englisch. Schließlich war Mauritius hundertfünfzig Jahre lang britische Kolonie gewesen.

Edna Murgatroyds unerschöpflicher Redefluß, gespeist aus Wehleidigkeit und Empörung, sprudelte weiter. Murgatroyd beobachtete durchs Fenster, wie der Flugplatz Plaisance im Hintergrund verschwand und sie sich Mahébourg näherten, der einstigen französischen Hauptstadt der Insel, und den verfallenen Festungsbauten, die anno 1810 der britischen Flotte hätten Einhalt gebieten sollen.

Murgatroyd blickte aus dem Fenster, und was er sah, faszinierte ihn. Er war entschlossen, diese Urlaubswoche auf einer tropischen Insel, das erste große Abenteuer seines Lebens, vollauf zu genießen. Vor der Abfahrt hatte er zwei dicke Reiseführer über Mauritius gelesen und eine Generalstabskarte der Insel vom nördlichsten bis zum südlichsten Punkt studiert.

Die Zuckerrohrfelder begannen, das Taxi fuhr durch ein Dorf. Auf den Stufen der Hütten am Straßenrand sah er Inder, Chinesen und Neger, dazu Kreolenmischlinge, die alle einträchtig nebeneinander lebten. Hindutempel und buddhistische Heiligtümer standen nur ein paar Meter von katholischen Gotteshäusern entfernt. Aus den Reiseführern wußte er, daß Mauritius ein Rassengemisch aus einem halben Dutzend ethnischer Großgruppen aufwies sowie vier Hauptreligionen, aber noch nie hatte er dergleichen mit eigenen Augen gesehen, jedenfalls nicht in einem so friedlichen Zusammensein.

Sie durchfuhren weitere Dörfer, allesamt nicht reich und alles andere als sauber, aber die Bewohner lächelten und winkten. Murgatroyd winkte zurück. Vier magere Hühner flatterten vor dem Taxi auf und entgingen um Haaresbreite dem Verkehrstod, doch als er zurückblickte, waren sie schon wieder auf der Straße und pickten unsichtbare Nahrung aus dem Staub. An einer Kurve verlangsamte der Wagen sein Tempo. Ein kleiner Tamiljunge kam aus einem Schuppen, stellte sich an die Wegbiegung und hob seinen Kittel bis über den Bauch. Darunter war er nackt. Als das Taxi vorbeikam, pißte er auf die Straße. Mit der einen Hand hielt er den Kittel hoch, mit der anderen winkte er. Mrs. Murgatroyd schnaubte.

»Widerlich«, sagte sie. Sie beugte sich vor und tippte dem Fahrer auf die Schulter.

»Warum geht er nicht auf die Toilette?« fragte sie.

Der Fahrer warf den Kopf zurück und lachte. Dann drehte er sich zu der Fragerin um. Der Wagen nahm die beiden nächsten Kurven mittels Fernsteuerung.

»Pas de toilette, madame«, sagte der Fahrer.

»Was sagt er?« fragte sie.

»Die Straße ist offenbar die Toilette«, erläuterte Higgins.

Sie schnaubte.

»Schauen Sie doch«, sagte Higgins, »das Meer.«

Die Straße führte jetzt ein Stück an der Felsenküste entlang, und sie sahen zu ihrer Rechten den Indischen Ozean, der sich unter der Morgensonne in ungetrübtem Azurblau bis an den Horizont erstreckte. Eine halbe Meile vom Ufer entfernt, über dem großen Riff, das Mauritius vor der offenen See schützt, zog sich die weiße Linie der Brandungswelle hin. Zwischen Strand und Riff sah man die Lagune, stehendes Wasser vom blassesten Grün und so klar, daß die Korallensträucher noch in sechs Meter Tiefe deutlich erkennbar waren. Dann verlief die Fahrt aufs neue zwischen Zuckerrohrfeldern.

Nach fünfzig Minuten passierten sie das Fischerdorf Trou d'Eau Douce. Der Fahrer wies nach vorn.

»Hotel«, sagte er. »Zehn Minuten.«

»Gott sei Dank«, fauchte Mrs. Murgatroyd. »Länger hätte ich es in diesem Klapperkasten auch nicht mehr ausgehalten.«

Sie bogen in die von gepflegten Rasenflächen gesäumte Auffahrt ein. Higgins drehte sich grinsend um.

»So ziemlich das Gegenteil von Ponder's End«, sagte er.

Murgatroyd erwiderte lächelnd: »Das kann man wohl sagen.« Er empfand keineswegs schnöden Undank gegen den Vorort Ponder's End, wo er Zweigstellenleiter war. Vor einem halben Jahr hatte dort ein mittelgroßer Industriebetrieb die Fertigung aufgenommen, und in einem lichten Moment war er an Firmenleitung und Belegschaft mit dem Vorschlag herangetreten, die Wochenlöhne in der gleichen Form auszuzahlen wie die Bezüge der Angestellten – per Scheck –, um die Gefahr, daß die Lohngelder geraubt würden, auszuschließen. Zu seiner eigenen Überraschung waren die meisten einverstanden gewesen, und in der Bankfiliale wurden ein paar hundert neue Konten eröffnet. Als dieser Geniestreich in der Hauptstelle zur Sprache kam, schlug jemand dort die Schaffung eines Preises zur Motivierung der Außenstellenleute und jüngeren Mitarbeiter vor. Im ersten Jahr fiel die Auszeichnung ihm zu, und sie bestand in einer von der Bank bezahlten Woche auf Mauritius.

Das Taxi hielt endlich vor dem imposanten Portal des Hotels St. Geran, und zwei Hausdiener eilten herbei, um das Gepäck aus dem Kofferraum und vom Wagendach zu holen. Wie der Blitz schoß Mrs. Murgatroyd aus dem Fond. Obwohl sie erst zweimal im Leben weiter ostwärts als bis zur Themsemündung gelangt war – meist verbrachten sie den Urlaub bei ihrer Schwester in Bognor –, begann sie sofort, die Hausdiener herumzukommandieren, als stünde normalerweise ein halbes indisches Fürstentum zu ihrer persönlichen Bedienung bereit.

Gefolgt von Hausdienern und Gepäck zogen die drei durch das hohe Portal in die luftige Kühle der Kuppelhalle ein; voran Mrs. Murgatroyd im geblümten Kleid, das durch Flug und Taxifahrt arg gelitten hatte, dann Higgins im knitterfreien beigen Tropenanzug und Murgatroyd in seinem nüchternen Grau. Links befand sich die Rezeption, dahinter ein indischer Portier, der lächelnd nickte.

Higgins machte den Wortführer. »Mr. und Mrs. Murgatroyd«, sagte er, »und ich heiße Higgins.«

Der Portier sah die Zimmerreservierungen durch. »Ja, geht in Ordnung«, sagte er.

Murgatroyd musterte den Raum. Die Haupthalle war aus roh behauenen einheimischen Steinen und sehr hoch, und über ihm trugen Holzbalken das Dach. Sie erstreckte sich bis zu einem Säulengang im Hintergrund, und auch zu beiden Seiten reihten sich Kolonnaden und sorgten für kühlenden Luftzug. Aus dem Hintergrund drang tropisches Sonnenlicht herein, zusammen mit dem Plätschern und Geschrei eines gut besuchten Swimmingpools. Links, etwa in der Mitte der Halle, führte eine Steintreppe nach oben in den ersten Stock des Gästeflügels. Im Erdgeschoß bildete ein Rundbogen den Zugang zu den Apartments.

Aus einem Raum hinter dem Empfang tauchte ein junger blonder Engländer in tadellosem Hemd und indigoblauen Slacks auf.

»Guten Morgen«, sagte er lächelnd. »Ich bin Paul Jones, der Manager.«

»Higgins«, sagte Higgins, »und Mr. und Mrs. Murgatroyd.«

»Herzlich willkommen«, sagte Jones. »Mal sehen, welche Zimmer Sie haben.«

Durch die Halle kam eine lange Jammergestalt herangeschlendert. Die dünnen Beine steckten in Drillichshorts, und ein geblümtes Strandhemd schlotterte um den Körper. Der Mann war barfuß, trug jedoch ein seliges Lächeln auf dem Gesicht und eine Dose Lagerbier in der großen Hand. Kurz vor Murgatroyd blieb er stehen und linste auf ihn hinab.

»Hallo, neue Gäste«, sagte er mit deutlich australischem Akzent.

Murgatroyd war verdutzt. »Ehem, ja«, sagte er.

»Wie heißen Sie?« fragte der Australier ungeniert.

»Murgatroyd«, sagte der Bankmann, »Roger Murgatroyd.«

Der Australier nahm es nickend zur Kenntnis. »Und woher?« Murgatroyd glaubte, der Mann frage nach seiner Firma.

»Von der Midland«, sagte er.

Der Australier setzte die Bierdose an die Lippen und leerte sie. Er rülpste. »Wer ist der da?« fragte er.

»Das ist Higgins«, sagte Murgatroyd. »Von der Zentrale.«

Der Australier lächelte beglückt. Er blinzelte ein paarmal, um klarer zu sehen. »Das gefällt mir«, sagte er. »Murgatroyd von der Midland, und Higgins von der Zentrale.«

Nun hatte Paul Jones den Australier erspäht und kam hinter dem Tresen hervor. Er faßte den langen Kerl beim Ellbogen und bugsierte ihn wieder in den Hintergrund der Halle. »So, Mr. Foster, jetzt setzen wir uns wieder schön an die Bar, damit ich unsere neuen Gäste in ihre Zimmer führen kann . . .«

Foster ließ sich von der sanften aber energischen Hand durch die Halle steuern. Im Hinausgehen winkte er freundlich in Richtung Rezeption: »Viel Spaß, Murgatroyd«, rief er.

Paul Jones kam zurück.

»Dieser Mensch«, sagte Mrs. Murgatroyd mit eisiger Mißbilligung, »war betrunken.«

»Aber er macht doch *Urlaub,* Liebes«, sagte Murgatroyd.

»Das ist kein Grund«, sagte Mrs. Murgatroyd. »Wer ist er?«

»Harry Foster«, sagte Jones, »aus Perth.«

»Er spricht nicht wie ein Schotte«, sagte Mrs. Murgatroyd.

»Perth in Australien«, sagte Jones. »Darf ich Sie jetzt in Ihre Zimmer führen?«

Murgatroyd bewunderte den Ausblick vom Balkon des Doppelzimmers im ersten Stock. Unter ihm erstreckte sich kurzgeschorener Rasen bis zu einem Streifen aus glitzerndem weißem Sand, über den die Palmen wandernde Schattenmuster warfen, wenn die Brise sie bewegte. Ein Dutzend runde strohgedeckte Schilfhütten boten Schutz und Schirm. Die warme Lagune, milchig, wo sie den Sand aufgewühlt hatte, schwappte gegen den Strand. Weiter draußen wurde sie durchsichtig grün, und noch weiter entfernt leuchtete sie blau. In fünfhundert Meter Entfernung konnte er das schäumende Riff ausmachen.

Ein mahagonibrauner junger Mann mit strohfarbenem Haar ritt auf einem Surfbrett. Er balancierte auf der schmalen Planke, fing einen Windstoß ab, beugte sich gegen den Zug des Segels weit hinaus und schlitterte mit müheloser Eleganz über die Wasserfläche. Zwei braunhäutige, schwarzhaarige und schwarzäugige Kinder bespritzten einander kreischend im Seichten. Ein bebauchter Europäer stapfte tropfenglänzend auf Schwimmflossen aus dem Wasser und schleifte Tauchermaske und Schnorchel hinter sich her.

»Herrje«, rief er mit südafrikanischem Akzent einer Frau im Schatten zu, »da unten gibt's so viele Fische, es ist nicht zu glauben.«

Zur Rechten, drüben beim Hauptgebäude, sah Murgatroyd Männer und Frauen in Wickelröcken der Poolbar zustreben, um vor dem Lunch einen geeisten Drink zu nehmen.

»Komm, gehen wir schwimmen«, sagte Murgatroyd.

»Wir könnten schneller unten sein, wenn du mir beim Auspacken helfen würdest.«

»Das kann warten. Bis nach dem Lunch brauchen wir nur das Badezeug.«

»Kommt nicht in Frage«, sagte Mrs. Murgatroyd. »Du wirst mir nicht wie ein Eingeborener zu Tisch gehen. Hier hast du Shorts und Hemd.«

Nach zwei Tagen hatte Murgatroyd sich dem Rhythmus

des Urlaubslebens in den Tropen angepaßt, jedenfalls soweit es ihm gestattet wurde. Er stand früh auf, wie zu Hause auch, doch anstatt wie dort als erstes zwischen den Gardinen auf das regenfeuchte Pflaster zu spähen, setzte er sich auf den Balkon und beobachtete, wie die Sonne draußen jenseits des Riffs aus dem Indischen Ozean tauchte und das dunkle stille Wasser plötzlich wie zersplittertes Glas aufblitzte. Um sieben schwamm er seine Morgenrunde, während Edna Murgatroyd mit Lockenwicklern im Bett saß und über die Säumigkeit des Frühstücksservice klagte, der in Wahrheit sehr prompt war.

Murgatroyd blieb eine Stunde im warmen Wasser, schwamm einmal fast zweihundert Meter hinaus und staunte selber über seinen Wagemut. Er war kein großer Schwimmer, wurde aber von Tag zu Tag besser. Ein Glück, daß seine Frau nichts von dieser Heldentat wußte, denn nach ihrer Überzeugung wimmelte es in der Lagune von Haien und Barracudas, auch wenn ihr noch so oft versichert wurde, daß diese Raubfische nicht über das Riff hereinkommen könnten und die Lagune genauso sicher sei wie der Swimmingpool.

Bald frühstückte er wie die anderen Urlauber auf der Terrasse neben dem Pool, nahm sich Melone, Mangos und Papajas zu seinen Corn-flakes und verschmähte Eier mit Schinken, die ebenfalls serviert wurden. Um diese Zeit trugen die meisten Männer Badehose und Strandhemd, die Frauen leichte Baumwollhänger oder Wickelkleider über dem Bikini. Murgatroyd blieb bei seinen knielangen Drillichshorts und den Tennishemden, die er aus England mitgebracht hatte. Kurz vor zehn Uhr erschien seine Frau in »ihrer« Strohhütte am Strand, um pausenlos Drinks oder Einreibungen mit Sonnenöl zu fordern, obwohl sie sich so gut wie nie den Sonnenstrahlen aussetzte.

Von Zeit zu Zeit tauchte sie die rosafarbenen Massen in das Schwimmbecken rings um die schattige Insel der Poolbar, die Dauerwelle unter einer gerüschten Badekappe geschützt, und schwamm langsam ein paar Züge, ehe sie wieder an Land klomm.

Higgins, der Single, hatte sich alsbald einer Gruppe sehr viel jüngerer Engländer angeschlossen, und die Murgatroyds bekamen ihn selten zu sehen. Er betrachtete sich als eine Art Weltenbummler und erstand in der Hotelboutique einen breitrandigen Strohhut, wie Hemingway ihn auf einem Foto trägt. Auch er verbrachte den Tag in Badehose und Hemd, und zum Dinner erschien er wie die anderen in hellen Slacks und Buschhemd mit Brusttaschen und Achselklappen. Nach dem Dinner begab er sich ins Casino oder in die Disco. Murgatroyd fragte sich, wie es dort wohl sein mochte.

Harry Foster hatte seinen Witz leider nicht für sich behalten. Für die Südafrikaner, Australier und Briten, die den Großteil der Gäste stellten, war Murgatroyd von der Midland bald ein Begriff, Higgins dagegen versuchte, das Zentraleprädikat durch Angleichung loszuwerden. Murgatroyd erfreute sich ohne eigenes Zutun großer Beliebtheit. Wenn er in knielangen Shorts und Turnschuhen auf die Frühstücksterrasse trat, begrüßten ihn von allen Seiten lächelnde Gesichter und fröhliche Rufe: »Morgen, Murgatroyd!«

Gelegentlich begegnete er dem Erfinder seines Titels. Mehrmals kurvte Harry Foster, auf seiner eigenen Wolke segelnd, an ihm vorbei; die rechte Hand schien sich nur zu öffnen, um eine leere Bierdose abzustellen und eine volle zu ergreifen. Jedesmal grinste der angeheiterte Australier ihm freundlich zu, hob grüßend die freie Hand und rief laut: »Viel Spaß, Murgatroyd!«

Am dritten Morgen stieg Murgatroyd nach seinem Vormittagsbad aus dem Meer, setzte sich, den Rücken an den Mittelpfeiler gelehnt, unter das Strohdach und musterte sich. Die Sonne stand schon hoch und fing an zu brennen, obwohl es erst halb zehn Uhr war. Er blickte an seinem Körper hinab, der trotz aller Schutzmaßnahmen und der ständigen Mahnungen seiner Gattin ein leckeres Hummerrot aufwies. Er beneidete Menschen, die in kurzer Zeit gesunde Bräune erzielten. Er wußte, daß es galt, die einmal erworbene Sonnenfarbe zu erhalten und nicht zwischen zwei Urlauben wieder marmorblaß zu werden. Versuch das mal in Bognor, dachte er. Die letzten drei Urlaube hatten ihnen nur wechselnde Mengen von Regen und grauen Wolken beschert.

Seine Beine ragten dünn und borstig wie langgezogene Stachelbeeren aus der buntkarierten Badehose. Darüber wölbte sich ein runder Bauch, die Muskeln des Oberkörpers waren schlaff. In den Jahren am Schreibtisch war sein Hinterteil in die Breite gegangen, das Haar wurde schon schütter. Seine Zähne waren vollständig, und eine Brille trug er nur zum Lesen, einer Tätigkeit, die sich im wesentlichen auf Geschäftsberichte und Kontoauszüge beschränkte.

Draußen auf See dröhnte ein Motor. Er blickte auf und sah ein kleines Rennboot rasch auf Touren kommen. Das Boot schleppte ein Seil nach, an dessen Ende ein Kopf auf dem Wasser tanzte. Während er hinsah, straffte sich plötzlich das Seil, und aus der Lagune hob sich, gischtsprühend, holzbraun, der Wasserskifahrer, ein junger Hotelgast. Die Füße standen hintereinander auf nur einem Ski, und ein Schaumfächer stob hinter ihm hoch, als er immer schneller dem Boot nachfuhr.

Der Steuermann drehte das Rad, und der Skifahrer beschrieb einen weiten Bogen, raste dicht vor Murgatroyd am Strand vorbei. Er wirkte wie aus Eichenholz geschnitzt mit seinen gestrafften Muskeln, den Beinen, die sich gegen den Anprall der Bootswellen stemmten. Sein triumphierendes Lachen scholl über die Lagune zurück, während er wieder meerwärts schwenkte. Murgatroyd beobachtete und beneidete den jungen Mann.

Zugegeben, Murgatroyd war fünfzig, klein, korpulent und nicht mehr in Form, trotz der Sommernachmittage im Tennisklub. In vier Tagen würde Sonntag sein, dann mußte er in ein Flugzeug steigen und abfliegen, um nie mehr wiederzukommen. Vermutlich würde er noch weitere zehn Jahre in Ponder's End bleiben und sich dann, höchstwahrscheinlich in Bognor, zur Ruhe setzen.

Er blickte um sich und sah von links ein junges Mädchen den Strand entlangkommen. Die Höflichkeit hätte ihm verbieten müssen, sie anzustarren, aber er konnte nicht anders. Sie ging barfuß, mit der stolzen Grazie der Insulanerinnen. Ihre Haut war ohne Nachhilfe durch Öle oder Cremes von dunklem Gold. Sie trug einen weißen, scharlachrot gemusterten *pareo* aus Baumwolle, der unter dem linken Arm verknotet war. Er bedeckte knapp die Hüften. Murgatroyd vermutete, daß sie nichts darunter anhatte. Ein Windstoß preßte den Stoff an ihren Körper und zeichnete eine Sekunde lang die festen jungen Brüste und die schlanke Taille ab. Dann legte sich die Brise, und das Tuch hing wieder glatt.

Murgatroyd sah, daß sie eine hellhäutige Kreolin war, mit hohen Wangenknochen und glänzend schwarzem Haar, das ihr in Wellen über den Rücken fiel. Als sie auf seiner Höhe war, wandte sie den Kopf und schenkte irgendwem ein strahlendes, glückliches Lächeln. Murgatroyd war überrascht. Er hatte niemanden in seiner Nähe geglaubt. Hastig suchte er zu erspähen, wem das Mädchen wohl zugelächelt hatte. Er war allein. Als er sich wieder meerwärts wandte, lächelte das Mädchen abermals, daß die weißen Zähne in der Morgensonne blitzten. Er wußte genau, daß er sie nicht kannte. Also mußte sie ihm spontan zugelächelt haben. Einem Fremden. Murgatroyd nahm die Sonnenbrille ab und erwiderte das Lächeln.

»Guten Morgen«, rief er.

»Bonjour, m'sieur«, sagte das Mädchen und ging weiter. Murgatroyd blickte ihrem entschwindenden Rücken nach. Das dunkle Haar hing ihr bis zu den Hüften, die sich leicht unter dem weißen Baumwollstoff wiegten.

»So was kannst du dir gleich wieder aus dem Kopf schlagen«, sagte eine Stimme hinter ihm. Mrs. Murgatroyd war erschienen. Auch sie starrte dem Mädchen nach.

»Luder«, sagte sie und drapierte sich in den Schatten.

Zehn Minuten später schaute er zu ihr hinüber. Sie war in eine historische Schnulze ihrer Lieblingsautorin vertieft, aus deren Produktion sie einen Vorrat mitgebracht hatte. Er wandte den Blick wieder hinaus auf die Lagune und fragte sich zum hundertstenmal, wie man so unersättlich nach Liebesromanen gieren und im Leben alles unterhalb der Gürtellinie verteufeln konnte. Seine Ehe hatte sich nie durch überschwengliche Leidenschaft ausgezeichnet, nicht einmal zu Anfang, ehe Edna ihm erklärt hatte, sie habe für »dergleichen« nichts übrig, und er befinde sich im Irrtum, wenn er annehme, es müsse unbedingt so weitergehen. Seither, seit über zwanzig Jahren, war er gefangen in einer lieblosen Ehe, deren erstickende Öde nur zuweilen durch Perioden akuten Hasses belebt wurde.

Einmal hatte er im Umkleideraum des Tennisklubs einen Mann zu einem anderen Mitglied sagen hören, er, Murgatroyd, »hätte sie schon vor Jahren verdreschen sollen«. Damals war er empört gewesen und hätte um ein Haar den Sprecher zur Rede gestellt. Aber er tat es nicht, er mußte zugeben, daß der Mann recht hatte. Nur leider war Murgatroyd nicht der Typ, Leute zu verdreschen, und er bezweifelte, daß bei Edna viel damit zu gewinnen wäre. Er war immer verträglich gewesen, schon in seiner Jugend, und obwohl er eine Bank leiten konnte, war seine Verträglichkeit zu Hause in Passivität abgeglitten und dann in Kälte. Die Bürde seiner geheimsten Gedanken entlud sich in einem jähen Seufzer.

Edna Murgatroyd blickte ihn über die Brille hinweg an. »Wenn du überreizt bist, dann geh und schluck eine Pille«, sagte sie.

Am Freitagabend pirschte Higgins sich in der Hotelhalle an Murgatroyd heran, der dort wartete, bis seine Frau von »Damen« kam.

»Ich muß Sie sprechen ... allein«, zischte Higgins aus dem Mundwinkel, so verschwörerisch, daß es meilenweit auffiel.

»Verstehe«, sagte Murgatroyd. »Können Sie es nicht hier sagen?«

»Nein«, raunte Higgins und betrachtete ein Farngewächs. »Ihre Frau kann jeden Moment kommen. Folgen Sie mir.«

Er schlenderte mit betonter Nonchalance von dannen, ging ein Stück weit in den Garten, trat hinter einen Baum, lehnte sich an den Stamm und wartete. Murgatroyd trabte hinter ihm drein.

»Was gibt's denn?« fragte er, als er neben Higgins im dunklen Gebüsch stand.

Higgins lugte über die Schulter zur beleuchteten Halle hinter den Bogengängen, um sicherzugehen, daß Murgatroyds bessere Hälfte ihnen nicht gefolgt war.

»Sportangeln«, sagte er. »Haben Sie Erfahrung?«

»Nein, natürlich nicht«, sagte Murgatroyd.

»Ich auch nicht. Aber ich möchte gern. Ein einziges Mal.

Bloß probieren. Also: Drei Geschäftsleute aus Johannesburg hatten für morgen früh ein Boot gemietet. Und jetzt kam ihnen was dazwischen. Also ist das Boot frei und die halbe Gebühr schon bezahlt, weil die drei ihre Anzahlung verfallen ließen. Was meinen Sie? Sollen wir's nehmen?«

Murgatroyd war über die Frage erstaunt. »Warum gehen Sie nicht mit ein paar von Ihren neuen Bekannten?« fragte er.

Higgins zuckte die Achseln. »Die wollen alle den letzten Tag mit ihren Mädchen verbringen, und die Mädchen wollen nicht angeln gehen. Los, Murgatroyd, riskieren wir's.«

»Wieviel kostet es?« fragte Murgatroyd.

»Normalerweise hundert amerikanische Dollar pro Nase«, sagte Higgins, »aber da die Hälfte schon bezahlt ist, treffen auf jeden nur fünfzig.«

»Für ein paar Stunden! Das sind fünfundzwanzig Pfund.«

»Sechsundzwanzig Pfund und fünfundsiebzig Pence«, sagte Higgins automatisch. Er war schließlich in der Devisenabteilung.

Murgatroyd rechnete. Abzüglich des Taxis zum Flugplatz und der verschiedenen sonstigen Rückreisespesen nach Ponder's End blieb ihm kaum mehr als dieser Betrag. Und den würde Mrs. Murgatroyd für zollfreien Einkauf und Geschenke für ihre Schwester in Bognor bestimmen.

»Edna würde nie einverstanden sein«, sagte er.

»Sagen Sie's ihr nicht.«

»Nicht sagen?« Der Gedanke war ungeheuerlich.

»Kein Wort«, beschwor Higgins ihn. Er beugte sich vor, und Murgatroyd roch die Punschfahne. »Einfach abhauen. Später macht sie Ihnen die Hölle heiß, aber das tut sie ohnehin. Bedenken Sie doch, wir kommen vermutlich nie wieder hierher. Kriegen nie wieder den Indischen Ozean zu sehen. Warum also nicht?«

»Na ja, ich weiß nicht . . .«

»Bloß ein Vormittag draußen auf See, in einem Boot, Mann, Wind im Haar, Angeln raus auf Bonitos, Thunfisch oder Kingfisch. Makrelen. Vielleicht fangen wir sogar was. Zumindest wäre es ein Abenteuer, an das wir dann in London zurückdenken könnten.«

Murgatroyd reckte sich. Er dachte an den jungen Mann, der auf dem Ski über die Lagune geflitzt war.

»Ich mache mit«, sagte er. »Sie haben's geschafft. Wann geht's los?«

Er zückte die Brieftasche, riß drei Reiseschecks zu je zehn Pfund aus dem Heftchen, so daß nur noch zwei blieben, unterschrieb und reichte sie Higgins.

»In aller Frühe«, flüsterte Higgins und nahm die Schecks. »Aufstehen um vier. Abfahrt vom Hotel halb fünf. Um fünf am Hafen. Auslaufen Viertel vor sechs, damit wir noch vor sieben die Fischgründe erreichen. Das ist die beste Zeit; so um Sonnenaufgang. Der Veranstaltungsleiter begleitet uns, er kennt den Rummel. Wiedersehen, halb fünf in der Halle!«

Er schlenderte zurück in die Halle und von dort zur Bar. Murgatroyd folgte, verwirrt ob seiner eigenen Kühnheit, und fand seine Frau mürrisch wartend vor. Er führte sie zu Tisch.

In dieser Nacht schlief Murgatroyd wenig. Den Reisewekker wagte er nicht zu stellen, denn das Klingeln könnte seine Frau aufwecken. Aber er durfte auch nicht verschlafen und riskieren, daß Higgins um halb fünf an die Tür klopfte. Er nickte nur mehrmals kurz ein, bis die Leuchtzeiger auf die vierte Stunde rückten. Hinter den Gardinen war es noch stockdunkel.

Er glitt lautlos aus dem Bett und warf einen Blick auf Mrs. Murgatroyd. Sie trug ein Haarnetz über den Lockenwicklern, lag wie immer auf dem Rücken und atmete schnarchend. Er legte den Schlafanzug vorsichtig aufs Bett und zog die Unterhose an. Turnschuhe, Shorts und Hemd in der Hand, schlich er aus der Tür und schloß sie. Im abgedunkelten Korridor zog er sich fertig an und schauderte in der unerwarteten Kühle.

In der Halle fand er Higgins und den Führer vor, einen großen grobknochigen Südafrikaner namens Andre Kilian, der alle sportlichen Aktivitäten für die Gäste organisierte. Kilian warf einen Blick auf Murgatroyds Kleidung.

»Frühmorgens ist es kalt auf See«, sagte er, »und später verdammt heiß. Da draußen brät Sie die Sonne. Haben Sie keine lange Hose und eine langärmelige Windjacke?«

»Hab' nicht daran gedacht«, sagte Murgatroyd. »Nein, ehem, ich hab' keine.« Er wagte nicht, in sein Zimmer zurückzugehen.

»Kann ich Ihnen borgen«, sagte Kilian und gab ihm einen Pullover. »Gehen wir.«

Sie fuhren eine Viertelstunde durch die dunkle Landschaft, vorbei an Hütten, in denen schwacher Lichtschein verriet, daß auch dort drinnen schon jemand wach war. Dann kurvten sie von der Hauptstraße hinunter zum kleinen Hafen Trou d'Eau Douce, was Süßwasserloch bedeutet: Ein längst verstorbener französischer Kapitän, der dort wohl eine Trinkwasserquelle gefunden hatte, hatte den kleinen Ort so benannt. Die Häuser waren verrammelt und dunkel, aber im Hafen sah Murgatroyd die Konturen eines vertäuten Boots und darauf Gestalten, die beim Licht von Handlampen arbeiteten. Der Wagen hielt dicht an der hölzernen Mole, und Kilian nahm aus dem Handschuhfach eine Thermosflasche mit heißem Kaffee und reichte sie herum. Eine Wohltat.

Der Südafrikaner stieg aus und ging über die Mole zum

Boot. Fetzen einer gedämpften Unterhaltung in Kreolen-Französisch wehten zum Wagen hinüber. Seltsam, daß man im Morgengrauen immer leise spricht.

Nach zehn Minuten kam Kilian zurück. Jetzt zeigte sich ein blasser Streifen am östlichen Horizont, und über der See glommen schwach ein paar niedrige geriffelte Wolken. Das Wasser war an seiner eigenen Helle zu erkennen, und die Konturen von Mole, Boot und Männern wurden schärfer.

»Jetzt können wir die Ausrüstung an Bord schaffen«, sagte Kilian.

Aus dem Heck des Kombis brachte er eine Kühlbox zum Vorschein, die später kaltes Bier liefern sollte, und er und Higgins trugen sie über die Mole. Murgatroyd nahm die Lunchpakete und noch zwei Kaffeeflaschen.

Das Boot war keines der neuen Fiberglas-Luxusmodelle, sondern ein blitzblankes altes Mädchen mit hölzernem Rumpf und Deckplanken aus Sperrholz. Eine kleine Kabine im Vorderteil schien mit Gerätschaften aller Art vollgestopft. Auf der Steuerbordseite neben der Kabinentür war vor dem Steuerrad und den Armaturen ein gepolsterter Sitz auf einen hohen Steven montiert. Dieser Teil war überdacht. Der Heckteil war offen und enthielt an beiden Seiten harte Holzbänke. Im Heck war ein Drehsessel, wie in einem Büro, nur daß Gurte lose daran hingen und der Sessel am Deck festgeschraubt war.

Zu beiden Seiten des Hecks ragten zwei lange Stäbe schräg heraus, wie Wespenfühler. Murgatroyd hielt sie zunächst für Angelruten, stellte später jedoch fest, daß es Ausleger waren, die ein Verwirren von Außen- und Innenleinen verhinderten.

Auf dem Steuersitz saß ein alter Mann, eine Hand am Rad, und beobachtete schweigend die letzten Vorbereitungen. Kilian verstaute den Bierkasten unter einer der Bänke und forderte Higgins und Murgatroyd auf, sich hinzusetzen. Ein Bootsjunge, kaum älter als zwölf, löste das Hecktau und warf es aufs Deck. Ein Dorfbewohner, der auf der Mole stand, löste das vordere Tau und stieß das Boot vom Kai ab. Der alte Mann ließ die Motoren an, und unter den Deckplanken begann es dumpf zu rumoren. Das Boot drehte die Nase langsam auf die Lagune hinaus.

Die Sonne würde jetzt bald aufgehen, sie stand knapp unter dem Horizont und warf ihr Licht gen Westen übers Wasser. Murgatroyd sah deutlich die Häuser des Dorfes am Saum der Lagune und die aufsteigenden Rauchfahnen, die anzeigten, daß die Frauen den Morgenkaffee machten. Minuten später waren die letzten Sterne verblaßt, der Himmel färbte sich bläulich wie ein Rotschwanzei, und schimmernde Lichtspeere durchstießen das Wasser. Plötzlich riffelte eine leichte Brise, aus dem Nichts gekommen und ins Nichts verwehend, den Wasserspiegel, und das Licht brach zu silbernen Scherben. Dann war es vorbei. Die glatte Ruhe wurde nur noch von der langen Kielwelle gestört, die vom Boot zur immer kleiner werdenden Mole zog. Murgatroyd blickte über den Bootsrand und konnte bereits Klumpen von Korallen sehen, obwohl sie in vier Faden Tiefe lagerten.

»Übrigens«, sagte Kilian, »darf ich vorstellen.« Mit zunehmender Helligkeit wurde seine Stimme lauter. »Dieses Boot heißt *Avant,* was im Französischen ›Vorwärts‹ bedeutet. Schon alt, aber solide wie ein Fels, und hat in den langen Jahren so einiges gefangen. Der Kapitän ist Monsieur Patient, und das ist sein Enkel Jean-Paul.«

Der alte Mann drehte sich um und nickte seinen Gästen grüßend zu. Er sagte nichts. Er trug Hemd und Hose aus grobem blauen Segeltuch, darunter baumelten zwei nackte verkrümmte Füße. Das Gesicht war dunkel und schrumpelig wie eine Walnuß; darüber saß ein verbeulter Basthut. Seine

Augen, die meerwärts blickten, hatte lebenslanges Spähen auf gleißendes Wasser mit einem Netz von Fältchen umzogen.

»Monsieur Patient hat schon als Junge in diesen Gewässern gefischt, das war vor mindestens sechzig Jahren«, sagte Kilian. »Nicht einmal er weiß, wie lange er es schon macht, und sonst kann sich auch niemand erinnern. Er kennt das Meer und die Fische. Das ist das Geheimnis, wie man was fängt.«

Higgins entnahm seiner Umhängetasche eine Kamera. »Ich möchte ein Foto machen«, sagte er.

»Warten Sie noch ein paar Minuten«, sagte Kilian. »Und halten Sie sich fest. Gleich fahren wir übers Riff.«

Murgatroyd blickte dem näherkommenden Riff entgegen. Vom Hotelbalkon aus sah die Brandung federweich aus, der Gischt wie Milchschaum. In der Nähe konnte er die Ozeanbrecher in die Korallenbänke donnern, Staffeln scharfer Klingen knapp unter der Oberfläche zerfransen hören. Er sah keine Lücke in der weißen Schranke.

Erst knapp vor der Schaumzeile riß der alte Mann das Steuer scharf nach rechts, und die *Avant* legte sich in zwanzig Meter Abstand parallel zur Gischtbarriere. Dann sah Murgatroyd die Durchfahrt: Dort, wo zwei Korallenbänke, durch einen engen Kanal getrennt, nebeneinander verliefen. Fünf Sekunden, und das Boot war in diesem Kanal, zu beiden Seiten gingen Brecher hoch, die parallel zur Küste eine halbe Meile ostwärts rasten. Als die Brandung das Boot erfaßte, begann die *Avant* zu schlingern und zu stampfen.

Murgatroyd blickte hinab. Trotz der Brecher rechts und links konnte er, sobald der Schaum wich, auf seiner Seite in drei Meter Tiefe die Korallen sehen, zarte fedrige Gebilde für das Auge, aber rasiermesserscharf. Ein Anstreifen, und sie konnten Boot oder Menschen mit lässiger Leichtigkeit abhäuten. Der Schiffer schien nicht hinzuschauen. Er saß da, die eine Hand am Steuer, die andere am Gashebel, und starrte geradeaus durch die Windschutzscheibe, als erhielte er Signale von einem nur für ihn sichtbaren Leuchtturm am leeren Horizont. Manchmal drehte er am Rad oder gab Gas, und schon hatte die *Avant* eine neue Falle überlistet. Murgatroyd sah die Fallen erst, wenn sie, ihrer Beute verlustig, an ihm vorbeifegten.

Sechzig Sekunden, die eine Ewigkeit schienen, und es war vorüber. Rechts setzte das Riff sich fort, aber zur Linken war es verschwunden, und das Boot war durch. Der Kapitän schwang wieder das Rad herum, und die *Avant* nahm Kurs aufs offene Meer. Sofort wurden sie vom gewaltigen Rollen des Indischen Ozeans erfaßt. Murgatroyd begriff, daß Angsthasen hier nichts zu suchen hatten, und er hoffte, sich nicht zu blamieren.

»He, Murgatroyd, haben Sie die verdammte Koralle da gesehen?« sagte Higgins.

Kilian grinste. »Nicht ohne, wie? Kaffee?«

»Jetzt könnte ich was Stärkeres vertragen«, sagte Higgins.

»Wir denken an alles«, sagte Kilian. »Hier drin ist Brandy.« Er schraubte die zweite Thermosflasche auf.

Der Junge fing an, die Angelruten herzurichten. Er brachte vier Stück aus der Kabine, kräftige Glasfaserruten, etwa zweieinhalb Meter lang, die Griffstelle einen halben Meter breit mit Kork bezogen. An jeder Rute saß eine riesige Spule mit achthundert Metern monofiler Nylonschnur. Das Ende der Rute war aus massivem Messing und mit einem Schlitz versehen, der in die Halterung paßte, so daß der Stock sich nicht drehen konnte. Der Junge steckte die Ruten in ihre Halter und sicherte sie mit Öse und Splint.

Die erste Sonnensichel hob sich aus dem Meer und breitete ihre Strahlen über die wogende See. In Minuten war das dunkle Wasser tiefblau geworden, und mit steigender Sonne wurde es immer heller und grüner.

Murgatroyd stemmte sich gegen das Schlingern und Rollen des Bootes, während er versuchte, seinen Kaffee zu trinken, und dabei fasziniert die Hantierungen des Jungen beobachtete. Jean-Paul entnahm einer Gerätekiste verschieden lange Stahlseile, Vorfächer genannt, und ein Sortiment Köder. Einige sahen aus wie leuchtend rosa oder grüne kleine Kraken aus weichem Gummi; dann sah Murgatroyd rote und weiße Hahnenfedern und glänzende Blinker oder Spinner, die im Wasser aufblitzten und die Gier eines jungen Raubfisches reizen sollten. Außerdem dicke zigarrenförmige Senker, jeder mit einem Haken am Kopf, zur Befestigung an der Leine.

Der Junge fragte seinen Großvater etwas auf kreolisch, und der Alte knurrte eine Antwort. Der Junge wählte zwei kleine Kraken, eine Feder und einen Blinker. An jedem hing am einen Ende ein fünfundzwanzig Zentimeter langes Stahlseil und am anderen ein einfacher Haken oder ein Drilling. Der Junge befestigte den Karabinerhaken des Köders an einem langen Vorfach und das Vorfach an einer der Angelschnüre. An jeden Köder kam noch ein Senker, der ihn beim Schwimmen unter Wasser hielt. Kilian erklärte, welche Köder verwendet wurden.

»Der Spinner da«, sagte er, »ist gut, falls uns ein Barracuda auf Beutezug begegnen sollte. Krake und Federn lokken Makrelen und Doraden an oder sogar einen großen Thunfisch.«

Monsieur Patient änderte plötzlich den Kurs, und sie reckten die Hälse, um den Anlaß zu sehen. Der Horizont vor ihnen war leer. Sechzig Sekunden später sahen sie, was der Alte längst ausgemacht hatte. So weit draußen, daß sie winzigen Pünktchen glichen, dippten und kreisten Seevögel.

»Meerschwalben«, sagte Kilian. »Sie haben einen Schwarm Kleinfische erspäht und tauchen danach.«

»Sind wir scharf auf kleine Fische?« fragte Higgins.

»Nein«, sagte Kilian, »aber andere Fische sind scharf drauf. Die Vögel zeigen uns den Schwarm an. Makrelen machen Jagd auf Sprotten, und der Thun auch.«

Der Kapitän drehte sich um und nickte dem Jungen zu, der anfing, die fertigen Leinen ins Kielwasser zu werfen. Als jede auf dem Schaum heftig hüpfte, löste er einen der Rollenfeststeller, und die Rolle drehte sich frei. Die Strömung riß Köder, Senker und Vorfach mit sich, bis sie hinter dem Kielwasser verschwanden. Der Junge ließ die Leine ablaufen, bis er sicher war, daß sie mehr als dreißig Meter vom Boot wegführte. Dann stellte er die Rolle wieder fest. Die Spitzen der Angelstöcke neigten sich leicht, die Schnur spannte sich und begann den Köder zu ziehen. Irgendwo weit hinten in der grünen Flut trieben Köder und Haken stetig und exakt unter der Oberfläche, wie ein schnell schwimmender Fisch.

Zwei Angelruten steckten am Spiegel des Bootes, eine in der linken und eine in der rechten Ecke. Die anderen beiden saßen weiter vorn in ihren Köchern an beiden Seiten der Heckwand. Die Leinen waren in große Laufringe gehakt, die Ringe an Schnüren befestigt, die an den Auslegern entlangliefen. Die Spannweite dieser Ausleger sorgte dafür, daß Außen- und Innenleinen parallel liefen und sich nicht verhedderten. Wenn ein Fisch anbiß, würde durch den Ruck die Leine aus den Ringen rutschen und die Kraft direkt von der Rolle zum Angelstock und zum Fisch zurückleiten.

»Hat einer von Ihnen schon mal geangelt?« fragte Kilian. Murgatroyd und Higgins schüttelten die Köpfe. »Dann zeig' ich Ihnen jetzt, was passiert, wenn einer anbeißt. Ist eigentlich schon ein bißchen spät. Sehen Sie mal her.«

Der Südafrikaner setzte sich auf den Kampfstuhl und faßte eine der Angelruten. »Wenn einer anbeißt, passiert folgendes: Die Schnur wird plötzlich über die Rolle gerissen, die beim Drehen ein schrilles Kreischen von sich gibt. Daran merkt man's. Nun setzt sich derjenige, der an der Reihe ist, hierher, und entweder Jean-Paul oder ich geben ihm die Angelrute in die Hand. O. K.?«

Die Engländer nickten.

»Dann nehmen Sie die Rute und stecken den Rutenfuß in diesen Halter zwischen Ihren Schenkeln. Dann hängen Sie den Karabinerhaken ein, der mit der Öse am Sitz befestigt ist. Damit wir nicht eine teure Angelrute und alles Drum und Dran einbüßen, falls sie Ihnen aus der Hand gerissen wird. Und jetzt sehen Sie, hier . . .«

Kilian wies auf einen gekerbten Drehknopf, der seitlich aus der Rollentrommel ragte.

»Das ist die Rollenbremse«, sagte er. »Im Moment ist sie auf sehr schwachen Zug eingestellt, etwa fünf Pfund, so daß die Leine abspult, wenn ein Fisch anbeißt; die Rolle dreht sich, und zwar so schnell, daß das Klicken zum Kreischen wird. Wenn Sie fest auf Ihrem Sitz installiert sind – und machen Sie rasch, denn je länger Sie brauchen, um so mehr Leine müssen Sie später wieder einholen –, stellen Sie die Justierung strammer ein – so. Damit die Rolle Widerstand hat, bis die Leine nicht mehr abläuft. Der Fisch wird jetzt vom Boot gezogen und kann Ihnen nicht mehr die Leine rausziehen.

Danach holen Sie ihn ran. Linke Hand am Korkgriff, und mit der rechten kurbeln. Wenn der Fisch sehr schwer ist, Griff mit beiden Händen packen und Oberkörper zurückbeugen, bis der Stock senkrecht steht. Dann rechts loslassen und kurbeln und dabei den Angelstock nach achtern senken. Erleichtert das Aufrollen. Dann das Ganze noch mal. Doppelgriff, zurückbeugen, langsam wieder vor und zugleich aufrollen. Schließlich sehen Sie Ihren Fang im

Schaum hinter dem Heck auftauchen. Dann holt der Junge ihn mit dem Gaff ins Boot.«

»Wofür sind diese Markierungen am Drehknopf und an der Messingtrommel?« fragte Higgins.

»Sie bezeichnen die maximal zulässige Spannung«, sagte Kilian. »Diese Leinen haben eine Belastungsfähigkeit von hundertdreißig Pfund. Abzüglich zehn Prozent, wenn sie naß sind. Stehen die Markierungen von Drehknopf und Rolle genau gegenüber, so läßt die Rollenbremse nur dann Leine frei, wenn am anderen Ende mehr als hundert Pfund ziehen. Aber hundert Pfund sehr lange festzuhalten, ganz zu schweigen vom Einholen, das reißt einem fast die Arme aus, also glaube ich, das braucht uns nicht zu kümmern.«

»Aber was passiert, wenn wir einen Großen erwischen?« wollte Higgins wissen.

»Dann«, sagte Kilian, »gibt's nur eines: Ihn drillen. Da beginnt der Kampf. Man muß ihm Leine geben, dann einholen, ihn dann wieder gegen die Strömung schwimmen lassen, einholen, und so immer weiter, bis er so erschöpft ist, daß er nicht mehr ziehen kann. Aber das besprechen wir, wenn's soweit ist.«

Er hatte kaum geendet, als die *Avant* auch schon inmitten der kreisenden Meerschwalben war; das Boot hatte die drei Meilen in dreißig Minuten geschafft. Monsieur Patient nahm Fahrt weg, und sie begannen, über dem unsichtbaren Fischschwarm unter dem Boot zu kreuzen. Die winzigen Vögel schwebten mit unermüdlicher Grazie fünf Meter über See, Köpfe nach unten, Flügel starr ausgebreitet, bis ihre scharfen Augen irgendwo zwischen den wogenden Wasserhügeln etwas glitzern sahen. Dann ließen sie sich mit eingelegten Flügeln fallen und stießen die nadelspitzen Schnäbel mitten in die Dünung. Eine Sekunde später tauchte derselbe Vogel wieder auf. Jetzt hielt er ein zappelndes silbernes

Streichholz im Schnabel, das sofort im schlanken Schlund verschwand. Sie waren ebenso unersättlich wie unermüdlich.

»He, Murgatroyd«, sagte Higgins, »wir sollten ausknobeln, wer anfängt. Wappen oder Schrift.«

Er zog eine mauretanische Rupie aus der Tasche, sie warfen, und Higgins gewann. Ein paar Augenblicke später bäumte sich eine der inneren Angeln heftig auf, und die Leine lief zischend aus. Die Rolle machte ein Geräusch, das sich vom Zirpen zum Kreischen steigerte.

»Meiner!« schrie Higgins begeistert und sprang in den Drehsitz. Jean-Paul gab ihm den Angelstock, die Rolle drehte sich noch immer, aber jetzt langsamer, und Higgins rammte das Stockende in den Köcher. Er hängte den Karabinerhaken in die Öse und fing an, die Rolle zu bremsen. Die ablaufende Schnur kam fast sofort zum Stillstand. Die Angelspitze senkte sich, Higgins hielt den Stock mit der linken Hand und kurbelte mit der rechten. Die Angel senkte sich noch tiefer, aber er kurbelte weiter.

»Ich spüre, wie er an der Leine zerrt«, keuchte Higgins. Er kurbelte. Die Schnur spulte sich widerstandslos auf, und Jean-Paul beugte sich übers Heck. Er packte die Schnur und schleuderte einen kleinen starren silbernen Fisch ins Boot.

»Bonito, ungefähr vier Pfund«, sagte Kilian.

Der Junge nahm eine Drahtzange und zog den Widerhaken aus dem Maul des Fisches. Murgatroyd sah, daß der silberne Bauch blau und schwarz gestreift war, wie bei einer Makrele. Higgins war enttäuscht. Die Wolke aus Meerschwalben fiel achtern zurück, das Boot hatte den Sprottenschwarm hinter sich gelassen. Es war kurz nach acht Uhr, und das offene Deck erwärmte sich.

Monsieur Patient ließ die *Avant* langsam wenden, zurück zu dem Schwarm und den verräterischen Meerschwalben, während sein Enkel Haken und Köder für eine zweite Runde ins Meer schleuderte.

»Vielleicht können wir ihn zum Dinner essen«, sagte Higgins. Kilian schüttelte bedauernd den Kopf.

»Bonitos sind nur Köderfische«, sagte er. »Die Einheimischen machen Suppe daraus, aber es schmeckt nicht gut.«

Sie fuhren ein zweites Mal durch den Schwarm, und ein zweiter Fisch biß an. Murgatroyd nahm, kribbelig vor Aufregung, die Angel. Schließlich war es für ihn das erste Mal – und vielleicht auch das letzte. Als er den Korkgriff packte, spürte er das Zucken des Fisches an der Leine, sechzig Meter entfernt, wie in unmittelbarer Nähe. Er drehte die Einstellschraube an der Rollentrommel langsam nach vorn, und alsbald wurde die ablaufende Schnur still und hielt inne. Die Rutenspitze neigte sich zum Wasser. Er spannte alle Muskeln des linken Arms und war erstaunt, wieviel Kraft er aufwenden mußte, um sich zurückzubeugen.

Er machte den linken Arm steif und begann mit der rechten Hand methodisch an der Rolle zu kurbeln. Sie drehte sich, aber er mußte den ganzen Unterarm anstrengen. Der Zug am anderen Ende war erstaunlich. Vielleicht ist es ein großer, dachte er, sogar ein sehr großer. Das war das Aufregende daran. Daß man nie genau wußte, welcher Gigant der Tiefe drunten in der Dünung kämpfte. Und wenn es nichts Besonderes war, nur etwas wie Higgins' Knirps, nun, so konnte der nächste ein Seeungeheuer sein. Er kurbelte langsam weiter und fühlte, wie seine Brust sich vor Anstrengung dehnte. Als der Fisch auf zwanzig Meter heran war, schien er aufzugeben, die Schnur ließ sich ganz leicht einholen. Murgatroyd glaubte, der Fisch sei abgekommen, aber er war noch da. Direkt am Heck ruckte er ein letztes Mal an, dann war es vorbei. Jean-Paul holte ihn mit dem Gaff ins Boot. Wieder ein Bonito, größer, ungefähr zehn Pfund.

»Toll, was?« sagte Higgins aufgeregt. Murgatroyd nickte und lächelte. Die Geschichte würde sich gut machen in Ponder's End. Vorn am Ruder nahm der alte Monsieur Patient jetzt Kurs auf eine dunkelblaue Stelle im tiefen Wasser, die er in mehreren Meilen Entfernung ausgemacht hatte. Er beobachtete, wie sein Enkel den Haken aus dem Maul des Bonito entfernte, und brummte dem Jungen etwas zu. Der Junge hakte Vorfach und Köder wieder los und verstaute beides in der Gerätekiste. Er steckte den Angelstock in den Köcher; der kleine Stahlwirbel am Schnurende schwang frei. Dann ging er nach vorn und übernahm das Ruder. Sein Großvater sagte etwas zu ihm und deutete durch die Windschutzscheibe. Der Junge nickte.

»Benützen wir diese Angel nicht mehr?« fragte Higgins.

»Monsieur Patient hat offenbar etwas anderes vor«, sagte Kilian. »Überlassen Sie's ihm. Er weiß, was er tut.«

Der alte Mann ging mühelos über das schwankende Deck nach hinten, hockte sich wortlos im Schneidersitz auf den Boden, wählte den kleineren Bonito und bereitete ihn als Köder vor. Der kleine Fisch lag im Tode bretthart da, die halbmondförmige Schwanzflosse war steif gereckt, das Maul klaffte, die winzigen schwarzen Augen starrten ins Nichts.

Monsieur Patient entnahm der Kiste einen großen Einerhaken, in dessen Schenkel ein Fünfzig-Zentimeter-Vorfach solid verspleißt war, sowie einen Dreißig-Zentimeter-Stahlstift, spitz wie eine Stricknadel. Er stieß die Spitze der Nadel in das Waidloch des Fisches und drückte nach, bis die blutige Spitze aus dem Maul ragte. Am anderen Nadelende befestigte er das Stahlvorfach und zog mittels einer Zange Nadel und Vorfach durch den Körper des Bonito, bis das Vorfach aus dem Fischmaul hing.

Der alte Mann schob den Haken tief in den Bauch des

Bonito, so daß nur noch der Bogen und die nadelscharfe Spitze mit dem Widerhaken frei lagen. Beide zeigten von der Schwanzwurzel direkt nach außen und nach unten, die Spitze wies nach vorn. Der Alte zog den Rest des Vorfachs aus dem Fischmaul, bis das Stahlseil straff war.

Dann nahm er eine viel kleinere Nadel, von der Größe einer Stopfnadel, und eine Länge Baumwollgarn. Die Rükkenflosse des Bonito und zwei Bauchflossen lagen flach an. Der Alte fädelte das Garn durch die Hauptgräte der Rückenflosse, schlang es ein paarmal herum und stieß dann die Nadel durch eine Muskelfalte hinter dem Kopf. Als er das Garn anzog, stellte sich die Rückenflosse auf, mit ihren Stacheln und Zwischenhäuten, die sie im Wasser senkrecht halten. Der Alte machte die gleiche Prozedur mit den beiden Bauchflossen und vernähte schließlich das Maul mit sauberen winzigen Stichen.

Als er fertig war, sah der Bonito fast wieder wie lebend aus. Die drei Körperflossen standen symmetrisch ab und verhinderten jedes Taumeln und Drehen. Der senkrechte Schwanz würde die Steuerung besorgen, das geschlossene Maul weder Wirbel noch Blasen hervorrufen. Nur das Stück Stahlseil zwischen den zusammengepreßten Lippen und der gefährliche Haken, der von der Schwanzwurzel hing, verrieten den Köder. Schließlich befestigte der alte Mann das Stück Stahlseil, das aus dem Maul des Bonito ragte, mit einem kleinen Wirbel an dem von der Hauptleine ausgehenden Vorfach, dann warf er den neuen Köder ins Meer. Noch zweimal hüpfte der glotzende Bonito auf den Wellen, bis ihn die Bleizigarre zur letzten Unterwasserfahrt in die Tiefe zog. Der Alte ließ ihn sechzig Meter weit auslaufen, bis hinter die übrigen Köder, ehe er die Angel wieder feststeckte und nach vorn zum Steuersitz ging. Das Wasser ringsum hatte sich von Blaugrau zu leuchtendem Blaugrün aufgehellt.

Nach zehn Minuten bekam Higgins einen weiteren Anbiß, diesmal am Spinner. Er zog und kurbelte volle zehn Minuten lang. Was nun am Haken hing, kämpfte mit verzweifelter Wut um die Freiheit. Aus der Heftigkeit des Zugs schlossen alle, daß es sich um einen größeren Thunfisch handeln müsse, aber was sie dann im Boot hatten, war ein achtzig Zentimeter langer, schlanker schmaler Fisch mit goldener Färbung an Rücken und Flossen.

»Dorade«, sagte Kilian. »Gut gemacht; die sind große Kämpfer. Und schmecken prima. Wir bitten den Koch im St. Geran, daß wir ihn zum Abendessen kriegen.«

Higgins war erhitzt und glücklich. »Das war, als hätte ich einen Lastwagen reinziehen müssen«, keuchte er.

Der Junge steckte wieder einen Köder an und warf ihn aus.

Die See war gröber geworden. Murgatroyd hielt sich an einer der Streben fest, die das hölzerne Sonnendach über dem Vorderdeck stützten, um besser zu sehen. Die *Avant* pflügte sich durch große anrollende Wogen. In den Wellentälern sahen sie ringsum gewaltige Wasserwände, vorübereilende Hügelflanken, deren sonniger Glanz die furchtbare Kraft der Tiefe tarnte. Auf den Kämmen konnten sie meilenweit die weißen Kronen der großen Wellen sehen und am westlichen Horizont die verwischte Kontur der Insel Mauritius.

Die Brecher kamen von Osten, Schulter an Schulter wie dicht aufgeschlossene Reihen großer grüner Gardesoldaten, die auf die Insel zustürmten, nur um im Sperrfeuer des Riffs zu sterben. Er wunderte sich, daß ihm nicht übel wurde, denn einmal war er auf der Fähre von Dover nach Boulogne seekrank geworden. Aber das war ein größeres Schiff gewesen, das sich durch die Wellen gedroschen und gepflügt und die Passagiere den Gerüchen von Dieselöl, Bratfett,

Schnellgerichten und anderen Passagieren ausgesetzt hatte. Die kleine *Avant* kämpfte nicht mit der See, sondern ritt auf ihr, ließ sich von ihr stippen und tragen.

Murgatroyd blickte auf das Wasser und empfand eine Ehrfurcht, die der Furcht sehr nahe kam und die Menschen auf kleinen Schiffen stets begleitet. Eine Jacht mag im ruhigen Wasser des Hafens stolz und majestätisch, teuer und stark sein, die Bewunderung der handverlesenen Gäste wekken und das Ansehen ihres Eigners mehren. Draußen auf See ist sie, genau wie der rauchende Trawler, der rostige Bananendampfer, nur ein armes Ding aus geschweißten Nähten und verbolzten Kanten, ein zarter Kokon, der sein bißchen Kraft mit unvorstellbaren Gewalten mißt, ein zerbrechliches Spielzeug in Riesenhand. Selbst in Gesellschaft von vier weiteren Menschen war Murgatroyd sich seiner Nichtigkeit bewußt, der Dreistigkeit dieser Nußschale, der Einsamkeit, die das Meer auszustrahlen scheint. Wer jemals allein auf dem Meer und in der Luft unterwegs war oder die gewaltigen Schnee- und Sandwüsten durchquerte, kennt dieses Gefühl. Sie alle sind gnadenlos, aber am schrecklichsten ist das Meer, weil es sich *bewegt*.

Kurz nach neun Uhr richtete Monsieur Patient ein paar Worte an niemanden im besonderen. »*Y'a quelque chose*«, brummte er. »*Nous suit.*«

»Was sagt er?« fragte Higgins.

»Er sagt, da draußen ist etwas«, sagte Kilian. »Es folgt uns.«

Higgins lugte an ihm vorbei in die rollende See. Er sah nichts als Wasser. »Wie um alles in der Welt kann er das wissen?« fragte er.

Kilian zuckte die Achseln. »Irgendwie wissen Sie doch zum Beispiel, daß mit einer Zahlenreihe was nicht stimmt. Instinkt.«

Der alte Mann drosselte die Fahrt, und die *Avant* wurde langsamer, bis sie kaum noch voranzukommen schien. Es war, als verstärkte sich das Schlingern und Stampfen durch die geringere Motorenleistung. Higgins schluckte ein paarmal, da sein Mund sich mit Speichel füllte. Um Viertel nach neun ruckte eine der Angeln heftig, und die Schnur fing an, auszulaufen, nicht schnell, aber zügig, die Rolle klickte wie eine Rassel.

»Ihrer«, sagte Kilian zu Murgatroyd, zog den Angelstock aus dem Köcher und steckte ihn am Kampfstuhl fest. Murgatroyd trat aus dem Schatten und setzte sich auf den Stuhl. Er befestigte den Rutenfuß mit dem Karabinerhaken und packte den Korkgriff fest mit der Linken. Die Penn-Senator-Rolle von der Größe eines Viertelfäßchens drehte sich noch immer flott. Er begann langsam, die Hemmung strenger einzustellen.

Das Ziehen in seinem Arm nahm zu, und die Rute bog sich. Doch die Schnur lief weiter ab.

»Bremse feststellen«, sagte Kilian, »sonst nimmt er die ganze Leine mit.«

Der Bankvorstand spannte den Bizeps und stellte die Rollenbremse noch strenger. Die Rute neigte sich immer tiefer, bis sie in seiner Augenhöhe war. Die ablaufende Schnur wurde langsamer, beschleunigte und lief weiter. Kilian beugte sich über die Rollensperre. Die innere und die äußere Markierung standen sich fast gegenüber.

»Der Bursche zieht mit achtzig Pfund«, sagte er. »Sie werden noch strenger bremsen müssen.«

Murgatroyds Arm begann zu schmerzen, und die Finger um den Korkgriff wurden klamm. Er drehte an der Bremsvorrichtung, bis beide Markierungen genau auf gleicher Höhe waren.

»Stop«, sagte Kilian. »Das sind hundert Pfund. Das Maximum. Halten Sie den Stock mit beiden Händen, nicht loslassen.«

Erleichtert packte Murgatroyd den Angelstock auch mit der Rechten, schloß beide Hände fest um den Schaft, stemmte die Sohlen seiner Turnschuhe gegen das Dollbord, spannte die Schenkel und Waden und lehnte sich zurück. Nichts geschah. Der Rutenschaft lag waagrecht zwischen seinen Beinen, die Spitze wies direkt in die Dünung. Und die Schnur lief weiter aus, langsam, stetig. Die Reserve auf der Spule schwand zusehends.

»Herrje«, sagte Kilian. »Ein großer. Er zieht die Hunderterlängen raus wie Papiertücher aus dem Spender. Festhalten, Mann.«

Sein südafrikanischer Akzent wurde durch die Erregung verstärkt. Murgatroyd stemmte die Beine noch fester an, spannte Finger, Handgelenke, Unterarme und Bizeps, schob die Schultern vor und hielt fest. Noch nie hatte ihn jemand geheißen, einem Zug von hundert Pfund standzuhalten. Nach drei Minuten blieb die Rolle endlich stehen. Was immer dort unten war, es hatte sechshundert Meter Leine abgezogen.

»Wir legen besser die Gurte an«, sagte Kilian. Er zog Murgatroyd die Schultergurte über, schob erst den einen Arm durch, dann den anderen. Zwei weitere Gurte kamen um den Rumpf, und ein breiterer wurde zwischen den Beinen durchgezogen. Alle fünf wurden in einer Halterung am Bauch verankert. Kilian zog sie stramm an. Die Beine wurden ein wenig entlastet, dafür schnitt das Gurtwerk über der Brust durch das Tennishemd. Zum erstenmal spürte Murgatroyd, wie heiß die Sonne hier draußen war. Seine nackten Oberschenkel begannen zu prickeln.

Monsieur Patient hatte sich umgedreht und bediente das Steuer mit einer Hand. Er hatte von Anfang an die auslaufende Leine beobachtet. Jetzt sagte er nur ein Wort: »Schwertfisch.«

»Sie haben Glück«, sagte Kilian. »Offenbar hängt ein Schwertfisch am Haken.«

»Ist das was Besonderes?« fragte Higgins, der jetzt recht bleich war.

»Er ist der König aller jagdbaren Fische«, sagte Kilian. »Mancher reiche Mann kommt Jahr für Jahr hierher, gibt Tausende fürs Angeln aus und erwischt nie einen Schwertfisch. Aber der wird gegen Sie kämpfen, wie Sie noch nie irgendwas haben kämpfen sehen.«

Obwohl die Schnur ganz ausgelaufen war und der Fisch mit dem Boot schwamm, zerrte er weiter. Die Rutenspitze bog sich noch tiefer ins Wasser. Der Fisch zog mit siebzig bis neunzig Pfund.

Die vier Männer beobachteten schweigend, wie Murgatroyd ihn festhielt. Fünf Minuten lang umklammerte er den Stock, während ihm Schweiß aus Stirn und Wangen brach und übers Kinn tropfte. Als der Fisch schneller schwamm, um das Zerren im Maul zu mildern, hob die Angel sich langsam. Kilian kauerte sich neben Murgatroyd nieder und begann ihn anzuweisen wie ein Fluglehrer seinen Schüler vor dem ersten Alleinflug.

»Jetzt kurbeln«, sagte er, »langsam und gleichmäßig. Die Spannung auf achtzig Pfund reduzieren, zu Ihrem Nutzen, nicht ihm zuliebe. Wenn er einen Fluchtversuch macht, und das wird er tun, lassen Sie ihn und stellen Sie die Hemmung wieder auf hundert. Niemals zu kurbeln versuchen, während er kämpft; er reißt die Schnur ab wie einen Nähfaden. Und wenn er auf das Boot zuhält, dann kurbeln Sie, was das Zeug hält. Die Schnur nie durchhängen lassen, sonst versucht er, den Haken auszuspucken.«

Murgatroyd tat, wie ihm geheißen. Er konnte fünfzig Meter einkurbeln, ehe der Fisch einen Fluchtversuch machte. Dann aber riß ihm der Zug fast die Rute aus der Hand. Murgatroyd hatte gerade noch Zeit, auch mit der anderen Hand zuzupacken und mit beiden Armen festzuhalten. Der Fisch nahm nochmals hundert Meter mit, ehe er langsamer wurde und wieder hinter dem Boot herschwamm.

»Bis jetzt hat er sechshundertfünfzig mitgenommen«, sagte Kilian. »Achthundert haben Sie nur.«

»Was muß ich also tun?« fragte Murgatroyd mit zusammengebissenen Zähnen. Die Leine wurde schlaff, und er fing wieder an zu kurbeln.

»Beten«, sagte Kilian. »Mehr als hundert Pfund Zugleistung können Sie nicht halten. Wenn er die ganze Schnur von der Rolle gezogen hat, wird er sie einfach abreißen.«

»Es wird schon sehr heiß«, sagte Murgatroyd.

Kilian blickte auf die Shorts und das Hemd. »Hier draußen verbrutzeln Sie«, sagte er. »Moment mal.«

Er zog seine Trainingshosen aus und steckte Murgatroyds Beine, eines nach dem anderen, hinein. Dann zog er die Hose hoch, so weit es ging. Wegen der Gurte ließ sie sich nicht bis zur Taille hochziehen, aber wenigstens waren Schenkel und Schienbeine bedeckt. Sofort quälte die Sonne nicht mehr. Kilian holte einen langärmeligen Pullover aus der Kabine, der nach Schweiß und Fisch roch.

»Ich zieh' ihn Ihnen über den Kopf«, sagte er zu Murgatroyd, »aber damit ich ihn ganz runterziehen kann, müssen Sie die Gurte kurz ablegen. Hoffentlich will der Schwertfisch nicht ausgerechnet in diesen paar Sekunden abhauen.«

Sie hatten Glück. Kilian streifte die beiden Schultergurte herunter und zog den Pullover bis zu Murgatroyds Taille, dann hakte er die Gurte wieder fest. Der Fisch schwamm einfach mit dem Boot weiter, die Leine war straff, aber ohne großen Zug. Unter dem Pullover schmerzten Murgatroyds

Arme nicht mehr so sehr. Kilian drehte sich um. Monsieur Patient hielt ihm vom Steuersitz aus den breitkrempigen Basthut hin. Kilian stülpte ihn Murgatroyd auf. Der Schattenrand schützte die Augen, so war es angenehmer, doch die Gesichtshaut war bereits rot und schuppig. Die vom Meer reflektierte Strahlung kann schlimmer brennen als die direkte Sonne.

Murgatroyd nutzte die Passivität des Schwertfischs, um noch ein Stück Schnur aufzuspulen. Er hatte hundert Meter eingeholt – und jeder einzelne Meter tat den Fingern an der Kurbel weh, denn noch immer hatte die Schnur einen Zug von vierzig Pfund –, als der Fisch einen neuerlichen Fluchtversuch unternahm. Er holte sich seine hundert Meter in dreißig Sekunden zurück, zerrte mit vollen hundert Pfund gegen die Hemmung an. Murgatroyd duckte sich nur und hielt fest. Sämtliche Gurte schnitten ihm ins Fleisch. Es war zehn Uhr.

Die nächste Stunde lehrte ihn, was Schmerzen bedeuten. Seine Finger waren steif und zitterten. Die Handgelenke taten weh, und die Unterarme jagten Krämpfe bis in die Schultern. Die Bizepse waren verspannt, und die Nackenmuskeln tobten. Trotz Trainingshose und Pullover begann die gnadenlose Sonne ihm weiter die Haut zu verbrennen. Dreimal in dieser Stunde jagte er dem Fisch hundert Meter ab; dreimal brach der Fisch aus und riß seine Leine wieder an sich.

»Ich glaube, lange halte ich nicht mehr durch«, preßte Murgatroyd zwischen den Zähnen hervor.

Kilian stand neben ihm, eine geöffnete Dose mit eiskaltem Bier in der Hand. Seine Beine waren nackt, aber von den Jahren in der Sonne ledrigbraun. Ihm schien es nicht zu heiß zu sein.

»Durchhalten, Mann. Darin besteht der Kampf. Der Fisch

hat die Kraft, Sie haben Gerät und Grips. Alles Weitere ist nur Ausdauer, Ihre gegen seine.«

Kurz nach elf hob sich der Fisch zum erstenmal aus dem Wasser. Murgatroyd hatte ihn auf fünfhundert Meter herangebracht. Das Boot schwebte eine Sekunde lang auf einem Wellenkamm. Aus dem Tal, aus einer grünen Wasserwand, tauchte der Fisch, und Murgatroyd blieb der Mund offen. Der spitze Dolch des Oberkiefers reckte sich zum Himmel; die kurze untere Kinnlade hing herab. Über und hinter dem Auge stand aufrecht und gefächert wie ein Hahnenkamm die Rückenflosse. Die glitzernde Masse des Körpers folgte, und als die Welle, aus der er gekommen war, unter ihm verebbte, schien der Schwertfisch auf dem Sichelschwanz zu stehen. Der gewaltige Leib erbebte, als marschierte er auf dem Schwanz. Eine Sekunde lang stand er da und glotzte die Männer über die Wüste aus Schaumkronen hinweg an. Dann krachte er in die nächste anrollende Wand und war weg, tief hinab in seine kalte dunkle Welt. Der alte Monsieur Patient brach als erster das Schweigen.

»C'est l'Empereur«, sagte er.

Kilian fuhr zu ihm herum. *»Vous-êtes sûr?«* fragte er.

Der Alte nickte nur.

»Was sagt er?« fragte Higgins.

Murgatroyd starrte dorthin, wo der Fisch verschwunden war. Dann begann er, langsam und stetig, wieder zu kurbeln.

»Dieser Fisch ist in der ganzen Gegend bekannt«, sagte Kilian. »Wenn es der richtige ist – und ich habe nie erlebt, daß der Alte sich irrt –, dann ist er ein blauer Schwertfisch, angeblich größer als der Weltrekord von eintausendeinhundert Pfund, was heißt, daß er alt und gewitzt sein muß. Man nennt ihn den Kaiser. Für die Fischer ist er eine Legende.«

»Aber wie können diese Leute einen einzelnen Fisch so

genau kennen?« fragte Higgins. »Jeder sieht doch aus wie der andere.«

»Der da war schon zweimal angehakt«, sagte Kilian. »Zweimal hat er die Leine zerrissen. Aber das zweite Mal war er nah am Boot, vor Rivière Noire. Man konnte den ersten Haken aus seinem Maul hängen sehen. Dann hat er im letzten Moment die Leine zerrissen und auch den zweiten Haken mitgenommen. Beide Male, als er angehakt war, ist er mehrmals hochgekommen, und jedermann konnte ihn gut sehen. Er wurde sogar im Sprung fotografiert, also ist er genau bekannt. Ich könnte ihn auf fünfhundert Meter nicht identifizieren, aber Monsieur Patient hat trotz seines Alters Augen wie ein Seerabe.«

Um Mittag sah Murgatroyd alt und krank aus. Gebückt hockte er über der Rute, in einer anderen Welt, allein mit seiner Qual und einer Entschlossenheit, die er noch nie zuvor empfunden hatte. Aus den aufgeplatzten Blasen in den Handflächen rann Wasser, die schweißfeuchten Gurte schnitten grausam in die sonnengehäuteten Schultern. Er neigte den Kopf und kurbelte Schnur ein.

Manchmal lief sie leicht, als ruhe auch der Fisch aus. Wenn der Zug von der Schnur wich, war die Erleichterung ein so exquisites Vergnügen, daß er es später nie beschreiben konnte. Wenn die Angel sich senkte und alle seine schmerzenden Muskeln sich wieder gegen den Fisch anspannten, übertrafen die Schmerzen jede Vorstellung.

Kurz nach Mittag hockte Kilian sich neben ihn und bot ihm wieder Bier an. »Mann, Sie sind schon ganz krumm. Drei Stunden, und Sie haben kein Training. Umbringen sollten Sie sich nicht. Wenn Sie Hilfe brauchen, eine kurze Rast, dann sagen Sie's.«

Murgatroyd schüttelte den Kopf. Seine Lippen waren aufgesprungen von Sonne und Salzwasser.

»Mein Fisch«, sagte er. »Laßt mich in Ruhe.«

Der Kampf ging weiter, und die Sonne knallte aufs Deck. Monsieur Patient thronte wie ein weiser brauner Kormoran auf seinem hohen Sitz, eine Hand am Rad, die Motoren fast bis zum Stillstand gedrosselt, den Kopf verdreht, und spähte in die Wellen nach einem Zeichen des Kaisers. Jean-Paul kauerte im Schatten der Überdachung, nachdem er die drei übrigen Ruten aufgespult und verstaut hatte. Niemand war jetzt auf Bonitos aus, und die Schnüre würden sich nur verheddern. Higgins war endgültig dem Seegang zum Opfer gefallen und hockte kläglich über einen Eimer gebeugt, dem er bereits seine zwei Frühstücksbrote und zwei Dosen Bier überlassen hatte. Kilian saß ihm gegenüber und nukkelte an seinem fünften kühlen Pils. Dann und wann warfen sie einen Blick zum Kampfstuhl auf die gebeugte Vogelscheuche unter dem Basthut und lauschten auf das Klicketi-Klicketi-Klick der aufspulenden Rolle oder das nervtötende Schrillen, wenn die Schnur wieder auslief.

Der Schwertfisch war bereits auf dreihundert Meter heran, als er aufs neue hochstieg. Diesmal war das Boot in einem Wellental, und der Kaiser sauste durch den Wasserspiegel direkt auf die Männer zu. Er kam in steilem Sprung und sprühte Tropfen vom Rücken. Im hohen Bogen stürzte er sich ins Wellental, und plötzlich war die Schnur völlig schlaff. Kilian sprang auf.

»Kurbeln!« schrie er. »Sonst spuckt er den Haken aus.«

Murgatroyds müde Finger arbeiteten automatisch, um den Hänger aufzufangen. Es gelang mit knapper Not. Als der Schwertfisch wieder tauchte, wurde die Schnur straff, und Murgatroyd hatte fünfzig Meter eingekurbelt. Dann nahm der Fisch sie ihm wieder ab. Drunten in den noch immer dunklen Tiefen, viele Faden von Wellen und Sonne entfernt, stemmte sich der große Ozeanjäger dank seines über

Millionen Jahre entwickelten Instinkts gegen die Kraft seines Feindes, nahm den Druck mit dem Winkel des knochigen Mauls auf und tauchte weg.

Der kleine Bankvorstand kauerte sich wieder in seinem Stuhl zusammen, preßte die schmerzenden Finger um den nassen Korkgriff, spürte die Gurte wie Drähte in seine Schultern schneiden und hielt fest. Er sah, wie die noch feuchte Nylonschnur vor seinen Augen in die Tiefe lief, Faden um Faden. Fünfzig Meter waren weg, und der Fisch tauchte noch immer.

»Wir müssen beidrehen und zurückkommen«, sagte Kilian, der Murgatroyd über die Schulter guckte. »Gelegenheit zum Reinkurbeln.«

Er beugte sich vor und spähte in das ziegelrote abblätternde Gesicht. Zwei Tränen drangen Murgatroyd unter den halbgeschlossenen Lidern hervor und rannen über die Hängebacken. Der Südafrikaner legte ihm freundschaftlich die Hand auf die Schulter.

»Hören Sie«, sagte er, »Sie schaffen es nicht mehr. Soll ich Sie nicht ablösen, nur für ein Stündchen? Dann übernehmen Sie den letzten Teil. Wenn er nahe ran und am Aufgeben ist.«

Murgatroyd beobachtete die langsamer werdende Schnur. Er öffnete den Mund zum Sprechen. Eine Schrunde in der Lippe klaffte auf, und Blut tröpfelte ihm aufs Kinn. Der Korkgriff war glitschig von dem Blut, das aus den Handflächen sickerte.

»Mein Fisch«, krächzte er, »mein Fisch.«

Kilian stand auf. »All right, *Englishman,* Ihr Fisch«, sagte er.

Es war zwei Uhr nachmittags. Die Sonne hämmerte auf das Achterdeck der *Avant* wie auf einen Amboß. Der Kaiser ging nicht mehr tiefer, und der Zug an der Leine fiel auf vierzig Pfund. Murgatroyd fing wieder an, sie einzuholen.

Eine Stunde später schnellte der Schwertfisch zum letztenmal aus dem Meer. Er war nur hundert Meter entfernt. Kilian und der Junge liefen zur Ducht und beobachteten ihn. Zwei Sekunden lang schwebte er über den Schaumkronen, warf den Kopf von einer Seite zur anderen wie ein Terrier, um den Haken abzuschütteln, der ihn unerbittlich zu seinen Feinden zog. Ein loses Stück Stahldraht, das ihm seitlich aus dem Maul hing, blitzte in der Sonne, als er sich schüttelte. Dann klatschte er wie ein riesiger Fleischbrocken aufs Wasser und verschwand.

»Das ist er!« rief Kilian ehrfürchtig. »Das ist der Kaiser. Er hat gut und gern seine zwölfhundert Pfund, mißt sechs Meter, von Kopf bis Schwanz, und das Schwert stößt durch einen guten Viertelmeter Holz, wenn er seine vollen vierzig Knoten schwimmt. Was für ein Fisch!«

Er rief Monsieur Patient zu: *»Vous-avez vu?«*

Der Alte nickte.

»Que pensez-vous? Il va venir vite?«

»Deux heures encore«, sagte der Alte. *»Mais il est fatigué.«*

Kilian kauerte sich neben Murgatroyd nieder. »Der Alte sagt, der Fisch ist jetzt müde«, sagte er. »Aber er wird trotzdem noch ein paar Stunden kämpfen. Wollen Sie weitermachen?«

Murgatroyd starrte auf die Stelle, wo der Fisch verschwunden war. Sein Blick war getrübt vor Müdigkeit, und sein Körper war ein einziger ätzender Schmerz. Noch schärfere Schmerzpfeile jagten durch seine rechte Schulter, wo ein Muskel gerissen war. Noch nie hatte er seine letzte, seine allerletzte Willenskraft einsetzen müssen, daher kannte er dieses Gefühl nicht. Er nickte. Die Schnur war ruhig, die Rute gebogen. Der Kaiser zog, aber nicht mehr mit hundert Pfund. Der Bankmann blieb sitzen und hielt den Angelstock fest.

Noch neunzig Minuten lang kämpften sie miteinander,

der Mann aus Ponder's End und der riesige Schwertfisch. Viermal schoß der Fisch davon und nahm Leine mit, aber die Fluchten wurden kürzer, die Anstrengung, hundert Pfund gegen den Zug des Hakens zu schleppen, zehrte sogar seine urweltlichen Kräfte auf. Viermal holte Murgatroyd ihn unter Qualen zurück und gewann jedesmal ein paar Meter Leine. Er war fast bis zum Wahnsinn erschöpft. Waden- und Schenkelmuskeln zuckten wild, wie Glühbirnen vor dem Durchbrennen. Immer häufiger verschwamm alles vor seinen Augen. Um halb fünf kämpfte er seit siebeneinhalb Stunden, und so etwas sollte man auch dem besttrainierten Menschen nicht abverlangen. Es war nur eine Frage der Zeit, einer sehr kurzen Zeit. Dann würde einer von ihnen aufgeben müssen.

Um zwanzig vor fünf wurde die Schnur schlaff. Murgatroyd war einen Moment verblüfft. Dann begann er zu kurbeln. Die Schnur lief leichter herein. Das Gewicht war noch da, aber es hielt still. Das Zucken hatte aufgehört. Kilian hörte das rhythmische Klicketi-Klicketi-Klick der Spule und kam aus dem Schatten zur Ducht. Er spähte nach achtern.

»Er kommt!« schrie er. »Der Kaiser kommt rein!«

Mit nahendem Abend hatte die See sich beruhigt. Keine Schaumkronen, nur eine ruhige und leichte Dünung. Jean-Paul und Higgins, der noch immer seekrank war, aber nicht mehr erbrach, kamen und schauten zu. Monsieur Patient stellte die Motoren ab und ließ das Steuerrad einrasten. Dann stieg er von seinem Sitz und kam zu der Gruppe. Schweigend blickten sie achteraus ins Wasser.

Etwas brach durch den Spiegel der Dünung, etwas, das rollte und schwankte, aber, der Weisung der Nylonschnur folgend, auf das Boot zuhielt. Die gezackte Rückenflosse stellte sich kurz auf und kippte dann zur Seite. Das lange Schwert stach in die Luft, dann sank es unter.

In zwanzig Metern Entfernung erkannten sie die gewaltige Masse des Kaisers. Wenn in Gerippe und Sehnen nicht noch letzte Kraft steckte, würde er keinen Fluchtversuch mehr machen. Er hatte aufgegeben. Bei sechs Metern kam das Ende des stählernen Vorfachs bis zur Rutenspitze heran. Kilian zog einen dicken Lederhandschuh über und packte es. Er zog es mit der Hand ein. Niemand beachtete die zusammengesunkene Gestalt im Kampfstuhl.

Zum erstenmal seit acht Stunden ließ Murgatroyd die Angelrute los, und sie fiel nach vorn auf die Ruderbank. Langsam und unter Qualen schnallte er die Gurte ab, und sie glitten zu Boden. Er verlagerte das Gewicht auf die Füße und wollte aufstehen. Waden und Schenkel waren zu schwach, er stürzte aufs Achterdeck neben die tote Dorade. Die vier anderen Männer starrten über den Bootsrand auf das, was unter dem Heck schaukelte. Als Kilian sachte am Vorfach zog, das durch seinen Handschuh lief, sprang Jean-Paul, ein großes Gaff hoch über dem Kopf schwingend, auf die Ruderbank. Murgatroyd blickte auf und sah den Jungen dort balancieren, den Stab mit der hakenförmig gebogenen Spitze stoßbereit.

Murgatroyds Schrei glich eher einem heiseren Krächzen. *»Nein!«*

Der Junge erstarrte und blickte hinunter. Auf Händen und Knien beugte Murgatroyd sich über den Gerätekasten. Obenauf lag eine Anglerzange. Er nahm sie mit Zeigefinger und Daumen der Linken und drückte sie in das zerquetschte Fleisch seiner rechten Handfläche. Langsam schlossen die Finger sich über den Griffen. Mit der freien Hand zog er sich in die Höhe und beugte sich übers Heck.

Der Kaiser lag, fast bis zum Tode erschöpft, direkt unter ihm, der riesige Leib quer zum Boot auf der Seite, das Maul halb geöffnet. Aus einem Winkel hing, noch glänzend neu, das stählerne Vorfach aus einem früheren Kampf mit Sportanglern. Aus dem Unterkiefer ragte ein weiterer, längst verrosteter Haken. Das Drahtseil in Kilians Hand lief zum dritten, zu Murgatroyds Haken, der tief im Knorpel der Oberlippe saß. Nur ein Teil des Schenkels lag frei.

Welle um Welle lief über den blauschwarzen Leib des Schwertfischs. Aus zwei Metern Entfernung gab das tassengroße marmorierte Auge Murgatroyds starren Blick zurück. Er lebte, hatte aber keine Kraft mehr zum Kämpfen. Das Seil zwischen seinem Maul und Kilians Hand war straff. Murgatroyd beugte sich langsam über Bord und streckte die rechte Hand nach dem Fischmaul aus.

»Streicheln können Sie ihn später, Mann«, sagte Kilian. »Jetzt holen wir uns ihn erst mal.«

Bedächtig legte Murgatroyd die Backen der Zange rechts und links an das Vorfach an, dort, wo es mit dem Hakenschenkel verspleißt war. Er drückte. Blut kam aus seiner Handfläche und lief ins Salzwasser über dem Kopf des Schwertfischs. Er drückte nochmals zu, und das Stahlseil war ab.

»Was machen Sie denn? Er wird abhauen!« brüllte Higgins.

Der Kaiser starrte Murgatroyd an. Wieder lief eine Welle über ihn hin. Er schüttelte den müden alten Kopf und schob die Schwertspitze ins kühle Wasser. Die nächste Welle rollte ihn wieder auf den Bauch, und er ließ den Kopf tiefer sinken. Weit links hob und senkte sich der ungeheure Sichelschwanz und strebte matt dem Wasser zu. Als er es erreicht hatte, tat er zwei rasche Schläge und stieß den Leib vorwärts und nach unten. Das letzte, was sie sahen, war dieser Schwanz, der sich in seiner Erschöpfung abmühte und den Schwertfisch unter die Wellen trieb, zurück in die kalte Dunkelheit, wo er zu Hause war.

»Verdammter Mist«, sagte Kilian.

Murgatroyd versuchte, sich aufzurichten, aber zuviel Blut war ihm in den Kopf gestiegen. Er erinnerte sich, daß der Himmel langsam einen großen vollen Kreis schlug und die Dämmerung sehr rasch kam. Die Deckplanken hoben sich und trafen zuerst seine Knie, dann das Gesicht. Er wurde ohnmächtig. Die Sonne stand über den Bergen von Mauritius im Westen.

Sie war schon seit einer Stunde untergegangen, als die *Avant* mit Kurs auf den Hafen durch die Lagune fuhr und Murgatroyd wieder zu sich kam. Kilian hatte Hose und Pullover wieder an sich genommen, und die kühle Abendluft konnte über die geschundenen Glieder streichen. Murgatroyd hatte drei Dosen Bier nacheinander ausgetrunken und kauerte jetzt gebückt auf einer der Bänke, die Hände in einem Eimer voll heilendem Salzwasser. Er blickte nicht auf, als das Boot an der hölzernen Mole festmachte und Jean-Paul zum Dorf galoppierte.

Der alte Monsieur Patient stellte die Motoren ab und prüfte die Haltetaue. Er warf den großen Bonito und die Dorade auf die Pier und verstaute Gerät und Köder. Kilian hievte die Kühlbox auf die Mole und sprang wieder aufs offene Deck. »Alles aussteigen«, sagte er.

Murgatroyd zog sich hoch, und Kilian half ihm auf den Kai. Die Hosenbeine der Shorts waren über die Knie gerutscht, und das offene Hemd war dunkel von getrocknetem Schweiß und flatterte um seinen Körper. Die Gummisohlen quietschten. Dorfbewohner säumten die Mole, und die Männer mußten im Gänsemarsch gehen. Higgins war schon vorausgeeilt.

Monsieur Patient führte den Zug an. Murgatroyd hätte ihm gern die Hand gegeben, aber sie schmerzte zu sehr. Er nickte dem Schiffer zu und lächelte.

»*Merci*«, sagte er.

Der Alte, der seinen Basthut wieder aufgesetzt hatte, nahm ihn ab. »*Salut, maître*«, antwortete er.

Murgatroyd ging langsam die Mole entlang. Jeder Dorfbewohner sagte unter heftigem Nicken: »*Salut, maître.*« Sie erreichten das Ende des Stegs und betraten die gekieste Dorfstraße. Eine große Menschenmenge umdrängte den Wagen. »*Salut, salut, salut, maître*«, sagten sie leise.

Higgins verstaute bereits die Reservekleidung und die leere Lunchbox. Kilian schwang den Kühlkasten über die Rückwand und warf die Klappe zu. Er trat an die Tür des Fonds, wo Murgatroyd wartete.

»Was sagen diese Leute?« flüsterte Murgatroyd.

»Sie entbieten ihren Gruß«, sagte Kilian. »Nennen Sie einen Meisterangler.«

»Wegen des Kaisers?«

»Er ist hier eine Art Legende.«

»Weil ich den Kaiser gefangen habe?«

Kilian lachte leise. »Nein, *Englishman,* weil Sie ihn wieder freigelassen haben.«

Sie stiegen ein, Murgatroyd in den Fond, wo er sich dankbar in die Polster sinken ließ und die brennenden Hände im Schoß faltete. Kilian setzte sich ans Steuer, Higgins neben ihn.

»He, Murgatroyd«, sagte Higgins, »die Dörfler scheinen Sie für einen Tausendsassa zu halten.«

Murgatroyd blickte durchs Fenster auf die lächelnden braunen Gesichter und die winkenden Kinder.

»Ehe wir ins Hotel fahren, sollten wir im Krankenhaus von Flacq Station machen und Sie dem Arzt vorführen«, sagte Kilian.

Der junge indische Arzt ließ Murgatroyd die Kleider ablegen und schnalzte bedenklich mit der Zunge über das, was er sah. Die Hinterbacken waren vom Hin- und Herrutschen auf dem Kampfstuhl blutig gewetzt. Tiefe purpurne Striemen zogen sich über Schultern und Rücken, wo die Gurte eingeschnitten hatten. Arme, Schenkel und Schienbeine waren rot und schuppten sich vom Sonnenbrand, und das Gesicht war von der Hitze verschwollen. Beide Handflächen sahen aus wie Hackfleisch.

»Du liebe Güte«, sagte der Arzt, »das wird einige Zeit dauern.«

»Soll ich ihn – in, sagen wir, ein paar Stunden – wieder abholen?« fragte Kilian.

»Nicht nötig«, sagte der Arzt. »Das Hotel St. Geran liegt auf meinem Heimweg. Ich werde den Herrn dort absetzen.«

Es war zehn Uhr, als Murgatroyd durch das Hauptportal des St. Geran in das Licht der Halle trat. Der Arzt begleitete ihn. Einer der Gäste sah ihn kommen und lief in den Speisesaal, um den späten Essern Mitteilung zu machen. Die Nachricht drang bis zum Swimmingpool hinaus. Man hörte Stühlescharren und Besteckklappern. Bald brandete ein Schwarm von Urlaubern um die Ecke und in die Halle, um Murgatroyd zu begrüßen. Auf halbem Wege erstarrten sie.

Er bot einen seltsamen Anblick. Arme und Beine waren dick mit einem Quecksilberpräparat eingesalbt, das zu kalkigem Weiß getrocknet war, beide Hände steckten in weißen Verbänden. Das Gesicht war ziegelrot und glänzte von der aufgetragenen Cremeschicht. Das Haar umstand wirr das Gesicht, und die Khakishorts hingen noch immer über die Knie. Er sah aus wie das Negativ eines Fotos. Langsam bewegte er sich auf die Menge zu, die ihm Platz machte.

»Gut gemacht, alter Knabe!« sagte jemand.

»Bravo! Bravo!« rief eine Stimme.

Händeschütteln kam nicht in Frage. Ein paar Leute wollten ihm auf die Schulter klopfen, aber der Arzt winkte ab.

Einige hatten Gläser in der Hand und tranken ihm zu. Murgatroyd gelangte zur Treppe, die in die oberen Räume führte, und begann den Aufstieg.

In diesem Moment tauchte Mrs. Murgatroyd, angelockt vom Rummel um die Rückkehr ihres Mannes, aus dem Frisiersalon auf. Seit sie ihn am Vormittag vergebens am angestammten Strandplatz gesucht, Erkundigungen eingezogen und erfahren hatte, wohin er gegangen war, hatte sie sich systematisch in grimmige Wut hineingesteigert. Ihr Gesicht war gerötet, allerdings vor Zorn, nicht von der Sonne. Die Dauerwelle war noch nicht fertig, und die Wickler starrten wie eine Batterie Katjuschkas auf der Kopfhaut.

»Murgatroyd!« trompetete sie – wenn sie zornig war, benützte sie stets seinen Familiennamen –, »*wo* treibst du dich denn *herum?*«

Auf dem Treppenabsatz drehte Murgatroyd sich um und blickte hinunter auf die Menge und auf seine Frau. Higgins sollte später den Kollegen berichten, er habe einen seltsamen Ausdruck in den Augen gehabt. Die Menge verstummte.

»Und *wie* siehst du denn *aus?*« rief Edna Murgatroyd erbittert zu ihm hinauf.

Der Bankvorstand tat jetzt etwas, was er viele Jahre lang nicht getan hatte. Er brüllte.

»Ruhe!«

Edna Murgatroyds Kiefer klappten auf, so weit wie die des Fisches, aber weniger majestätisch.

»Seit fünfundzwanzig Jahren, Edna«, sagte Murgatroyd ruhig, »drohst du, zu deiner Schwester nach Bognor zu ziehen. Es wird dich freuen zu hören, daß ich dich nicht länger zurückhalte. Ich fliege morgen nicht mit dir nach Hause. Ich bleibe hier, auf dieser Insel.«

Die Menge starrte sprachlos zu ihm auf.

»Du wirst keinen Mangel leiden«, sagte Murgatroyd. »Ich überlasse dir unser Haus und alle meine Ersparnisse. *Ich* behalte meine Ruhestandsbezüge und lasse mir meine übermäßig hohe Lebensversicherung auszahlen.«

Harry Foster nahm einen tüchtigen Schluck aus der Bierdose und rülpste.

Higgins stammelte: »Sie können nicht aus London weg, alter Junge. Hier können Sie nichts verdienen.«

»O doch!« sagte der Bankvorstand. »Ich habe meinen Entschluß gefaßt, und es bleibt dabei. Ich habe gerade im Krankenhaus über alles nachgedacht, als Monsieur Patient nachsehen kam, wie's mir geht. Wir sind handelseins geworden. Er verkauft mir sein Boot, dann bleibt mir noch genügend für eine Hütte am Strand. Er bleibt weiterhin Bootsführer und läßt Jean-Paul aufs College gehen. Ich mache zwei Jahre lang seinen Bootsjungen, und er lehrt mich alles übers Meer und die Fische. Danach fahre ich die Touristen zum Angeln hinaus und verdiene so meinen Lebensunterhalt.«

Die Urlauber in der Halle starrten noch immer in benommenem Staunen zu ihm empor.

Wieder sprach Higgins als erster. »Aber, Murgatroyd, alter Junge, was ist mit der Bank? Was ist mit Ponder's End?«

»Und was ist mit mir?« wimmerte Edna Murgatroyd.

Er sann über jede der drei Fragen nach.

»Zum Teufel mit der Bank«, sagte er schließlich. »Zum Teufel mit Ponder's End. Und, Madam, zum Teufel mit Ihnen.«

Damit wandte er sich ab und stieg die restlichen Stufen hinauf. Hinter ihm brach brausender Beifall aus. Als er den Korridor zu seinem Zimmer entlangging, folgte ihm ein trunkener Geleitspruch:

»Viel Spaß, Murgatroyd!«

Glück muß man haben

Das Fährschiff *St. Kilian* aus Le Havre grub die Nase aufs neue in eine anrollende See und schob den plumpen Leib ein paar Meter näher an Irland heran. Auf dem A-Deck beugte sich der Fernfahrer Liam Clarke über die Reling und versuchte, die allmählich sichtbar werdenden Hügel der Grafschaft Wexford auszumachen.

Noch zwanzig Minuten, dann würde die Fähre der Irish Continental Line im kleinen Hafen Rosslare anlegen, und wieder einmal würde ein Europatrip geschafft sein. Clarke blickte auf die Uhr: dreizehn Uhr vierzig, zum Abendessen könnte er zu Hause in Dublin sein.

Die *St. Kilian* war pünktlich, wie immer. Clarke verließ die Reling, ging zum Passagierraum und holte seine Reisetasche. Er hatte keine Lust, länger zu warten, und stieg die drei Stockwerke zum Autodeck hinunter, wo sein Schwertransporter abgestellt war. Die Autofahrer würden erst in zehn Minuten aufgerufen werden, aber er fand, daß er sich ebensogut schon jetzt hinters Steuer setzen könne. Das Anlegen der Fähre zu beobachten, war für ihn längst kein Erlebnis mehr; der Rennbericht der irischen Zeitung, die er an Bord gekauft hatte, war zwar vierundzwanzig Stunden alt, aber trotzdem fesselnder.

Er kletterte in das warme Fahrerhaus und machte es sich bequem, bis sich die riesigen Tore im Bug öffnen und ihm den Weg zum Kai von Rosslare freigeben würden. Vor ihm, über der Sonnenblende, steckten wohlverwahrt seine Zollpapiere, damit er sie im Zollschuppen gleich vorzeigen könnte.

Die *St. Kilian* passierte das Ende der Hafenmole um fünf vor zwei, und Punkt zwei Uhr öffneten sich die Tore. Das untere Autodeck dröhnte bereits vom Krach der Motoren, die ungeduldige Touristen viel zu früh gestartet hatten. Das taten sie immer. Hundert Auspuffrohre spien Rauch, aber die schweren Lastwagen standen vorn und kamen zuerst hinaus. Denn schließlich: Zeit ist Geld.

Clarke drückte den Startknopf, und der Motor seines großen Volvo mit Sattelanhänger sprang an. Er fuhr als dritter los, als der Ordner das Zeichen gab. Die beiden ersten Laster donnerten unter Wolken von Auspuffgasen über die scheppernde Eisenrampe zum Kai, und Clarke folgte ihnen. In seinem vom Lärm abgeschlossenen Fahrerhaus hörte er das Zischen der gelösten hydraulischen Bremsen, und dann waren die Stahlplanken unter ihm.

Im hallenden Donnern der anderen Motoren und im Klappern der Stahlplatten unter seinen Rädern überhörte er das scharfe Knacken irgendwo unter und hinter ihm in seinem eigenen Fahrzeug. Er war aus dem Bauch der *St. Kilian* herauf ans Licht gefahren, die knapp zweihundert Meter auf dem mit Kopfstein gepflasterten Kai entlang, und wieder ins Dunkle getaucht, diesmal in den großen gewölbten Zollschuppen. Durch die Windschutzscheibe hatte er sehen können, daß ein Zollbeamter ihn in eine Parkbucht neben die zwei ersten Lastwagen winkte, und er folgte der Anweisung. Als er den Standplatz erreicht hatte, holte er sein Bündel Papiere hinter der Sonnenblende hervor und sprang auf den Zementboden. Als Stammkunde kannte er die meisten Zöllner, diesen aber nicht. Der Mann nickte und streckte die Hand nach den Papieren aus. Er fing an, sie durchzublättern.

Es dauerte nur zehn Minuten, bis der Beamte sich überzeugt hatte, daß alles in Ordnung war – Führerschein, Versicherung, Frachtbrief, Zollgebühren, Genehmigungen und so weiter –, das ganze Sortiment von Unterlagen, das offenbar für den zwischenstaatlichen Warentransport des Gemeinsamen Markts unerläßlich war. Der Beamte wollte die Papiere gerade wieder zurückgeben, als er etwas entdeckte.

»Nanu, was zum Kuckuck ist denn das?«

Clarke folgte der Blickrichtung des Beamten und sah unter dem Fahrerhaus des Lasters eine langsam wachsende Ölpfütze. Das Öl tropfte von irgendwo nahe der Hinterachse.

»O Jesses«, sagte er verzweifelt, »sieht nach dem Differentialgetriebe aus.«

Der Zöllner winkte einen dienstälteren Kollegen herbei, den Clarke kannte, und beide Männer bückten sich, um nachzusehen, wo das Öl ausfloß. Mehr als ein Liter stand bereits auf dem Boden des Schuppens, und noch mehr würde nachkommen. Der ältere Zöllner richtete sich auf.

»Den bringen Sie nicht mehr vom Fleck«, sagte er und fügte an die Adresse des jüngeren gerichtet hinzu: »Wir müssen die anderen Wagen herumbugsieren.«

Clarke kroch unter den Schlepper und sah sich die Sache genauer an. Vom Motor führte eine dicke Antriebswelle nach hinten zu einer Trommel aus Gußstahl, dem Differential. Im Inneren dieses Gehäuses wird die Kraft der rotierenden Antriebswelle seitwärts auf die Hinterachse übertragen und treibt so die Räder. Diesen Vorgang besorgt ein kompliziertes System von Zahnrädern innerhalb des Gehäuses, und diese Räder drehen sich ständig in einem Bad aus Schmieröl. Ohne das Öl verklemmen sich die Zahnräder nach sehr kurzer Zeit, und jetzt lief das Öl aus. Das stählerne Gehäuse hatte einen Sprung.

Über der Achse war die schwenkbare Platte, auf die der

Anhänger mit der Ladung aufgesattelt war. Clarke kroch unter dem Wagen hervor.

»Völlig im Eimer«, sagte er. »Ich muß meine Firma anrufen. Kann ich Ihr Telefon benutzen?«

Der ältere Zöllner wies mit dem Kopf auf die Glaswand des Büros und setzte die Inspektion der anderen Lastzüge fort. Ein paar Fahrer beugten sich aus den Kabinen und riefen Clarke, der zum Telefon ging, spöttische Bemerkungen nach.

In der Firma in Dublin meldete sich niemand. Alle waren zum Lunch gegangen. Clarke lungerte trübsinnig im Zollschuppen herum, während das letzte Touristenauto aus dem Zoll und ins Landesinnere fuhr. Um drei erreichte er den Geschäftsführer von Tara Transportation und erklärte, was passiert war. Der Mann fluchte.

»So was hab' ich nicht auf Lager«, sagte er zu Clarke. »Da muß ich mich an die Vertragswerkstatt von Volvo wenden. Rufen Sie in einer Stunde nochmals an.«

Um vier war noch immer nichts zu erfahren, und um fünf wollten die Zöllner schließen, nachdem die letzte Fähre aus Fishguard abgefertigt war. Clarke rief wieder an und sagte, er wolle in Rosslare übernachten und sich in einer Stunde nochmals melden. Einer der Zollbeamten fuhr ihn freundlicherweise in die Stadt und brachte ihn zu einem Hotel garni. Clarke nahm sich ein Zimmer.

Um sechs erhielt er vom Hauptbüro den Bescheid, sie könnten am nächsten Morgen um neun eine neue Ölwanne abholen und sie zusammen mit einem Firmenmechaniker nach Rosslare schicken. Gegen zwölf Uhr mittags werde der Mann bei ihm sein. Clarke rief seine Frau an und sagte ihr, daß er mit vierundzwanzig Stunden Verspätung heimkommen werde, trank seinen Tee und ging in eine Kneipe. Im Zollschuppen, drei Meilen vor der Stadt, stand der weithin kenntliche grün-weiße Tara-Lastzug stumm und einsam über seiner Ölpfütze.

Clarke schlief am nächsten Tag gründlich aus und stand erst um neun Uhr auf. Um zehn rief er im Hauptbüro an und erfuhr, daß der Lieferwagen das Ersatzteil abgeholt habe und in fünf Minuten starten werde. Um elf fuhr er per Anhalter zum Hafen zurück. Die Firma hatte Wort gehalten, der kleine Lieferwagen mit dem Mechaniker am Steuer ratterte Punkt zwölf den Kai entlang und in den Zollschuppen. Clarke wartete bereits.

Der forsche Mechaniker schlüpfte wie ein Frettchen unter den Laster, und Clarke hörte ihn »Ts, ts« machen. Als er wieder zum Vorschein kam, war er ölverschmiert.

»Ölwanne«, sagte er überflüssigerweise. »Ist angeknackst.«

»Wie lange?« fragte Clarke.

»Wenn Sie mit Hand anlegen, können Sie in anderthalb Stunden hier raus sein.«

Es dauerte dann doch ein bißchen länger. Zuerst mußten sie die Ölpfütze auftrocknen, und zweieinhalb Liter geben einen ganz schönen Teich. Dann nahm der Mechaniker einen schweren Schraubenschlüssel und löste vorsichtig den Kreis großer Bolzen, die die Ölwanne mit dem Gehäuse verbanden. Danach entfernte er die beiden Achshälften und begann, die Antriebswelle zu lockern. Clarke hockte auf dem Boden, sah zu und reichte dann und wann ein gewünschtes Werkzeug. Die Zöllner sahen den beiden Männern zu. Zwischen den Landungen ist in einem Zollschuppen nicht viel los.

Kurz vor eins war die defekte Ölwanne ausgebaut. Clarke hatte Hunger und wäre gern zum Essen in das Café an der Straße gegangen, aber der Mechaniker wollte fertig werden. Draußen auf See tauchte die *St. Patrick,* das kleinere Schwesterschiff der *St. Kilian,* auf der Heimfahrt nach Rosslare am Horizont auf.

Der Mechaniker begann den gleichen Arbeitsvorgang in umgekehrter Reihenfolge. Das neue Gehäuse wurde eingesetzt, die Antriebsachse befestigt und die Achshälften wurden eingesteckt. Um halb zwei konnte jeder, der hinschaute, die *St. Patrick* deutlich auf See erkennen.

Murphy schaute hin. Er lag auf dem Bauch im dürren Gras auf dem Kamm der niedrigen Anhöhe hinter dem Hafen, und niemand hätte ihn aus hundert Metern Entfernung entdeckt – es war auch niemand da. Er hielt den Feldstecher vor die Augen und kommentierte das Nahen des Schiffs.

»Da kommt sie«, sagte er, »ganz pünktlich.«

Brendan, der Muskelmann, der neben ihm im hohen Gras lag, grunzte: »Glaubst du, es klappt, Murphy?«

»Klar, ich hab's generalstabsmäßig geplant«, sagte Murphy. »Kann nicht schiefgehen.«

Ein zünftiger Verbrecher hätte Murphy, dem hauptberuflichen Schrott- und nebenberuflichen Geklautwagenhändler, sagen können, daß dieser Streich ein paar Nummern zu groß für ihn war, aber Murphy hatte mehrere tausend Pfund eigenes Geld in die Vorbereitungen gesteckt und würde sich nicht entmutigen lassen. Er behielt die herannahende Fähre im Auge.

Im Schuppen zog der Mechaniker die letzten Muttern rings um die neue Ölwanne an, kroch unter dem Laster hervor, stand auf und reckte sich.

»So«, sagte er, »jetzt füllen wir das Öl rein, und ab geht die Post.«

Er schraubte einen kleinen Flansch an der Seite des Getriebekastens aus, während Clarke eine Gallone Öl und einen Trichter aus dem Lieferwagen holte. Draußen schob sich die *St. Patrick* behutsam in die Ankerbucht und machte an der Mole fest. Die Tore im Bug öffneten sich, und die Rampe wurde herabgelassen.

Murphy hatte das Glas immer noch vor den Augen und starrte auf das dunkle Loch im Vorderschiff der *St. Patrick.* Der erste Lastwagen, der herausfuhr, war schwarzbraun und trug französische Kennzeichen. Der zweite, der in die Nachmittagssonne tauchte, funkelte weiß und smaragdgrün. Die Seiten des Anhängers trugen in großen grünen Lettern die Aufschrift TARA. Murphy atmete langsam aus.

»Da ist er«, wisperte er. »Mamas Liebling.«

»Gehen wir jetzt los?« fragte Brendan, der ohne das Glas sehr wenig sehen konnte und sich schon langweilte.

»Keine Eile«, sagte Murphy. »Wir warten, bis er aus dem Schuppen fährt.«

Der Mechaniker schraubte die Kappe der Ölwanne zu und wandte sich zu Clarke um.

»Fertig«, sagte er. »Sie können losfahren. Ich muß mich erst mal waschen. Vermutlich überhole ich Sie auf der Straße nach Dublin.«

Er verstaute den Ölkanister und sein restliches Werkzeug wieder im Lieferwagen, nahm eine Flasche Reinigungsmittel und ging zum Waschraum. Der dicke Brummer von Tara Transportation donnerte vom Kai durch das Einfahrtstor des Schuppens. Ein Zollbeamter winkte ihn auf einen Platz neben seinem Zwilling, und der Fahrer kletterte heraus.

»Was ist denn mit dir passiert, Liam?« fragte er.

Clarke erklärte es ihm. Ein Zöllner kam herbei, um die Papiere des Ankömmlings zu prüfen.

»Kann ich jetzt fahren?« fragte Clarke.

»Raus mit Ihnen«, sagte der Beamte. »Oder wollen Sie hier noch mehr Dreck machen?«

Zum zweitenmal in vierundzwanzig Stunden zog Clarke sich ins Fahrerhaus hoch, startete den Motor und legte den Gang ein. Er winkte seinem Firmenkollegen zu, schaltete, und der Sattelschlepper rollte aus dem Schuppen ins Sonnenlicht.

Murphy nahm das Fernglas wieder hoch, als der Brummer an der Landseite des Zollschuppens auftauchte.

»Er ist schon durch«, berichtete er Brendan. »Keine Komplikationen. Mal sehen?«

Er reichte Brendan das Glas, der sich auf den Hügelkamm schob und hinunterblickte. In knapp fünfhundert Metern Entfernung nahm der Brummer die Kurven, die vom Hafen zur Straße nach Rosslare führten.

»Gesehen«, sagte er.

»Siebenhundertfünfzig Kisten feinsten französischen Cognac hat der im Bauch«, sagte Murphy. »Das sind neuntausend Flaschen, kosten im Einzelhandel über zehn Pfund pro Stück, und ich krieg' vier. Was sagst du jetzt?«

»Eine Menge Schnaps«, sagte Brendan sehnsuchtsvoll.

»Eine Menge Geld, du Blödmann«, sagte Murphy. »So, los jetzt!«

Die beiden Männer verschwanden außer Sicht und rannten geduckt zu ihrem Wagen, der drunten auf einem sandigen Weg abgestellt war.

Als sie an die Stelle gekommen waren, wo der Weg in die Straße einmündete, die zur Stadt führte, mußten sie nur ein paar Sekunden warten, bis der Fernfahrer Clarke an ihnen vorbeibrauste. Murphy lenkte seine schwarze Ford-Granada-Limousine, vor zwei Tagen gestohlen und jetzt mit falschem Kennzeichen versehen, hinter den Sattelschlepper und blieb ihm auf den Fersen.

Der Sattelschlepper legte keinen Halt ein; Clarke wollte

schnell nach Hause. Als er die Slaney-Brücke passiert und hinter Wexford auf der Straße nach Dublin nordwärts fuhr, fand Murphy, daß er jetzt seinen Anruf tätigen könne.

Er hatte die Telefonzelle schon auf der Herfahrt ausgemacht und die Membrane aus dem Hörer entfernt, damit die Zelle frei wäre, wenn er kommen würde. Sie war frei, aber jemand hatte, wütend über die unbrauchbare Anlage, die Schnur herausgerissen. Murphy fluchte und fuhr weiter. Nördlich von Enniscorthy fand er neben einem Postamt wieder eine Telefonzelle. Als er bremste, donnerte der Brummer außer Sicht.

Sein Anruf galt ebenfalls einer Telefonzelle, am Straßenrand nördlich von Gorey, wo die beiden anderen Mitglieder seiner Bande warteten.

»Wo zum Teufel hast du dich rumgetrieben?« fragte Brady. »Ich und Keogh warten schon über eine Stunde.«

»Reg dich ab«, sagte Murphy. »Er ist unterwegs, und er ist pünktlich. Ihr verzieht euch ins Gebüsch, neben der Parkbucht, wie abgemacht, und wartet, bis er anhält und rausspringt.«

Er hängte ein und fuhr weiter. Sein schneller Wagen holte den Brummer vor dem Dorf Ferns wieder ein und blieb auf der offenen Landstraße dicht hinter ihm. Vor Camolin wandte Murphy sich zu Brendan um.

»Zeit, daß wir Hüter von Gesetz und Ordnung werden«, sagte er und fuhr wieder von der Straße herunter, diesmal in einen Feldweg, den er bei der früheren Erkundungsfahrt entdeckt hatte. Niemand in Sicht.

Die beiden Männer sprangen aus dem Wagen und holten eine Reisetasche vom Rücksitz. Sie zogen die Anoraks aus und nahmen zwei Jacken aus der Reisetasche. Beide Männer trugen bereits schwarze Schuhe, Socken und Hosen. Als sie die Windjacken abgelegt hatten, kamen blaue Polizeihemden und schwarze Krawatten zum Vorschein. Die Jacken, die sie nun anzogen, vervollständigten die Täuschung. An Murphys Ärmel waren die drei Streifen eines Sergeant, Brendan hatte keinen Rang. Beide trugen die Abzeichen der Garda, der irischen Polizeitruppe. Sie holten zwei Schildmützen aus der Reisetasche und setzten sie auf.

Zuletzt kamen aus der Tasche zwei aufgerollte schwarze Plastikaufkleber. Murphy entrollte sie, zog die Schutzfolie ab und strich sorgfältig mit beiden Händen je einen Aufkleber auf die Vordertüren des Granada. Das Schwarz mischte sich mit der schwarzen Lackierung. Jedes Schild trug in weißen Lettern das Wort GARDA. Murphy hatte absichtlich einen schwarzen Granada gestohlen, weil dies der übliche Polizeiwagen war.

Brendan schloß den Kofferraum auf und entnahm ihm den Rest der Ausrüstung, einen Signalblock von sechzig Zentimetern Seitenlänge. Die Grundfläche war mit Magneten versehen, die den Block auf dem Wagendach festhielten. Die vordere und die hintere Schrägfläche trugen auf Glas ebenfalls das Wort GARDA. Im Inneren steckte zwar keine elektrische Birne, aber wem würde das am hellen Tag auffallen?

Als die beiden Männer wieder einstiegen und rückwärts aus dem Seitenweg fuhren, waren sie für jeden arglosen Beobachter einfach zwei Streifenpolizisten. Brendan saß jetzt am Steuer, neben ihm »Sergeant« Murphy. Sie entdeckten den Brummer, als er in der Stadt Gorey vor einem Rotlicht halten mußte.

Nördlich von Gorey, zwischen diesem alten Marktflecken und Arklow, beginnt ein neuer Straßenabschnitt mit Überholspur. Auf halber Strecke in nördlicher Richtung ist eine Parkbucht, und diese Stelle hatte Murphy als Hinterhalt gewählt. Als die Wagenschlange, die sich hinter dem Sattelschlepper gebildet hatte, an den Abschnitt mit der Überholspur gelangte, preschten die Personenautos vergnügt an dem Laster vorbei, und Murphy war mit ihm allein. Er kurbelte sein Fenster herunter und sagte zu Brendan: »Jetzt.«

Der Granada schob sich mühelos neben das Fahrerhaus und blieb auf derselben Höhe. Clarke blickte hinunter, sah neben sich das Polizeiauto und einen Sergeant, der ihm vom Beifahrersitz aus Zeichen machte. Er kurbelte sein Fenster herunter.

»Sie verlieren einen Hinterreifen!« schrie Murphy gegen den Wind an. »Fahren Sie in die Parkbucht.«

Clarke blickte auf, sah auf einem Schild am Straßenrand das große P, das einen Parkplatz ankündigt, und nahm das Gas weg. Das Polizeiauto überholte, schwenkte in die Ausfahrt zur Parkbucht und hielt. Der Brummer folgte und stellte sich hinter den Granada. Clarke kletterte heraus.

»Hinten, auf der anderen Seite«, sagte Murphy. »Kommen Sie mit.«

Clarke folgte ihm gehorsam um den Kühler seines Sattelschleppers herum und die grün-weiße Seitenwand entlang zum Heck. Er sah kein defektes Hinterrad, aber er hatte auch kaum Gelegenheit, viel zu sehen. Die Büsche teilten sich, und Brady und Keogh sprangen, in Overalls, die Gesichter vermummt, heraus. Ein Handschuh legte sich über Clarkes Mund, ein starker Arm um seine Brust und zwei weitere Arme um seine Beine. Wie ein Sack wurde er aufgehoben und ins Gebüsch getragen.

Im Handumdrehen war er seinen Firmenoverall mit dem Tara-Emblem auf der Brusttasche los, hatte Klebeband um die Handgelenke, über Mund und Augen, und wurde im Schutz seines eigenen Lastwagens, der den Vorgang den Blicken Vorbeifahrender entzog, in den Fond des »Streifenwagens« geschoben. Dort befahl ihm eine grobe Stimme, er solle sich auf den Boden legen und stillhalten. Er tat es.

Zwei Minuten später kam Keogh im Tara-Overall aus dem Gebüsch und gesellte sich zu Murphy, der an der Tür des Fahrerhauses stand und den Führerschein des Pechvogels Clarke studierte.

»Alles in Ordnung«, sagte Murphy. »Du heißt Liam Clarke, und dieser Schwung Papiere muß in Ordnung sein. Schließlich hat das Ganze erst vor zwei Stunden in Rosslare den Zoll passiert.«

Keogh, der Lastwagenfahrer gewesen war, ehe er als Gast der Republik in Mountjoy einsaß, grunzte und kletterte in den Wagen. Er prüfte die Armaturen.

»Kein Problem«, sagte er und steckte das Bündel Papiere wieder hinter die Sonnenblende.

»Dann in einer Stunde auf der Farm«, sagte Murphy.

Er sah dem entführten Brummer nach, wie er aus der Parkbucht fuhr und sich in den Verkehrsstrom auf der Straße nach Dublin einfädelte.

Murphy ging zum Streifenwagen zurück. Brady saß im Fond und hatte die Füße auf den mit verklebten Augen am Boden liegenden Clarke gestellt. Overall und Gesichtsmaske waren durch eine Tweedjacke ersetzt. Clarke hatte Murphys Gesicht vielleicht erblickt, aber nur ein paar Sekunden lang, und außerdem unter dem Schild einer Polizeimütze. Die Gesichter der drei anderen würde er nicht sehen. Sollte er also jemals Murphy bezichtigen, so würden die drei anderen Murphy ein hieb- und stichfestes Alibi liefern.

Murphy blickte in beiden Richtungen die Straße entlang. Sie war jetzt leer. Er sah Brendan an und nickte. Beide Männer rissen die Garda-Aufkleber von den Türen, knüllten sie zusammen und warfen sie in den Fond. Nochmals ein prüfender Blick. Ein Wagen raste vorbei. Murphy holte das Dachsignal herunter und warf es Brady zu. Wieder ein Blick. Nichts in Sicht. Die beiden Uniformjacken wurden ausgezogen und landeten auf dem Rücksitz. Die Männer schlüpften wieder in ihre Anoraks. Als der Granada aus der Parkbucht fuhr, war er eine gewöhnliche Limousine, in der drei Zivilisten saßen.

Nördlich von Arklow überholten sie den Lastzug. Murphy, der wieder am Steuer saß, gab ein kurzes Hupsignal. Als der Granada überholte, hob Keogh die Hand mit gerecktem Daumen – es war alles O. K.

Murphy fuhr nordwärts bis Kilmacanogue und bog dann in das sogenannte Rocky Valley nach Calary Bog ein. Keine attraktive Gegend, aber er hatte im Hochmoor eine verlassene Farm aufgespürt, zu der überdies eine Scheune gehörte, groß genug, daß der Lastzug ein paar Stunden lang darin verschwinden konnte. Der ideale Platz. Die Farm lag am Ende eines verschlammten Fahrwegs hinter einem Nadelgehölz verborgen.

Sie kamen kurz vor Dunkelwerden dort an, fünfzig Minuten eher als der Lastzug und zwei Stunden vor dem Treff mit den Männern aus dem Norden und ihren vier Lieferwagen.

Murphy fand, daß er auf den Coup, den er ausgeheckt hatte, zu Recht stolz sein könne. Im Süden wäre es nicht einfach gewesen, neuntausend Flaschen Cognac unterzubringen. Sie waren banderoliert, jede Kiste und Flasche trug eine Nummer, und ihre Herkunft würde früher oder später ermittelt werden. Aber droben in Ulster, im kriegsgeschüttelten Norden, war das anders. Dort blühten die Destillen, Saufklubs, die keine Schanklizenz hatten und ohnehin ungesetzlich waren.

Die Destillen waren streng in protestantische und katholische aufgeteilt. Die Kontrolle lag fest in Händen der Unterwelt, die ihrerseits seit langem von den edlen Patrioten kontrolliert wurde, die sich dort droben tummelten. Murphy wußte so gut wie jedermann, daß ein hoher Prozentsatz der zum Ruhme Irlands verübten Morde an Andersgläubigen mehr mit Schieber- und Erpressergeschäften zu tun hatten als mit Patriotismus.

Also hatte er sein Abkommen mit einem der einflußreicheren Helden getroffen, dem Großlieferanten einer ganzen Kette von Destillen, an die der Cognac verteilt werden konnte, ohne daß jemand Fragen stellte. Dieser Mann und seine Ausfahrer sollten ihn auf der Farm treffen, den Cognac in die vier Lieferwagen umladen, bar bezahlen und den Stoff schon am folgenden Morgen über das Labyrinth von Landstraßen zwischen den Seen entlang der Linie Fermanagh–Monaghan in den Norden schaffen.

Er wies Brendan und Brady an, den glücklosen Fernfahrer ins Haus zu bringen, wo Clarke in der verwahrlosten Küche auf einen Haufen Säcke geworfen wurde. Die drei Gauner setzten sich und warteten. Um sieben brummte der grünweiße Lastzug den Feldweg heran, und die drei liefen hinaus. Beim Licht abgeblendeter Handlampen zogen sie die alten Scheunentore auf; Keogh fuhr den Laster hinein, und die Tore wurden geschlossen. Keogh kletterte heraus.

»Jetzt hab' ich wohl meinen Anteil verdient«, sagte er. »Und einen ordentlichen Schluck dazu.«

»Gut gemacht«, sagte Murphy. »Du mußt nicht noch mal fahren. Um Mitternacht wird ausgeladen, danach fahre ich den Laster zu einer Stelle, gute fünfzehn Kilometer entfernt, und lass' ihn dort stehen. Was möchtest du trinken?«

»Wie wär's mit einem kleinen Cognac?« meinte Brady, und alle lachten. Es war ein guter Witz.

»Wegen ein paar Gläsern brech' ich keine Kiste auf«, sagte Murphy, »und selber trink' ich nur Whiskey. Tut's das auch?«

Er zog einen Flachmann aus der Tasche, und alle fanden,

das tue es auch. Um Viertel vor acht war es vollends dunkel, und Murphy ging mit einer Handlampe ans Ende des Feldwegs, um den Männern aus dem Norden den Weg zu weisen. Er hatte ihnen genaue Instruktionen gegeben, aber sie könnten die Abzweigung vielleicht doch übersehen. Um zehn nach acht schritt er vor einem Konvoi von vier Lieferwagen auf das Haus zu. Als sie im Hof haltgemacht hatten, stieg aus der Beifahrertür des ersten Wagens ein bulliger Mann im Kamelhaarmantel. Er trug einen Aktenkoffer und zeigte keine Spur von Humor.

»Murphy?« sagte er. Murphy nickte. »Haben Sie das Zeug?«

»Frisch vom Schiff aus Frankreich«, sagte Murphy. »Es ist noch im Lastzug in der Scheune.«

»Wenn Sie den Lastzug aufgebrochen haben, will ich jede einzelne Kiste prüfen«, drohte der Mann. Murphy schluckte. Er war froh, daß er der Versuchung, seine Beute zu beäugen, widerstanden hatte.

»Die französischen Zollsiegel sind unversehrt«, sagte er. »Sehen Sie selber nach.«

Der Mann aus dem Norden knurrte und nickte seinen Gehilfen zu, die sofort die Scheunentore öffneten. Ihre Handlampen richteten sich auf die beiden Verschlüsse der Rücktüren, hinter denen die Ladung sicher verwahrt war. Die Zollsiegel über den Schlössern waren intakt. Der Ulster-Mann knurrte wieder und nickte zufrieden. Einer seiner Gehilfen nahm ein Stemmeisen und näherte sich den Schlössern. Der Mann aus dem Norden machte eine Kopfbewegung.

»Gehen wir rein«, sagte er. Murphy zeigte mit der Lampe den Weg in die einstige Wohnstube der alten Farm. Der Mann aus dem Norden schloß seinen Aktenkoffer auf, legte ihn auf den Tisch und öffnete den Deckel. Reihenweise lächelten Bündel von Sterling-Banknoten Murphy entgegen. Noch nie hatte er so viel Geld gesehen.

»Neuntausend Flaschen zu je vier Pfund«, sagte er, »das macht demnach sechsunddreißigtausend Pfund. Stimmt's?«

»Fünfunddreißig«, knurrte der Mann. »Ich hab' gern runde Summen.«

Murphy widersprach nicht. Er hatte den Eindruck, daß es unklug wäre. Er konnte auch so zufrieden sein. Abzüglich dreitausend Pfund für jeden seiner Männer und der Auslagen für die Vorbereitungen würde er noch immer auf mehr als zwanzigtausend Pfund in bar kommen. »In Ordnung«, sagte er.

Ein Gehilfe des Ulster-Manns erschien vor dem zerbrochenen Fenster. Er winkte dem Boß.

»Kommen Sie und sehen Sie selber«, sagte er.

Dann war er verschwunden. Der Bullige ließ den Koffer zuschnappen, packte den Griff und marschierte hinaus. Die vier Leute aus Ulster, dazu Keogh, Brady und Brendan, umstanden den Lastzug in der Scheune. Sechs Handlampen erleuchteten das Innere. Anstatt sauber gestapelter Kisten, mit dem weltweit berühmten Namen des Cognac-Herstellers versehen, sah man etwas anderes.

Nämlich Reihen aufeinanderliegender Plastiksäcke, jeder mit dem Namen eines bekannten Gartencenters bedruckt, und unter dem Namen stand »Rosendünger«. Der Mann aus dem Norden starrte mit ausdrucksloser Miene die Ladung an.

»Was zum Teufel soll das?« schnarrte er.

Murphy mußte den Unterkiefer aus der Halsgegend hochklappen. »Ich weiß nicht«, krächzte er. »Ich schwöre, daß ich es nicht weiß.«

Er sprach die Wahrheit. Seine Information war einwandfrei gewesen – und teuer. Er hatte das richtige Schiff abgewartet, den richtigen Lastzug. Er wußte, daß sich an diesem Nachmittag nur *ein* solcher Lastzug auf der *St. Patrick* befunden hatte.

»Wo ist der Fahrer?« bellte der Bullige.

»Drinnen«, sagte Murphy.

»Los«, sagte der Bullige. Murphy ging voran. Der unselige Liam Clarke lag noch immer, verschnürt wie ein Brathuhn, auf seinen Säcken.

»Was zum Teufel haben Sie denn da geladen?« fragte der Bullige ohne Umschweife.

Clarke würgte verzweifelt hinter seinem Knebel. Der Bullige winkte einem seiner Komplizen, der zu Clarke trat und ihm kurzerhand das Heftpflaster vom Mund riß. Einen zweiten Streifen hatte der Fernfahrer noch immer über den Augen.

»Ich hab' gefragt, was zum Teufel Sie geladen haben«, wiederholte der Bullige. Clarke schluckte.

»Rosendünger«, sagte er. »Steht doch im Frachtbrief.«

Der Bullige lenkte den Strahl seiner Lampe auf das Bündel Papiere, das er Murphy abgenommen hatte. Er zog den Frachtbrief heraus und hielt ihn Murphy unter die Nase.

»Haben Sie den nicht angeschaut, Sie Trottel?« fragte er.

Murphy ließ seine wachsende Panik an dem Fernfahrer aus. »Warum haben Sie mir das nicht gesagt?« fuhr er ihn an.

In seinem kochenden Zorn vergaß Clarke die Angst vor den unsichtbaren Gegnern. »Weil ihr mir das Maul gestopft habt, darum!« schrie er.

»Das ist richtig, Murphy«, sagte der nüchterne Brendan.

»Klappe«, sagte Murphy, der Verzweiflung nahe. Er beugte sich über Clarke. »Und darunter, steckt da kein Cognac?«

Clarkes Miene verriet seine völlige Ahnungslosigkeit. »Wieso Cognac? In Belgien wird doch kein Cognac gemacht.«

»Belgien?« heulte Murphy. »Sie sind doch von Cognac in Frankreich nach Le Havre gefahren.«

»Ich war noch nie im Leben in Cognac«, brüllte Clarke. »Ich hab' eine Ladung Rosendünger gefahren. Wird aus Torfmull und getrocknetem Kuhmist hergestellt. Wir exportieren ihn aus Irland nach Belgien. Letzte Woche bin ich damit rübergefahren. In Antwerpen haben sie die Lieferung aufgemacht, geprüft und gesagt, das Zeug ist minderwertig, und sie nehmen es nicht an. Meine Firma in Dublin hat gesagt, ich soll es wieder zurückbringen. Hat mich in Antwerpen drei Tage gekostet, bis der Papierkram erledigt war. Steht doch alles drin in den Papieren.«

Der Mann aus dem Norden hatte bereits die Lampe auf die Dokumente in seiner Hand gerichtet. Sie bestätigten Clarkes Geschichte. Er schleuderte sie mit angewidertem Knurren zu Boden.

»Kommen Sie mit«, sagte er zu Murphy und ging hinaus.

Im dunklen Hof schnitt der Bullige Murphys Beteuerungen kurz ab. Er stellte seinen Aktenkoffer hin, drehte sich um, packte Murphy vorn an der Windjacke, hob ihn hoch und schmetterte ihn gegen das Scheunentor.

»Hör mir gut zu, du Scheißkathole«, sagte der Bullige.

Murphy hatte sich schon gefragt, mit welcher Seite des Ulster-Racketts er es zu tun haben mochte. Jetzt wußte er es.

»Du hast«, sagte der Bullige in einem Flüsterton, der Murphy das Blut gefrieren ließ, »eine Ladung Mist gekapert – buchstäblich. Du hast mich eine Menge Zeit gekostet, mich und meine Leute, und mein Geld . . .«

»Ich schwöre Ihnen«, krächzte Murphy, der Atembeschwerden hatte, »beim Grab meiner Mutter, es muß die nächste Lieferung sein, auf dem Schiff, das morgen um zwei anlegt. Ich mach's noch mal . . .«

»Nicht für mich«, flüsterte der Bullige. »Ich steig' aus. Und noch eins: Komm mir bloß nicht noch mal mit einem derartigen Bombengeschäft, sonst schick' ich zwei von meinen Jungs hier runter, daß sie dir die Kniescheiben wegblasen. Hast du verstanden?«

Heilige Mutter Gottes, dachte Murphy, die Leute aus dem Norden sind Bestien. Die Briten sollen sie bloß behalten. Er wußte, daß er diesen Gedanken nicht äußern durfte, wenn ihm sein Leben lieb war. Er nickte. Fünf Minuten später waren der Mann aus dem Norden und seine vier leeren Lieferwagen verschwunden.

Im Farmhaus leerten Murphy und seine enttäuschten Kumpane beim Licht einer Handlampe die Whiskeyflasche.

»Was tun wir jetzt?« fragte Brady.

»Spuren beseitigen«, sagte Murphy. »Wir haben nichts gewonnen, aber auch nichts verloren, außer mir.«

»Und unsere dreitausend Lappen?« fragte Keogh.

Murphy überlegte. Der Mann aus Ulster hatte ihm gründlich eingeheizt, er wollte nicht auch noch die eigenen Leute gegen sich aufbringen.

»Jungs, es gibt bloß tausendfünfhundert für jeden«, sagte er. »Und ihr müßt ein Weilchen warten, bis ich sie habe. Ich hab' meinen letzten Penny in diese Sache gesteckt.«

Sie waren nicht gerade begeistert, aber sie gaben sich zufrieden.

»Brendan, du, Brady und Keogh räumt hier auf. Jeder kleinste Beweis, jede Fußspur und jeder Reifenabdruck im Boden muß verschwinden. Wenn ihr fertig seid, nehmt ihr den Wagen und setzt den Fernfahrer irgendwo südlich von hier in Socken am Straßenrand ab. Mit dem Leukoplast auf Mund und Augen und um die Handgelenke wird er nicht so schnell Alarm schlagen können. Ihr wendet und fahrt in Richtung Norden nach Hause. Ich halte mein Wort, Keogh.

Ich nehme den Lastwagen und lass' ihn droben in den Hügeln vor Kippure stehen. Dann geh' ich zu Fuß zurück, und vielleicht nimmt mich auf der Hauptstraße jemand mit heim nach Dublin. Ja?«

Ja, sagten sie. Sie hatten keine Wahl. Die Männer aus dem Norden hatten ganze Arbeit geleistet, als sie die Schlösser am Heck des Anhängers aufbrachen, also hieß es, Holzpflöcke zum Sichern der beiden Verschlußösen suchen. Dann machten sie die Türen hinter der enttäuschenden Ladung zu und steckten die Bolzen ein. Der Lastzug, mit Murphy am Steuer, brummte wieder über den Feldweg von der Farm zur Straße und bog dort links ein, auf den Wald von Djouce und die Hügel von Wicklow zu.

Es war kurz nach halb zehn Uhr abends, als Murphy den Wald hinter sich gelassen hatte und auf der Straße nach Roundwood dem Traktor begegnete. Man sollte meinen, kein Farmer würde um diese Nachtzeit mit einem Traktor herumfahren, der einen defekten und einen verdreckten Scheinwerfer und zehn Tonnen Strohballen auf dem Anhänger geladen hatte. Dieser Farmer tat es.

Murphy brauste zwischen zwei Steinmauern dahin, als er die drohende Masse von Traktor und Trailer auf sich zukommen sah. Er trat ziemlich hart auf die Bremse.

Nun ist das so eine Sache mit Sattelschleppern. Sie können zwar Kurven nehmen, um die ein Kastenwagen vergleichbarer Länge niemals herumkäme, aber wenn man plötzlich bremsen muß, ist der Teufel los. Wenn der Zugwagen mit dem Fahrerhaus und der Auflieger mit der Ladung nicht schnurgerade hintereinander sind, klappen sie zusammen wie ein Taschenmesser. Der schwere Auflieger versucht, den Zugwagen zu überholen, und bringt ihn dabei seitwärts ins Rutschen. Das passierte jetzt Murphy.

Nur die in den Hügeln von Wicklow üblichen Steinmauern verhinderten, daß er glatt umkippte. Der Farmer lenkte seinen Traktor geschickt durch ein hochwillkommenes Gatter und ließ den Aufprall von den Strohballen auf dem Anhänger abfangen. Murphys Zugwagen kam ins Schlittern, als sein Auflieger nach vorn klappte. Infolge der Vollbremsung schob die Düngerladung ihn seitlich in die Strohballen, die munter über den ganzen Zugwagen purzelten und ihn fast begruben. Das Heck des Aufliegers hinter ihm krachte in eine Mauer und prallte zurück auf die Straße, um dann die andere Mauer zu rammen.

Als das Kreischen von Metall auf Stein aufgehört hatte, stand der Traktoranhänger noch auf den Rädern, aber, da die Kupplung zum Traktor gebrochen war, in drei Meter Entfernung. Der Anprall hatte den Farmer vom Sitz und in einen Komposthaufen geschleudert. Er hielt eine lautstarke Rede an seinen Schöpfer. Murphy saß in der Dämmerung eines von Strohballen bedeckten Fahrerhauses.

Durch den Anprall gegen die Steinmauern waren die provisorischen Verschlüsse am Heck des Aufliegers gerissen und beide Ladetüren aufgesprungen. Ein Teil des Rosendüngers lag hinter dem Wagen auf der Straße verstreut. Murphy öffnete die Tür des Fahrerhauses und arbeitete sich durch die Strohballen auf die Straße. Sein einziger Impuls war, so schnell wie möglich von hier wegzukommen. Der Farmer konnte ihn im Dunkeln unmöglich erkannt haben. Noch während des Aussteigens fiel ihm ein, daß er keine Zeit gehabt hatte, alle Fingerabdrücke im Fahrerhaus abzuwischen.

Der Farmer, der sich aus dem Komposthaufen gerappelt hatte, stand auf der Straße neben Murphys Fahrerhaus und verbreitete einen Duft, der sich kaum je in der Rasierwasserbranche durchsetzen würde. Eindeutig begehrte er, ein Wörtchen mit Murphy zu sprechen. Murphy überlegte schnell. Er würde den Farmer beschwichtigen und ihm anbieten, beim Wiederaufladen des Anhängers behilflich zu sein. Bei der ersten Gelegenheit würde er seine Fingerabdrücke im Fahrerhaus abwischen und bei der zweiten in die Dunkelheit entschwinden.

Genau in diesem Moment kam der Streifenwagen. Es ist eine seltsame Sache mit den Polizeistreifen: Wenn man sie braucht, sind sie so rar wie Erdbeeren in Grönland. Man kratze das kleinste bißchen Lack von einem fremden Chassis, und sie tauchen aus dem Nichts auf. Dieser Streifenwagen hatte einen Minister von Dublin zu seinem Landsitz bei Annamoe eskortiert und war auf der Rückfahrt in die Hauptstadt. Als Murphy die Scheinwerfer sah, glaubte er, sie gehörten zu einem gewöhnlichen Fahrzeug. Als das Auto abblendete, sah er den Unterschied. Auf dem Dach war ein Garda-Schild, und *dieses* Schild war beleuchtet.

Der Sergeant und der Constable gingen langsam um den gestrandeten Traktoranhänger herum und inspizierten die heruntergefallenen Strohballen. Murphy begriff, daß ihn nur ein massiver Bluff retten könne. Im Dunkeln konnte es klappen.

»Ihrer?« fragte der Sergeant mit einer Kopfbewegung zum Lastzug.

»Ja«, sagte Murphy.

»Weit ab von den Hauptstraßen«, sagte der Sergeant.

»Mhm, und spät auch schon«, sagte Murphy. »Die Fähre ist heute nachmittag verspätet in Rosslare angekommen, und ich wollte das Zeug abliefern und nichts wie heim in mein Bett.«

»Papiere«, sagte der Sergeant.

Murphy holte Liam Clarkes Dokumente aus dem Fahrerhaus und reichte sie ihm.

»Liam Clarke?« fragte der Sergeant.

Murphy nickte. Die Papiere waren völlig in Ordnung. Der Constable hatte sich inzwischen den Traktor angesehen und trat zu seinem Sergeant.

»Der eine Scheinwerfer von unserem Kunden hier brennt nicht richtig«, sagte er und wies auf den Farmer. »Und der andere ist ganz mit Lehm verschmiert. Diese Karre hätte man nicht mal aus zehn Metern Entfernung sehen können.«

Der Sergeant gab Murphy die Papiere zurück und wandte sich dem Farmer zu. Der, vor wenigen Augenblicken noch ganz Siegessicherheit, sah sich in die Verteidigung gedrängt. Murphys Stimmung hob sich.

»Nicht, daß ich mich rausreden möchte«, sagte er, »aber die Streife hat recht. Traktor und Anhänger waren komplett unsichtbar.«

»Haben Sie Ihre Zulassung?« fragte der Sergeant den Farmer.

»Zu Hause«, sagte der Farmer.

»Und die Versicherungskarte vermutlich auch«, sagte der Sergeant. »Hoffentlich ist beides in Ordnung. Wird sich gleich rausstellen. Aber ohne Scheinwerfer dürfen Sie nicht weiterfahren. Ziehen Sie den Trailer in den Acker und räumen Sie die Ballen von der Straße. Wenn es hell wird, können Sie sie holen. Wir fahren Sie heim und schauen uns auch gleich die Papiere an.«

Murphys Stimmung besserte sich weiter. In ein paar Minuten würden sie weg sein. Der Constable prüfte die Scheinwerfer des Lastzugs. Sie waren in Ordnung. Er ging zu den Heckleuchten.

»Was haben Sie geladen?« fragte der Sergeant.

»Dünger«, sagte Murphy. »Teils Torfmull, teils Kuhmist. Gut für Rosen.«

Der Sergeant lachte schallend. Er wandte sich zu dem Farmer um, der seinen Anhänger von der Straße in den Acker gezogen hatte und die Ballen hinterherwarf. Die Straße war fast frei.

»Der da fährt eine Ladung Scheiße«, sagte er, »aber Sie stecken bis zum Hals drin.« Er genoß seinen Witz.

Der Constable kam vom Heck des Lastzugs zurück. »Die Türen sind aufgesprungen«, sagte er. »Ein paar Säcke sind auf die Straße gefallen und geplatzt. Kommen Sie doch mal mit, Sarge.«

Alle drei gingen den Lastzug entlang nach hinten.

Ein Dutzend Säcke war aus dem geöffneten Laderaum gefallen, vier waren geplatzt. Das Mondlicht beschien die Haufen braunen Düngers zwischen den zerrissenen Plastikhüllen. Der Constable hatte seine Lampe gezückt und ließ den Strahl über die Bescherung wandern. Wie Murphy später zu seinem Zellengenossen sagte, es gibt so Tage, an denen alles, aber rein alles schiefgeht.

Mondschein und Lampenlicht zeigten eindeutig den großen Rachen der aufragenden Bazuka sowie die Konturen der MGs, die aus den aufgeplatzten Säcken stachen. Murphy wurde übel.

Die irische Polizei trägt normalerweise keine Handfeuerwaffen, es sei denn, sie eskortiere einen Minister. Die Automatic des Sergeant wies auf Murphys Magen.

Murphy seufzte. Glück mußte man eben haben. Er hatte nicht nur mit Glanz und Gloria den Raub von neuntausend Flaschen Cognac verbockt, sondern es auch noch fertiggebracht, in irgend jemandes heimlichen Waffentransport einzusteigen, und wer dieser Jemand war, stand für ihn ziemlich fest. Er wußte mehrere Orte, an denen er die beiden nächsten Jahre gern zubringen würde, die Straßen Dublins indes standen auf dieser Liste nicht gerade obenan.

Langsam hob er die Hände.

»Ich muß Ihnen ein kleines Geständnis machen«, sagte er.

Wer zuletzt lacht

Diese Geschichte wäre nie passiert, hätte Samuel Nutkin nicht am Morgen im Pendlerzug Edenbridge–London sein Brillenetui zwischen die Sitzpolster fallen lassen. Aber er hatte es fallen lassen, hatte die Hand zwischen die Polster gesteckt, um es herauszuholen, und das Schicksal nahm seinen Lauf.

Seine tastenden Finger fanden nicht nur das Etui, sondern auch ein dünnes Heft, das offenbar ein früherer Fahrgast in den Spalt gestopft hatte. Nutkin glaubte, es sei ein Fahrplan, und zog es gedankenlos heraus. Nicht, daß er einen Fahrplan benötigt hätte. Da er seit fünfundzwanzig Jahren mit dem gleichen Zug zur gleichen Stunde vom kleinen und tugendhaften Vorort Edenbridge zur Londoner Charing Cross Station fuhr und jeden Abend vom Bahnhof Cannon Street nach Kent zurückkehrte, brauchte er keine Fahrpläne. Es war nur flüchtige Neugier.

Mr. Nutkin warf einen Blick auf den Umschlag, wurde feuerrot und stopfte das Magazin hastig wieder zwischen die Polster. Er sah sich im Abteil um, ob irgendwer seine Ausgrabung beobachtet hatte. Ihm gegenüber nickten zwei *Financial Times,* eine *Times* und ein *Guardian* ihm im Rhythmus des Zuges zu, aber die Leser waren hinter dem Wirtschaftsteil verborgen. Zu seiner Linken grübelte der alte Fogarty über dem Kreuzworträtsel, und rechts, vor dem Fenster, flog der Bahnhof Hithergreen unbeteiligt vorüber. Samuel Nutkin atmete erleichtert auf.

Das Magazin war klein, der Umschlag aus Hochglanzpapier. Oben auf der Titelseite stand *Neuer Kreis,* offenbar der Name des Blättchens, und am unteren Rand der Satz: »Singles, Paare, Gruppen – das Kontaktmagazin für sexbewußte Menschen«. Den Raum zwischen den beiden Zeilen füllte das Foto einer stattlichen Dame mit üppigem Busen; das Gesicht wurde von einem weißen Balken verdeckt, der sie als »Inserentin Nr. H 331« auswies. Mr. Nutkin hatte noch nie ein solches Magazin gesehen, und er mußte auf der ganzen Fahrt nach Charing Cross über die tiefere Bedeutung seines Fundes nachdenken.

Als sämtliche Türen des Zuges gleichzeitig aufschwangen, um die Pendlerfracht in den Mahlstrom von Bahnsteig sechs zu entlassen, verzögerte Samuel Nutkin seinen Aufbruch, indem er sich mit Aktenmappe, gerolltem Regenschirm und Melone zu schaffen machte, bis er der letzte im Abteil war. Dann beförderte er, bestürzt ob seiner eigenen Kühnheit, das Magazin aus dem Spalt in seine Aktenmappe und stürzte sich in das Meer der übrigen Melonenträger, die mit bereitgehaltenen Zeitkarten zur Sperre strebten.

Es war ein umständlicher Weg vom Zug zur U-Bahn, bis zur Haltestelle Mansion House, die Rolltreppe hinauf zur Great Trinity Lane und die Cannon Street entlang zu dem Bürokomplex der Versicherungsgesellschaft, bei der Samuel Nutkin angestellt war. Er hatte einmal von einem Mann gehört, der überfahren wurde und bei dem man, als im Krankenhaus seine Taschen geleert wurden, Pornofotos fand. Diese Geschichte ließ Samuel Nutkin nicht los. Wie um alles in der Welt könnte man sich da herausreden? Die Schande, die Peinlichkeit würde unerträglich sein. Dazuliegen, mit einem Bein im Streckverband, und zu wissen, daß die eigenen geheimsten Neigungen allen bekannt waren. An diesem Morgen paßte er beim Überqueren der Fahrbahn besonders auf.

Aus alldem kann man schließen, daß Mr. Nutkin solche Sachen fernlagen. Es gibt eine Theorie, wonach der Mensch dazu neigt, den Spitznamen gerecht zu werden, die ihm irgendwann einmal angehängt wurden. Man nenne einen Mann »Butch«, und er wird beim Gehen die Schultern rollen; man nenne ihn »Killer«, und er wird aus schmalen Augen in die Welt blicken und versuchen, wie Humphrey Bogart zu sprechen. Spaßvögel müssen ständig Witze erzählen und herumalbern, bis der Streß sie fertigmacht. Den zehnjährigen Samuel Nutkin hatte ein Mitschüler nach Beatrix Potters Kindergeschichte »das Eichhörnchen« getauft und ihn damit für immer abgestempelt.

Seit Nutkin als Dreiundzwanzigjähriger nach Kriegsende im Rang eines Gefreiten aus der Armee entlassen worden war, arbeitete er in der Londoner City. Damals war er froh gewesen um den Job, einen sicheren Job mit Pensionsberechtigung, als Angestellter einer riesigen Versicherungsgesellschaft, solide wie die Bank von England, die nur knapp fünfhundert Meter entfernt war. Mit dem Tag seines Arbeitsantritts hielt Samuel Nutkin Einzug in die City, in die Quadratmeile der Macht, die ihren Einfluß in Wirtschaft, Handel und Bankwesen bis in die entlegensten Teile des Erdballs geltend machte.

In diesen späten vierziger Jahren hatte er die City geliebt und war in der Mittagspause durch die zeitlosen Straßen gestreift – Bread Street, Cornhill, Poultry und London Wall, deren Namen aus dem Mittelalter stammen, als dort wirklich Brot und Korn und Geflügel verkauft wurde und die Stadtmauern Londons aufragten. Es imponierte ihm, daß aus diesen nüchternen Steinhaufen die Aventurier-Kaufleute mit Geldmitteln versorgt wurden, damit sie in ferne Länder zu braunen, schwarzen und gelben Menschen segeln konnten, Handel treiben, die Erde und Berge ihrer Schätze berauben und die Ausbeute heim in die City schicken konnten, wo sie sichergestellt, deponiert, angelegt wurde, bis Entschlüsse, die in dieser Quadratmeile der Börsenlokale und Kontore fielen, darüber entschieden, ob eine Million untergeordneter Lebewesen Arbeit haben oder verhungern würde. Daß diese Männer in Wahrheit die erfolgreichsten Plünderer der Welt waren, kam ihm nie in den Sinn. Samuel Nutkin war ein Biedermann.

Die Zeit verging, und nach einem Vierteljahrhundert war der Zauber verblaßt; Samuel Nutkin wurde Teil der eiligen Flutwelle aus grauen Anzügen, gerollten Regenschirmen, Melonen und Aktenmappen, die Tag für Tag in die City strömte, um sich für acht Stunden in die Büros zu verteilen und dann in die Schlafstädte der umliegenden Counties zurückzukehren.

Im Wald der City war er, wie sein Spitzname besagte, ein freundliches, harmloses Geschöpf, das im Lauf der Jahre zu Schreibtischformat heranwuchs, ein netter runder Butterkloß von einem Mann, knapp über achtundfünfzig, bebrillt, wenn er lesen oder etwas von nahem betrachten wollte, liebenswürdig und höflich zu den Sekretärinnen, die ihn süß fanden und bemutterten, kein Mann, der viel las, und schon gar nicht einer, der obszöne Magazine mit sich herumtrug. Aber genau das tat er an diesem Morgen. Er verkroch sich aufs Klo, schob den Riegel vor und las jede einzelne Annonce im *Neuen Kreis.*

Er war baff. Zu manchen Annoncen gehörten Bilder, meist Amateurfotos, die Damen, eindeutig Hausfrauen, in Unterwäsche zeigten. Andere hatten keine Bilder, aber ausführlicheren Text und boten manchmal Dienstleistungen an, die unsinnig klangen, jedenfalls für Samuel Nutkin. Aber die meisten verstand er, und die Mehrzahl der weiblichen Inserenten wünschte die Bekanntschaft großzügiger Herren in guter Position zu machen. Er las zu Ende, stopfte das Magazin zuunterst in seine Mappe und eilte wieder an seinen Schreibtisch. Am Abend gelang es ihm, das Magazin heim nach Edenbridge zu bringen, ohne daß die Polizei ihn angehalten und durchsucht hatte, und es unter dem Kaminvorleger zu verstecken. Nicht auszudenken, wenn Lettice es entdeckte.

Lettice war Mrs. Nutkin. Sie war meist ans Bett gefesselt und gab die Schuld einer schweren Arthritis und einem schwachen Herzen, während Dr. Bulstrode einen schweren Fall von Hypochondrie annahm. Sie war eine zarte, schwache Frau mit spitzer Nase und quengeliger Stimme und hatte Samuel Nutkin seit vielen Jahren keinerlei physisches Vergnügen bereitet, weder im Bett, noch außerhalb. Aber er war ein treuer und verläßlicher Mensch und hätte alles, rein alles getan, um ihr Kummer zu ersparen. Ein Glück, daß sie wegen ihres Rückens keine Hausarbeit verrichtete und daher bestimmt nie unter dem Kaminteppich herumstöbern würde.

Mr. Nutkin verbrachte drei Tage in tiefen Gedanken, die größtenteils um eine Inserentin kreisten, eine Dame, die nach den kurzen in ihrer Annonce aufgeführten Angaben gut über Mittelgröße und stattlich gebaut war. Am dritten Tag raffte er allen Mut zusammen, setzte sich hin und beantwortete die Annonce. Er verwendete neutrales Papier aus dem Büro, und sein Schreiben war kurz und sachlich. Es begann mit »Verehrte gnädige Frau« und erklärte im folgenden, er habe ihre Anzeige gelesen und sei sehr an einem Treffen interessiert.

In der Mitte des Magazins steckte ein Faltblatt, das erläuterte, wie Annoncen beantwortet werden sollten. Das Antwortschreiben, zusammen mit einem adressierten und frankierten Rückumschlag, in ein neutrales Kuvert stecken und zukleben. Nummer der Anzeige, auf die sich die Antwort bezieht, mit Bleistift auf die Rückseite des Kuverts schreiben. Dieses Kuvert, zusammen mit der Bearbeitungsgebühr, in einen dritten Umschlag stecken und an die Redaktion des Magazins in London schicken. Mr. Nutkin tat das alles, nur daß er auf den Rückumschlag den Namen Henry Jones schrieb, c/o 27, Acacia Avenue, seine richtige Adresse.

In den nächsten sechs Tagen stand er jeden Morgen zur Zeit der Postzustellung hinter der Haustür, und am sechsten Tag entdeckte er den an Henry Jones adressierten Brief. Er steckte ihn ein und ging hinauf zu seiner Frau, um ihr Frühstückstablett wieder in die Küche zu tragen.

Im Zug nach London verdrückte er sich zur Toilette und öffnete mit zitternden Fingern das Kuvert. Darinnen steckte sein eigener Brief, auf dessen Rückseite die handschriftliche Antwort stand. Sie lautete: »Lieber Henry, vielen Dank für Ihre Antw. auf meine Anz. Wir beide könnten bestimmt eine Menge Spaß miteinander haben. Rufen Sie mich doch unter ... an. Gruß Sally.« Es war eine Nummer in Bayswater im Londoner West End.

Sonst enthielt das Kuvert nichts. Samuel Nutkin kritzelte die Telefonnummer auf einen Zettel, steckte ihn in die hintere Hosentasche und spülte Brief und Umschlag ins Klo. Als er auf seinen Platz zurückkehrte, glich sein Magen einem Bienenstock, und er erwartete, daß alle ihn anstarren würden, aber der alte Fogarty hatte soeben 15 waagrecht erraten, und niemand blickte auf.

In der Mittagspause ging er zur nächsten U-Bahn-Station und rief von einer Telefonzelle aus die Nummer an. Eine heisere Frauenstimme sagte: »Hallo?«

Mr. Nutkin steckte die Münze in den Schlitz, räusperte sich und sagte: »Äh ... hallo, ist dort Miss Sally?«

»Stimmt«, sagte die Stimme. »Und wer spricht, bitte?«

»Oh, äh, mein Name ist Jones. Henry Jones. Heute früh bekam ich Ihren Brief, wegen meiner Antwort auf Ihre Annonce . . .«

Man hörte am anderen Ende der Leitung Papier rascheln, dann kam wieder die Stimme der Frau. »O ja, ich erinnere mich, Henry. Wie wär's, Darling, wenn Sie bei mir vorbeikämen?«

Samuel Nutkins Zunge fühlte sich an wie zähes Leder. »Ja, gern«, krächzte er.

»Reizend«, schnurrte die Frau am anderen Ende. »Nur noch eines, Henry, Darling. Ich erwarte von meinen Freunden ein kleines Geschenk, verstehen Sie, nur als Zuschuß zur Miete. Zwanzig Pfund, aber es eilt überhaupt nicht. Geht das in Ordnung?«

Nutkin nickte, dann sagte er »Ja« in die Sprechmuschel.

»Fein«, sagte sie. »Und wann möchten Sie kommen?«

»Es geht nur in der Mittagspause. Ich arbeite in der City und fahre abends nach Hause.«

»In Ordnung. Paßt Ihnen morgen? Gut. Um halb eins? Ich gebe Ihnen jetzt die Adresse . . .«

Der Bienenstock in seinem Magen hatte sich in einen Taubenschlag verwandelt, als er anderentags um halb eins vor der Souterrainwohnung ganz in der Nähe von Westbourne Grove in Bayswater stand. Er klopfte nervös und hörte das Klicken von Absätzen im Korridor hinter der Tür.

Stille – jemand linste durch den Spion in der Mitte der Tür, durch den man den Standplatz überblicken konnte. Dann ging die Tür auf, und eine Stimme sagte: »Kommen Sie rein.« Sie stand hinter der Tür, während er eintrat und sich zu ihr umdrehte. »Sie müssen Henry sein«, sagte sie leise. Er nickte. »Dann kommen Sie ins Wohnzimmer, damit wir uns unterhalten können«, sagte sie.

Mit wild klopfendem Herzen folgte er ihr durch den Korridor zum ersten Zimmer links. Sie war älter, als er erwartet hatte, eine verlebte Mittdreißigerin, dick geschminkt. Sie war gut eine Handbreit größer als er, aber das kam zum Teil von ihren hochhackigen Pumps; die Breite des Hinterteils unter dem bodenlangen Hausmantel, das sich vor ihm her den Korridor entlangbewegte, ließ auf einen massigen Bau schließen. Als sie sich umdrehte, um ihn ins Wohnzimmer eintreten zu lassen, öffnete sich einen Moment lang der Hausmantel und gab den Blick auf schwarze Nylonstrümpfe und ein Korsett mit rotem Besatz frei. Sie ließ die Tür offen.

Das Zimmer war billig möbliert und schien nicht mehr als eine Handvoll persönlicher Besitztümer zu enthalten. Die Frau lächelte ihn ermutigend an.

»Haben Sie mein kleines Präsent dabei, Henry?« fragte sie.

Samuel Nutkin nickte und reichte ihr die zwanzig Pfund, die er in der Hosentasche umklammert gehalten hatte. Sie nahm sie und stopfte sie in eine Handtasche auf der Kommode.

»Nehmen Sie doch Platz und machen Sie sich's bequem«, sagte sie. »Kein Grund, nervös zu sein. Also, was kann ich für Sie tun?«

Mr. Nutkin hatte sich auf einer Sesselkante niedergelassen. Sein Mund war wie mit schnelltrocknendem Zement angefüllt. »Das ist schwierig zu erklären«, murmelte er.

Wieder lächelte sie. »Nur nicht so schüchtern. Was möchten Sie gerne machen?«

Zögernd sagte er es. Sie zeigte kein Erstaunen.

»Geht in Ordnung«, sagte sie leichthin. »Viele Herren mögen so eine kleine Nummer. Jetzt ziehen Sie Jacke, Hose und Schuhe aus und kommen mit mir ins Schlafzimmer.«

Er tat, wie ihm geheißen, und folgte ihr, wieder durch den Korridor, ins Schlafzimmer, das überraschend hell erleuchtet war. Sobald sie drinnen waren, schloß die Frau die Tür, drehte den Schlüssel um und steckte ihn in die Tasche des Hausmantels, den sie sodann ablegte und an die Tür hängte.

Als drei Tage später der neutrale braune Umschlag in der Acacia Avenue Nummer 27 eintraf, hob Samuel Nutkin ihn zusammen mit der übrigen Morgenpost vom Fußabstreifer auf und nahm ihn mit an den Frühstückstisch. Es waren insgesamt drei Briefe gekommen, einer an Lettice von ihrer Schwester, eine Gärtnerrechnung für ein paar Topfpflanzen und der braune Umschlag, in London abgestempelt und an Samuel Nutkin adressiert. Er öffnete ihn arglos, da er auf ein Warenangebot tippte. Er hatte falsch getippt.

Die sechs Fotos, die herausfielen, blieben eine ganze Weile mit der Bildseite nach oben auf dem Tisch liegen, während Samuel Nutkin sie verständnislos anstarrte. Als ihm die Wahrheit dämmerte, erfaßte ihn blankes Grauen. Weder was Belichtung, noch was Schärfe betraf, hätten die Fotos einen Preis gewonnen, aber sie erfüllten ihren Zweck. Auf allen war das Gesicht der Frau deutlich zu sehen, und mindestens zwei zeigten unverwechselbar sein eigenes Gesicht. Mit fliegenden Fingern durchsuchte er den Umschlag nach seinem weiteren Inhalt, er war jedoch völlig leer. Er drehte alle sechs Fotos um, aber auch auf den Rückseiten stand keinerlei Mitteilung. Die Mitteilung war in Schwarzweiß auf der Vorderseite und bedurfte keiner Worte.

Von blinder Panik erfaßt, schob er die Fotos unter den Kaminteppich, wo noch immer das Magazin lag. Dann kam ihm ein Gedanke, er trug das ganze Zeug aus dem Haus, verbrannte es hinter der Garage und stampfte die Asche mit dem Schuhabsatz in die feuchte Erde. Als er wieder hineinging, dachte er daran, sich krank zu melden und zu Hause zu bleiben, überlegte jedoch, daß dies Lettices Verdacht erregen müsse, denn er war kerngesund. Er hatte gerade noch Zeit, ihr den Brief ihrer Schwester hinaufzubringen, das Tablett mitzunehmen und den Zug in die City zu erwischen.

Sein Kopf schwirrte immer noch, als er von seinem Eckplatz aus durchs Fenster blickte und darüber nachsann, wie es zu diesem Schreck in der Morgenstunde hatte kommen können. Erst hinter New Cross ging ihm ein Licht auf.

»Meine Jacke«, keuchte er, »Jacke und Brieftasche.«

Der alte Fogarty, der über 7 senkrecht brütete, schüttelte den Kopf. »Nein«, sagte er. »Zu viele Buchstaben.«

Samuel Nutkin starrte trübselig durchs Fenster, während die südöstlichen Vororte Londons vorbeizogen. Kaltes Grauen zog ihm den Magen zusammen, und er konnte sich den ganzen Vormittag über nicht auf seine Arbeit konzentrieren.

In der Mittagspause rief er die Nummer an, die Sally ihm gegeben hatte, doch eine barsche Männerstimme erklärte, nie etwas von einer Sally gehört zu haben, der Anrufer müsse sich verwählt haben. Nutkin wählte die Nummer nochmals an, diesmal über die Vermittlung, aber die Nummer stimmte und derselbe Mann war am Apparat.

Er versuchte, die Nummer über die Auskunft nachzuprüfen, aber der Teilnehmer hatte keinen Eintrag im Fernsprechbuch gewünscht und konnte nur aufgrund einer behördlichen Verfügung bekanntgegeben werden.

Er fuhr mit einem Taxi geradewegs zu der Souterrainwohnung in Bayswater, aber sie war versperrt und vergittert, und am Geländer hing in Augenhöhe ein Schild »Zu vermieten«. Um die Mitte des Nachmittags war Mr. Nutkin zu der Überzeugung gekommen, daß ihm auch die Polizei kaum helfen könne. Fast mit Sicherheit hatte das Magazin die Antworten auf dieses Inserat an eine Anschrift geschickt, die sich als Deckadresse erweisen und längst spurlos geräumt sein würde. Die Souterrainwohnung in Bayswater war vermutlich nur für diese eine Woche unter falschem Namen gemietet und dann wieder verlassen worden. Die Telefonnummer dürfte einem Mann gehören, der sagen würde, er sei den ganzen letzten Monat verreist gewesen und habe bei seiner Rückkehr das Türschloß aufgebrochen vorgefunden. Seither seien mehrere Anrufe für eine Sally gekommen, er könne sich keinen Vers darauf machen. Und am nächsten Tag würde auch er verschwunden sein.

Als er nach Hause kam, war Lettice grämlicher denn je. Jemand hatte dreimal angerufen und Mr. Nutkin sprechen wollen, und das habe sie in ihrer Nachmittagsruhe gestört. Eine böse Sache.

Der vierte Anruf kam kurz nach acht. Samuel Nutkin schoß aus seinem Sessel, ließ Lettice vor dem Fernsehapparat sitzen und eilte ans Telefon in der Diele. Es war eine Männerstimme, aber war es derselbe Mann, mit dem er in der Mittagszeit gesprochen hatte? Unmöglich festzustellen. Die Stimme klang gedämpft, als läge ein Taschentuch über der Sprechmuschel.

»Mr. Nutkin?«

»Ja.«

»Mr. Samuel Nutkin?«

»Ja.«

»Oder sollte ich Sie Henry Jones nennen?«

Samuel Nutkin drehte sich der Magen um.

»Wer spricht?« fragte er.

»Name tut nichts zur Sache, Sportsfreund. Ist mein kleines Präsent mit der Morgenpost gekommen?«

»Was wollen Sie von mir?«

»Ich hab' Sie was gefragt, Sportsfreund. Sind die Fotos gekommen?«

»Ja.«

»Und Sie haben sie sich gut angeschaut, ja?«

Samuel Nutkin schluckte heftig bei dieser gräßlichen Erinnerung. »Ja.«

»Na, Sie war'n vielleicht ein garstiger Junge, was! Von Rechts wegen müßte ich den gleichen Satz Ihrem Boß ins Büro schicken. O ja, ich weiß, wo Sie arbeiten und wie der Direktor heißt. Und dann vielleicht noch einen an Mrs. Nutkin. Oder an den Sekretär vom Tennisklub. Sie tragen eine Menge Zeug in Ihrer Brieftasche rum, Mr. Nutkin . . .«

»Bitte, tun Sie das nicht«, stieß Nutkin hervor, aber die Stimme schnitt seine Einwände ab.

»Ich will nicht länger am Apparat bleiben. Gehen Sie bloß nicht zur Polizei. Die könnte mich sowieso nie finden. Also immer mit der Ruhe, Freundchen, dann können Sie den ganzen Schwung kriegen, inklusive Negative. Überlegen Sie sich's. Wann gehen Sie morgens aus dem Haus?«

»Acht Uhr zwanzig.«

»Ich ruf' morgen früh um acht wieder an. Gute Nacht.«

Es klickte, und Mr. Nutkin hörte nur noch den Wählton.

Es war keine gute Nacht. Es war eine grauenvolle Nacht. Als Lettice zu Bett gegangen war, hatte er vorgegeben, das Feuer versorgen zu müssen, und war den Inhalt seiner Brieftasche Stück für Stück durchgegangen. Zeitkarte für die Bahn, Scheckheft, Mitgliedskarte des Tennisklubs, zwei an ihn adressierte Briefe, zwei Fotos von Lettice und ihm. Führerschein, Mitgliedskarte des Freizeitklubs der Versicherung, mehr als genug, um seine Identität und seinen Arbeitsplatz festzustellen.

Im Schein der Straßenlampe, der von der Acacia Avenue durch die Gardinen drang, blickte er hinüber zu Lettices mißbilligendem Gesicht im anderen Bett – sie hatte immer auf getrennten Betten bestanden – und versuchte sich vorzustellen, wie sie einen braunen, an sie adressierten Umschlag öffnete, der während seiner Abwesenheit mit der zweiten Zustellung gekommen war. Und er versuchte sich auszudenken, wie Mr. Benson droben in der Chefetage einen zweiten Satz Fotos vor sich liegen hatte. Oder wie das Mitgliederkomitee des Tennisklubs sie bei einer Sondersitzung herumreichte, die man einberufen hatte, um Samuel Nutkins Mitgliedschaft »neu zu überdenken«. Es ging nicht. Seine Phantasie sträubte sich. Aber eines wußte er mit Sicherheit; der Schock würde die arme Lettice umbringen ... sie glatt umbringen, und dazu würde er es nie und nimmer kommen lassen.

Punkt acht Uhr klingelte das Telefon. Samuel Nutkin stand schon in der Diele, in seinem grauen Anzug, mit weißem Hemd und Kragen, Melone, gerolltem Regenschirm und Aktenmappe, wie immer, ehe er sich in Richtung Bahnhof in Trab setzte.

»Alles gut überlegt, wie?« sagte die Stimme.

»Ja«, preßte Samuel Nutkin hervor.

»Möchten gern die Negative haben, wie?«

»Ja, bitte.«

»Dann werden Sie aber leider zahlen müssen, Freundchen. Für unsere Spesen, und vielleicht ein kleines Lehrgeld.«

Mr. Nutkin schluckte mehrmals. »Ich bin kein reicher Mann«, flehte er. »Wieviel wollen Sie?«

»Tausend Lappen«, erwiderte der Mann am anderen Ende der Leitung prompt.

Samuel Nutkin war entsetzt. »Aber ich habe keine tausend Pfund«, beteuerte er.

»Dann treiben Sie sie gefälligst auf«, versetzte die Stimme hämisch. »Sie können Ihr Haus beleihen, Ihren Wagen oder sonst was. Aber her damit, und zwar schnell. Noch heute. Ich rufe um acht Uhr abends wieder an.«

Und wieder war der Mann weg, und nur der Wählton

summte Samuel Nutkin ins Ohr. Er ging hinauf, gab Lettice ein Küßchen auf die Wange und verließ das Haus. Aber er ging nicht zum 8-Uhr-31-Zug nach Charing Cross. Er ging in den Park und setzte sich allein auf eine Bank, eine sonderbare einsame Gestalt, die, fürs Büro und die City gekleidet, zusammengesunken zwischen den Bäumen und Blumen hockte, mit Melone und dunklem Anzug. Er wußte, daß er nachdenken mußte und daß er neben dem alten Fogarty und seinen endlosen Kreuzworträtseln nicht klar nachdenken konnte.

Vermutlich konnte er tausend Pfund aufnehmen, aber in der Bank würden einige Augenbrauen in die Höhe gehen. Und das wäre noch gar nichts, verglichen mit der Reaktion des Kassierers, wenn er um Barauszahlung in gebrauchten Scheinen bäte. Er könnte sagen, daß er eine Spielschuld bezahlen müsse, aber das würde ihm niemand glauben. Alle wußten, daß er nicht spielte. Er trank höchstens gelegentlich ein Glas Wein und rauchte nie, abgesehen von der Zigarre zu Weihnachten. Sie würden an eine Frau denken, vermutete er, aber auch das verwarf er sofort. Sie würden wissen, daß er sich keine Mätresse hielt. Was tun? Was tun? fragte er sich immer wieder, während er im Aufruhr der Gedanken vor- und zurückwippte.

Er könnte zur Polizei gehen. Bestimmt würde sie diese Leute aufspüren, trotz der falschen Namen und gemieteten Wohnungen. Es würde zu einer Gerichtsverhandlung kommen, und er hätte seine Aussage zu machen. Eine erpreßte Person wurde immer als X bezeichnet, das wußte er aus der Zeitung, aber im Bekanntenkreis wurde die wahre Identität gewöhnlich bald ruchbar. Man konnte nicht Tag für Tag zum Gericht gehen, ohne daß es jemandem auffiel, nicht wenn man seit fünfundzwanzig Jahren ein unwandelbar geregeltes Dasein führte.

Um neun Uhr dreißig stand er von der Parkbank auf und ging zu einer Telefonzelle. Er rief im Büro an und sagte seinem Abteilungsleiter, er fühle sich nicht wohl, werde aber am Nachmittag wieder zur Arbeit kommen. Dann ging er zur Bank. Unterwegs zermarterte er sich das Gehirn nach einer Lösung, erinnerte sich an alle Erpressungsfälle, über die er gelesen hatte. Wie hieß es im Gesetz? Geldforderung unter Drohungen, lautete die Formulierung. Eine hübsche juristische Formulierung, dachte er bitter, aber für das Opfer kaum eine große Hilfe.

Wenn er ledig wäre, überlegte er, und jünger, dann würde er's ihnen schon zeigen. Aber er war zu alt, um sich eine neue Stelle zu suchen, und außerdem hatte er Lettice, die arme zarte Lettice. Der Schock würde sie töten, unweigerlich. Vor allem mußte er Lettice schützen, dazu war er entschlossen.

Am Eingang der Bank verließ ihn der Mut. Niemals könnte er an den Filialleiter ein so ausgefallenes und unerklärliches Ansinnen stellen. Ebensogut könnte er gleich sagen: »Ich werde erpreßt und möchte ein Darlehen von tausend Pfund.« Und überhaupt, würden sie nicht nach den ersten tausend immer weitere Forderungen stellen? Ihn weißbluten lassen und dann doch die Fotos verschicken? Es wäre möglich. Doch wie dem auch sei, von der Bank seines Wohnorts konnte er sich das Geld nicht holen. Die Lösung lag, auch wenn er als ehrlicher und netter Mensch es sich nur zögernd eingestand, in London. Dorthin begab er sich mit dem 10-Uhr-31-Zug.

Als er in der City ankam, war es fürs Büro noch zu früh, und er nutzte die Zeit mit Einkaufen. Kein vernünftiger Mensch käme auf die Idee, einen Betrag von tausend Pfund lose in der Tasche herumzutragen. Es wäre widersinnig. Er ging also in ein Geschäft für Büroartikel und kaufte eine kleine Stahlkassette mit Schlüssel. In verschiedenen anderen Läden besorgte er ein Pfund Puderzucker (für den Geburtstagskuchen seiner Frau, erklärte er), eine Dose Dünger für seine Rosen, eine Mausefalle für die Küche, ein Stück Leitungsdraht für den Sicherungskasten unter der Treppe, zwei Taschenlampenbatterien, einen Lötkolben, um den Wasserkessel zu flicken, und ein paar weitere harmlose Gegenstände, die jeder gewissenhafte Hausvater zur Hand haben sollte.

Um zwei Uhr nachmittags saß er an seinem Schreibtisch, versicherte seinem Abteilungschef, es gehe ihm viel besser, und vertiefte sich wieder in die Firmenkonten. Zum Glück war es absolut unvorstellbar, daß Mr. Samuel Nutkin auch nur im entferntesten daran denken könnte, eine unbefugte Abhebung vom Firmenkonto zu tätigen.

Am selben Tag um acht Uhr abends saß er wiederum mit Lettice beim Fernsehen, als das Telefon in der Diele klingelte. Er meldete sich und hörte wieder die verschleierte Stimme.

»Haben Sie das Geld, Mr. Nutkin?« sagte die Stimme ohne Vorrede.

»Äh . . . ja«, sagte Mr. Nutkin, und ehe der andere erwidern konnte, fuhr er fort: »Hören Sie, schicken Sie mir doch einfach die Negative, und Schwamm drüber.«

Der andere schwieg eine Weile, als bliebe ihm vor Staunen die Luft weg.

»Sind Sie verrückt?« erkundigte er sich schließlich.

»Nein«, sagte Mr. Nutkin ernsthaft. »Nein, ich möchte nur, daß Sie begreifen, wieviel Unglück aus der ganzen Sache entsteht, wenn Sie auf Ihrer Forderung beharren.«

»Jetzt hör'n Sie mir mal zu, Sie Nulpe«, sagte die Stimme, rauh vor Zorn. »Sie tun verdammt noch mal, was ich sage, oder ich bin imstande und schicke die Fotos an Ihre Frau und den Boß, bloß so aus Spaß.«

Mr. Nutkin seufzte tief. »Das habe ich befürchtet«, sagte er. »Bitte weiter.«

»Morgen, in der Mittagspause, fahren Sie mit dem Taxi bis zur Albert Bridge Road. Gehen Sie in den Battersea Park, den West Drive entlang, weg von der Themse. In der Mitte links abbiegen in den Central Drive. Immer weiter, bis zum Rondell. Da stehen zwei Bänke. Um diese Jahreszeit wird kein Mensch da sein. Legen Sie das Zeug, in braunes Packpapier gewickelt, unter die erste Bank. Dann weitergehen, bis Sie auf der anderen Seite rauskommen. Alles klar?«

»Ja, alles klar«, sagte Mr. Nutkin.

»Gut«, sagte die Stimme. »Und noch eins. Sobald Sie den Park betreten, werden Sie beobachtet. Wenn Sie das Paket hinlegen, werden Sie beobachtet. Glauben Sie bloß nicht, die Cops könnten Ihnen helfen. Wir kennen Sie, aber Sie kennen mich nicht. Und keine Mätzchen. Sobald uns was faul vorkommt, verschwinden wir. Was dann passiert, wissen Sie, Nutkin, oder?«

»Ja«, sagte Mr. Nutkin schwach.

»Gut. Tun Sie, was ich gesagt habe, und machen Sie keine Fehler.«

Dann legte der Mann auf.

Ein paar Minuten später entschuldigte sich Samuel Nutkin bei seiner Frau und ging in die Garage neben dem Haus. Er wollte eine Weile allein sein.

Samuel Nutkin tat am nächsten Tag genau, was ihm befohlen worden war. Er ging den West Drive an der Westseite des Parks entlang und war an der Einmündung des Central Drive angelangt, als ihn ein Motorradfahrer anrief, der am Straßenrand auf seiner Maschine saß und eine Karte studierte. Der Mann trug Sturzhelm und Schutzbrille und hatte sich einen Schal ums Gesicht gewickelt. Er rief durch den Schal: »He, Kumpel, können Sie mir helfen?«

Mr. Nutkin hatte es eilig, doch als höflicher Mensch ging er die zwei Schritte zu dem Mann am Straßenrand hinüber und beugte sich über die Karte. Eine Stimme zischte ihm ins Ohr: »Her mit dem Paket, Nutkin.«

Nutkin spürte, wie ihm das Paket entwunden wurde, er hörte das Donnern der startenden Maschine, sah das Paket in einen offenen Korb an der Lenkstange fallen, und in Sekundenschnelle war das Motorrad losgebraust und fädelte sich in den Mittagsverkehr der Albert Bridge Road ein. Es war im Handumdrehen vorbei, und selbst wenn die Polizei auf der Lauer gelegen hätte, würde sie den Mann kaum erwischt haben, so fix war alles gegangen. Mr. Nutkin schüttelte betrübt den Kopf und begab sich wieder in sein Büro in der City.

Detective Sergeant Smiley von der Kriminalpolizei, der in der folgenden Woche Mr. Nutkin aufsuchte, hatte ein Pferdegesicht und traurige braune Augen. Wie er so im langen schwarzen Mantel vor der Tür stand, sah er aus wie ein Bestattungsunternehmer.

»Mr. Nutkin?«

»Ja.«

»Mr. Samuel Nutkin?«

»Ja . . . äh, der bin ich.«

»Detective Sergeant Smiley, Sir. Kann ich Sie wohl einen Moment sprechen?« Er wies seinen Ausweis vor, und Mr. Nutkin nickte zustimmend und sagte: »Bitte kommen Sie herein.«

Detective Sergeant Smiley fühlte sich nicht wohl in seiner Haut.

»Äh . . . was ich zu besprechen habe, Mr. Nutkin, ist sozusagen persönlicher Natur, vielleicht sogar ein bißchen peinlich«, begann er.

»Du lieber Gott«, sagte Nutkin, »warum sollte es Ihnen peinlich sein, Sergeant?«

Smiley starrte ihn an. »Warum . . .?«

»Du liebe Güte, warum denn? Vermutlich Karten für den Polizeiball. Mein Tennisklub nimmt immer welche ab. Ich bin dieses Jahr Klubsekretär und habe schon erwartet . . .«

Smiley schluckte heftig. »Es handelt sich leider nicht um den Polizeiball, Sir. Ich komme im Zuge unserer Ermittlungen.«

»Nun ja, das ist auch noch nicht peinlich«, sagte Mr. Nutkin.

Die Kiefermuskeln des Sergeant zuckten krampfhaft. »Ich meinte, Sir, peinlich für *Sie,* nicht für mich«, sagte er geduldig. »Ist Ihre Gattin zu Hause, Sir?«

»Ja, doch, aber sie ist im Bett. Sie geht zeitig schlafen, wissen Sie. Ihre Gesundheit . . .«

Wie auf ein Stichwort tönte von oben eine grämliche Stimme. »Wer ist gekommen, Samuel?«

»Ein Herr von der Polizei, Liebes.«

»Von der Polizei?«

»Reg dich nur nicht auf, Liebes«, rief Samuel Nutkin hinauf. »Äh . . . es geht nur um das bevorstehende Tennisturnier mit der Polizeimannschaft.«

Sergeant Smiley nickte in grimmiger Billigung der Ausrede und folgte Mr. Nutkin ins Wohnzimmer.

»Und jetzt können Sie mir vielleicht sagen, worum es wirklich geht und warum die Sache mir peinlich sein sollte«, sagte der Hausherr, nachdem er die Tür geschlossen hatte.

»Vor ein paar Tagen«, begann Sergeant Smiley, »sahen meine Kollegen von der Stadtpolizei sich veranlaßt, eine Wohnung im Londoner West End aufzusuchen. Bei der Durchsuchung der Räume fanden sie in einer verschlossenen Schublade eine Anzahl von Umschlägen.«

Samuel Nutkin blickte ihn mit wohlwollendem Interesse an.

»Alle diese Umschläge, insgesamt etwa dreißig, enthielten Karten, auf denen der Name eines Mannes vermerkt war, jedesmal ein anderer, dazu die Privatadresse und in manchen Fällen die Anschrift des Arbeitsplatzes. Die Umschläge enthielten ferner bis zu einem Dutzend Fotonegative, und in jedem Fall handelte es sich um Aufnahmen von Männern, meist reiferen Alters, in einer nur als extrem kompromittierend zu bezeichnenden Unterhaltung mit einer Frau.«

Samuel Nutkin war blaß geworden und fuhr nervös mit der Zunge über die Lippen. Sergeant Smiley sah mißbilligend drein.

»In jedem Fall«, fuhr er fort, »handelte es sich um dieselbe Frau, eine als vorbestrafte Prostituierte aktenkundige Person. Ich muß Ihnen leider mitteilen, Sir, daß einer der Umschläge Ihren Namen nebst Adresse enthielt sowie sechs Negative, die Sie bei einer gewissen Beschäftigung in Gesellschaft dieser Frau zeigen. Wir stellten fest, daß diese Frau und ein gewisser Mann zu den ehemaligen Mietern der von der Stadtpolizei durchsuchten Wohnung gehören. Der betreffende Mann war der andere Mieter. Verstehen Sie jetzt, worauf ich hinauswill?«

Samuel Nutkin ließ beschämt den Kopf in die Hände sinken. Mit verstörten Blicken starrte er auf den Teppich. Endlich stieß er einen tiefen Seufzer aus.

»O mein Gott«, sagte er. »Fotos. Jemand muß Fotos gemacht haben. Oh, welche Schande, wenn das herauskommt. Ich schwöre Ihnen, Sergeant, ich hatte keine Ahnung, daß es gesetzwidrig ist.«

Sergeant Smiley blinzelte ein paarmal. »Mr. Nutkin, lassen Sie mich eines klarstellen. Was immer Sie getan haben, war nicht gesetzwidrig. Ihr Privatleben ist Ihre Sache, nicht die der Polizei, vorausgesetzt, daß kein Gesetz übertreten wird. Und ein Besuch bei einer Prostituierten ist gesetzlich nicht verboten.«

»Aber dann verstehe ich nicht«, stammelte Nutkin. »Sie sagten, daß Sie Ermittlungen anstellen . . .«

»Aber nicht über Ihr Privatleben, Mr. Nutkin«, sagte Sergeant Smiley entschieden. »Darf ich fortfahren? Vielen Dank. Nach Ansicht der Stadtpolizei wurden diese Männer in die Wohnung der Frau gelockt, entweder durch persönliche Fühlungnahme, oder auf dem Weg über Inserate, und dann heimlich fotografiert und identifiziert zu dem Zweck, zu einem späteren Zeitpunkt an ihnen räuberische Erpressung zu verüben.«

Samuel Nutkin starrte den Sergeant aus weit aufgerissenen Augen an. Derlei Dinge waren ihm einfach völlig fremd.

»Erpressung«, flüsterte er. »O mein Gott, das ist ja noch schlimmer.«

»Genau, Mr. Nutkin. Also . . .« Der Sergeant zog ein Foto aus der Manteltasche. »Erkennen Sie diese Frau?«

Samuel Nutkins Blick fiel auf ein Konterfei, das der Frau, die er als Sally kannte, recht ähnlich war. Er nickte stumm.

»Aha«, sagte der Sergeant und steckte das Foto wieder ein. »Und jetzt, Sir, erzählen Sie mir bitte in Ihren eigenen Worten, wie Sie die Bekanntschaft dieser Dame gemacht haben. In diesem Stadium muß ich noch keine Notizen machen, und alles, was Sie sagen, wird vertraulich behandelt, solange es sich nicht als mit dem Fall in Zusammenhang stehend erweist.«

Stockend, beschämt, gedemütigt berichtete Samuel Nutkin alles von Anfang an, wie er zufällig das Magazin fand, es in der Toilette seines Büros gelesen und drei Tage lang mit sich gerungen hatte, ob er auf eine Annonce schreiben sollte oder nicht, schließlich der Versuchung erlegen war und unter dem Namen Henry Jones geschrieben hatte. Er erzählte, wie er Antwort erhalten, die Telefonnummer notiert und den Brief vernichtet hatte, dann noch am selben Mittag anrief und für den nächsten Tag um zwölf Uhr dreißig bestellt wurde. Er schilderte die Begegnung mit der Frau in der Souterrainwohnung, wie sie ihn überredete, seine Jacke im Wohnzimmer zu lassen, und ihn ins Schlafzimmer führte, wie er zum erstenmal in seinem Leben so etwas tat und am Abend zu Hause das Magazin verbrannte, in welchem er das Inserat gefunden hatte, und wie er schwor, sich dergleichen nie wieder zuschulden kommen zu lassen.

»Meine nächste Frage, Sir«, sagte Sergeant Smiley, als Nutkin geendet hatte, »ist sehr wichtig. Haben Sie seit diesem Nachmittag zu irgendeiner Zeit einen Telefonanruf erhalten oder von einem Anruf während Ihrer Abwesenheit erfahren, worin es um eine erpresserische Geldforderung hatte gehen können im Zusammenhang mit den Fotos?«

Samuel Nutkin schüttelte den Kopf. »Nein«, sagte er. »Nichts dergleichen. Anscheinend war ich noch nicht an der Reihe.«

Nun lächelte Sergeant Smiley endlich, es war ein grimmiges Lächeln. »Sie waren noch nicht an der Reihe, Sir, und Sie werden auch nicht mehr drankommen. Schließlich hat die Polizei jetzt die Fotos.«

Samuel Nutkin sah mit hoffnungsvollem Blick zu ihm auf. »Natürlich«, sagte er. »Ihre Ermittlungen. Die beiden wurden entdeckt, ehe sie mich drannehmen konnten. Sagen Sie, Sergeant, was geschieht jetzt mit diesen ... schrecklichen Fotos?«

»Sobald ich Scotland Yard mitteile, daß die Sie betreffenden Fotos nichts mit unseren Ermittlungen zu tun haben, werden sie verbrannt.«

»Oh, ich bin so froh, so erleichtert. Aber sagen Sie, bei einigen der Männer, gegen die es Erpressungsmaterial in Händen hatte, muß das Paar es doch probiert haben.«

»Fraglos haben sie das getan«, sagte der Sergeant und stand auf. »Und fraglos erkundigen sich zur Zeit auf Ersuchen von Scotland Yard verschiedene Polizeibeamte bei den Herren, die auf diesen Fotos posieren. Fraglos werden diese Ermittlungen die Namen all jener ans Licht bringen, die vor Beginn unserer Untersuchung Geldforderungen erhielten.«

»Aber wie können Sie wissen, wer welche erhalten hat und wer nicht?« fragte Mr. Nutkin. »Es ist doch möglich, daß jemand eine Forderung erhielt und auch zahlte, aber zuviel Angst hat, um etwas zu verraten, auch nicht der Polizei.«

Sergeant Smiley nickte auf den Versicherungsmann hinab. »Bankauszüge, Sir. Der Durchschnittsmensch hat im allgemeinen nur ein oder zwei Konten. Wenn er eine große Summe benötigt, muß er sich an seine Bank wenden oder etwas Wertvolles veräußern. Da bleibt immer eine Spur.«

Inzwischen waren sie zur Haustür gelangt.

»Ich muß schon sagen«, sagte Mr. Nutkin, »ich bewundere den Mann, der zur Polizei ging und diese Schurken bloßstellte. Ich hoffe nur, daß ich, wenn sie mich erpreßt hätten, was zweifellos früher oder später geschehen wäre, auch so mutig gewesen wäre. Übrigens, ich werde wohl nicht vor Gericht aussagen müssen, oder? Ich weiß, daß keine Namen genannt werden, aber die Leute könnten dahinterkommen, nicht wahr.«

»Sie werden nicht aussagen müssen, Mr. Nutkin.«

»Dann tut mir nur der arme Mann leid, der die beiden angezeigt hat und dazu verpflichtet ist«, sagte Samuel Nutkin.

»Niemand auf der Liste dieser kompromittierten Herren wird aussagen müssen, Sir.«

»Das verstehe ich nicht. Sie haben beide entlarvt und die Beweise in Händen. Bestimmt werden Sie eine Verhaftung vornehmen. Ihre Ermittlungen . . .«

»Mr. Nutkin«, sagte der Sergeant, der im Türrahmen stand, »wir ermitteln nicht in einem Erpressungsfall. Wir ermitteln in einem Mordfall.«

Samuel Nutkins Gesicht war ein Bild zum Malen. »Mord?« quiekte er. »Wollen Sie sagen, die beiden haben auch jemanden umgebracht?«

»Wer?«

»Die Erpresser.«

»Nein, Sir, sie haben niemanden umgebracht. Irgendwer hat *sie* umgebracht. Fragt sich nur: Wer? Das ist der Haken bei Erpressern. Sie können schon Hunderte von Menschen erpreßt haben, und eines Tages spürt eines ihrer Opfer ihren Schlupfwinkel auf. Vermutlich haben sie ihr Geschäft von Telefonzellen aus fernmündlich betrieben. Sie heben nichts auf, nur die belastenden Beweise gegen die augenblicklichen Opfer. Die Frage ist: Wo soll man anfangen?«

»Ja, wo?« murmelte Samuel Nutkin. »Wurden sie . . . erschossen?«

»Nein, Sir. Der Täter legte ihnen einfach ein Päckchen vor die Tür. Folglich muß der Betreffende die Adresse gekannt haben. Das Päckchen enthielt eine Geldkassette mit Schlüssel, der offenbar an den Deckel geklebt war. Als der Schlüssel benutzt wurde, sprang der Deckel unter dem Druck einer, wie die Laborjungens herausfanden, Spannfeder aus einer Mausefalle auf, ein brillant ausgeklügelter Zündmechanismus wurde ausgelöst, und die Bombe riß sie beide in Stücke.«

Mr. Nutkin staunte den Sergeant an, als wäre er vom Olymp herabgestiegen. »Unglaublich«, hauchte er, »aber wie in aller Welt kommt ein ehrsamer Bürger zu einer Bombe?«

Sergeant Smiley schüttelte den Kopf.

»Heutzutage, Sir, gibt's viel zu viele davon, denken Sie bloß an die Iren und die Araber und die ganzen Ausländer. Und es gibt Bücher darüber. Nicht wie zu meiner Zeit. Heutzutage kann, wenn er das richtige Material kriegt, jeder Hilfsschüler eine Bombe basteln. Also, gute Nacht, Mr. Nutkin. Ich glaube nicht, daß ich Sie noch einmal stören muß.«

Am nächsten Tag ging Mr. Nutkin in der City beim Rahmenmacher Gusset vorbei und holte das Foto ab, das er zwei Wochen zuvor hingebracht hatte. Der alte Rahmen sollte durch einen neuen ersetzt werden, und er hatte gebeten, das Foto liegenzulassen, bis er es abholte. Am Abend stand es wieder auf seinem Ehrenplatz auf dem Tisch neben dem Kamin.

Es war ein altes Foto und zeigte zwei uniformierte junge Männer vom Minenspürtrupp der Royal Army Engineers. Sie saßen rittlings auf einer entschärften, fünf Tonnen schweren deutschen Bombe, einer »Big Fritz«. Vor ihnen lagen auf einer Decke die Dutzende von Bestandteilen, aus denen die sechs getrennten Zündvorrichtungen einst zusammengesetzt waren. Im Hintergrund sah man eine Dorfkirche. Einer der jungen Männer war schlank und langgesichtig und trug die Majorsabzeichen auf den Achselklappen. Der andere war untersetzt und rundlich und hatte eine Brille auf der Nasenspitze. Unter dem Foto stand die Widmung: »Den Bombenbändigern Major Mike Halloran und Gefr. Samuel Nutkin in dankbarer Erinnerung von den Bewohnern des Dorfes Steeple Norton, Juli 1943.«

Mr. Nutkin blickte stolzgeschwellt auf das Foto. Dann schnaubte er:

»Hilfsschüler! Ha!«

Corpus delicti

Das große Polizeiauto rollte am Bordstein aus, etwa fünfzehn Meter vor der Absperrung, die Unbefugten den Zutritt verwehrte. Der Fahrer ließ den Motor laufen, die Scheibenwischer flitzten rhythmisch über das Glas, um es vom zähen Nieselregen freizuhalten. Im Fond saß Chief Superintendent William J. Hanley und beobachtete durch die Windschutzscheibe die Trüppchen der Gaffer vor der Absperrung und die Grüppchen unschlüssiger Amtspersonen dahinter.

»Warten Sie hier«, wies Hanley den Fahrer an und stieg aus. Dem Fahrer war das nur recht; im Wagen war es warm und behaglich, und der regnerische Morgen verlockte nicht zu Spaziergängen in einem Ruinenviertel.

Der Polizeichef warf den Wagenschlag hinter sich zu, verkroch sich tiefer in den dunkelblauen Mantel und strebte auf die Lücke in der Absperrung zu, wo ein durchnäßter Polizist jeden kontrollierte, der hinein oder heraus wollte. Als er Hanley sah, trat er salutierend zur Seite und ließ den Chef passieren.

Big Bill Hanley war seit siebenundzwanzig Jahren bei der Polizei. Er hatte sich von den Patrouillengängen in den Kopfsteingassen der Liberties bis zu seinem jetzigen Posten hochgedient. Seine äußere Erscheinung war imponierend: einsfünfundachtzig und gebaut wie ein Kleiderschrank. Vor dreißig Jahren war er der brillanteste Stürmer gewesen, den die Grafschaft Athlone jemals hervorbrachte; er hatte das grüne Trikot der besten Rugbymannschaft Irlands getragen, die unter Karl Mullen drei Jahre nacheinander die Liste angeführt und die Engländer, Waliser, Schotten und Franzosen baden geschickt hatte. Auch diese Tatsache war seiner Karriere im Polizeidienst nicht abträglich gewesen.

Hanley war gern Polizist; trotz des kargen Gehalts und der langen Dienststunden gefiel ihm sein Beruf. Aber in jedem Beruf gibt es Pflichten, die niemandem gefallen können, und an diesem Morgen hatte er eine solche Pflicht vor sich. Eine Zwangsräumung.

Seit zwei Jahren betrieb die Stadt Dublin systematisch den Abriß der winzigen Reihenhäuser mit je zwei Zimmern, eines unten, eines im Oberstock. Dieser Schandfleck der Gemeinde nannte sich Gloucester Diamond.

Warum das Viertel so hieß, wußte niemand. Hier war nichts vom Reichtum und Ansehen des königlichen Hauses Gloucester zu finden, nichts vom kostbaren Glanz des Diamanten. Nur ein verkommenes Quartier hinter den Hafenanlagen am Nordufer des Liffey. Jetzt waren die meisten Häuser niedergerissen und die Bewohner in Sozialblocks umgesiedelt, deren deprimierende Silhouetten man trotz des Nebelregens kilometerweit sehen konnte.

Aber das Viertel gehörte zu Bill Hanleys Bezirk, und daher war er für diesen Einsatz zuständig, sosehr die Sache ihm gegen den Strich ging.

Die Szenerie zwischen den beiden Kettenzügen, die den Mittelteil der einstigen Mayo Road absperrten, war an diesem Morgen genauso trübselig wie das Novemberwetter. Eine Straßenseite war nur noch ein Trümmerfeld, und bald würden die Bagger anrücken und die Baugruben für das neue Ladenzentrum ausheben. Das allgemeine Interesse konzentrierte sich auf die andere Straßenseite. Dort stand auf einer Strecke von ein paar hundert Metern kein einziges Haus mehr. Das ganze Gelände war flach wie ein Pfannkuchen, der Regen glänzte auf dem glatten schwarzen Asphalt des neuen, zwei Hektar großen Parkplatzes, wo in Bälde die Angestellten der nebenan geplanten Büroblocks ihre Fahrzeuge abstellen würden. Ein drei Meter hoher Maschendraht umzog diese ganze Fläche; genau gesagt, fast die ganze.

Direkt in der Mitte der Mayo-Road-Seite war ein einzelnes Haus stehengeblieben, wie ein alter schadhafter Stummel in einem zahnlosen Gaumen. Die Häuser rechts und links waren dem Erdboden gleichgemacht; die Seitenwände des Überbleibsels hatte man mit Bohlen abgestützt. Auch die Häuser, die früher hinter dem einzigen Überlebenden gestanden hatten, waren verschwunden, und die Teersee umbrandete das Haus an drei Seiten wie das Meer eine verlassene Sandburg am Strand. Diesem Haus und dem verstörten alten Mann, der es bewohnte, galt der Wirbel an diesem Morgen; hier sammelten sich die Schaulustigen aus den neuen Wohnblocks, um dabeizusein, wenn der letzte ihrer ehemaligen Nachbarn verjagt würde.

Bill Hanley ging auf die größte Gruppe von Amtspersonen zu, die direkt vor dem Gartentor des einsamen Hauses stand. Alle starrten ratlos auf die elende Hütte, als wären sie jetzt, da es endlich ernst werden sollte, mit ihrem Latein am Ende. Es gab nicht viel anzusehen. Parallel zum Gehsteig war eine niedrige Ziegelmauer, dahinter der sogenannte Vorgarten: kein Garten, nur ein paar Quadratmeter Unkraut. Die Haustür, seitlich in die Vorderfront eingelassen, war verschrammt und verbeult von zahllosen Steinwürfen. Hanley wußte, daß dahinter die einen Quadratmeter große Diele lag, von der aus die enge Treppe zum Oberstock führte. Rechts würde der einzige Wohnraum sein, dessen zerbrochene, mit Pappe vernagelte Fenster sich rechts und links neben der Haustür befanden. Zwischen Wohnzimmer und Treppe führte ein schmaler Gang in die kleine schmutzige Küche und zur Hintertür, durch die man den Hof und das Außenklo erreichte. Im Wohnraum mußte ein winziger offener Kamin sein, denn der Schornstein, der an der Seitenwand des Hauses entlanglief, ragte noch in den weinenden Himmel. Hinter dem Haus war, wie Hanley im Herankommen gesehen hatte, ein Hof von der Breite des Hauses und acht Metern Länge. Den Hinterhof umzog ein fast zwei Meter hoher Bretterzaun. Von Leuten, die über diesen Zaun gespäht hatten, wußte Hanley, daß dort der nackte Erdboden glitschig war vom Mist der scheckigen Hühner, die der alte Mann in einem Stall ganz hinten am Bretterzaun hielt. Das war alles.

Die Stadt hatte es mit dem alten Mann gut gemeint. Er hätte in eine helle, saubere neue Sozialwohnung umziehen können; sogar in ein eigenes Häuschen irgendwo anders. Er bekam Besuch von Sozialarbeitern und Fürsorgerinnen und Pfarrhelfern. Man versuchte es mit Zureden und Versprechungen, schob den Räumungstermin immer wieder hinaus. Er hatte sich geweigert, auszuziehen. Zu beiden Seiten, hinter und vor ihm war alles niedergerissen worden. Er wich nicht. Die Arbeiten waren weitergegangen; der Parkplatz war rings um sein Haus eingeebnet und betoniert und eingezäunt worden. Aber der Alte wollte nicht weg.

Der »Einsiedler von der Mayo Road« war ein gefundenes Fressen für die Lokalpresse. Auch für die Rangen aus der Nachbarschaft, die das Haus mit Steinen und Dreckbrocken bombardierten, die meisten Scheiben einwarfen und sich über die wüsten Schimpfreden gaudierten, die der Alte ihnen durch die zerbrochenen Fenster zuschrie.

Schließlich hatte die Stadtverwaltung den Räumungsbefehl erlassen, der Richter hatte die Zwangsausquartierung des Hausbewohners genehmigt, und eines regnerischen Novembermorgens war die Ordnungsmacht vor der Haustür aufmarschiert.

Der Leiter des Wohnungsamts begrüßte Hanley: »Höchst unerfreulich«, sagte er. »Jedesmal. Ich hasse diese Zwangsräumungen.«

»Ja«, sagte Hanley und musterte die Anwesenden. Er sah die beiden Gerichtsdiener, die das Urteil vollstrecken würden, große, stämmige Männer, die verlegen wirkten. Ferner zwei Stadträte, zwei von seinen eigenen Polizisten, jemand vom Sozialamt, einen Arzt und verschiedene Vertreter untergeordneter Dienststellen. Barney Kelleher, der altgediente Fotograf der Lokalzeitung, war da, mit einem bartlosen jungen Volontär im Schlepptau. Hanley hatte ein gutes Verhältnis zur Dubliner Presse und zeigte sich ihren Vertretern gegenüber hilfsbereit, wenn auch in den gebotenen Grenzen. Beide Seiten taten nur ihre Arbeit, warum sich gegenseitig das Leben schwermachen? Barney zwinkerte ihm zu; Hanley nickte. Der Volontär deutete dies als Zeichen von Vertraulichkeit.

»Wollen Sie ihn mit Gewalt rausholen?« fragte er forsch.

Barney Kelleher schoß ihm einen giftigen Blick zu. Hanley richtete die grauen Augen auf den Grünschnabel und starrte ihn so lange an, bis der junge Mann wünschte, daß er den Mund gehalten hätte.

»Wir machen es so schonend wie möglich«, sagte er ernst. Der Grünschnabel kritzelte frenetisch, mehr um etwas zu tun, als weil er sich einen so kurzen Satz nicht hätte merken können.

Im Räumungsbefehl war neun Uhr festgesetzt. Jetzt war es zwei Minuten nach neun. Hanley nickte dem Leiter des Wohnungsamts zu.

»Anfangen«, sagte er. Der städtische Beamte schritt zur Haustür und klopfte laut. Nichts rührte sich.

»Sind Sie da, Mr. Larkin?« rief er. Keine Antwort. Der Beamte sah sich nach Hanley um. Hanley nickte. Der Beamte räusperte sich und verlas den Räumungsbefehl so laut und deutlich, daß man es im Haus hören mußte. Keine Antwort. Er gesellte sich wieder zu der Gruppe auf der Straße.

»Geben wir ihm noch fünf Minuten?« fragte er.

»In Ordnung«, sagte Hanley. Vor der Absperrung erhob sich Unruhe aus der wachsenden Menge ehemaliger Bewohner von Gloucester Diamond. Dann wurde jemand aus den hinteren Reihen kühner.

»Laßt ihn in Frieden«, rief die Stimme. »Den armen Alten.«

Hanley schlenderte hinüber zur Absperrung. Ohne Hast schritt er die Front der Gesichter ab und faßte jeden einzelnen ins Auge. Die meisten wandten den Blick ab; alle schwiegen.

»Wollen Sie Mitgefühl demonstrieren?« fragte Hanley leise. »Wer hat ihm letzten Winter aus Mitgefühl alle Scheiben eingeworfen und ihn drinnen fast erfrieren lassen? Wer hat aus Mitgefühl mit Steinen und Dreck geschmissen?« Langes Schweigen. »Es wird Zeit«, sagte Hanley und ging wieder zu der Versammlung vor der Haustür. Hinter der Absperrung blieb es still. Hanley nickte den beiden Bütteln zu, die ihn anstarrten.

»Los«, sagte er.

Beide Männer hatten Brecheisen. Einer ging zwischen dem Maschendraht und der Hausecke nach hinten. Fachmännisch stemmte er drei Zaunbretter heraus und betrat den Hinterhof. Er ging zur Hoftür und schlug mit der Brechstange dagegen. Als sein Kollege an der Vorderseite den Krach hörte, schlug er dort an die Tür. Drinnen rührte sich nichts, weder hinten noch vorne. Der Mann an der Vordertür zwängte die Spitze des Brecheisens zwischen Tür und

Pfosten, und sofort sprang das Schloß auf. Die Tür öffnete sich eine Handbreit, nicht weiter. Möbelstücke waren dahinter gestapelt. Der Büttel schüttelte traurig den Kopf, wandte sich der anderen Türseite zu und hob sie mit einem Ruck aus den Angeln. Dann trug er die Tür in den Vorgarten und legte sie auf den Boden. Stück für Stück baute er den Stapel von Tischen und Stühlen in der Diele ab, bis die Bahn frei war. Schließlich ging er ins Haus und rief: »Mr. Larkin?« Im Hintergrund hörte man Splittern, als der Kollege durch die Küche eindrang.

Auf der Straße war es mäuschenstill, während die Männer das Erdgeschoß durchsuchten. Droben am Schlafzimmerfenster erschien ein bleiches Gesicht. Die Menge sah es sofort.

»Da ist er!« schrien ein paar Stimmen, wie Jagdbegleiter, die den Fuchs noch vor den Reitern ausgemacht haben. Wollten nur behilflich sein. Einer der Büttel schaute aus der Vordertür. Hanley wies mit einer Kopfbewegung hinauf zum Schlafzimmerfenster; beide Männer polterten die enge Treppe nach oben. Das Gesicht verschwand. Es gab kein Handgemenge. Im nächsten Augenblick kamen sie schon wieder herunter. Der erste trug einen gebrechlichen Greis auf den Armen. Er trat hinaus in den Nieselregen und blieb ratlos stehen. Die Fürsorgerin eilte mit einer trockenen Decke herbei. Der Büttel stellte den Alten auf die Füße, und er wurde in die Decke gewickelt. Er sah unterernährt und leicht verwirrt aus, vor allem aber sehr verängstigt. Hanley faßte einen Entschluß. Er wandte sich zu seinem Dienstwagen um und winkte dem Fahrer. Die Stadtverwaltung konnte den Greis noch früh genug ins Altersheim stecken, was ihm jetzt nottat, war ein ordentliches Frühstück und heißer Tee.

»Setzen Sie ihn hinten rein«, wies er den Büttel an. Als

der alte Mann im Fond verstaut war, setzte Hanley sich neben ihn.

»Nichts wie weg«, sagte Hanley zum Fahrer. »Eine halbe Meile von hier, zweite links, ist ein Imbiß. Da gehen wir rein.«

Als der Wagen durch die Sperre und an der gaffenden Menge vorbeifuhr, warf Hanley einen Blick auf seinen seltsamen Fahrgast. Der Alte trug schmuddelige Hosen und eine dünne Jacke über dem offenen Hemd. Es ging die Rede, er sei seit Jahr und Tag verwahrlost, und sein Gesicht war ausgemergelt und fahl. Er starrte schweigend die Rückenlehne des Vordersitzes an und erwiderte Hanleys Blick nicht.

»War auf die Dauer unvermeidlich«, sagte Hanley freundlich. »Das haben Sie doch gewußt.«

Trotz seiner Statur und der Fähigkeit, den Rowdys aus der Hafengegend Beine zu machen, wenn's darauf ankam, war Big Bill Hanley ein viel freundlicherer Mensch, als das fleischige Gesicht und die zweimal gebrochene Nase vermuten ließen. Der Alte wandte sich ihm langsam zu und starrte ihn an, sagte aber nichts.

»Der Umzug, meine ich«, sagte Hanley. »Sie kriegen eine nette Unterkunft, wo's im Winter warm ist, und gut zu essen. Sie werden schon sehen.«

Der Wagen hielt vor dem Lokal. Hanley stieg aus und sagte zu seinem Fahrer:

»Führen Sie ihn rein.«

Im warmen, dunstigen Lokal wies Hanley auf einen freien Tisch in der Ecke. Der Fahrer geleitete den Alten in die Ecke und setzte ihn mit dem Rücken zur Wand. Der Alte äußerte weder Dank noch Widerspruch. Hanley blickte auf die Wandtafel hinter der Theke. Der Wirt wischte sich die Hände an einem feuchten Geschirrtuch ab und sah ihn fragend an.

»Doppelte Portion Spiegeleier, Speck, Tomaten, Wurst und Fritten«, sagte Hanley. »In der Ecke. Der alte Mann. Und zuvor einen Becher Tee.« Er legte zwei Pfundnoten auf die Theke. »Das Wechselgeld hole ich später«, sagte er.

Der Fahrer kam vom Ecktisch an die Theke.

»Sie bleiben hier und behalten ihn im Auge«, sagte Hanley. »Ich fahre selber.«

Der Fahrer fand, es sei ein Glückstag; zuerst ein warmes Auto, dann eine warme Kneipe. Zeit für eine Tasse Tee und ein paar Zigaretten.

»Muß ich mich zu ihm setzen, Sir?« fragte er. »Er riecht ein bißchen.«

»Behalten Sie ihn im Auge«, wiederholte Hanley. Dann fuhr er zurück zur Abbruchstelle in die Mayo Road.

Der Bautrupp hatte schon bereitgestanden und vertat keine Zeit. Arbeiter gingen im Haus aus und ein, trugen die armselige Habe des früheren Bewohners ins Freie und stellten alles auf der Straße ab. Mittlerweile goß es in Strömen. Der Mann vom Wohnungsamt hatte den Schirm aufgespannt und sah zu. Auf dem Areal des Parkplatzes hielten sich zwei Schaufelbagger auf ihren Gummireifen bereit, um sogleich die Rückseite des Hauses in Angriff zu nehmen, den Hof und das kleine Außenklo. Hinter ihnen wartete eine Schlange von zehn Kipplastern, die den Schutt abfahren würden. Wasser, Strom und Gas waren schon seit Monaten gesperrt, und das Haus war entsprechend feucht und schmutzig. Kanalisationsanschluß war nie vorhanden gewesen, daher das Plumpsklo mit der Senkgrube, die bald aufgefüllt und zubetoniert sein würde. Als Hanley ausstieg, kam der Mann vom Wohnungsamt ihm entgegen. Er wies auf die offene Heckklappe eines städtischen Lieferwagens.

»Ich habe alles zusammengetragen, was er vermutlich behalten möchte«, vermeldete er. »Alte Fotos, Münzen, ein paar Orden, einige Kleidungsstücke, eine Zigarrenkiste mit Papieren, die meisten stockfleckig. Was die Möbel betrifft . . .« er wies auf das Gerümpel im Regen, » . . . die laufen von alleine. Der Beamte vom Gesundheitsamt meint, wir sollten den ganzen Kram verbrennen. Ist keinen müden Shilling wert.«

»Gut«, sagte Hanley. Der Mann hatte recht, und die Sache fiel einzig in sein Ressort. Doch schien er auf Hanleys moralische Unterstützung Wert zu legen.

»Wird er Entschädigung bekommen?« fragte Hanley.

»O ja«, sagte der Beamte eifrig, in dem Bestreben, seine Dienststelle vor dem Vorwurf der Unmenschlichkeit zu bewahren. »Für Haus und Grundstück, die ihm gehörten, und eine anständige Abfindung für Möbel, Hausrat, Installationen und alle persönlichen Effekten, die nicht mehr auffindbar sind oder zu Bruch gingen. Und eine Umzugsvergütung für alle mit dem Wohnungswechsel verbundenen Nachteile . . . obwohl er, ehrlich gesagt, durch seine Hartnäckigkeit die Stadt schon bedeutend mehr gekostet hat, als alle diese Beträge zusammen ausmachen.«

In diesem Augenblick kam ein Arbeiter um die Hausecke. Er trug in jeder Hand zwei mit dem Kopf nach unten hängende Hühner.

»Was soll ich denn mit den Viechern anfangen?« brummte er vor sich hin.

Einer seiner Arbeitskameraden sagte es ihm. Barney Kelleher schoß ein Foto. Gutes Bild, dachte er. Die letzten Freunde des Einsiedlers von der Mayo Road. Prima Bildtext. Ein Mann von der Baukolonne sagte, er habe auch Hühner und könne sie bei den seinen unterbringen. Ein Pappkarton fand sich, die nassen Vögel wurden hineingestopft und im Kombi deponiert, bis der Arbeiter sie nach Hause mitnehmen würde.

In einer Stunde war alles vorbei. Das Häuschen war ausgeweidet. Ein stämmiger Vorarbeiter in glänzendem gelbem Regenzeug ging zu dem Mann vom Wohnungsamt.

»Können wir anfangen?« fragte er. »Der Boß will, daß der Parkplatz und der Zaun fertig werden. Wenn wir heute abend noch betonieren, kann morgen früh gleich der Asphalt drauf.«

Der Beamte seufzte. »Fangen Sie an«, sagte er. Der Vorarbeiter drehte sich um und winkte einem fahrbaren Kran, an dessen Ausleger eine fünfhundert Kilo schwere Eisenkugel hing. Der Kran rollte langsam an die Seite des Hauses, bezog dort Stellung und richtete sich mit leisem Zischen auf den hydraulischen Füßen auf. Die Kugel begann zu schwingen, zuerst nur sanft, dann in einem immer weiter ausholenden Bogen. Die Gaffer waren fasziniert. Sie hatten mit angesehen, wie ihre eigenen Häuser genauso demoliert worden waren, aber der Anblick war immer wieder fesselnd. Schließlich krachte die Kugel in die Seitenwand des Hauses, dicht neben dem Schornstein, ein Dutzend Steine brach heraus, und zwei Risse liefen die Mauer entlang. Die Menge stieß ein langgezogenes leises »Aaaaah« aus. Nichts wirkt anregender auf eine gelangweilte Menge als so ein Abbruch. Beim vierten Rammstoß sprangen zwei Fensterflügel aus den Rahmen und fielen auf den Parkplatz. Eine Hausecke machte sich selbständig, tanzte langsam einen Halbkreis und polterte in den Hinterhof. Gleich darauf knickte der Schornstein, eine solide Ziegelsäule, in der Mitte ab, und der obere Teil krachte durchs Dach und durch den Fußboden des Oberstocks ins Erdgeschoß. Das alte Haus löste sich auf. Die Menge war entzückt. Chief Superintendent Hanley stieg wieder in sein Auto und fuhr zur Imbißstube zurück.

Drinnen war es noch wärmer und qualmiger geworden.

Sein Fahrer saß vor einer dampfenden Tasse Tee an der Theke. Er drückte eine Zigarette aus, als Hanley eintrat, und rutschte vom Hocker. Der Alte in seiner Ecke war vollauf beschäftigt.

»Ist er noch nicht fertig?« fragte Hanley.

»Er läßt sich ausgiebig Zeit, Sir«, sagte der Fahrer. »Und Butterbrote stopft er runter, wie für die Ewigkeit.«

Hanley blickte auf die Uhr. Es war nach elf. Er seufzte und hievte sich auf einen Hocker.

»Einmal Tee«, sagte er. Er hatte den Mann vom Sozialamt angewiesen, er solle in einer halben Stunde hierherkommen und den alten Mann in städtische Obhut nehmen. Dann könnte er selber in sein Büro zurück und einigen Papierkram erledigen. Er würde heilfroh sein, wenn er diese Sache hinter sich hatte.

Barney Kelleher und sein Volontär kamen herein.

»Sie stiften ihm ein Frühstück, wie?« fragte Barney.

»Geht auf Spesen«, sagte Hanley. Kelleher wußte, daß das nicht stimmte. »Ein paar Bilder gemacht?«

Barney zuckte die Achseln. »Nicht übel«, sagte er. »Ein recht nettes von den Hühnern. Und wie der Schornstein umgekippt ist. Und wie der Alte in eine Decke gewickelt verfrachtet wird. Ende einer Ära. Ich kann mich noch an die Zeit erinnern, als im Diamond zehntausend Menschen lebten. Und alle hatten Arbeit. Schlecht bezahlt, das schon, aber Arbeit. Damals hat es fünfzig Jahre gedauert, bis ein Slum entstand. Heute schaffen sie's in fünf.«

Hanley brummte. »Das ist der Fortschritt«, sagte er.

Ein zweites Polizeiauto fuhr vor. Einer der jungen Polizisten, die in der Mayo Road Dienst getan hatten, sprang heraus, sah durch die Scheibe, daß sein Chef mit der Presse sprach, und blieb unschlüssig stehen. Der Volontär bemerkte nichts. Barney Kelleher tat, als bemerke er nichts.

Hanley rutschte vom Hocker und ging zur Tür. Draußen im Regen meldete ihm der Polizist: »Sie sollten nochmals hinfahren, Sir. Man hat . . . etwas gefunden.«

Hanley winkte seinen Fahrer heraus. »Ich fahre zurück«, sagte er. »Passen Sie auf den Alten auf.« Er warf einen letzten Blick in das Lokal.

Der alte Mann am hintersten Tisch hatte zu essen aufgehört. In einer Hand hielt er die Gabel, in der anderen ein Stück Semmel mit einem halben Würstchen darin und starrte völlig regungslos und schweigend die drei Uniformierten auf dem Gehsteig an.

An der Mayo Road waren die Arbeiten eingestellt worden. Die Abbrucharbeiter in Ölzeug und Helmen standen im Kreis um den Schutthaufen, der Polizist, der vor Ort geblieben war, bei ihnen. Hanley kletterte über die Mauertrümmer bis zu der Stelle, wo der Kreis der Männer in die Tiefe starrte. Aus der Menge im Hintergrund stieg Gemurmel auf.

»Es ist der Schatz des Alten«, flüsterte einer der Zuschauer hörbar. Zustimmendes Murmeln. »Er hat ein Vermögen dort vergraben, drum wollte er nicht ausziehen.«

Hanley war bei den Männern angelangt und folgte den gebannten Blicken. Der kurze Stummel des geknickten Schornsteins ragte noch eineinhalb Meter aus dem Schutthaufen. Am unteren Ende war der alte geschwärzte Kamin zu erkennen. An einer Seite stand noch ein Stück Außenmauer. Am Fuß dieser Mauer, im Hausinneren, lagen herabgestürzte Ziegelbrocken, aus denen ein verschrumpeltes und vertrocknetes, aber deutlich erkennbares menschliches Bein hervorstach. Unterhalb des Knies hing ein Stoffetzen, vielleicht ein Stück Strumpf.

»Wer hat es gefunden?« fragte Hanley.

Der Bauführer trat vor. »Der Tommy hat mit dem Pickel

am Kaminmantel gearbeitet. Hat ein paar Ziegel weggeschlagen, damit er besser ausholen kann. Da hat er's gesehen. Er hat mich gerufen.«

Hanley wußte, wann er einen guten Zeugen vor sich hatte. »Es war also unter den Fußbodenbrettern?« fragte er.

»Nein. Die Häuser hier stehen alle auf Sumpfboden. Deshalb gibt's nur Betonböden.«

»Wo war es dann?«

Der Bauführer beugte sich vor und deutete auf den Schornsteinstumpf. »Im Wohnzimmer sieht's aus, als wär' der Kamin bündig mit der Wand. War er aber nicht. Ursprünglich ist er ins Zimmer vorgesprungen. Dann hat jemand zwischen dem Kaminmantel und der Seitenwand eine dünne Ziegelmauer hochgezogen, bis zur Zimmerdecke, und jetzt ist dahinter ein Hohlraum, gute dreißig Zentimeter tief. Und auf der anderen Seite vom Kamin das gleiche, damit nichts auffällt. Aber der zweite war leer. Die Leiche hat in dem Hohlraum zwischen der vorgeblendeten Wand und der Hauswand gesteckt. Das Zimmer ist sogar frisch tapeziert worden, damit man nichts merkt. Sehen Sie, die gleiche Tapete am Kaminmantel und an der vorgeblendeten Wand.«

Hanleys Blick folgte dem ausgestreckten Finger; Fetzen der gleichen stockfleckigen Tapete klebten noch vorn am Kaminmantel über dem Sims und an den Ziegeln, die um den Leichnam lagen und ihn zum Teil bedeckten. Es war eine alte Tapete mit Rosenmuster. Aber auf der Innenseite der eigentlichen Hauswand neben dem Kamin konnte man eine schmutzige und noch ältere Tapete erkennen.

Hanley richtete sich auf. »Gut«, sagte er. »Für heute ist Schluß mit der Arbeit. Sie können Ihre Leute nach Hause schicken. Jetzt sind wir dran.« Die Helme krochen von den Schutthaufen herunter. Hanley wandte sich zu seinen beiden Polizisten um.

»Ihr bewacht die Absperrung«, sagte er. »Das ganze Gelände bleibt abgeriegelt. Ich schicke noch mehr Leute und Sperren her. Es darf von keiner Seite her zugänglich sein. Ich schicke Verstärkung und die Jungs von der Gerichtsmedizin. Es wird nichts angefaßt, bis sie es erlauben, O. K.?«

Die beiden Polizisten salutierten. Hanley setzte sich wieder in den Dienstwagen und rief sein Revier an. Er ließ eine Reihe Befehle vom Stapel, dann ließ er sich mit der technischen Abteilung der Kriminalpolizei verbinden, die in einer häßlichen Kaserne aus der Zeit der Königin Victoria hinter dem Bahnhof Heuston untergebracht war. Detective Superintendent O'Keeffe, den er seit vielen Jahren kannte, war am Apparat. Hanley erklärte ihm, was man gefunden hatte und was er brauchte.

»Ich schick' sie gleich rüber«, krächzte O'Keeffes Stimme durch die Leitung. »Möchten Sie auch die Mordkommission?«

Hanley schniefte. »Nein, danke. Ich glaube, damit werden wir allein fertig.«

»Habt ihr einen Verdächtigen?« fragte O'Keeffe.

»O ja, und ob wir einen haben«, sagte Hanley.

Er fuhr wieder zum Imbißlokal, vorbei an Barney Kelleher, der erfolglos versuchte, durch die Absperrung zu kommen. Diesmal war der Polizeiposten nicht annähernd so gefällig.

Im Lokal fand Hanley seinen Fahrer noch immer an der Theke sitzend vor. Hinten saß der alte Mann, der seine Mahlzeit beendet hatte und Tee aus einem Becher schlürfte. Er starrte Hanley entgegen, als der riesige Polizeichef auf ihn zukam.

»Wir haben sie gefunden«, sagte Hanley. Er hatte sich über den Tisch gebeugt und sprach so leise, daß niemand im Lokal ihn hören konnte.

»Wir müssen jetzt weiter, ja? Mr. Larkin? Zum Revier, ja? Wir sollten ein bißchen miteinander reden, meinen Sie nicht?«

Der Alte hielt Hanleys Blick wortlos stand. Noch kein einziges Mal hat er den Mund aufgemacht, dachte Hanley. Aber etwas flackerte in den Augen des alten Mannes. Furcht? Erleichterung? Vermutlich Furcht. Kein Wunder, daß er seit Jahren so verängstigt war.

Der Alte stand ruhig auf und ließ zu, daß Hanleys feste Hand ihn am Ellbogen zum Wagen bugsierte. Der Fahrer folgte und setzte sich hinter das Steuer. Der Regen hatte aufgehört, und ein eisiger Wind fegte Bonbonpapiere wie Herbstblätter die baumlose Straße entlang. Der Wagen fuhr an. Der Alte hockte gebückt da, starrte vor sich hin und schwieg.

»Zurück zum Revier«, sagte Hanley.

In keinem Land der Welt wird ein Mord durch eine Abfolge von Geistesblitzen aufgeklärt, wie es das Fernsehen uns glauben machen will. Die Ermittlungen bestehen zu neunzig Prozent aus öder Routinearbeit, starren Formalitäten, vorgeschriebenen Prozeduren. Und aus Bürokratie, einer ganzen Menge.

Big Bill Hanley ließ den alten Mann in eine Zelle hinter dem Vernehmungsraum bringen; er wehrte sich nicht, verlangte keinen Anwalt. Hanley hatte nicht vor, Anklage zu erheben – noch nicht. Er konnte ihn als Verdächtigen mindestens vierundzwanzig Stunden lang festhalten und versuchen, zunächst weitere Tatsachen herauszubringen. Er setzte sich an den Schreibtisch und machte sich ans Telefonieren.

»Alles nach Vorschrift, mein Junge, alles nach Vorschrift. Wir sind nicht Sherlock Holmes«, hatte sein alter Sergeant ihm vor Jahren eingetrichtert. Ein guter Rat. Vor Gericht gehen wegen Verfahrensfehlern mehr Fälle verloren, als jemals durch genialen Scharfsinn gewonnen wurden.

Hanley erwischte den Coroner gerade noch vor dessen Mittagspause und meldete ihm offiziell den Leichenfund. Dann teilte er dem Gerichtsmedizinischen Institut in der Store Street, direkt hinter dem Busbahnhof, mit, daß am Nachmittag eine komplizierte Autopsie ins Haus stehe. Er stöberte den Pathologen, Professor Tim McCarthy, auf, der ihm an einem Apparat in der Halle des Kildare-Klubs geduldig zuhörte und leise seufzte bei dem Gedanken, daß er die ausgezeichnete Fasanenbrust auf der Speisenkarte versäumen würde, und versprach, sofort zu kommen.

Stellwände aus Segeltuch mußten herbeigeschafft und Männer angewiesen werden, sich mit Pickeln und Schaufeln versehen in der Mayo Road zu melden. Hanley ließ seine drei Kriminalbeamten aus der Kantine, wo sie beim Lunch saßen, in sein Büro holen und begnügte sich selber mit zwei Sandwiches und einem halben Liter Milch.

»Ich weiß, daß Sie viel zu tun haben«, sagte er. »Haben wir alle. Deshalb möchte ich die Sache rasch erledigt haben. Dürfte nicht viel Zeit erfordern.«

Er betraute seinen Detective Chief Inspector mit der Leitung der Ermittlungen am Tatort und schickte ihn unverzüglich in die Mayo Road. Dann teilte er den beiden jungen Sergeants ihre Aufgaben zu. Der eine sollte sich mit dem Haus befassen; der Mann vom Wohnungsamt hatte gesagt, der Alte sei Eigentümer von Haus und Grundstück, aber aus dem Grundbuch gingen bestimmt Einzelheiten über etwaige frühere Besitzverhältnisse hervor. Das Standesamt würde die übrigen Auskünfte liefern.

Der zweite Detective Sergeant wurde in Marsch gesetzt: jeden der früheren Anwohner der Mayo Road, die jetzt fast alle in die Sozialblocks gezogen waren, aufsuchen; die Nachbarn ausfindig machen, den Klatsch, die Ladeninhaber, die Polizisten, die in der Mayo Road während der letzten fünfzehn Jahre vor der Zerstörung Streifendienst getan hatten, den Pfarrer – einfach jeden, der die Mayo Road und den Alten möglichst lange gekannt hatte. Und das hieß, so schärfte Hanley dem Sergeant ein, auch jeden, der Mrs. Larkin kannte, will sagen, die verstorbene Mrs. Larkin.

Er schickte einen uniformierten Sergeant mit einem Kombi los, der sämtliche am Vormittag aus dem zerstörten Haus in den städtischen Lieferwagen gepackten Habseligkeiten umladen und das zurückgelassene Mobiliar samt Wanzen und sonstigem in den Hof des Polizeireviers bringen sollte.

Es war nach zwei Uhr nachmittags, als er endlich aufstand und sich reckte. Er gab Anweisung, den alten Mann in den Vernehmungsraum zu führen, trank seine Milch aus und wartete noch fünf Minuten. Als er den Vernehmungsraum betrat, saß der Alte am Tisch, hatte die gefalteten Hände vor sich liegen und starrte die Wand an. Ein Polizist stand an der Tür.

»Hat er was gesagt?« fragte Hanley leise den Polizisten.

»Nein, Sir. Kein Wort.«

Hanley entließ ihn mit einer Kopfbewegung.

Als er mit dem Alten allein war, setzte er sich ihm gegenüber an den Tisch. Herbert James Larkin, laut Matrikelamt.

»So, Mr. Larkin«, sagte Hanley gemütlich. »Wär's nicht das Vernünftigste, wenn Sie mir jetzt alles erzählen? Was meinen Sie?«

Er wußte aus Erfahrung, daß er mit Härte bei dem Alten nichts erreichen würde. Er hatte keinen Ganoven vor sich. Im Lauf der Jahre hatte er dreimal Männer verhören müssen, die ihre Ehefrauen umgebracht hatten, alles sanfte, schüchterne kleine Burschen, die schon bald froh schienen, ihrem großen verständnisvollen Gegenüber die gräßlichen Einzelheiten ihrer Tat anvertrauen zu können. Der Alte schaute langsam zu ihm auf, hielt seinem Blick ein paar Sekunden lang stand und schaute dann wieder auf die Tischplatte. Hanley zückte ein Zigarettenpäckchen und riß es auf.

»Zigarette?« sagte er. Der Alte rührte sich nicht. »Offen gesagt, ich rauche auch nicht«, sagte Hanley, ließ aber das Päckchen einladend geöffnet auf dem Tisch liegen, eine Schachtel Streichhölzer daneben.

»Nicht schlecht gemacht«, räumte er ein. »Sich monatelang im Haus verschanzen. Aber früher oder später hat die Stadt gewinnen müssen. Das haben Sie doch gewußt, wie? Muß ein schrecklicher Gedanke gewesen sein, daß die Büttel Sie früher oder später holen würden.«

Er wartete auf einen Kommentar, auf irgendeine Äußerung des Alten. Aber es kam keine. Egal, er konnte geduldig sein wie ein Schaf, wenn er einen Mann zum Reden bringen wollte. Und irgendwann redeten sie alle. Sie mußten einfach. Die Last abschütteln. Die Kirche wußte, welche Erlösung die Beichte bedeutet.

»Wie viele Jahre, Mr. Larkin? Wie viele Jahre haben Sie gefürchtet, gewartet? Wie viele Monate, seit die ersten Bagger in der Gegend anrückten? Mann, was müssen Sie durchgemacht haben.«

Der Alte hob den Blick und begegnete Hanleys Augen. Vielleicht suchte er etwas, einen Mitmenschen nach Jahren selbstauferlegter Einsamkeit; vielleicht ein wenig Mitgefühl. Hanley spürte, daß er dem Ziel nahe war. Die Augen des Alten glitten seitwärts, über Hanleys Schulter hinweg zur Wand.

»Jetzt ist es vorbei, Mr. Larkin. Ausgestanden. Früher oder später hat es rauskommen müssen. Wir drehen jetzt die ganzen Jahre zurück, langsam, Schritt für Schritt, bis wir alles beisammen haben. Das wissen Sie. Es war doch Mrs. Larkin, oder? Warum? Wegen einer anderen Frau? Oder bloß ein Streit? Vielleicht überhaupt nur ein Unfall, wie? Sie haben den Kopf verloren, und dann waren Sie verurteilt, all die Jahre als Einsiedler zu leben.«

Die Unterlippe des Alten bewegte sich. Er fuhr sich mit der Zunge darüber.

Geschafft, dachte Hanley. Jetzt dauert's nicht mehr lang.

»Muß schlimm gewesen sein, die ganze Zeit«, fuhr er fort. »Allein zu Haus sitzen, keine Freunde mehr wie früher, bevor es passiert ist, bloß Sie und der Gedanke, daß sie noch immer da war, ganz nah, eingemauert neben dem Kamin.«

Etwas flackerte in den Augen des Alten. Schock bei der Erinnerung? Vielleicht würde die Schockbehandlung besser anschlagen. Er blinzelte zweimal. Fast geschafft, dachte Hanley. Fast geschafft. Aber als die Augen abermals den seinen begegneten, waren sie wieder völlig ausdruckslos. Er sagte nichts.

Hanley machte noch eine Stunde lang weiter, aber der Alte sagte kein einziges Wort.

»Nun ja, wie Sie wollen«, sagte Hanley und stand auf. »Ich komme wieder, und dann sprechen wir's noch mal durch.«

Als er in der Mayo Road eintraf, herrschte dort Hochbetrieb. Die Zuschauer waren zahlreicher als zuvor, konnten jedoch weniger sehen. Um die Hausruine waren auf allen vier Seiten Stellwände, deren Segeltuchbespannung sich im Wind blähte, aber doch ausreichte, um neugierigen Blicken die Sicht zu verwehren. Innerhalb des Gevierts, das auch einen Teil der Straße einschloß, waren zwanzig kräftige Polizisten in schweren Stiefeln und Arbeitskleidung damit beschäftigt, den Schutt von Hand zu verlesen. Jeder Mauerstein und jede Scherbe, jedes Stück Holz von Treppe und Geländer, jeder Dachziegel und Deckenbalken wurde Stück für Stück vorsichtig herausgezogen, auf Spuren untersucht, die sich nirgends fanden, und hinaus auf die Fahrbahn geworfen, wo der Trümmerberg immer höher wuchs. Der Inhalt von Wandschränken wurde inspiziert, die Schränke selber herausgerissen, dann wurde nachgesehen, ob sich irgend etwas dahinter verbarg. Alle Wände wurden nach Hohlräumen abgeklopft, ehe man sie Stein um Stein abtrug und das Material auf die Straße warf.

Die beiden Arbeiter am Kamin gingen besonders behutsam zu Werke. Der Leichnam wurde bis auf eine dicke Staubschicht vorsichtig freigelegt. Er kauerte in Seitenlage wie ein Fötus, obwohl er in seinem Versteck vermutlich aufrecht im Profil gesessen hatte. Professor McCarthy stand hinter dem niedrigen Rest der Hauswand und wies die beiden Männer an. Als die Arbeit zu seiner Zufriedenheit erledigt war, kletterte er in den Hohlraum und machte sich daran, den Mörtelstaub mit einer weichen Bürste, ganz wie eine gute Hausfrau, sorgsam zu entfernen.

Als er den Staub zum größten Teil beseitigt hatte, untersuchte er die Leiche genauer, klopfte Partien des freiliegenden Beins und des Oberarms ab und stieg wieder aus dem Hohlraum.

»Eine Mumie«, erklärte er Hanley.

»Eine Mumie?«

»Ganz recht. Wir haben hier einen auf allen sechs Seiten luftdicht abgeschlossenen Raum, einen Betonboden, die Kaminwärme in nur einem halben Meter Entfernung, was zur Mumifizierung führte. Dehydration mit gleichzeitiger Konservierung. Die Organe können durchaus noch intakt sein, aber hart wie Holz. Hat keinen Sinn, heute noch sezieren zu wollen. Sie muß ins warme Glyzerinbad. Das dauert seine Zeit.«

»Wie lange?« fragte Hanley.

»Mindestens zwölf Stunden. Vielleicht länger. Ich habe

schon erlebt, daß es Tage gedauert hat.« Der Professor sah auf die Uhr. »Fast vier. Um fünf liegt sie im Bad. Morgen früh gegen neun gehe ich ins Institut und sehe nach, ob ich anfangen kann.«

»Mist«, sagte Hanley. »Ich wollte möglichst schnell reinen Tisch machen.«

»Eine unglückliche Wortwahl«, sagte McCarthy. »Ich will tun, was ich kann. Ehrlich gesagt, glaube ich nicht, daß uns die Organe viel weiterhelfen. Soviel ich gesehen habe, befindet sich am Hals eine Einschnürung.«

»Erdrosselt, wie?«

»Möglich«, sagte McCarthy.

Der Bestattungsunternehmer, der alle städtischen Aufträge erhielt, hatte sein Fahrzeug außerhalb der Stellwände geparkt. Zwei seiner Leute hoben unter Aufsicht des Pathologen die starre Leiche in Seitenlage auf eine Bahre, legten eine große Decke darüber und trugen ihre Last zu dem wartenden Leichenwagen. Sie fuhren in Richtung Store Street und Gerichtsmedizinisches Institut davon, der Professor folgte. Hanley ging zum Fingerabdruckexperten.

»Haben Sie was gefunden?« fragte er.

Der Mann zuckte die Achseln. »Da drinnen ist nichts wie Ziegel und Mauerschutt, Sir. Nirgendwo eine glatte Fläche.«

»Und Sie?« fragte Hanley den Fotografen.

»Ich brauch' noch ein bißchen mehr, Sir. Wenn die Jungs bis zum Fußboden gekommen sind, sehe ich ihn mir an, ob sich was findet. Wenn nicht, ist für heute Feierabend.«

Der Vorarbeiter trat zu ihnen. Er war auf Hanleys Anweisung dageblieben, um als Fachmann einer Einsturz- oder Rutschgefahr vorzubeugen. Er grinste.

»Meine Jungs können sich freuen«, sagte er mit seinem breiten Dubliner Akzent. »Ihre Leute haben ihnen eine Menge Arbeit abgenommen.«

Hanley wies auf die Straße, wo der größte Teil des Hauses zu einem einzigen großen Schutt- und Holzhaufen zusammengetragen war.

»Sie können mit dem Wegräumen anfangen, wenn Sie wollen. Wir sind fertig damit«, sagte er.

Der Vorarbeiter schaute im schwächer werdenden Tageslicht auf die Uhr. »Noch eine Stunde«, sagte er. »Das reicht für's Gröbste. Können wir den Rest morgen abfahren? Der Boß will, daß der Parkplatz und der Zaun fertig werden.«

»Fragen Sie morgen früh um neun bei mir an. Dann geb' ich Ihnen Bescheid«, sagte Hanley.

Ehe er wegfuhr, rief er seinen Detective Chief Inspector, der das Ganze organisiert hatte.

»Ich lasse Handscheinwerfer kommen«, sagte er. »Ihre Männer arbeiten sich bis zum Fußboden im Erdgeschoß durch und suchen den Boden ab, ob irgend etwas auf nachträgliche Veränderungen hinweist.«

Der Kriminalbeamte nickte. »Bis jetzt gibt's nur das eine Versteck«, sagte er. »Aber ich passe auf, bis wir ganz durch sind.«

Auf dem Revier fand Hanley endlich etwas vor, was ihm einigen Aufschluß über den Alten in der Zelle geben mochte. Auf seinem Schreibtisch stapelte sich der Kleinkram, den die Büttel am Vormittag aus dem Haus geholt und in den Kombi gepackt hatten. Er las jedes Schriftstück genau durch und benutzte eine Lupe, um die alten verblaßten Buchstaben entziffern zu können.

Der Geburtsschein gab den Namen des alten Mannes an, als Geburtsort Dublin, und sein Alter. Er war 1911 geboren. Ein paar Briefe waren von Leuten, deren Namen Hanley nichts sagten, meist vor vielen Jahren geschrieben, und ihr Inhalt stand offenbar in keinem Zusammenhang mit dem

Mordfall. Zwei Funde waren jedoch interessant. Erstens ein vergilbtes Foto, fleckig und verworfen, in einem billigen Rahmen, aber ohne Glas. Es zeigte einen Soldaten in vermutlich britischer Uniform, der unsicher in die Kamera lächelte. Hanley erkannte eine bedeutend jüngere Ausgabe seines Gefangenen. An seinem Arm hing eine mollige junge Frau mit einem Blumenbukett; sie trug kein Brautkleid, sondern ein Kostüm unbestimmter Farbe, mit den breiten gepolsterten Schultern, wie sie Mitte bis Ende der vierziger Jahre Mode gewesen waren.

Der zweite Fund war das Zigarrenkistchen. Es enthielt weitere, für Hanley gleichfalls belanglose Briefe, eine Ordensspange mit drei Bändern und ein Soldbuch der britischen Army. Hanley griff zum Telefon. Es war zwanzig nach fünf, aber vielleicht hatte er Glück. Tatsächlich. Der Militârattaché der britischen Botschaft draußen in Sandyford war noch im Büro. Hanley brachte sein Anliegen vor. Major Dawkins sagte, er sei gern bereit, zu helfen, inoffiziell natürlich. Natürlich. Offizielle Ansuchen mußten den Dienstweg einhalten. Offiziell liefen alle Kontakte zwischen der irischen Polizei und Großbritannien über den Dienstweg. Inoffiziell ist der Weg bedeutend kürzer, als jede der beiden Seiten einem Außenseiter auf die Nase binden würde. Major Dawkins versprach, auf der Heimfahrt im Polizeirevier vorbeizuschauen, obwohl es ein ziemlicher Umweg war.

Es war längst dunkel, als der erste der beiden jüngeren Kriminalbeamten sich von seiner Ermittlungstour zurückmeldete. Er hatte Grundbuchamt und Stadtsteueramt aufgesucht. Jetzt saß er vor Hanleys Schreibtisch, schlug sein Notizbuch auf und berichtete.

Das Haus Mayo Road 38 war, laut Grundbuch, im Jahr 1954 von Herbert James Larkin aus dem Nachlaß des verstorbenen Vorbesitzers erworben worden. Er hatte für Haus und Grundstück vierhundert Pfund bezahlt. Eine Hypothek war nicht eingetragen, also mußte er das Geld verfügbar gehabt haben. Aus dem Kataster ging hervor, daß das Haus seit diesem Datum dem genannten Herbert James Larkin gehörte und von Mr. Herbert James Larkin und Mrs. Violet Larkin bewohnt wurde. Kein Vermerk über Tod oder Wegzug der Ehefrau. Allerdings würde im Kataster ein Wechsel der Bewohner oder eines von ihnen nur dann vermerkt, wenn der Verbleibende dies schriftlich meldete, was er nicht getan hatte. Aber eine Durchsicht der Sterbeurkunden drüben im Custom House bis zurück ins Jahr 1954 hatte nichts über den Tod einer Mrs. Larkin, wohnhaft Mayo Road oder anderswo, zutage gebracht.

Aus den Akten des Sozialamts ging hervor, daß Larkin Rente bezog, nie um irgendwelche Beihilfen nachgesucht und bis zum Eintritt ins Rentenalter offenbar als Lagerist und Nachtwächter gearbeitet hatte. Noch etwas, sagte der Sergeant. Auf seiner ersten irischen Steuerkarte von 1954 stand als letzter Wohnsitz eine Adresse in Nord-London, England.

Hanley schob das Soldbuch über den Schreibtisch.

»Demnach war er in der britischen Army«, sagte der Sergeant.

»Warum nicht?« sagte Hanley. »Im Zweiten Weltkrieg haben bei den britischen Streitkräften fünfzigtausend Iren gedient. Larkin scheint einer davon gewesen zu sein.«

»Vielleicht war die Frau Engländerin. Er ist 1954 mit ihr aus London nach Dublin gekommen.«

»Stimmt vermutlich«, sagte Hanley und schob ihm das Hochzeitsfoto zu. »Er hat in Uniform geheiratet.«

Der Hausapparat auf dem Schreibtisch klingelte und meldete Hanley, daß der Militärattaché der britischen Botschaft unten sei. Hanley nickte dem Sergeant zu, der aufgestanden war. »Führen Sie ihn bitte rein«, sagte Hanley.

Major Dawkins war Hanleys ergiebigster Fund des Tages. Er schlug elegant die Beine in den nadelgestreiften Hosen übereinander, richtete eine glänzende Schuhkappe auf den hinter dem Schreibtisch sitzenden Hanley und hörte schweigend zu. Dann studierte er eine Weile aufmerksam das Hochzeitsfoto.

Schließlich kam er um den Schreibtisch herum und stellte sich neben Hanley, in der einen Hand die Lupe, in der anderen seinen goldenen Drehbleistift. Mit der Bleistiftspitze tippte er auf das Mützenabzeichen über Larkins Gesicht auf dem Foto.

»King's Dragoon Guards«, stellte er fest.

»Woher wissen Sie das?« fragte Hanley.

Major Dawkins reichte Hanley die Lupe.

»Der Doppeladler«, sagte er. »Mützenabzeichen der Königlichen Gardedragoner. Sehr deutlich. Unverkennbar.«

»Sonst noch etwas?« fragte Hanley.

Dawkins wies auf die drei Orden auf der Brust des Bräutigams. »Der erste ist das Kriegskreuz 1939–1945«, sagte er, »und der dritte, außen, ist die Siegesmedaille. Aber der mittlere ist das Afrikakreuz, und, wenn ich richtig sehe, an der Spange der Achten Armee. Würde passen. Die King's Dragoon Guards haben in Nordafrika gegen Rommel gekämpft. Ein Panzerverband übrigens.«

Hanley holte die Ordensspange hervor. Das Foto zeigte die Orden im Originalformat; auf dem Schreibtisch lag die verkleinerte Ausführung, die zum Kleinen Dienstanzug getragen wurde.

»Ah ja«, sagte Major Dawkins bei ihrem Anblick. »Sehen Sie, die gleiche Anordnung. Und die Spange der Achten Armee.«

Mit Hilfe des Vergrößerungsglases konnte Hanley sehen, daß es sich um die gleichen Orden handelte. Er reichte Major Dawkins das Soldbuch. Dawkins Augen leuchteten interessiert auf. Er blätterte es durch.

»Freiwillig gemeldet, Oktober 1940 in Liverpool«, sagte er. »Vermutlich bei Burton.«

»Burton?« fragte Hanley.

»Burton, der Herrenschneider. War während des Krieges die Meldestelle in Liverpool. Eine Menge irischer Freiwilliger kam damals im Hafen von Liverpool an und wurden von den Werbeunteroffizieren zu Burton geschickt. Aus der Army ausgeschieden im Januar 1946. Ehrenvoll entlassen. Komisch.«

»Wieso?«

»1940 als Freiwilliger eingetreten. Kämpft bei der Panzertruppe in Nordafrika. Bis 1946 in der Armee geblieben. Aber immer als gemeiner Soldat. Keine Beförderung. Nicht mal zum Gefreiten.« Er tippte wieder auf das Foto, auf die Uniform ohne Ärmelstreifen.

»Vielleicht war er ein schlechter Soldat«, meinte Hanley.

»Möglich.«

»Können Sie mir Genaueres aus seiner Militärakte beschaffen?« fragte Hanley.

»Gleich morgen früh«, sagte Dawkins. Er notierte sich die meisten Angaben aus dem Soldbuch und ging.

Hanley aß in der Kantine zu Abend und wartete auf die Rückkehr seines zweiten Kriminalbeamten. Der junge Mann meldete sich erst nach halb elf Uhr, müde, aber frohlockend.

»Ich habe mit fünfzehn Leuten gesprochen, die Larkin und seine Frau in der Mayo Road gekannt haben«, sagte er, »und drei davon waren Treffer. Mrs. Moran, die Frau von nebenan. Sie hat dreißig Jahre lang dort gewohnt und erinnert sich noch, wie die Larkins einzogen. Der Briefträger, jetzt ist er pensioniert, aber er hat bis letztes Jahr in der Mayo Road zugestellt. Und Father Byrne, gleichfalls im Ruhestand, der jetzt draußen in Inchocore im Altersheim für Geistliche lebt. Von dort komme ich jetzt, deshalb ist es so spät geworden.«

Hanley lehnte sich zurück, während der Beamte sein Notizbuch aufblätterte und mit seinem Bericht anfing.

»Mrs. Moran erinnerte sich, daß der Witwer, der früher in Nummer 38 wohnte, 1954 starb, und daß kurz danach ein Schild ›Zu verkaufen‹ am Haus hing. Nur vierzehn Tage lang, dann war es verschwunden. Nach vierzehn Tagen zogen die Larkins ein. Larkin war damals ungefähr fünfundvierzig, seine Frau bedeutend jünger. Sie war Engländerin, aus London, und erzählte Mrs. Moran, daß sie von London, wo ihr Mann Lagerverwalter gewesen sei, nach Dublin übersiedelt seien. Eines Sommers verschwand Mrs. Larkin; Mrs. Moran sagt, es sei 1963 gewesen.«

»Wie kann sie das so genau wissen?« fragte Hanley.

»Im November 63 wurde Kennedy ermordet«, sagte der Detective Sergeant. »Die Meldung kam aus einem Lokal, wo es Fernsehen gab. Innerhalb von zwanzig Minuten war die ganze Mayo Road auf der Straße und sprach darüber. Mrs. Moran war so aufgeregt, daß sie bei ihrem Nachbarn Larkin einfach hineinplatzte, um es ihm zu sagen. Sie klopfte nicht an, sondern ist stracks ins Wohnzimmer gegangen. Larkin hat in einem Sessel gedöst. Er ist aufgesprungen, zu Tod erschrocken, und konnte sie gar nicht schnell genug wieder hinauskomplimentieren. Damals war Mrs. Larkin schon fort. Aber im Frühjahr und Sommer ist sie noch dagewesen; sie hat manchmal an Samstagabenden bei Morans den Babysitter gemacht; Mrs. Morans zweites Kind kam im Januar 1963 zur Welt. Also muß Mrs. Larkin im Spätsommer 1963 verschwunden sein.«

»Und wie hat man ihr Verschwinden erklärt?« fragte Hanley.

»Hat ihn sitzenlassen«, sagte der Kriminalbeamte ohne Zögern. »Bezweifelte niemand. Er hat fleißig gearbeitet, aber er wollte abends nie ausgehen, nicht einmal samstags, deshalb konnte Mrs. Larkin auf Mrs. Morans Kinder aufpassen. Es hat öfter Krach gegeben. Noch etwas: Sie war lebenslustig, ein bißchen kokett. Als sie ihre Koffer packte und auf und davon ging, wunderte sich niemand darüber. Ein paar Frauen meinten sogar, es geschehe ihm recht, weil er nicht netter zu ihr gewesen sei. Niemand hat irgendwie Verdacht geschöpft.

Danach zog Larkin sich noch mehr zurück. Ging kaum jemals aus, ließ sich und das Haus verwahrlosen. Die Nachbarn boten ihm ihre Hilfe an, wie das in solchen Siedlungen üblich ist, aber er wies sie ab. Schließlich kümmerte sich niemand mehr um ihn. Ein paar Jahre danach hat er seine Anstellung als Lagerverwalter verloren und ist Nachtwächter geworden, ging abends aus dem Haus und kam bei Sonnenaufgang zurück. Die Haustür war immer versperrt, bei Nacht, weil er nicht da war, bei Tag, weil er schlafen wollte. Sagte er jedenfalls. Außerdem legte er sich Tiere zu. Zuerst Frettchen, in einem Verschlag im Hinterhof. Aber sie sind ausgerückt. Dann Tauben, die aber weggeflogen oder abgeschossen worden sind. Schließlich seit zehn Jahren Hühner.«

Der Stadtpfarrer bestätigte Mrs. Morans Erinnerungen im großen und ganzen. Mrs. Larkin sei Engländerin gewesen, jedoch katholisch und regelmäßige Kirchgängerin. Sie habe auch regelmäßig gebeichtet. Im August 1963 sei sie dann verschwunden, nach Ansicht der meisten Leute mit einem Freund, und Father Byrne konnte keinen Grund nennen. Das Beichtgeheimnis verschließe ihm den Mund, er wolle indes zugeben, daß er nicht daran zweifle. Er habe Larkin mehrmals aufgesucht, aber Larkin sei nie in die Kirche gegangen und habe seinen Zuspruch zurückgewiesen. Er habe seine verschwundene Frau als Nutte bezeichnet.

»Paßt alles zusammen«, überlegte Hanley laut. »Vielleicht hat er spitzgekriegt, daß sie abhauen wollte, und sie ein bißchen zu hart angefaßt. Das passiert weiß Gott oft genug.«

Der Briefträger hatte nicht viel Neues gewußt. Er wohnte in der Nachbarschaft und war Stammgast in der Kneipe. Dort habe auch Mrs. Larkin Samstag abends gern ihr Glas getrunken, in einem Sommer sogar an der Theke ausgeholfen, aber ihr Mann habe es ihr dann verboten. Sie sei viel jünger gewesen als er, lustig und quirlig, einem kleinen Flirt nicht abgeneigt.

»Beschreibung?« fragte Hanley.

»Sie war klein, unter einssechzig. Recht mollig, sagen wir, vollschlank. Dunkles gelocktes Haar. Kichererbse. Üppige Formen. Der Briefträger sagt, wenn sie aus der altmodischen Pumpe, die sie in der Kneipe hatten, ein Glas Ale gezapft hat, sei es einen Blick wert gewesen. Aber Larkin sei fuchsteufelswild geworden, wie er's erfahren hat. Hat sie hinterm Tresen hervor und nach Haus gezerrt. Kurz danach sei sie ausgerückt oder verschwunden.«

Hanley stand auf und reckte sich. Es war fast Mitternacht. Er klopfte dem jungen Beamten auf die Schulter.

»Schon spät. Fahren Sie heim. Schreiben Sie morgen früh alles auf.«

Hanleys letzter Besucher in dieser Nacht war sein Chief Inspector, der die Ermittlungen vor Ort geleitet hatte.

»Alles fertig«, meldete er, »der letzte Ziegel weggeräumt, und nichts, was irgendeinen Hinweis geben könnte.«

»Dann muß uns die Leiche der armen Frau den Rest der Geschichte erzählen«, sagte Hanley. »Oder Larkin selber.«

»Hat er schon ausgesagt?« fragte der Chief Inspector.

»Noch nicht«, sagte Hanley, »aber er wird. Am Ende pakken sie alle aus.«

Der Chief Inspector ging nach Hause. Hanley rief seine Frau an und sagte ihr, daß er im Revier übernachten werde. Kurz nach Mitternacht ging er hinunter zu den Zellen. Der alte Mann war wach, er saß auf der Kante seiner Pritsche und starrte die Wand an. Hanley nickte dem ihn begleitenden Polizisten zu, und sie marschierten alle drei hinauf in den Vernehmungsraum. Der Polizist setzte sich mit gezücktem Notizblock in eine Ecke. Hanley stellte sich vor den alten Mann und erteilte ihm die vorgeschriebene Belehrung:

»Herbert James Larkin, Sie sind nicht gezwungen, auszusagen. Aber alles, was Sie sagen, wird zu Protokoll genommen und kann als Beweismittel gegen Sie verwendet werden.«

Dann setzte er sich dem alten Mann gegenüber.

»Fünfzehn Jahre, Mr. Larkin. Eine lange Zeit, wenn man mit so etwas leben muß. August 1963, stimmt doch? Die Nachbarn erinnern sich daran; der Geistliche erinnert sich daran; sogar der Briefträger erinnert sich daran. Also, wollen Sie mir jetzt nicht reinen Wein einschenken?«

Der Alte sah auf, hielt Hanleys Blick ein paar Sekunden lang stand, dann senkte er die Augen auf die Tischplatte. Er sagte nichts. Hanley machte fast bis zum Morgengrauen weiter. Larkin zeigte keine Andeutung von Müdigkeit, während der Polizist in der Ecke wiederholt gähnte. Hanley erinnerte sich, daß Larkin jahrelang Nachtwächter gewesen war. Vermutlich war er bei Nacht wacher als bei Tage.

Graues Licht sickerte durch die Milchglasfenster des Vernehmungsraums, als Hanley endlich aufstand.

»Na schön, dann eben nicht«, sagte er. »Schweigen Sie ruhig, Ihre Violet wird reden. Komisch, wie? Nach fünfzehn

Jahren wird sie reden, aus ihrem Grab hinter der Wand. Und zwar in der Anatomie, in ein paar Stunden. Mit dem Pathologen. Sie wird ihm im Seziersaal erzählen, was mit ihr passiert ist, wann es passiert ist und sogar vielleicht, warum. Dann treffen wir beide uns wieder, und ich werde Anklage gegen Sie erheben.«

Hanley war nicht leicht zu reizen, aber die Schweigsamkeit des Alten erboste ihn allmählich. Er war nicht nur schweigsam, er war stumm. Glotzte Hanley nur mit diesem seltsamen Ausdruck in den Augen an. Was bedeutete dieser Ausdruck, fragte sich Hanley. Bestürzung? Angst vor ihm, Hanley? Reue? Spott? Nein, nicht Spott. Der Alte war geliefert.

Schließlich stand Hanley auf, fuhr sich mit der großen Hand über die Stoppeln am Kinn und ging wieder in sein Büro. Larkin wanderte in die Zelle zurück.

Hanley gönnte sich drei Stunden Schlaf im Sessel, Kopf zurückgekippt, Beine ausgestreckt, laut schnarchend. Um acht stand er auf und ging in den Ruheraum, wusch und rasierte sich. Zwei Polizeianwärter, die um halb neun zum Dienst kamen, platzten herein, sahen ihn und schlichen auf Zehenspitzen wieder hinaus. Um neun hatte er gefrühstückt und saß vor einem Berg von Papieren, der sich auf seinem Schreibtisch angesammelt hatte. Um halb zehn kam der Anruf des Vorarbeiters von der Mayo Road. Hanley überlegte eine Weile.

»In Ordnung«, sagte er schließlich. »Sie können einzäunen und betonieren.«

Zwanzig Minuten später rief Professor McCarthy an.

»Ich habe die Gliedmaßen strecken können«, sagte er munter. »Und die Haut ist weich genug für das Skalpell. Jetzt wird sie rausgeholt und getrocknet. In einer Stunde fange ich an.«

»Wann bekomme ich den Bericht?« fragte Hanley.

»Kommt darauf an, was Sie wissen wollen«, erwiderte die Stimme am Telefon. »Der offizielle Autopsiebericht dauert zwei bis drei Tage. Inoffiziell müßte ich Ihnen kurz nach Mittag schon etwas sagen können. Zumindest die Todesursache. Die Einschnürung am Hals haben wir eindeutig bestimmt. Ein Strumpf, wie ich schon gestern vermutete.«

Der Gerichtsmediziner versprach, um halb drei Uhr die eineinhalb Kilometer von seinem Institut in der Store Street zu Hanleys Büro zu fahren.

Der Vormittag brachte keine weitere Störung, erst um Mittag rief Major Dawkins an.

»Glück gehabt«, sagte er. »Habe im Archiv des Verteidigungsministeriums einen alten Kameraden angetroffen. Hat mich bevorzugt abgefertigt.«

»Vielen Dank, Major«, sagte Hanley. »Ich mache mir Notizen. Bitte fangen Sie an.«

»Sehr viel ist es nicht, aber es bestätigt unsere gestrigen Mutmaßungen.«

Deine Mutmaßungen, dachte Hanley. Diese bemühte englische Höflichkeit.

»Soldat Herbert James Larkin kam im Oktober 1940 aus Dublin im Hafen von Liverpool an und meldete sich als Freiwilliger bei der Army. Grundausbildung in Catterick Camp, Yorkshire. Einstellung bei den King's Dragoon Guards. März 1941 mit Truppentransporter zu seiner Einheit nach Ägypten geschickt. Dann kommen wir zu dem Grund, warum er nie den Gefreiten geschafft hat.«

»Nämlich?«

»Kriegsgefangenschaft. Noch im selben Jahr kam er während Rommels Herbstoffensive in deutsche Kriegsgefangenschaft. War fast bis Kriegsende als landwirtschaftlicher Arbeiter in einem Gefangenenlager in Schlesien. Oktober

1944 durch die Russen befreit. Repatriiert im April 1945, gerade noch rechtzeitig zum Kriegsende in Europa im Mai 45.«

»Irgend etwas über seine Heirat?« fragte Hanley.

»Gewiß«, sagte Major Dawkins. »Er heiratete noch vor seiner Entlassung, daher steht auch das in seiner Militärakte. Trauung in der katholischen Kirche St. Mary Saviour in Edmonton, Nord-London, am 14. November 1945. Braut: Violet Mary Smith, Zimmermädchen. Sie war damals siebzehn. Wie Sie wissen, wurde er im Januar 1946 ehrenvoll entlassen und hat bis 1954 in Edmonton gewohnt und als Lagerverwalter gearbeitet. Edmonton ist die letzte Adresse, die die Army von ihm hat.«

Hanley bedankte sich vielmals bei Dawkins und legte auf. Larkin war vierunddreißig gewesen, fast fünfunddreißig, als er eine Siebzehnjährige heiratete. Als sie in die Mayo Road zogen, war sie sechsundzwanzig und vermutlich recht temperamentvoll gewesen, er ein wohl nicht ganz so temperamentvoller Dreiundvierzigjähriger. Zur Zeit ihres Todes im August 1963, mit fünfunddreißig, dürfte sie noch immer attraktiv und sexy gewesen sein, er mit seinen zweiundfünfzig hingegen weder interessant noch interessiert. Ja, da konnte es Probleme gegeben haben. Er wartete ungeduldig auf das Eintreffen des Professors.

Der Pathologe hielt Wort, um halb drei saß er Hanley am Schreibtisch gegenüber. Er holte seine Pfeife hervor und stopfte sie in aller Seelenruhe.

»Darf in der Anatomie nicht rauchen«, entschuldigte er sich. »Und Sie sollten auch nichts dagegen haben, der Tabak überdeckt den Formalingestank.«

Er paffte genüßlich.

»Ich habe, was Sie wollten«, sagte Professor McCarthy aufgeräumt. »Mord, kein Zweifel. Manuelle Strangulation mit Hilfe eines Strumpfes, die zur Erstickung führte; im Zusammenwirken mit einem Schock. Das Zungenbein, hier –« er legte den Finger zwischen Kinn und Adamsapfel, »– ist an drei Stellen gebrochen. Vorher erhielt das Opfer einen Schlag auf den Kopf, der eine Platzwunde verursachte, aber nicht zum Tode führte. Hat das Opfer vermutlich betäubt, so daß es mühelos erwürgt werden konnte.«

Hanley lehnte sich zurück. »Prächtig«, sagte er. »Irgendwas über das Todesjahr?«

»Ah«, sagte der Professor und griff nach seinem Aktenkoffer. »Da habe ich Ihnen ein kleines Geschenk mitgebracht.« Er entnahm dem Koffer eine Klarsichthülle, in der ein etwa vier mal zehn Zentimeter großes Stück einer vergilbten und verblaßten Zeitung steckte.

»Die Kopfwunde muß ein bißchen geblutet haben. Damit der Teppich keine Flecken bekam, hat unser Mörder wohl Zeitungspapier um die aufgeplatzte Stelle gewickelt. Während er das Versteck hinter der Doppelwand baute, nehme ich an. Zum Glück handelt es sich eindeutig um den Teil einer Tageszeitung, das Datum ist noch zu entziffern.«

Hanley nahm die Klarsichthülle zur Hand und studierte den Inhalt mit Hilfe seiner Leselampe und der Lupe. Dann setzte er sich ruckartig auf.

»Es war natürlich eine alte Zeitung«, sagte er.

»Natürlich ist sie alt«, sagte McCarthy.

»Ich meine, sie war schon alt, eine frühere Nummer, als er sie zum Abdecken der Kopfwunde benutzte«, ereiferte sich Hanley.

McCarthy zuckte die Achseln.

»Kann sein«, gab er zu. »Bei solchen Mumien läßt sich das Todesjahr nicht mit Genauigkeit angeben. Aber doch wenigstens ungefähr.«

Hanley ließ sich wieder zurücksinken.

»Das wollte ich ja sagen«, sagte er erleichtert. »Larkin muß in der Eile eine Zeitung genommen haben, mit der eine Schublade oder ein Schrankfach ausgelegt war. Die schon jahrelang dringelegen hatte. Deshalb stammt sie aus dem Jahr 1943, vom 13. März.«

»Die Leiche auch«, sagte McCarthy. »Ich setze den Zeitpunkt des Todes irgendwann zwischen 1941 und 1945 an. Vermutlich kurz nach dem Datum auf der Zeitung.«

Hanley starrte ihn an, lang und grimmig. »Mrs. Violet Mary Larkin starb im August 1963«, sagte er.

McCarthy blickte ihn unverwandt an, während er seine Pfeife von neuem anzündete. »Ich glaube«, sagte er ruhig, »wir sprechen von verschiedenen Dingen.«

»Ich spreche von der Toten im Gerichtsmedizinischen Institut«, sagte Hanley.

»Ich auch«, sagte McCarthy.

»Larkin und seine Frau sind 1954 aus London hierhergekommen«, sagte Hanley langsam. »Im November kauften sie das Haus Mayo Road 38, nachdem der vorige Besitzer gestorben war. Es hieß allgemein, Mrs. Larkin sei ihrem Mann im August 1963 weggelaufen und nicht wiedergekommen. Gestern, beim Abbruch des Hauses, haben wir ihre Leiche in einem Hohlraum neben dem Kamin entdeckt.«

»Sie haben mir nie gesagt, seit wann die Larkins dort gewohnt haben«, konterte McCarthy wahrheitsgemäß. »Ich sollte lediglich eine Autopsie an einer buchstäblich mumifizierten Leiche vornehmen. Was ich getan habe.«

»Sie war doch wirklich eine Mumie«, beharrte Hanley. »Solche Fälle lassen doch sicherlich beträchtlichen Spielraum bei der Bestimmung der Todeszeit.«

»Aber nicht zwanzig Jahre«, sagte McCarthy unerschütterlich. »Die Frau kann unmöglich nach 1945 noch am Leben gewesen sein. Man kann natürlich die Strümpfe analysieren. Und den Zeitungsdruck. Aber beides, wie Sie ganz richtig sagen, könnte zur Tatzeit schon zwanzig Jahre alt gewesen sein. Das Haar dagegen, die Nägel, die Organe – die nicht.«

Hanley hatte das Gefühl, als durchlebte er in wachem Zustand den einzigen Alptraum seines Lebens. Er arbeitet sich zum Tor des Gegners vor, bahnt sich unter Einsatz aller Kräfte einen Weg durch die englische Abwehr im Endspiel um den Rugbypokal 1951. Er hat es fast geschafft, da spürt er, wie der Ball ihm aus den Händen gleitet. Sosehr er sich anstrengt, er kann ihn nicht festhalten ...

Er gab sich einen Ruck.

»Was noch, außer dem Alter?« fragte er. »Die Frau war klein, keine einssechzig, stimmt's?«

McCarthy schüttelte den Kopf. »Tut mir leid, die Länge der Knochen ändert sich nicht, auch nicht nach fünfunddreißig Jahren hinter einer Ziegelwand. Sie war über einsfünfundsiebzig, dürr und eckig.«

»Schwarzes lockiges Haar?« fragte Hanley.

»Glatt und rötlichblond. Ist noch erhalten.«

»Sie war ungefähr fünfunddreißig, als sie starb?«

»Nein«, sagte McCarthy. »Sie war weit über fünfzig und hat Kinder gehabt, ich würde sagen, zwei, und nach dem zweiten wurde eine Operation vorgenommen.«

»Wollen Sie damit sagen«, fragte Hanley, »daß die beiden – bevor Violet Larkin ausgerissen ist und Larkin die letzten fünfzehn Jahre allein war – seit 1954 in unmittelbarer Nähe einer eingemauerten Leiche in ihrem Wohnzimmer saßen?«

»Muß so gewesen sein«, sagte McCarthy. »Eine Leiche im Zustand der Mumifizierung, der in so warmer Umgebung sehr bald eintritt, riecht nicht. Wenn wir davon ausgehen, daß sie, wie ich vermute, 1943 ermordet wurde, so hätte sich die Leiche 1954 bereits seit langem in dem Zustand befunden, in dem wir sie gestern entdeckten. Apropos, wo war Ihr Mr. Larkin im Jahr 43?«

»In einem Kriegsgefangenenlager in Schlesien«, sagte Hanley.

»Dann«, sagte der Professor und stand auf, »hat er diese Frau nicht getötet und neben dem Kamin eingemauert. Fragt sich, wer war es wirklich?«

Hanley rief in der Kriminalabteilung an. Der junge Sergeant meldete sich.

»Wer«, fragte Hanley bedächtig, »war der Mann, der vor 1954 das Haus in der Mayo Road bewohnte und besaß und in diesem Jahr gestorben ist?«

»Das weiß ich nicht, Sir«, sagte der junge Mann.

»Wie lange hat er dort gewohnt?«

»Darüber habe ich mir keine Notizen gemacht, Sir. Aber ich erinnere mich, daß es hieß, der Vorbesitzer habe dreißig Jahre lang in dem Haus gewohnt. Er war Witwer.«

»Allerdings«, knurrte Hanley. »Wie hat er geheißen?«

Pause. »Danach habe ich mich nicht erkundigt, Sir.«

Zwei Stunden später wurde der alte Mann entlassen, durch den Hinterausgang, falls irgendwelche Reporter am Haupttor herumlungerten. Diesmal war kein Polizeiauto zur Stelle, keine Eskorte. Er hatte einen Zettel mit der Adresse eines städtischen Wohnheims in der Tasche. Schweigend schlurfte er den Gehsteig entlang, in Richtung Gloucester Diamond.

In der Mayo Road war das fehlende Stück Maschendraht, dort, wo das Haus gestanden hatte, eingesetzt, der ganze Parkplatz lückenlos umzäunt. Das ganze Grundstück war eine glatte Betonfläche. In der einfallenden Dämmerung stapfte der Bauführer mit zwei seiner Arbeiter über den Beton.

Hier und dort hackte er mit dem eisenbeschlagenen Stiefelabsatz auf den Boden.

»Klar, er ist trocken«, sagte er. »Der Boß will, daß noch heut' abend alles fertig asphaltiert wird.«

Im Trümmerfeld auf der anderen Straßenseite loderte der Scheiterhaufen aus Geländerresten, Treppenstufen, Dachsparren, Deckenbalken, Wandschränken, Fenster- und Türrahmen, den Resten des Bretterzauns, des alten Klohäuschens und des Hühnerstalls. Trotz des Feuerscheins sah keiner der Arbeiter den alten Mann, der sie durch den Maschendraht beobachtete.

Der Bauführer beendete die Kontrolle des frisch aufgetragenen Betonvierecks und erreichte die hinterste Ecke des Grundstücks, wo früher der alte Bretterzaun gewesen war. Er sah auf den Boden.

»Was ist denn das?« fragte er. »Der ist nicht neu. Der ist alt.«

Dabei wies er auf eine Betonfläche von ungefähr einem Meter achtzig auf sechzig Zentimeter.

»Das war der Boden vom alten Hühnerstall«, sagte der Arbeiter, der am Vormittag den fertiggemischten Beton von Hand aufgestrichen hatte.

»Hast du nicht neu drüberbetoniert?« fragte der Bauführer.

»Hab' ich nicht. Wäre zu hoch geworden und hätt' einen schauerlichen Buckel im Asphalt gegeben.«

»Wenn das hier absackt, läßt's uns der Boß noch mal machen und auf unsre eigenen Kosten«, sagte der Bauführer grämlich. Er holte eine schwere, spitz zulaufende Eisenstange herbei, schwang sie hoch über den Kopf und ließ sie mit der Spitze voran auf den alten Betonboden niedersausen. Die Stange prallte glatt ab. Der Bauführer brummte.

»All right, das hält«, gab er zu. Er wandte sich zu dem

wartenden Bulldozer und gab ein Zeichen. »Drauf damit, Michael.«

Der Planierschild senkte sich direkt hinter dem Berg dampfenden Teers und begann, die heiße Masse, die wie weicher feuchter Zucker krümelte, über das Betonrechteck zu schieben. Innerhalb von Minuten war die graue Fläche schwarz, der Teer gleichmäßig verteilt, und die Straßenwalze, die schon hinter der Planierraupe bereitstand, preßte die Schicht vollends fest. Als das letzte Tageslicht erlosch, war der Parkplatz endlich fertig, die Arbeiter gingen nach Hause.

Der alte Mann vor dem Zaun wandte sich ab und schlurfte davon. Er sagte nichts, nicht einen Ton. Aber zum erstenmal lächelte er, ein langes glückliches Lächeln unendlicher Erleichterung.

Wie du mir

Das Telefon klingelte kurz nach halb acht, und es war Sonntagmorgen. Bill Chadwick lag noch im Bett. Er versuchte, nicht hinzuhören, aber es klingelte einfach weiter. Nach dem zehnten Klingeln kletterte er aus dem Bett und die Treppe hinunter in die Diele.

»Ja.«

»Hallo, Bill. Hier Henry.«

Es war Henry Carpenter, den er als Nachbarn kannte, aber nicht sehr gut.

»Morgen, Henry«, sagte Chadwick. »Halten Sie nichts vom Ausschlafen am Sonntag?«

»Äh, nein«, sagte die Stimme. »Ich mache nämlich Jogging im Park.«

Chadwick brummte. Sieht ihm ähnlich, dachte er. Marke: Wer rastet, der rostet. Er gähnte.

»Was gibt's denn um diese Zeit an einem Wintertag?« fragte er. Der Anrufer schien zu zögern.

»Schon einen Blick in die Morgenzeitungen geworfen?« fragte Carpenter. Chadwicks Augen wanderten zum Dielenteppich, wo seine üblichen zwei Zeitungen zusammengefaltet lagen.

»Nö«, sagte er. »Warum?«

»Lesen Sie den *Sunday Courier?*« fragte Carpenter.

»Nö«, sagte Chadwick. Es folgte eine lange Pause.

»Ich glaube, heute sollten Sie es tun«, sagte Carpenter. »Es steht etwas über Sie drin.«

»Oh«, sagte Chadwick mit erwachendem Interesse. »Was denn?«

Carpenter wurde noch zurückhaltender. Sein Tonfall verriet eindeutig Verlegenheit. Er hatte offenkundig geglaubt, Chadwick habe den Artikel gelesen und könne mit ihm darüber sprechen.

»Am besten lesen Sie erstmal selber, alter Junge«, sagte Carpenter und legte auf. Chadwick starrte eine Weile den summenden Hörer an und legte ihn dann wieder auf die Gabel. Wie jeder Mensch, der erfährt, daß sein Name in der Zeitung steht, war er neugierig geworden.

Er trug den *Express* und den *Telegraph* seiner Frau hinauf ins Schlafzimmer und zog sich eine Hose und einen Rollkragenpullover über den Pyjama.

»Wo gehst du denn hin?« fragte seine Frau.

»Bloß über die Straße, den *Sunday Courier* kaufen«, antwortete er. »Henry Carpenter sagt, es steht was über mich drin.«

»Oh, endlich werden wir berühmt«, sagte seine Frau. »Ich mach' inzwischen Frühstück.«

Der Zeitungsladen an der Ecke hatte noch zwei Exemplare des *Sunday Courier*, einer dicken Zeitung mit vielen Beilagen und, nach Chadwicks Ansicht, von Snobs für Snobs geschrieben. Es war kalt draußen, daher entschloß er sich, anstatt gleich an Ort und Stelle die zahlreichen Teile und Spezialbeilagen durchzugehen, seine Neugier noch ein paar Minuten zu zügeln und die Lektüre in sein behagliches Heim zu verlegen. Als er wieder dort eintraf, hatte seine Frau bereits Orangensaft und Kaffee auf den Küchentisch gestellt.

Carpenter hatte ihm die Seitenzahl nicht genannt, fiel ihm ein, als er die Zeitung zur Hand nahm, also fing er mit dem Nachrichtenteil an. Nach der zweiten Tasse Kaffee hatte er ihn durchgelesen, das Feuilleton erledigt und den Sportteil gleichfalls ad acta gelegt. Blieb noch die Bildbeilage und das Wirtschaftsmagazin. Er hatte eine eigene kleine Firma am Stadtrand von London und griff daher zunächst zum Wirtschaftsmagazin.

Auf Seite drei fiel ihm ein Name auf; nicht sein eigener, sondern der eines Unternehmens, das unlängst in Konkurs gegangen war und mit dem er einmal eine kurzlebige und, wie sich herausstellte, kostspielige Partnerschaft eingegangen war. Der Artikel stand in einer Kolumne, die sich viel auf ihren Enthüllungseifer zugute tat.

Als er den Text las, stellte er die Tasse ab, und sein Mund klappte auf.

»So etwas kann man nicht über mich schreiben«, flüsterte er. »Es ist einfach nicht wahr.«

»Was ist los, Lieber?« fragte seine Frau. Sie war sichtlich beunruhigt über die Betroffenheit in den Zügen ihres Mannes. Wortlos reichte er ihr die Zeitung, die er so gefaltet hatte, daß der Artikel nicht zu übersehen war. Sie las ihn genau und stieß, als sie zur Mitte gelangte, ein kurzes Schnauben aus.

»Entsetzlich«, sagte sie, als sie fertig war. »Der Mensch läßt durchblicken, du seist gewissermaßen an dem Betrug beteiligt gewesen.«

Bill Chadwick war aufgestanden und marschierte in der Küche auf und ab.

»Er läßt es nicht durchblicken«, sagte er, und der Schock wich hellem Zorn, »er schreibt es klipp und klar. Die Schlußfolgerung liegt auf der Hand. Verdammt, ich war das Opfer dieser Leute, nicht ihr Komplize. Ich habe ihre Produkte guten Glaubens verkauft. Ihr Bankrott hat mich genauso viel gekostet wie irgendwen sonst.«

»Könnte dir das schaden, Darling?« fragte seine Frau mit sorgenvoller Miene.

»Schaden? Ruinieren könnte es mich. Und es ist einfach nicht wahr. Ich kenne den Schreiber nicht einmal. Wie heißt er?«

»Gaylord Brent«, las seine Frau vor.

»Aber ich kenne ihn gar nicht. Er hat sich nicht einmal bei mir nach den Fakten erkundigt. Er kann so etwas einfach nicht über mich schreiben.«

Eben diese Worte benutzte Chadwick, als er am Montagnachmittag bei seinem Anwalt saß. Der Advokat hatte den Artikel gelesen und prompt seinen Abscheu darüber geäußert; jetzt lauschte er mitfühlend Chadwicks Schilderung der Vorgänge um dessen Partnerschaft mit der liquidierten Handelsgesellschaft.

»Ausgehend von Ihrer Darstellung scheint außer Zweifel zu stehen, daß dieser Artikel eine offenkundige Verleumdung Ihrer Person beinhaltet«, sagte er.

»Dann muß die Zeitung ihn verdammt noch mal widerrufen und sich entschuldigen«, sagte Chadwick wütend.

»Im Prinzip ja«, sagte der Anwalt. »Ich halte es, als ersten Schritt, für ratsam, daß ich dem Herausgeber in Ihrem Namen schreibe und ihm erkläre, nach unserer Meinung seien Sie von einem Mitarbeiter des Blattes verleumdet worden und forderten daher Genugtuung in Form eines Widerrufs und einer Entschuldigung, selbstredend an entsprechend ins Auge fallender Stelle plaziert.«

So geschah es. Zwei Wochen lang hörten sie nichts vom Herausgeber des *Sunday Courier.* Zwei Wochen lang mußte Chadwick die sprechenden Blicke seiner kleinen Belegschaft ertragen und anderen Geschäftsleuten tunlichst aus dem Wege gehen. Zwei Abschlüsse, auf die er gehofft hatte, gingen ihm durch die Lappen.

Schließlich traf ein Schreiben vom *Sunday Courier* bei Chadwicks Anwalt ein. Es war in höflich ablehnendem Ton gehalten und von einer Sekretärin im Auftrag des Herausgebers unterschrieben.

Der Herausgeber, so hieß es, habe den Brief des Anwalts in Sachen Mr. Chadwick sorgfältig überdacht und sei willens, eventuell ein Schreiben Mr. Chadwicks in der Leserspalte abzudrucken, wobei der Herausgeber selbstverständlich von seinem Vorrecht, das Schreiben zu redigieren, Gebrauch machen könne.

»Mit anderen Worten, es in Fetzen zu reißen«, sagte Chadwick, als er aufs neue seinem Anwalt gegenübersaß. »Eine glatte Abfuhr, wie?«

Der Anwalt überlegte. Er beschloß, offen zu sprechen. Er kannte seinen Klienten seit Jahren.

»Ja«, sagte er, »das ist es. Ich hatte erst einmal mit einer überregionalen Zeitung in einer solchen Sache zu tun, aber diese Art Schreiben ist die Standardantwort. Kein Blatt bringt gern einen Widerruf, von einer Entschuldigung ganz zu schweigen.«

»Was kann ich also tun?« fragte Chadwick.

Der Anwalt schob die Lippen vor. »Es gibt natürlich den Presserat«, sagte er. »Dort könnten Sie sich beschweren.«

»Was würde dann passieren?«

»Nicht viel. Im allgemeinen befaßt man sich dort mit Beschwerden gegen Zeitungen nur, wenn bewiesen wird, daß ohne Not nachteilige Folgen gezeitigt wurden aufgrund mangelnder Sorgfalt bei der Veröffentlichung durch die Zeitung oder eklatanter Ungenauigkeit seitens des betreffenden Rechercheurs. Im allgemeinen befaßt der Rat sich auch nicht mit Verleumdungsfällen, die überläßt man den Gerichten. Ohnehin kann der Presserat nur einen Tadel aussprechen, weiter nichts.«

»Der Presserat kann keinen Widerruf oder keine Entschuldigung durchsetzen?«

»Nein.«

»Was bleibt dann noch?«

Der Anwalt seufzte. »Dann bleibt leider nur ein Prozeß. Ein Gerichtsverfahren wegen Verleumdung und eine Klage auf Schadenersatz. Natürlich würde die Zeitung vielleicht, in dem Fall, daß tatsächlich Strafanzeige ergeht, lieber die von Ihnen verlangte Entschuldigung veröffentlichen als einen Prozeß führen.«

»Vielleicht?«

»Vielleicht. Vielleicht auch nicht.«

»Aber dazu wäre sie doch verpflichtet. Es ist ein ganz klarer Fall.«

»Ich möchte ganz offen sprechen«, sagte der Anwalt. »Bei Verleumdung gibt es keine klaren Fälle. Erstens gibt es, genau genommen, kein Gesetz gegen Verleumdung. Oder vielmehr, sie fällt unter das Common Law, eine gewaltige Sammlung von Präzedenzfällen, in Jahrhunderten zusammengetragen. Alle diese Präzedenzfälle lassen verschiedene Auslegungen zu, und Ihr Fall – oder jeder andere Fall – wird sich in einer Nuance oder einer Kleinigkeit von seinen Vorgängern unterscheiden.

Zweitens: Es geht um die Einsicht, die Sie in einen Tatbestand hatten, um eine Geistesverfassung, um das, was zu einem bestimmten Zeitpunkt in einem Menschen vorging; es geht um das Vorhandensein von Kenntnis und folglich einer Absicht oder um Unkenntnis und folglich fehlender Absicht. Können Sie mir folgen?«

»Ja, ich glaube schon«, sagte Chadwick. »Aber ich werde doch wohl nicht meine Unschuld beweisen müssen?«

»Im Endeffekt ja«, sagte der Anwalt. »Verstehen Sie, Sie würden der Kläger sein, die Zeitung, der Herausgeber und Mr. Gaylord Brent die Beklagten. Also müßten Sie beweisen, daß Sie zur Zeit Ihrer Partnerschaft mit der liquidierten

Firma keine Kenntnis von deren Unlauterkeit besaßen; nur dann wäre erweislich, daß die Andeutung, Sie seien in diese Sache verwickelt gewesen, eine Verleumdung darstellt.«

»Raten Sie mir also von einer Anzeige ab?« fragte Chadwick. »Meinen Sie allen Ernstes, ich sollte einen Haufen Lügen von einem Mann hinnehmen, der sich nicht einmal die Mühe gemacht hat, die Fakten nachzuprüfen, ehe er so etwas veröffentlicht? Daß ich sogar meinen geschäftlichen Ruin klaglos hinnehmen soll?«

»Mr. Chadwick, lassen Sie mich ganz offen sprechen. Zuweilen heißt es, wir Anwälte ermutigten unsere Klienten, wegen jeder Lappalie vor Gericht zu ziehen, weil wir dann natürlich hohe Honorare kassieren könnten. In Wahrheit ist es meist umgekehrt. Meist sind es die Freunde, Ehefrauen, Kollegen und so weiter, die zum Prozessieren drängen. Denn sie müssen ja die Kosten nicht tragen. Für den Laien ist ein Prozeß ein erregendes Spektakel. Wir Juristen wissen nur zu gut, welche Kosten ein Rechtsstreit mit sich bringt.«

Chadwick grübelte über den Preis der Gerechtigkeit nach, eine Frage, mit der er sich bisher selten beschäftigt hatte.

»Wie hoch könnten sie sich belaufen?« fragte er ruhig.

»Sie könnten Sie ruinieren«, sagte der Anwalt.

»Ich dachte, in diesem Lande könne jedermann zu seinem Recht kommen.«

»Theoretisch, ja. Die Praxis sieht oft ganz anders aus«, sagte der Anwalt. »Sind Sie ein reicher Mann, Mr. Chadwick?«

»Nein, ich habe nur eine kleine Firma. Das bedeutet in dieser Zeit, daß ich mit einem Minimum an Kapital auskommen muß. Ich habe mein Leben lang schwer gearbeitet, und ich komme über die Runden. Mein Haus gehört mir, mein Wagen, meine Kleidung. Eine freiwillige Altersversorgung, eine Lebensversicherungspolice, ein paar Tausender auf der hohen Kante. Ich bin nur ein Durchschnittsmensch.«

»Darauf will ich hinaus«, sagte der Anwalt. »Heutzutage können nur Reiche gegen Reiche prozessieren, und für kein Gebiet gilt das so sehr, wie für Verleumdungsklagen, bei denen man zwar den Prozeß gewinnen mag, aber dennoch sämtliche Kosten tragen muß. Nach längerem Prozessieren, ganz zu schweigen von einer Berufung, können diese Kosten zehnmal so hoch sein wie der zugesprochene Schadenersatz.

Große Zeitungen, große Verlage und dergleichen sind stets hoch versichert gegen eventuelle Schadenersatzforderungen. Sie können sich Staranwälte aus dem West End leisten, die teuersten Verteidiger. Ist ihr Gegner ein – verzeihen Sie – kleiner Mann, dann wird er fast immer ausgetrickst. Mit einiger Geschicklichkeit lassen sich die meisten Fälle bis zu fünf Jahre lang hinziehen, ehe sie überhaupt zur Verhandlung kommen, und die ganze Zeit über wachsen für beide Seiten die Kosten unaufhörlich. Allein die Prozeßvorbereitung kann Tausende und Abertausende kosten. Kommt der Fall dann vor Gericht, explodieren diese Kosten, da die Rechtsvertreter ein Honorar und einen Tagessatz fordern. Auch wünscht der Anwalt vielleicht noch, einen Juniorpartner zu beteiligen.«

»Wie hoch könnten die Kosten gehen?« fragte Chadwick.

»Bei einem längeren Prozeß mit jahrelanger Vorbereitung, selbst wenn wir eine mögliche Berufung ausschließen, mehrere zehntausend Pfund«, sagte der Anwalt. »Und auch das ist noch nicht alles.«

»Was kann denn noch kommen?« fragte Chadwick.

»Falls Sie gewinnen und Ihnen Schadenersatz und Kosten zu Lasten der Angeklagten, das heißt, der Zeitung, zugesprochen werden, wären Ihre Auslagen gedeckt. Wenn jedoch der Richter nicht auf Kostenersatz erkennt, was die Regel ist, müßten Sie Ihre Kosten selbst tragen. Sollten Sie verlieren, könnten Ihnen sogar die Kosten der Gegenpartei angelastet werden, zusätzlich zu Ihren eigenen. Und wenn Sie gewinnen, könnte die Zeitung Berufung einlegen. Dann fallen doppelte Kosten an. Und sogar wenn Sie auch in zweiter Instanz gewinnen, aber nicht auf Kostenersatz erkannt wird, würden Sie ruiniert sein.

Dann bedenken Sie die Schlammschlacht. Nach zwei Jahren haben die Leute ohnehin den ursprünglichen Zeitungsartikel längst vergessen. Der Prozeß rollt alles wieder auf und bringt dazu eine Fülle zusätzlicher Einzelheiten und Unterstellungen. Obwohl Sie der Kläger wären, müßte der Verteidiger der Zeitung im Interesse seiner Klientin trachten, Ihren Ruf als ehrlicher Geschäftsmann zu zerstören. Etwas von dem Schmutz, mit dem Sie beworfen würden, bleibt immer hängen. Unzählige Männer haben ihre Prozesse gewonnen und ihren guten Ruf verloren. Alle vom Beschuldigten vor Gericht vorgebrachten Äußerungen können gedruckt und müssen nicht erhärtet werden.«

»Was ist mit dem Armenrecht?« fragte Chadwick. Wie die meisten Leute hatte er davon gehört, ohne sich genauer darüber zu informieren.

»Vermutlich nicht das, was Sie glauben«, sagte der Anwalt. »Man muß zuerst die Mittellosigkeit nachweisen. Das können Sie nicht. Ehe es Ihnen bewilligt würde, müßten Ihr Haus, Ihr Wagen und Ihre Ersparnisse dahin sein.«

»Also sieht es aus, als wäre ich in jedem Fall ruiniert«, sagte Chadwick.

»Es tut mir leid, aufrichtig leid. Ich könnte Sie ermutigen, sich auf einen langen und kostspieligen Rechtshandel einzulassen, aber ich bin ehrlich überzeugt, daß es nur zu Ihrem Besten ist, wenn ich Sie auf die Gefahren und Fallstricke hinweise. Nicht wenige Menschen haben sich mit Feuereifer in einen Rechtsstreit gestürzt und es ihr Leben lang bitter bereut. Manche erholten sich sogar nie mehr von den damit verbundenen jahrelangen Aufregungen und Geldsorgen.«

Chadwick stand auf. »Sie waren sehr offen zu mir, und ich danke Ihnen«, sagte er.

Als er wieder in seinem Büro saß, rief er beim *Sunday Courier* an und verlangte den Herausgeber. Eine Sekretärin meldete sich. Auf ihre Frage nannte er seinen Namen.

»In welcher Angelegenheit möchten Sie Mr. Buxton sprechen?« fragte sie.

»Ich möchte ihn fragen, wann ich ihn persönlich aufsuchen kann«, sagte Chadwick.

Eine Weile schwieg der Apparat, und Chadwick hörte, daß an einem Haustelefon gesprochen wurde. Dann kam die Sekretärin wieder.

»In welcher Sache möchten Sie Mr. Buxton aufsuchen?« fragte sie.

Chadwick erklärte kurz, daß er den Herausgeber aufsuchen wolle, um ihm seine eigene Darstellung der über ihn in Gaylord Brents Artikel von vor zwei Wochen aufgestellten Verlautbarungen vorzutragen.

»Es tut mir leid, Mr. Buxton kann in seinem Büro niemanden empfangen«, sagte die Sekretärin. »Wenn Sie vielleicht die Freundlichkeit haben wollten, einen Brief zu schreiben, so werden Sie Antwort erhalten.«

Sie legte auf. Am nächsten Vormittag fuhr Chadwick mit der U-Bahn in die City und präsentierte sich am Empfang des Zeitungsgebäudes.

Bei einem stattlichen uniformierten Portier trug er in ein Formular Name und Adresse ein, wen er aufzusuchen wünschte und in welcher Angelegenheit. Das Formular wurde weggebracht, und er setzte sich und wartete.

Nach einer halben Stunde öffneten sich die Türen des

Lifts, und heraus trat ein eleganter schlanker junger Mann, umschwebt von Rasierwasserduft. Er warf dem Portier einen fragenden Blick zu, und der wies mit dem Kopf auf Chadwick. Der junge Mann trat zu ihm. Chadwick stand auf.

»Ich bin Adrian St. Clair«, sagte der junge Mann, »Mr. Buxtons Assistent. Kann ich Ihnen behilflich sein?«

Chadwick berief sich auf den mit Gaylord Brent gezeichneten Artikel und sagte, er wünsche Mr. Buxton persönlich zu erklären, daß die über ihn gemachten Angaben nicht nur unwahr seien, sondern seinen geschäftlichen Ruin bedeuten könnten. St. Clair war voll Bedauern, aber unbeeindruckt.

»Ja, gewiß, Ihre Unruhe kann man verstehen, Mr. Chadwick. Aber leider ist ein persönliches Gespräch mit Mr. Buxton einfach unmöglich. Ein sehr beschäftigter Mann, müssen Sie verstehen. Ich ... äh ... meines Wissens hat ein Anwalt bereits in Ihrem Auftrag mit dem Herausgeber Kontakt aufgenommen.«

»Er schickte Mr. Buxton einen Brief«, sagte Chadwick. »Die Antwort war von einer Sekretärin geschrieben. Darin stand, der Abdruck einer Leserzuschrift *könne* eventuell in Erwägung gezogen werden. Nun möchte ich bitten, daß Mr. Buxton sich wenigstens meine Darstellung anhört.«

St. Clair lächelte knapp. »Ich erklärte Ihnen bereits, daß dies nicht möglich ist«, sagte er. »Der Brief, der im Auftrag des Herausgebers geschrieben wurde, ist das Äußerste, was wir für Sie tun können.«

»Könnte ich dann Mr. Gaylord Brent sprechen?« fragte Chadwick.

»Ich glaube nicht, daß Ihnen damit gedient wäre«, sagte St. Clair. »Natürlich, wenn Sie oder Ihr Anwalt nochmals schreiben wollen, so wird der Brief sicherlich von unserer Rechtsabteilung in der üblichen Weise berücksichtigt. Eine andere Möglichkeit, Ihnen behilflich zu sein, sehe ich leider nicht.«

Der Portier entließ Chadwick durch die Pendeltüren.

Er aß zum Lunch ein Sandwich in einer Cafeteria nahe der Fleet Street und dachte während des Essens intensiv nach. Am frühen Nachmittag saß er in einer der Lesebüchereien der City, die auf Zeitgeschichte und Pressematerial spezialisiert sind. Das Studium der jüngsten Verleumdungsprozesse bewies ihm, daß sein Anwalt nicht übertrieben hatte.

Ein Fall war besonders kraß. Ein Mann mittleren Alters war im Buch eines Modeautors übel verleumdet worden. Er hatte prozessiert und gewonnen, der Verlag mußte ihm dreißigtausend Pfund zahlen und alle Kosten erstatten. Aber der Verlag hatte Berufung eingelegt, und die Berufungsinstanz hatte die Kostenerstattung annulliert und jeder Prozeßpartei die Zahlung der eigenen Kosten zudiktiert. Der Kläger, der nach vierjährigem Verfahren vor dem endgültigen finanziellen Ruin stand, hatte den Fall vor das Oberhaus gebracht. Die Herren Lords hatten das Urteil der Berufungsinstanz aufgehoben, dem Kläger abermals seinen Schadenersatz zugesprochen, jedoch in bezug auf die Kosten keine Entscheidung getroffen. Der Kläger bekam seine dreißigtausend Pfund Schadenersatz, seine Kostenrechnung belief sich jedoch, nach nunmehr fünf Jahren, auf fünfundvierzigtausend. Der Verlag, der etwa die gleichen Kosten tragen mußte, hatte fünfundsiebzigtausend Pfund verloren, war aber für den größten Teil dieser Summe versichert. Der Kläger hatte gewonnen, war jedoch ein ruinierter Mann. Fotos aus dem ersten Jahr des Rechtsstreits zeigten ihn als munteren Sechziger, fünf Jahre später war er nur noch ein Wrack, zugrunde gerichtet vom endlosen Streß und den wachsenden Schulden. Der Konkurs brachte ihn ins Grab, aber seine Ehre war gerettet.

Bill Chadwick beschloß, daß ihm das nicht passieren sollte, und begab sich zur Westminsterbibliothek. Dort zog er sich mit einem Exemplar von Halsburys *Laws of England* in den Lesesaal zurück.

Wie sein Anwalt gesagt hatte, existierte über Verleumdung kein eigenes Gesetz, wie zum Beispiel über den Straßenverkehr, aber die Law of Libel Amendment Act von 1888 gab folgende, allgemein anerkannte Definition von Verleumdung beziehungsweise übler Nachrede:

»Verleumdung oder üble Nachrede liegt vor, wenn eine Behauptung geeignet ist, den Betroffenen in den Augen der rechtlich denkenden Allgemeinheit herabzuwürdigen oder seine gesellschaftliche Isolierung oder Ächtung herbeizuführen oder ihn dem Haß, der Verachtung oder der Lächerlichkeit preiszugeben oder einen Makel auf ihn zu werfen mit nachteiligen Folgen für sein Amt, seinen Beruf, sein Fortkommen, Gewerbe oder Geschäft.«

Na, der letzte Teil zumindest trifft bei mir zu, dachte Chadwick.

Irgend etwas, was der Anwalt in seinem Vortrag über Gerichte gesagt hatte, wollte ihm nicht aus dem Kopf. »Alle vom Beschuldigten vor Gericht vorgebrachten Äußerungen können gedruckt und müssen nicht erhärtet werden.« Wirklich nicht?

Aber der Anwalt hatte recht gehabt. Auch das ging aus dem Gesetz von 1888 klar hervor. Alles, was während der Gerichtsverhandlung gesagt wird, kann berichtet oder veröffentlicht werden, ohne daß Berichterstatter oder Herausgeber, Drucker oder Verleger eine Verleumdungsklage zu befürchten haben, lediglich vorausgesetzt, daß der Bericht »objektiv, gegenwartsbezogen und präzis ist«.

Das, dachte Chadwick, muß dazu dienen, daß Richter, Beisitzer, Zeugen, Polizeibeamte, Staatsanwälte und sogar der Angeklagte furchtlos vorbringen, was sie für wahr halten, ohne Rücksicht auf den Ausgang des Prozesses.

Diesen Schutz vor Gegenmaßnahmen des Klägers – und sei er noch so übel beleidigt, entwürdigt, diffamiert oder verleumdet worden, vorausgesetzt, daß die Behauptungen während der Verhandlung vor Gericht aufgestellt wurden – und den Schutz für jeden, der darüber berichtete, schrieb und veröffentlichte, nannte man das »absolute Privileg«.

In der U-Bahn, auf der Rückfahrt zu den äußeren Vororten, begann in Bill Chadwicks Gehirn ein Gedanke zu keimen.

Gaylord Brent, den Chadwick nach viertägiger Suche endlich aufspürte, wohnte in einer schicken kleinen Straße in Hampstead, und dorthin begab sich Chadwick am folgenden Sonntagvormittag. Er vermutete, daß kein Journalist eines Sonntagsblatts am Sonntag arbeitete, und setzte darauf, daß die Familie nicht übers Wochenende aufs Land gefahren war. Er stieg die Treppe hinauf und klingelte.

Nach zwei Minuten öffnete eine hübsche Frau Mitte Dreißig.

»Ist Mr. Brent zu sprechen?« fragte Chadwick und fuhr ohne Pause fort: »Es handelt sich um seinen Artikel im *Courier.*«

Es war keine Lüge und genügte doch, um Mrs. Brent zu überzeugen, der Besucher komme von der Redaktion in der Fleet Street. Sie lächelte, drehte sich um, rief: »Gaylord!« in die Diele und wandte sich wieder Chadwick zu.

»Er kommt gleich«, sagte sie, verschwand in Richtung Kindergeschrei irgendwo im Haus und ließ die Tür offen. Chadwick wartete.

Kurz darauf erschien Gaylord Brent persönlich an der Tür, in beigen Leinenhosen und rosa Hemd, ein eleganter Mann Mitte Vierzig.

»Ja, bitte?« sagte er.

»Mr. Gaylord Brent?« fragte Chadwick.

»Ja.«

Chadwick entfaltete den Zeitungsausschnitt, den er in der Hand hielt, und zeigte ihn vor.

»Es geht um diesen Artikel, den Sie im *Sunday Courier* geschrieben haben.«

Gaylord Brent blickte ein paar Sekunden lang auf den Ausschnitt, ohne ihn zu berühren. Seine Miene war erstaunt und eine Spur gereizt.

»Das ist ungefähr vier Wochen alt«, sagte er. »Was ist damit?«

»Verzeihen Sie, daß ich Sie an einem Sonntagmorgen belästige«, sagte Chadwick, »aber mit dergleichen müssen wir offenbar alle rechnen. Also, in diesem Artikel verleumden Sie mich, und zwar in ziemlich übler Weise. Er hat mir geschäftlich wie auch gesellschaftlich beträchtlich geschadet.«

Das Erstaunen verharrte in Brents Zügen, wich jedoch zusehends wachsendem Unmut.

»Wer *sind* Sie überhaupt?« fragte er.

»Oh, Entschuldigung. Mein Name ist William Chadwick.«

Bei der Nennung des Namens ging Gaylord Brent endlich ein Licht auf, und der Unmut gewann vollends die Überhand.

»Jetzt passen Sie auf«, sagte er, »Sie können nicht einfach in meine Wohnung kommen und sich beschweren. Es gibt entsprechende Wege. Lassen Sie von Ihrem Anwalt ein Schreiben –«

»Schon geschehen«, sagte Chadwick, »aber genutzt hat es gar nichts. Ich habe ferner versucht, den Herausgeber zu sprechen, aber er ließ mich nicht vor. Also bin ich zu Ihnen gekommen.«

»Das ist unerhört«, wetterte Gaylord Brent und schickte sich an, die Tür zu schließen.

»Moment, ich habe noch etwas für Sie«, sagte Chadwick geduldig. Brents Hand blieb auf dem Türgriff liegen.

»Und was?« fragte er.

»Das«, sagte Chadwick.

Dabei hob er die geballte Rechte und versetzte Gaylord Brent einen herzhaften, aber nicht gefährlichen Nasenstüber. Der Schlag brach weder das Nasenbein, beschädigte nicht einmal die knorpelige Nasenscheidewand, aber er bewirkte, daß Gaylord Brent einen Schritt zurücktaumelte, ein lautes »Oooo« ausstieß und die Hand vor die Nase hielt. Seine Augen füllten sich mit Wasser, und er schnupfte die ersten Blutstropfen hoch. Einen Moment lang starrte er Chadwick wie einen Irren an, dann schmetterte er die Tür zu. Chadwick hörte eilige Schritte in der Diele.

An der Ecke der Heath Street fand er den gesuchten Polizisten, einen jungen Mann, der den Frieden des kühlen Morgens genoß, aber sich im übrigen ziemlich langweilte.

»Officer«, sagte Chadwick, als er ihn erreicht hatte, »bitte kommen Sie mit mir. Auf einen Anwohner wurde ein Überfall verübt.«

Der junge Polizist fuhr hoch. »Überfall, Sir?« fragte er. »Angaben?«

»Nur zwei Straßen von hier«, sagte Chadwick. »Bitte folgen Sie mir.«

Ohne weitere Fragen abzuwarten, winkte er dem Polizisten mit gekrümmtem Zeigefinger, machte kehrt und marschierte flotten Schritts den Weg zurück, den er gekommen war. Hinter sich hörte er den Polizisten in sein Funkgerät sprechen und das Stapfen amtlicher Stiefelsohlen.

Der Gesetzeshüter holte Chadwick an der Ecke der Straße ein, in der die Familie Brent wohnte. Um weitere Fragen zu verhindern, behielt Chadwick seine zügige Gangart bei, während er dem Polizisten mitteilte: »Hier ist es, Officer, Haus Nummer 32.«

Die Tür war, als sie hinkamen, noch immer geschlossen. Chadwick wies darauf.

»Dort drinnen«, sagte er.

Nach kurzem Zögern und einem mißtrauischen Seitenblick auf Chadwick stieg der Constable die Treppe hinauf und klingelte. Chadwick stellte sich neben ihn auf die oberste Stufe. Die Tür öffnete sich einen Spalt. Mrs. Brent erschien. Bei Chadwicks Anblick wurden ihre Augen groß. Ehe der Polizist den Mund auftun konnte, ergriff Chadwick das Wort.

»Mrs. Brent? Ob der Constable wohl Ihren Gatten kurz sprechen könnte?«

Mrs. Brent nickte und flüchtete ins Haus zurück. Von draußen hörten die beiden Männer eine geflüsterte Unterredung. Die Wörter »Polizei« und »dieser Mann« waren deutlich zu vernehmen. Kurz darauf erschien Gaylord Brent an der Tür. Mit der linken Hand hielt er ein nasses Geschirrtuch vor die Nase. Dahinter schnüffelte er mehrmals.

»Sie wünschen?« sagte er.

»Das ist Mr. Gaylord Brent«, sagte Chadwick.

»Sind Sie Mr. Gaylord Brent?« fragte der Constable.

»Ja«, erwiderte Gaylord Brent.

»Vor ein paar Minuten«, sagte Chadwick, »erhielt Mr. Brent mit Vorbedacht einen Hieb auf die Nase.«

»Stimmt das?« fragte der Polizist den Hausherrn.

»Ja«, nickte Brent und glotzte Chadwick über das Geschirrtuch hinweg wütend an.

»Verstehe«, sagte der Constable und verstand offensichtlich gar nichts. »Und wer hat das getan?«

»Ich hab's getan«, sagte Chadwick neben ihm.

Der Polizist wandte sich ihm ungläubig zu. »Wie bitte?« fragte er.

»Ich war's. Ich hab' ihn auf die Nase gehauen. Das ist vorsätzliche Körperverletzung, nicht wahr?«

»Stimmt das?« fragte der Polizist Brent.

Das Gesicht hinter dem Geschirrtuch nickte.

»Darf ich fragen, warum?« wollte der Polizist von Chadwick wissen.

»Das«, sagte Chadwick, »werde ich alles erst auf dem Polizeirevier erklären.«

Der Polizist war jetzt vollends ratlos. Endlich sagte er: »Gut, Sir, dann muß ich Sie bitten, mich aufs Revier zu begleiten.«

Inzwischen war in der Heath Street der Streifenwagen eingetroffen, den der Constable vor fünf Minuten angefordert hatte. Der Polizist wechselte ein paar Worte mit den beiden uniformierten Insassen und nahm mit Chadwick auf dem Rücksitz Platz. In zwei Minuten brachte der Wagen sie zum nächsten Polizeirevier. Chadwick wurde zum diensthabenden Sergeant geführt. Dort stand er schweigend, während der junge Constable dem Sergeant Bericht erstattete. Der Sergeant, ein altgedienter Mann von resignierter Langmut, betrachtete Chadwick mit einigem Interesse.

»Wer ist der Mann, den Sie geschlagen haben?« fragte er schließlich.

»Mr. Gaylord Brent«, sagte Chadwick.

»Mögen ihn wohl nicht, wie?« fragte der Sergeant.

»Nicht besonders«, sagte Chadwick.

»Warum gehn Sie dann zu dem Constable und sagen, daß Sie's getan haben?« fragte der Sergeant.

Chadwick zuckte die Achseln. »So will es doch das Gesetz? Ein Gesetz wurde übertreten; das muß der Polizei gemeldet werden.«

»Das hört man gern«, räumte der Sergeant ein. Er wandte sich an den Constable. »Ist Mr. Brent schwer angeschlagen?«

»Hat nicht so ausgesehen«, sagte der junge Mann. »Eher wie ein kleiner Klaps auf den Zinken.«

Der Sergeant seufzte. »Adresse«, sagte er. Der Constable nannte sie ihm. »Hier warten«, sagte der Sergeant.

Er verzog sich in ein Hinterzimmer. Gaylord Brent hatte eine Geheimnummer, aber der Sergeant bekam sie von der Auskunft. Dann rief er dort an. Nach einer Weile kam er zurück.

»Mr. Gaylord Brent ist, scheint's, nicht scharf drauf, Anzeige zu erstatten«, sagte er.

»Das spielt keine Rolle«, sagte Chadwick. »Es geht nicht darum, ob Mr. Brent Anzeige erstatten will. Wir sind hier nicht in Amerika. Tatsache ist, daß eindeutig eine Körperverletzung verübt wurde, also eine gesetzwidrige Handlung, und die Polizei hat zu entscheiden, ob Anzeige zu erstatten ist.«

Der Sergeant beäugte ihn angewidert.

»Man kennt Recht und Gesetz, wie, Sir?« fragte er.

»Hab's mal studiert«, sagte Chadwick.

»Hat das nicht jeder?« seufzte der Sergeant. »Na und? Die Polizei könnte entscheiden, die Sache nicht weiter zu verfolgen.«

»Wenn dem so ist, muß ich Ihnen leider mitteilen, falls Sie nichts unternehmen, dann gehe ich hin und tu's nochmals«, sagte Chadwick.

Der Sergeant griff langsam nach einem Stoß Formblätter.

»Das genügt«, sagte er. »Name?«

Bill Chadwick gab Namen und Adresse an und wurde in den Vernehmungsraum geführt. Er verweigerte jede Aussage und blieb dabei, daß er seine Tat zu gegebener Zeit vor Gericht begründen werde. Dies wurde zu Protokoll genommen, und er unterschrieb. Dann wurde in aller Form Anzeige erstattet. Chadwick verpflichtete sich schriftlich zu einer Zahlung von hundert Pfund, falls er nicht am nächsten Vormittag vor dem Polizeigericht von Nord-London erscheinen würde. Dann durfte er gehen.

Anderentags stellte er sich dem Gericht. Die Vernehmung dauerte zwei Minuten. Er weigerte sich, eine Entschuldigung abzugeben, denn er wußte, diese Weigerung würde vom Gericht dahingehend ausgelegt, daß er zur gegebenen Zeit auf nichtschuldig plädieren wollte. Er bekam einen Termin für die übernächste Woche, und die Kaution von hundert Pfund wurde erneuert. Da es sich nur um eine erste Einvernahme handelte, war Gaylord Brent nicht anwesend. Der Einvernahme lag eine Anzeige wegen vorsätzlicher Körperverletzung zugrunde, und sie wurde in der Regionalzeitung nur mit ein paar Zeilen erwähnt. Dort, wo Bill Chadwick wohnte, viele Meilen entfernt, las kein Mensch jemals diese Zeitung, so daß niemand etwas erfuhr.

Während der Woche vor der Verhandlung des Falles erhielten die Nachrichtenredakteure der wichtigsten Tages-, Abend- und Sonntagszeitungen in der Fleet Street und Umgebung eine Anzahl anonymer Telefonanrufe.

Jedesmal flüsterte der Anrufer dem Redakteur, daß der Star-Rechercheur des *Courier,* Gaylord Brent, im Zusammenhang mit einem tätlichen Überfall am kommenden Montag vor dem Polizeigericht von London erscheinen werde, in Sachen *Königin versus Chadwick,* und daß es sich für den Redakteur lohnen könne, seinen eigenen Reporter hinzuschicken, anstatt nur auf den Gerichtsdienst der Presseagentur zurückzugreifen.

Die meisten Redakteure sahen in der Verhandlungsliste

für den genannten Tag nach, stellten fest, daß der Name Chadwick tatsächlich aufgeführt war, und beorderten einen Reporter zum Gericht. Niemand wußte, was im Busch war, aber jeder hoffte das Beste. Wie in der Gewerkschaftsbewegung reicht auch in der Fleet Street die Theorie des Zusammenhalts nicht einmal bis dorthin, wo die praktische Solidarität anfangen müßte.

Bill Chadwick stellte sich Punkt zehn Uhr im Gerichtsgebäude ein und wurde aufgefordert, zu warten, bis sein Fall zur Verhandlung komme. Das war um Viertel nach elf. Als er in die Anklagebank trat, bestätigte ihm ein rascher Blick zu den Pressebänken, daß sie gedrängt voll waren. Er hatte bereits gesehen, daß Gaylord Brent, der als Zeuge geladen war, vor dem Verhandlungssaal auf einer Bank im Korridor saß. Nach britischem Gesetz darf kein Zeuge den Gerichtssaal betreten, ehe er aufgerufen wird. Erst wenn er seine Aussage gemacht hat, darf er sich in die hinterste Reihe setzen und sich den Rest der Verhandlung anhören. Was nicht in Chadwicks Konzept paßte. Er löste das Problem, indem er auf nichtschuldig plädierte.

Er lehnte den Vorschlag des Polizeirichters ab, wonach die Verhandlung vertagt werden sollte, bis er sich einen Rechtsbeistand besorgt hätte, und erklärte, er wolle seine Verteidigung selbst übernehmen. Der Polizeirichter zuckte die Achseln, war aber einverstanden.

Der Ankläger umriß die Tatumstände, jedenfalls soweit sie bekannt waren, und erregte einiges Staunen, als er erwähnte, daß Chadwick selber an jenem Morgen in Hampstead den Police Constable Clarke von dem tätlichen Überfall in Kenntnis gesetzt habe. Ohne weitere Umstände rief er sodann Police Constable Clarke als Zeugen auf.

Der junge Polizist wurde vereidigt und sagte über die Festnahme aus. Chadwick wurde gefragt, ob er den Zeugen ins Kreuzverhör nehmen wolle. Er lehnte ab. Er wurde nochmals aufgefordert. Er lehnte ab. Police Constable Clarke wurde entlassen und setzte sich hinten in den Saal. Gaylord Brent wurde aufgerufen. Er trat in den Zeugenstand und legte den Eid ab. Chadwick stand von der Anklagebank auf.

»Euer Gnaden«, sagte er mit klarer Stimme zum Polizeirichter, »ich habe nachgedacht und es mir anders überlegt. Ich plädiere auf schuldig.«

Der Richter starrte ihn an. Der Ankläger, der sich zur Befragung erhoben hatte, setzte sich wieder. Der Zeuge Gaylord Brent stand schweigend da.

»So?« sagte der Polizeirichter. »Bleibt es dabei, Mr. Chadwick?«

»Ja, Sir. Es bleibt dabei.«

»Mr. Cargill, haben Sie irgendwelche Einwände?« fragte der Polizeirichter den Kronanwalt.

»Kein Einwand, Euer Ehren«, sagte Mr. Cargill. »Ich darf annehmen, daß der Beschuldigte die Tatumstände, wie ich sie umrissen habe, nicht länger bestreitet.«

»Ich bestreite sie nicht«, sagte Chadwick. »Alles entspricht der Wahrheit.«

Der Polizeirichter wandte sich an Gaylord Brent. »Ich bedauere, daß Sie sich hierherbemühen mußten, Mr. Brent«, sagte er, »doch wie es scheint, werden Sie nicht mehr als Zeuge benötigt. Sie können gehen oder hinten im Saal Platz nehmen.«

Gaylord Brent nickte und verließ den Zeugenstand. Er schickte ein weiteres Nicken zu den Pressebänken und setzte sich hinten neben den Constable, der bereits ausgesagt hatte. Der Polizeirichter wandte sich an Chadwick:

»Mr. Chadwick, Sie haben beschlossen, sich schuldig zu bekennen. Das bedeutet, daß Sie die an Mr. Brent verübte vorsätzliche Körperverletzung zugeben. Wollen Sie irgendeinen Zeugen für Ihre Aussage benennen?«

»Nein, Euer Gnaden.«

»Sie können Leumundszeugen benennen, wenn Sie das wünschen, oder selbst strafmildernde Umstände anführen.«

»Ich will keine Zeugen benennen, Sir«, sagte Chadwick. »Und was die strafmildernden Umstände betrifft, so möchte ich eine Aussage von der Anklagebank her machen.«

»Das ist Ihr Privileg und gutes Recht«, sagte der Polizeirichter.

Chadwick, der aufgestanden war, um sich an das Gericht zu wenden, zog einen gefalteten Zeitungsausschnitt aus der Tasche.

»Euer Gnaden, vor sechs Wochen veröffentlichte Mr. Gaylord Brent diesen Artikel in der Zeitung, für die er arbeitet, dem *Sunday Courier*. Dürfte ich Euer Gnaden bitten, Einsicht zu nehmen?«

Ein Gerichtsdiener tauchte auf, nahm den Zeitungsausschnitt und trat an den Richtertisch.

»Ist dies für den zur Verhandlung stehenden Fall relevant?« fragte der Richter.

»Ich versichere, daß es dies ist, Sir. In hohem Maße.«

»Gut«, sagte der Richter. Er nahm den Zeitungsausschnitt, den der Gerichtsdiener ihm reichte, und las ihn rasch durch. Danach legte er ihn beiseite und sagte: »Aha.«

»In diesem Artikel«, sagte Chadwick, »beging Gaylord Brent an mir eine böswillige und schimpfliche Verleumdung. Wie Sie bemerkt haben werden, Sir, handelt der Artikel von einer Firma, die ein bestimmtes Produkt vertrieb und in Konkurs ging, wodurch mehrere Bürger dieses Landes ihre Kapitaleinlagen einbüßten. Ich war unglücklicherweise einer der Geschäftsleute, die dieser Firma auf den

Leim gegangen waren, weil sie sie für ein solides Unternehmen mit einem seriösen Produkt hielten. Tatsache ist, daß auch ich mein Geld verlor, daß ich unklug gehandelt hatte – unklug, nicht unredlich. In diesem Artikel werde ich aus heiterem Himmel und grundlos einer nicht näher bezeichneten Mittäterschaft an der Sache bezichtigt, und zwar von einem oberflächlichen, faulen und inkompetenten Schreiberling, dem man nicht einmal zumuten darf, daß er seine Hausaufgabe ordentlich erledigt.«

Aus der Versammlung stieg ein Gemurmel auf – dann herrschte Stille. Und die Schreibstifte an den Pressetischen begannen wie rasend über die Stenoblöcke zu fliegen.

Der Vertreter der Anklage erhob sich. »Ist das für strafmildernde Umstände wirklich notwendig, Euer Gnaden?« fragte er tadelnd.

Chadwick mischte sich ein: »Ich versichere Euer Gnaden, daß ich nur die Hintergründe des Falles zu erklären suche. Ich meine einfach, Euer Gnaden könnten das Mißverhalten besser beurteilen, wenn die Gründe hierfür ersichtlich sind.«

Der Polizeirichter sah Chadwick eine Weile prüfend an. »Der Beschuldigte hat recht«, sagte er. »Fahren Sie fort.«

»Vielen Dank, Sir«, sagte Chadwick. »Nun, hätte dieser sogenannte recherchierende Journalist geruht, sich an mich zu wenden, ehe er diesen Schundartikel schrieb, so hätte ich ihm meine sämtlichen Unterlagen, meine Bücher und Kontoauszüge vorlegen und beweisen können, daß ich genauso hereingelegt wurde wie die Kunden. Und daß ich bei der Sache beträchtliche Einbußen erlitt. Aber er geruhte nicht, sich an mich zu wenden, obwohl ich im Telefonbuch und im Branchenverzeichnis stehe. Es scheint, daß dieser furchtlose Rechercheur bei all seiner zur Schau getragenen Anmaßung weit lieber auf Kneipenklatsch hört, als die Fakten nachzuprüfen ...«

Gaylord Brent sprang, puterrot vor Zorn, von der hintersten Sitzreihe auf. »Also hören Sie ...!« schrie er.

»Ruhe!« brüllte der Gerichtsdiener, der gleichfalls aufgestanden war. »Ruhe im Saal!«

»Ich verstehe Ihre Erbitterung, Mr. Chadwick«, sagte der Polizeirichter ernst, »aber ich frage mich, was das alles mit den strafmildernden Umständen zu tun hat?«

»Euer Gnaden«, sagte Chadwick demütig, »ich appelliere nur an Ihren Gerechtigkeitssinn. Wenn ein Mann, der immer ein friedfertiges und rechtschaffenes Leben geführt hat, plötzlich auf einen anderen Menschen einschlägt, so ist es gewiß notwendig, daß man die Gründe für eine so untypische Tat kennt. Diese Gründe müssen meines Erachtens das Urteil des Mannes beeinflussen, dessen Pflicht es ist, Recht zu sprechen, nicht wahr?«

»Ganz richtig«, sagte der Polizeirichter. »Legen Sie Ihre Gründe dar. Aber bitte, mäßigen Sie Ihre Sprache.«

»Gewiß«, sagte Chadwick. »Das Erscheinen dieses Lügengebräus, das sich als ernsthafter Journalismus ausgibt, hatte höchst negative Auswirkungen auf meine Geschäfte. Einige meiner Geschäftspartner, die nicht wissen konnten, daß Mr. Gaylord Brents sogenannte Enthüllungen keineswegs aus mühevollen gewissenhaften Recherchen, sondern vielmehr vom Grund einer Whiskyflasche stammten, waren sogar bereit, der Verleumdung Glauben zu schenken.«

Im Hintergrund des Saales geriet Gaylord Brent vollends außer sich. Er stieß den neben ihm sitzenden Polizisten an.

»Das muß man sich doch nicht bieten lassen, wie?« zischte er.

»Pssst!« machte der Polizist.

Brent sprang auf. »Euer Gnaden!« rief er laut. »Ich möchte nur sagen –«

»Ruhe!« schrie der Gerichtsdiener.

»Falls noch weitere Störungen aus dem Saal erfolgen, werde ich die Verantwortlichen entfernen lassen«, sagte der Richter.

»Verstehen Sie, Sir«, fuhr Chadwick fort, »ich fing an zu grübeln. Ich fragte mich, was einen Hampelmann, der zu faul ist, seine Behauptungen nachzuprüfen, berechtigt, sich hinter dem Schutzschild der juristischen und finanziellen Möglichkeiten einer großen Zeitung zu verstecken und aus diesem Hinterhalt einen kleinen Mann zu ruinieren, mit dem er nicht einmal zu sprechen geruhte, einen Mann, der sein Leben lang schwer und ehrlich gearbeitet hat.«

»Wenn man sich verleumdet fühlt, gibt es andere Mittel und Wege«, bemerkte der Richter.

»Ja, die gibt es, Sir«, sagte Chadwick. »Doch Ihnen, als Gesetzeskundigen, wird bekannt sein, daß sich heutzutage nur wenige Menschen den ungeheuren Aufwand leisten können, den der Kampf gegen eine überregionale Zeitung erfordert. Ich versuchte daher, dem Herausgeber persönlich zu erklären, mit Fakten und Unterlagen, daß sein Mitarbeiter etwas gänzlich Falsches geschrieben und nicht einmal den Versuch zur Genauigkeit gemacht hatte. Der Herausgeber ließ mich abweisen, ein für allemal. Dann wollte ich Gaylord Brent sprechen. In seinem Büro wurde ich nicht vorgelassen, also suchte ich ihn zu Hause auf.«

»Um ihn auf die Nase zu schlagen?« sagte der Richter. »Mag sein, daß Sie übel verleumdet wurden, aber das berechtigte Sie nicht zur Gewaltanwendung.«

»Du meine Güte, nein, Sir«, sagte Chadwick erstaunt. »Überhaupt nicht, um ihn zu schlagen. Um mit ihm zu sprechen. Ihn zu bitten, meine Unterlagen zu prüfen, die ihm sicherlich bewiesen hätten, daß das, was er schrieb, nicht der Wahrheit entsprach.«

»Ah«, sagte der Polizeirichter interessiert. »Endlich ein Motiv. Sie suchten Mr. Brent zu Hause auf, weil Sie ihn um etwas bitten wollten?«

»Genau so war es, Sir«, sagte Chadwick. Er wußte so gut wie der Kronanwalt, daß er, da er nicht unter Eid und von der Anklagebank her sprach, nicht ins Kreuzverhör genommen werden konnte.

»Und warum haben Sie nicht mit ihm gesprochen?« fragte der Richter.

Chadwicks Schultern sanken nach vorn. »Ich wollte ja«, sagte er, »aber er behandelte mich genauso abweisend und von oben herab wie die Leute von der Zeitung. Er wußte, daß ich nur ein kleiner Mann bin, ein Mann ohne Bedeutung, daß ich es niemals mit dem mächtigen *Courier* aufnehmen könnte.«

»Was geschah dann?« fragte der Richter.

»Ich gestehe, daß ich durchgedreht habe«, sagte Chadwick. »Und das Unverzeihliche tat. Ich versetzte ihm eins auf die Nase. Eine einzige Sekunde lang habe ich die Beherrschung verloren.«

Damit setzte er sich. Der Polizeirichter ließ von seinem Sitz aus den Blick über das Gericht schweifen.

Du, mein Lieber, dachte er bei sich, hast so wenig die Beherrschung verloren, wie eine Schnecke ihr Haus verliert. Unwillkürlich erinnerte er sich jedoch, wie er vor Jahren in der Presse wegen eines Urteils, das er in einer Strafsache gefällt hatte, verunglimpft worden war; damals hatte sein Zorn sich erst gelegt, als sich herausstellte, daß er recht gehabt hatte. Laut sagte er: »Das ist ein sehr ernster Fall. Das Gericht billigt Ihnen zu, daß Sie sich ungerecht behandelt fühlten, ferner daß Sie an jenem Morgen nicht mit dem Vorsatz zur Gewalttätigkeit Ihr Haus verließen und sich nach Hampstead begaben. Indessen bleibt die Tatsache, daß Sie Mr. Brent an dessen eigener Tür einen Schlag versetzten. Unsere Gesellschaft kann nicht dulden, daß einzelne Bürger sich das Recht nehmen, die führenden Journalisten des Landes auf die Nasen zu schlagen. Geldbuße einhundert Pfund, zuzüglich fünfzig Pfund Gerichtskosten.«

Bill Chadwick schrieb den Scheck aus, während sich die Pressebänke leerten und die Reporter zu Telefonen und Taxis stürzten. Als er die Treppe des Gerichtsgebäudes hinunterging, packte ihn jemand am Arm.

Er wandte sich um und sah einem zornesbleichen und vor Erregung zitternden Gaylord Brent ins Auge.

»Sie gemeiner Hund«, keuchte der Journalist, »Sie werden verdammt noch mal nicht ungeschoren davonkommen, nach dem, was Sie dort drinnen alles gesagt haben.«

»O doch, ich werde«, sagte Chadwick. »Da ich als Beschuldigter gesprochen habe, ja, deshalb werde ich es. Man nennt es das ›absolute Privileg‹.«

»Aber es stimmt nicht, was Sie da über mich gesagt haben«, sagte Brent. »Man kann nicht einfach jemandem alles X-beliebige nachsagen.«

»Warum nicht?« sagte Chadwick milde. »Sie haben's doch auch gekonnt.«

Nur ein Soldat

Man hat mich darauf aufmerksam gemacht, daß diese Erzählung völlig aus dem Rahmen falle und daher nicht in diese Sammlung passe. Es ist pure Eigenwilligkeit meinerseits, wenn ich sie dennoch in diesen Band aufnehme. Ich hörte die Geschichte von einem irischen Freund, der mir schwor, sie sei nicht nur wahr, er habe sie sogar selbst erlebt. Deshalb habe ich hier auch, anders als in den übrigen Erzählungen, die Ich-Form gewählt.

Der Motor spuckte schon seit mehr als zwei Meilen, und als er schließlich Anstalten machte, den Geist aufzugeben, hingen wir gerade an einer kurvenreichen Steigung. Ich betete zu allen meinen irischen Heiligen, daß er nicht ausgerechnet jetzt abkratzen und uns inmitten der wilden Schönheit des französischen Hinterlandes sitzenlassen möge.

Bernadette warf mir von der Seite beunruhigte Blicke zu, während ich mich über das Lenkrad beugte und den Gashebel bearbeitete, um dem sterbenden Motor noch den letzten Lebensfunken zu entlocken. Eindeutig war etwas faul unter der Haube, und ich war in punkto technischer Raffinessen der unbedarfteste Mensch der Welt.

Der alte Triumph Mayflower schaffte gerade noch den Hügel und verröchelte oben endgültig. Ich stellte den Motor ab, zog die Handbremse an und stieg aus. Bernadette trat zu mir, und wir blickten den jenseitigen Hang hinab, wo die Landstraße sich talwärts schlängelte.

Es war unleugbar wunderschön an jenem Sommerabend

Anfang der fünfziger Jahre. Die Dordogne war noch nicht »entdeckt« – jedenfalls nicht von der Schickeria. Es war ein Stück Frankreich, das sich in Jahrhunderten kaum verändert hatte. Keine Fabrikschlote, keine Hochspannungsmasten strebten gen Himmel; keine Autobahnen schnitten Schrunden durch die grünen Täler. Dörfer nisteten an schmalen Feldwegen und bezogen ihren Unterhalt von den umliegenden Äckern, deren Ernten auf knarrenden Leiterwagen von Ochsengespannen heimgeführt wurden. Diese Gegend hatten Bernadette und ich in unserem betagten Sportwagen erforschen wollen. Es war unser erster Auslandsurlaub, also der erste außerhalb Irlands und Englands.

Ich holte die Straßenkarte aus dem Wagen, studierte sie und wies auf eine Stelle am nördlichen Rand des Dordognetals.

»Wir sind ungefähr hier – glaube ich«, sagte ich.

Bernadette spähte die vor uns liegende Straße hinab. »Dort unten ist ein Dorf«, sagte sie.

Ich folgte ihrem Blick. »Stimmt.«

Zwischen den Bäumen war eine Kirchturmspitze zu sehen, dann ein Stück Scheunendach. Ich blickte zweifelnd auf den Wagen und die Straße.

»Wir könnten ohne Motor runterkommen«, sagte ich, »aber weiter nicht.«

»Besser als hier zu übernachten«, sagte meine Ehehälfte.

Wir stiegen wieder ein. Ich nahm den Gang raus, trat auf die Kupplung und löste die Handbremse. Unsere Mayflower bewegte sich und kam dann in Fahrt. In gespenstischer Lautlosigkeit glitten wir hügelabwärts auf den fernen Kirchturm zu.

Das Gesetz der Schwerkraft brachte uns bis zu den ersten Häusern eines Weilers aus zwei Dutzend Anwesen, und der Schwung des Wagens beförderte uns bis zur Mitte der

Dorfstraße. Dann blieb das Auto stehen. Wir stiegen wieder aus. Allmählich fiel die Dämmerung ein.

Die Straße war menschenleer. An der Mauer einer großen Ziegelscheune kratzte ein einsames Huhn im Schmutz. Zwei verlassene Heuwagen standen, die Deichseln in den Staub gesenkt, am Straßenrand, die Besitzer waren offenbar anderswo. Ich entschloß mich, an einem der Häuser mit den geschlossenen Fensterläden anzuklopfen und trotz meiner nicht vorhandenen Französischkenntnisse unsere mißliche Lage zu schildern, als hinter der Kirche, einen knappen Kilometer entfernt, eine Gestalt auftauchte und auf uns zukam.

Als sie näher kam, sah ich, daß es der Dorfpfarrer war. Damals trugen die Priester noch lange Soutanen, Schärpen und breitrandige Hüte. Ich suchte in meinem Gedächtnis nach der französischen Anrede für einen Geistlichen. Vergebens. Als er auf unserer Höhe angelangt war, rief ich: *»Father!«*

Es funktionierte. Er blieb stehen, trat dann zu uns heran und lächelte fragend. Ich wies auf den Wagen. Er strahlte und nickte, als wolle er sagen: Netter Wagen. Wie sollte ich ihm beibringen, daß er nicht einen nach Bewunderung für sein Fahrzeug lechzenden stolzen Autobesitzer vor sich hatte, sondern einen gestrandeten Touristen?

Latein, dachte ich. Er war schon älter, aber an einiges Latein aus der Schulzeit würde er sich erinnern. Aber wie sah es bei mir aus? Ich zermarterte mir das Hirn. Die frommen Patres hatten jahrelang versucht, mir Latein einzubläuen, aber außer bei der Messe hatte ich seither keinen Gebrauch von der Sprache gemacht, und das Meßbuch nimmt kaum Bezug auf die Probleme mit schadhaften Triumph-Motoren.

Ich wies auf die Kühlerhaube.

»Currus meus fractus est«, erklärte ich. Es bedeutet, genau gesagt, »mein Karren ist zerbrochen«, aber es schien zu klappen. Erleuchtung breitete sich auf dem runden Antlitz aus.

»Ah, est fractus currus tuus, mi fili«, wiederholte er.

»In veritate, pater noster«, bestätigte ich. Er dachte eine Weile nach, dann bedeutete er uns, dazubleiben und auf ihn zu warten. Rascheren Schritts eilte er von dannen und verschwand in einem Gebäude, das ich bei späterer Gelegenheit als die Dorfkneipe kennenlernte, die offenbar das Herz der Ansiedlung war. Ich hätte darauf kommen können.

Nach ein paar Minuten erschien er in Begleitung eines stämmigen Mannes in Hose und Hemd aus blauem Köper, der typischen Kleidung französischer Bauern. Die Leinenschuhe mit den Schnursohlen wirbelten Staub auf, als er neben dem trippelnden Priester auf uns zustapfte.

Als sie vor uns standen, ließ der Abbé einen französischen Wortschwall los und deutete dabei zuerst auf den Wagen und dann in beide Richtungen der Straße. Ich hatte den Eindruck, daß er seinem Pfarrkind erklärte, das Auto könne nicht die ganze Nacht auf der Straße stehen. Der Bauer nickte wortlos und entfernte sich wieder. Der Priester, Bernadette und ich standen wieder allein neben dem Wagen. Bernadette ging schweigend zum Straßenrand und setzte sich.

Wer jemals längere Zeit unbekannter Dinge harren mußte, die da kommen oder nicht kommen mochten, und dies in Gesellschaft eines Menschen, mit dem er kein Wort wechseln konnte, der weiß, wie es war. Ich nickte und lächelte. Er nickte und lächelte. Wir nickten und lächelten. Schließlich brach er das Schweigen.

»Anglais?« fragte er und wies auf Bernadette und mich. Ich schüttelte geduldig den Kopf. Der alte Jammer: Im Wan-

del der Geschichte gelten die Iren unwandelbar als Engländer.

»Irlandais«, sagte ich und hoffte, das Wort möge stimmen. Seine Miene erhellte sich.

»Ah, Hollandais«, sagte er. Wieder schüttelte ich den Kopf, führte den Abbé zum Heck des Wagens und deutete auf das Nationalitätenschild, das in Großbuchstaben, schwarz auf weiß, die Aufschrift IRL trug. Er lächelte mich an, als wäre ich ein schwieriges Kind.

»Irlandais?« Ich nickte und lächelte. *»Irlande?«* Ich nickte und lächelte heftiger. *»Partie d'Angleterre«*, sagte er. Ich seufzte. Es gibt Kämpfe, die man nicht gewinnen kann, und hier war weder der Ort noch die Zeit, dem Geistlichen zu erklären, daß Irland, nicht zuletzt dank des Opfersinns von Bernadettes Vater und Onkel, kein Teil Englands sei.

In diesem Moment tauchte aus einem engen Durchgang zwischen zwei holzverschalten Ziegelscheunen der Bauer auf einem alten asthmatischen Traktor auf. In einer Welt der Pferde- und Ochsenkarren konnte es durchaus der einzige Traktor des Dorfes sein, und der Motor klang nicht viel besser als der unserer Mayflower kurz vor dem Ende. Aber der Traktor kam über die Straße herangerattert und hielt direkt vor meinem Wagen.

Mit einem starken Seil band der Bauer den Triumph am Schlepphaken seines Traktors fest, und der Priester bedeutete uns, wir sollten einsteigen. So wurden wir, während der Priester nebenherging, die Straße entlang und in einen Hof gezogen.

In der zunehmenden Dämmerung erspähte ich ein abblätterndes Schild über einem Gebäude, das wiederum eine Scheune hätte sein können. Darauf stand *»Garage«*, und alles war dunkel und verschlossen. Der Bauer band meinen Wagen los und rollte sein Seil auf. Der Priester wies auf seine

Uhr und die geschlossene Werkstatt. Er deutete an, daß sie am folgenden Tag um sieben Uhr früh wieder öffnen werde, dann werde der Mechaniker kommen und sich den Schaden besehen.

»Was sollen wir inzwischen tun?« flüsterte Bernadette mir zu. Ich wandte mich an den Priester, legte den Kopf schräg und die gefalteten Hände an die Wange, das internationale Zeichen für Schlafenwollen. Der Priester verstand.

Wieder ein blitzschneller Wortwechsel zwischen dem Priester und dem Bauern. Ich verstand nichts, aber der Bauer hob den Arm und deutete. Ich erhaschte das Wort *Priss,* das mir nichts sagte, aber der Priester nickte zustimmend. Dann wies er uns durch Zeichen an, unseren Koffer aus dem Wagen zu holen und uns hinten auf den Traktor zu stellen.

Das taten wir, und der Traktor fuhr wieder aus dem Hof und die Hauptstraße entlang. Der freundliche Priester winkte uns nach, das letzte, was wir von ihm sahen. Wir kamen uns ziemlich blöd vor, als wir auf dem rückwärtigen Trittbrett des Traktors klebten, ich den Koffer mit unserem Nachtzeug in der einen Hand, und uns festhielten.

Unser stummer Fahrer fuhr die Straße entlang aus dem Dorf, über einen Bach und dann wieder einen Hügel hinauf. Kurz vor der Hügelkuppe schwenkte er in einen Wirtschaftshof ein, dessen Boden aus einer Mischung von Staub und Kuhfladen bestand. Vor der Haustür hielt er an und ließ uns absteigen. Der Motor lief weiter und machte einen Heidenkrach.

Der Bauer ging zur Tür und klopfte. Alsbald erschien im Licht einer drinnen brennenden Paraffinlampe eine kleine Frau mittleren Alters, die eine Schürze trug. Der Traktorfahrer redete mit ihr und deutete dabei auf uns. Sie nickte. Zufrieden kehrte der Fahrer zu seinem Traktor zurück und winkte uns zu der offenen Tür. Dann fuhr er weg.

Während des Gesprächs der beiden hatte ich im letzten Tageslicht das kleine Anwesen besichtigt. Es war, genau wie viele andere, die ich gesehen hatte, auf Mischbewirtschaftung abgestellt, ein bißchen von diesem, ein bißchen von jenem. Ein Kuhstall, ein Stall für das Pferd und die Ochsen, ein hölzerner Trog unter einem Pumpbrunnen und ein großer Misthaufen, auf dem eine Schar brauner Hühner nach Futter pickte. Alles sah verwittert und sonnengebleicht aus, nichts Modernes, nichts Technisches, nur eines der traditionellen französischen Kleingehöfte, deren Hunderttausende das Rückgrat der Landwirtschaft bilden.

Von irgendwoher hörte ich das rhythmische Niedersausen einer Axt, den dumpfen Schlag, wenn sie ins Holz fuhr, und das Splittern der Klötze, wenn der Holzhacker sie auseinanderriß. Jemand machte Brennholz für den nächsten Winter. Die Frau unter der Tür bedeutete uns, ins Haus zu treten.

Wir durchquerten einen Raum, vielleicht Wohnzimmer, Stube, Diele oder wie immer man ihn nennen mochte, wurden aber in die Küche geführt, die offensichtlich der Brennpunkt des häuslichen Lebens war: Steinfliesen, Ausguß, Eßtisch und zwei abgenutzte Sessel am offenen Kamin. Eine weitere Handpumpe am Ausguß bewies, daß das Wasser aus dem Hofbrunnen kam, und als Beleuchtung diente eine Paraffinlampe. Ich stellte den Koffer ab.

Unsere Wirtin erwies sich als nette Person. Rundlich, Apfelbäckchen, graues, zum Knoten straffgekämmtes Haar, verarbeitete Hände, langes graues Kleid, weiße Schürze und zur Begrüßung ein vogelgleiches Zwitschern. Sie stellte sich als Madame Priss vor, und wir nannten unsere für sie völlig unaussprechlichen Namen. Die Unterhaltung würde sich auch hier auf Nicken und Lächeln beschränken müssen, aber in Gedanken an unsere düsteren Ahnungen vor einer

Stunde auf dem Hügel war ich froh, daß wir überhaupt eine Bleibe hatten.

Madame Priss bedeutete Bernadette, sie wolle ihr das Zimmer und die Waschgelegenheit zeigen; eine Aufmerksamkeit, die mir gegenüber offenbar nicht notwendig war. Die beiden Frauen verschwanden mit dem Koffer nach oben. Ich trat ans offene Fenster, das die warme Abendluft einließ. Es ging auf einen Hinterhof hinaus, wo im Unkraut neben einem hölzernen Schuppen ein Karren abgestellt war. An den Schuppen grenzte ein kurzer, nicht ganz zwei Meter hoher Lattenzaun. Über dem Zaun erschien und verschwand das Blatt einer großen Axt, der Klang des Holzhakkens war weiter zu hören.

Nach zehn Minuten kam Bernadette erfrischt herunter, sie hatte sich in einer Porzellanschüssel mit kaltem Wasser aus einem Steinkrug gewaschen. Das Wasser, das aus dem oberen Fenster in den Hof geschüttet wurde, hatte wohl das Platschen verursacht, das ich gehört hatte. Ich hob fragend die Brauen.

»Ein nettes kleines Zimmer«, sagte sie. Madame Priss, die uns beobachtete, strahlte und nickte, sie hatte nicht die Worte, wohl aber den lobenden Tonfall verstanden. »Hoffentlich«, sagte Bernadette, »gibt's keine Flöhe.«

Ich war mir da nicht so sicher. Meine Frau war ein bevorzugtes Opfer von Ungeziefer und Mücken, die auf ihrer weißen keltischen Haut abscheuliche Schwellungen hervorrufen. Madame Priss komplimentierte uns in die abgenutzten Sessel, wir setzten uns und plauderten, während sie in der anderen Ecke der Küche am schwarzen gußeisernen Herd hantierte. Etwas Wohlriechendes stand auf dem Feuer, und der Duft machte mich hungrig.

Nach zehn Minuten bat sie uns zum Tisch, wo auf jeden eine Schüssel, ein Suppenlöffel und ein längliches, köstlich lockeres Weißbrot warteten. Dann stellte sie eine große Terrine mit einem Blechschöpfer darin in die Mitte und deutete an, wir sollten uns bedienen.

Ich füllte Bernadettes Schüssel mit der sämigen, nahrhaften und wohlschmeckenden Gemüsesuppe, die vorwiegend aus Kartoffeln bestand und sehr sättigte, glücklicherweise, denn sie stellte die ganze Abendmahlzeit dar. Sie war so gut, daß wir beide schließlich drei Portionen aßen. Ich wollte auch Madame Priss bedienen, aber sie ließ es nicht zu. Es war wohl nicht der Brauch.

»Servez-vous, monsieur, servez-vous«, sagte sie immer wieder, also füllte ich meinen eigenen Napf, und wir legten los.

Kaum fünf Minuten waren vergangen, als der Klang der Axt verstummte, und ein paar Sekunden später ging die Hintertür auf, und der Bauer erschien zum Abendessen. Ich stand auf, um ihn zu begrüßen, während Madame schnatternd unsere Anwesenheit erklärte; indes zeigte er nicht das geringste Interesse an zwei Fremden an seinem Tisch. Also setzte ich mich wieder.

Er war ein hünenhafter Mensch, der mit dem Kopf fast an die Decke stieß. Er ging nicht, er stampfte, und man hatte spontan den Eindruck – der sich als zutreffend erwies – von ungeheurer Körperkraft verbunden mit einem sehr langsamen Verstand.

Er war ungefähr sechzig, ein paar Jahre hin oder her, und das graue Haar war kurz geschoren. Ich sah, daß er winzige knollige Ohren hatte, und die Augen, die uns ohne das Zeichen eines Grußes anblickten, waren von arglosem leerem Babyblau.

Der Riese setzte sich wortlos auf seinen gewohnten Stuhl, und seine Frau füllte ihm sofort den Suppennapf randvoll. Seine Hände waren dunkel von Erde und, wenn ich nicht sehr irrte, anderen Substanzen, aber er machte keine Anstalten, sie zu waschen. Madame Priss setzte sich wieder auf ihren Platz, strahlte uns abermals kurz an und nickte mit dem Vogelkopf, und wir aßen weiter. Aus den Augenwinkeln sah ich den Bauern gewaltig aus dem Napf löffeln und große Brotstücke dazu verschlingen, die er kurzerhand von seinem Wecken abriß.

Zwischen Mann und Frau wurde kein Wort gewechselt, aber ich bemerkte, daß sie ihm von Zeit zu Zeit liebevolle und nachsichtige Blicke zuwarf, obgleich er keinerlei Notiz davon nahm.

Bernadette und ich versuchten, wenigstens untereinander ein Gespräch zu führen, mehr um das lastende Schweigen zu brechen, als um uns etwas mitzuteilen.

»Hoffentlich kann das Auto morgen früh repariert werden«, sagte ich. »Wenn es etwas Ernstes ist, muß ich vielleicht in die nächste größere Stadt und ein Ersatzteil oder einen Abschleppwagen holen.«

Ich schauderte bei dem Gedanken, was die Kosten dafür unserer schmalen Nachkriegs-Reisekasse antun würden.

»Was ist die nächste größere Stadt?« fragte Bernadette zwischen zwei Löffeln Suppe.

Ich vergegenwärtigte mir die Karte im Wagen. »Bergerac, glaube ich.«

»Wie weit ist das?« fragte sie.

»Oh, ungefähr sechzig Kilometer«, erwiderte ich.

Mehr gab es kaum zu sagen, also trat abermals Schweigen ein. Es hatte eine volle Minute gedauert, als aus dem Nichts plötzlich eine Stimme auf englisch sagte: »Vierundvierzig.«

Wir hatten in diesem Augenblick beide die Köpfe gebeugt, nun sah Bernadette zu mir auf. Ich war ebenso überrascht wie sie. Ich sah Madame Priss an. Sie lächelte glücklich und aß weiter. Bernadette wies unmerklich mit dem

Kopf auf den Bauern. Ich wandte mich ihm zu. Er verschlang noch immer Suppe und Brot.

»Wie bitte?« fragte ich.

Er gab nicht zu erkennen, daß er mich gehört hatte, und noch ein paar Löffel Suppe, noch ein paar große Brotstücke verschwanden in seinem Schlund. Dann, zwanzig Sekunden nach meiner Frage, sagte er ganz deutlich auf englisch: »Vierundvierzig. Nach Bergerac. Kilometer. Vierundvierzig.«

Er sah uns nicht an; er aß ruhig weiter. Ich warf Madame Priss einen Blick zu. Sie ließ ein glückliches Lächeln aufblitzen, wie um zu sagen: O ja, mein Mann ist sprachbegabt. Bernadette und ich legten verblüfft die Löffel nieder.

»Sprechen Sie Englisch?« fragte ich den Bauern.

Sekunden vergingen. Schließlich nickte er schweigend.

»Waren Sie in England?« fragte ich.

Das Schweigen zog sich hin, keine Antwort. Sie kam volle fünfzig Sekunden nach meiner Frage.

»Wales«, sagte er und stopfte sich einen Brotbrocken in den Mund.

Jetzt sollte ich erklären, daß ich bei der Wiedergabe dieser Geschichte den Dialog ein wenig raffen muß, damit der Leser nicht vor Langeweile stirbt. Aber in Wirklichkeit war es anders. Das Gespräch, das sich allmählich anbahnte, dauerte eine Ewigkeit, da zwischen meinen Fragen und seinen Antworten ungemein lange Pausen lagen.

Zuerst dachte ich, er sei vielleicht schwerhörig. Aber das war er nicht. Er hörte recht gut. Dann dachte ich, er sei ein übervorsichtiger, mißtrauischer Mensch, der die Auswirkungen seiner Antworten bedachte, wie ein Schachspieler die Folgen eines Zuges bedenkt. Aber das war er auch nicht. Er war einfach ein schlichtes Gemüt von so langsamer Denkart, daß eine volle Minute vergehen konnte, bis er eine

Frage in sich aufgenommen, die Antwort ausgedacht und schließlich von sich gegeben hatte.

Vielleicht hätte ich es aufgeben sollen, mich durch die Unterhaltung zu quälen, die die nächsten zwei Stunden in Anspruch nahm, aber ich war neugierig, warum ein Mann aus Wales hier im tiefsten französischen Hinterland einen Bauernhof bewirtschaftete. Sehr langsam, stückchenweise, kam die Geschichte heraus, und sie war so ungewöhnlich, daß sie Bernadette und mich fesselte.

Sein richtiger Name war Price, aber im Französischen zu Priss geworden. Evan Price. Er stammte aus dem Rhonddatal in Südwales. Vor beinah vierzig Jahren hatte er im Ersten Weltkrieg als gemeiner Soldat in einem Waliser Regiment gedient.

Mit diesem Regiment hatte er an der zweiten großen Marne-Schlacht, kurz vor Kriegsende, teilgenommen. Er war schwer verwundet worden und hatte schon wochenlang in einem britischen Lazarett gelegen, als der Waffenstillstand ausgerufen wurde. Die britische Army ging nach Hause, aber da Price noch immer nicht transportfähig war, blieb er in einem französischen Krankenhaus.

Dort pflegte ihn eine junge Krankenschwester, die sich während seiner Leidenszeit in ihn verliebte. Sie heirateten und zogen südwärts auf den kleinen Bauernhof ihrer Eltern in der Dordogne. Er war nie nach Wales zurückgekehrt. Nach dem Tod ihrer Eltern erbte seine Frau als einziges Kind den Hof, und hier saßen wir jetzt.

Madame Priss hatte während der ach so langsamen Erzählung still dagesessen, hatte nur dann und wann ein ihr bekanntes Wort aufgeschnappt und jedesmal strahlend gelächelt. Ich versuchte, mir vorzustellen, wie sie 1918 ausgesehen haben mochte, noch schlank, ein flinker emsiger Spatz, schwarzäugig, proper, bei der Arbeit zwitschernd.

Auch Bernadette rührte dieses Bild einer jungen französischen Krankenschwester, die das hilflose kindliche Riesenbaby im flandrischen Lazarett pflegte und sich in es verliebte. Sie beugte sich vor und berührte den Arm des Bauern.

»Das ist eine reizende Geschichte, Mr. Price«, sagte sie.

Er reagierte nicht.

»Wir sind aus Irland«, sagte ich, als fühlte ich mich auch meinerseits zu einer Mitteilung verpflichtet.

Er schwieg, während seine Frau ihm zum drittenmal den Napf füllte.

»Waren Sie jemals in Irland?« fragte Bernadette.

Sekunde um Sekunde verging. Er brummte und nickte. Bernadette und ich sahen einander freudig überrascht an.

»Haben Sie dort gearbeitet?«

»Nein.«

»Wie lange waren Sie in Irland?«

»Zwei Jahre.«

»Und wann war das?« fragte Bernadette.

»Neunzehnhundertfünfzehn . . . bis siebzehn.«

»Was haben Sie in Irland gemacht?« Längere Pause.

»War Soldat.«

Natürlich, ich hätte es wissen können. Er war nicht erst 1917 eingezogen worden. Er war schon früher eingezogen und 1917 nach Flandern geschickt worden. Vorher hatte er in Irland bei der britischen Army in Garnison gelegen.

Bernadettes Verhalten wurde ein wenig kühler. Sie entstammte einer glühend republikanisch gesinnten Familie. Vielleicht hätte ich die Sache auf sich beruhen und nicht länger bohren sollen. Aber mein Journalistenberuf zwang mich, weiter zu fragen.

»Wo waren Sie stationiert?«

»In Dublin.«

»Ah. Wir sind aus Dublin. Hat es Ihnen gefallen?«

»Nein.«

»Das tut mir aber leid.«

Wir Dubliner sind im allgemeinen recht stolz auf unsere Stadt. Es wäre uns lieb, wenn auch Ausländer, sogar Garnisonstruppen, unsere Stadt zu schätzen wüßten.

Der erste Teil des Lebenslaufs des Veteranen Price rollte genauso vor uns ab wie der spätere – sehr, sehr langsam. Er wurde 1897 als Kind sehr armer Eltern im Rhonddatal geboren. Das Leben war hart und freudlos gewesen. 1914, mit siebzehn Jahren, hatte er sich, weniger aus Patriotismus, als um sich Nahrung, Kleidung und Unterkunft zu verschaffen, zur Army gemeldet. Er hatte es nie weiter als zum Gemeinen gebracht. Während andere an die Front nach Flandern kamen, blieb er zwölf Monate lang in Ausbildungslagern und in Armydepots in Wales. Gegen Ende des Jahres 1915 wurde er zu den Besatzungstruppen nach Irland versetzt und bezog die eisige Kaserne Islandbridge am Südufer des Liffey in Dublin.

Das eintönige Kasernendasein trug wohl die Schuld, daß er gesagt hatte, Dublin habe ihm nicht gefallen. Karge Schlafsäle, schlechter Sold, sogar schon damals, und die endlose sinnlose Abfolge von Spucken, Wienern, Knöpfen, Stiefeln und Betten, von Postenstehen in klirrend kalten Nächten und Wacheschieben im strömenden Regen. Und an Kurzweil nicht viel drin bei der Löhnung eines Gemeinen. Bier in der Kantine, wenig oder gar keinen Kontakt mit der katholischen Bevölkerung. Wahrscheinlich war er froh gewesen, nach zwei Jahren von dort wegzukommen. Aber, war er jemals froh oder traurig über irgend etwas, dieser schwerfällige Mensch?

»Ist nie irgend etwas Interessantes passiert?« fragte ich ihn schließlich in gelinder Verzweiflung.

»Nur einmal«, erwiderte er nach einer Weile.

»Und was war das?«

»Eine Hinrichtung«, sagte er, mit seiner Suppe beschäftigt.

Bernadette legte den Löffel aus der Hand und richtete sich auf. Ein frostiger Hauch lag plötzlich in der Luft. Nur Madame, die kein Wort verstand, und ihr Mann, der zu stumpfsinnig war, merkten nichts. Ich hätte entschieden aufhören sollen.

Schließlich waren damals viele Menschen hingerichtet worden. Gemeine Mörder wurden in Mountjoy gehenkt – aber gehenkt. Von Gefängnisbeamten. Hatte man da Militär zugezogen? Und auch britische Soldaten wurden exekutiert, wegen Mordes oder Vergewaltigung, gemäß Militärstrafrecht nach einem Kriegsgerichtsverfahren. Wurden sie gehenkt oder erschossen? Ich wußte es nicht.

»Wissen Sie noch, wann diese Hinrichtung war?« fragte ich.

Bernadette saß da wie erstarrt.

Mr. Price hob die wasserblauen Augen zu mir. Dann schüttelte er den Kopf.

»Ist lang her«, sagte er. Ich glaubte zuerst, er lüge, aber er log nicht. Er hatte es einfach vergessen.

»Gehörten Sie zum Exekutionskommando?« fragte ich.

Es dauerte die übliche Zeit, bis er nachgedacht hatte. Dann nickte er.

Ich überlegte, wie es sein mußte, einem Exekutionskommando anzugehören; über den Gewehrlauf einen anderen Menschen anzuvisieren, der in zwanzig Meter Entfernung an einen Pfahl gefesselt ist; auf das weiße Stück Pappe über dem Herzen zu zielen und die Mündung stetig auf diesen lebenden Menschen gerichtet zu halten; auf Kommando abzudrücken, den Knall zu hören, den Rückstoß zu fühlen, die gefesselte Gestalt unter dem kalkweißen Gesicht sich aufbäumen und in den Stricken zusammensacken zu sehen. Dann zurückzumarschieren in die Kaserne, das Gewehr zu reinigen und Frühstück zu fassen. Gottlob kannte ich das alles nicht und würde es nie kennenlernen.

»Überlegen Sie doch, wann es war«, drängte ich.

Er überlegte. Wirklich. Man konnte die Anstrengung beinahe fühlen. Schließlich sagte er: »Neunzehnhundertsechzehn. Im Sommer, glaube ich.«

Ich beugte mich vor und legte ihm die Hand auf den Arm. Er sah zu mir auf. Sein Blick war nicht ausweichend, nur geduldig fragend.

»Erinnern Sie sich ... bitte, versuchen Sie es ... wer war der Mann, der erschossen wurde?«

Aber es war zuviel. Sosehr er sich auch mühte, er konnte sich nicht erinnern. Am Ende schüttelte er den Kopf.

»Ist lang her«, sagte er.

Bernadette stand abrupt auf. Sie lächelte Madame mühsam höflich zu.

»Ich gehe ins Bett«, sagte sie zu mir, »komm auch bald.«

Ich ging zwanzig Minuten später hinauf. Mr. Price saß in seinem Sessel am Feuer, er rauchte nicht, er las nicht. Er starrte in die Flammen. Durchaus zufrieden.

Das Zimmer war dunkel, und ich wollte nicht mit der Paraffinlampe herumhantieren. Ich zog mich im Mondlicht aus, das durchs Fenster schien, und ging ins Bett.

Bernadette lag ganz still da, aber ich wußte, daß sie wach war. Und woran sie dachte. An dasselbe wie ich. An den strahlenden Frühling 1916, als am Ostersonntag eine Gruppe von Männern, Anhänger der damals unpopulären Idee eines von Großbritannien unabhängigen Irland, das Postamt und mehrere andere Amtsgebäude gestürmt hatten.

An die Hunderte von Soldaten, die zu Hilfe geholt wurden, um die Besetzer mit Gewehr- und Artilleriefeuer herauszuscheuchen – aber unter ihnen war nicht der Gemeine Price aus der langweiligen Kaserne Islandbridge, sonst hätte er die Sache erwähnt. An den Qualm und den Lärm, den Schutt in den Straßen, die Toten, die Sterbenden, Iren und Briten. Und an die Rebellen, die schließlich besiegt und im Stich gelassen aus dem Postamt geführt wurden. An die neue grün-orange-weiße Fahne, die sie auf dem Gebäude gehißt hatten und die jetzt heruntergerissen und wieder durch den britischen Union Jack ersetzt wurde.

Das alles wird heute natürlich nicht in den Schulen gelehrt, da es nicht zu den unerläßlichen Mythen gehört, aber geschehen ist es doch. Als die Rebellen in Ketten zum Hafen von Dublin marschierten, um über die Irische See nach Liverpool ins Gefängnis gebracht zu werden, schleuderten ihnen die Dubliner und vor allem die armen Katholiken Schimpfworte und Verwünschungen nach, weil diese Männer so viel Ungemach über Dublin gebracht hatten.

Damit hätte es vermutlich sein Bewenden gehabt, wären nicht die britischen Behörden zu dem törichten und wahnwitzigen Entschluß gelangt, die sechzehn Anführer der Revolte zwischen dem 3. und 12. Mai im Gefängnis von Kilmainham hinrichten zu lassen. In Jahresfrist sollte die Stimmung umschlagen, bei den Wahlen von 1918 siegte die Unabhängigkeitspartei auf der ganzen Linie. Nach zweijährigen Guerillakämpfen wurde endlich die Unabhängigkeit gewährt.

Bernadette regte sich neben mir. Sie war wie erstarrt, völlig im Bann ihrer Gedanken an die hallenden eisenbeschlagenen Stiefel des Exekutionskommandos, die in der Dunkelheit vor Sonnenaufgang von der Kaserne zum Gefängnis marschierten. An die Soldaten, die geduldig im großen Gefängnishof warteten, bis der Verurteilte herausgeführt und an den Pfahl an der Mauer gefesselt wurde.

Und an ihren Onkel. In dieser warmen Nacht würde sie an ihn denken. Die ganze Verehrung für ihren Vater, der schon vor ihrer Geburt gestorben war, hatte sie auf dessen älteren Bruder übertragen. Er hatte sich als Gefangener geweigert, mit den Wärtern englisch zu sprechen, antwortete vor dem Kriegsgericht nur irisch, stand am Pfahl, das Kinn gereckt und blickte in die Gewehrläufe, als der Sonnenrand sich über den Horizont schob. Und sie würde auch an die anderen denken ... O'Connell, Clarke, MacDonough und Padraig Pearse. Natürlich an Pearse.

Ich stöhnte vor Verzweiflung über meine eigene Dummheit. Das war alles Unsinn. So viele waren standrechtlich erschossen worden, Sexualverbrecher, Plünderer, Mörder, Deserteure aus der britischen Army. Damals war das gang und gäbe. Schon in normalen Zeiten stand auf eine ganze Reihe von Verbrechen die Todesstrafe. Im Krieg wurde die Zahl der todeswürdigen Delikte noch beträchtlich erhöht.

Im Sommer, hatte Price gesagt. Das war eine ziemliche Spanne. Von Mai bis Ende September. Die Ereignisse des Frühjahres 1916 waren große Ereignisse in der Geschichte eines kleinen Volkes. Stumpfsinnigen Gemeinen gebührt kein Anteil an großen Ereignissen. Ich wies alle Gedanken von mir und schlief ein.

Wir erwachten früh, denn kurz nach Morgengrauen strömte die Sonne durchs Fenster, und das Federvieh im Hof machte einen Krach, der Tote aufgeweckt hätte. Wir wuschen uns, und ich rasierte mich recht und schlecht mit dem Wasser aus dem Krug, das ich danach aus dem Fenster goß. Es würde der ausgedörrten Erde im Hof guttun. Wir zogen unsere Kleider vom Vortag wieder an und gingen hinunter.

Madame Price setzte uns auf dem Küchentisch Schüsseln voll dampfendem Milchkaffee vor, dazu Brot und weiße Butter, alles sehr schmackhaft. Von ihrem Mann keine Spur. Ich war kaum mit meinem Kaffee fertig, als Madame Price mich hinaus vor die Tür winkte. Dort standen in dem mit Kuhfladen gepflasterten Hof an der Straßenseite mein Triumph und ein Mann, der sich als der Besitzer der Autowerkstatt erwies. Ich dachte, Mr. Price könne mir als Dolmetscher dienen, aber er war nirgends zu sehen.

Der Mechaniker ließ ausführliche Erklärungen vom Stapel, aber ich verstand nur ein einziges Wort. *»Carburateur«*, sagte er immer wieder, dann tat er, als bliese er durch ein Rohr, um den Schmutz daraus zu entfernen. Das also war es; so einfach. Ich gelobte, einen Kurs in elementarer Motorpflege zu belegen. Der Mann verlangte tausend Francs, was damals, ehe de Gaulle den Neuen Franc erfand, ungefähr ein Pfund Sterling war. Er gab mir die Wagenschlüssel zurück und verabschiedete sich.

Ich beglich unsere Schuld bei Mrs. Price, ebenfalls tausend Francs (damals konnte man im Ausland wirklich billig Urlaub machen), und rief Bernadette. Wir verstauten den Koffer und stiegen ein. Der Motor sprang sofort an. Nach einem letzten Winken verschwand Madame Price im Haus. Ich stieß ein Stück zurück, um in die Fahrstraße vor dem Hoftor einbiegen zu können.

Ich hatte die Straße gerade erreicht, als ein lauter Schrei mich anhielt. Durch mein offenes Seitenfenster sah ich Mr. Price über den Hof auf uns zurennen und dabei die große Axt über dem Kopf schwingen, als wäre sie ein Kinderspielzeug.

Mir wurde angst und bang, ich glaubte, er wolle uns angreifen. Er hätte den Wagen in Stücke hacken können, wenn ihm danach zumute gewesen wäre. Dann sah ich den beseligten Ausdruck in seinen Zügen. Der Schrei und die geschwungene Axt sollten uns nur noch rechtzeitig aufmerksam machen.

Keuchend kam er an, und sein großes Mondgesicht erschien in der Fensteröffnung.

»Es ist mir eingefallen«, sagte er. »Es ist mir eingefallen.«

Ich war verdutzt. Er strahlte wie ein Kind, das etwas Besonderes getan hat, um den Eltern eine Freude zu machen.

»Eingefallen?« fragte ich.

Er nickte. »Eingefallen«, wiederholte er, »wen ich damals in der Früh erschossen hab'. Er war ein Dichter und hat Pearse geheißen.«

Bernadette und ich saßen da wie vom Blitz getroffen, regungslos, ausdruckslos, und starrten ihn stumm an. Der beseligte Ausdruck wich von seinem Gesicht. Er hatte sich so bemüht, uns einen Gefallen zu tun, und es war danebengegangen. Er hatte meine Frage sehr ernst genommen und sich die ganze Nacht hindurch das arme Hirn zermartert, um auf einen Namen zu kommen, der ihm überhaupt nichts sagte. Vor zehn Sekunden war ihm der Name nach so vielen Mühen endlich eingefallen. Er hatte uns gerade noch erwischt, und wir starrten ihn bloß mit leeren Augen wortlos an.

Seine Schultern sanken nach vorn. Er richtete sich auf, machte kehrt und stapfte wieder zu seinem Feuerholz hinter dem Schuppen. Bald hörte ich die Schläge wieder im Takt niederfallen.

Bernadette starrte durch die Windschutzscheibe. Sie war weiß wie ein Laken, die Lippen waren ein dünner Strich. Ich sah im Geist einen grobschlächtigen Jungen aus dem Rhonddatal, dem vor so vielen Jahren der Kammerunteroffizier der Islandbridge-Kaserne ein Gewehr und einen Patronenstreifen aushändigte.

Bernadette sprach als erste. »Ein Unmensch«, sagte sie.

Ich blickte über den Hof, dorthin, wo die Axt auf- und niedersauste, geschwungen von dem Mann, der mit einem einzigen Schuß einen Krieg ausgelöst und dem Volk das Startzeichen zum Marsch in die Unabhängigkeit gegeben hatte.

»Nein, Mädchen«, sagte ich, »kein Unmensch. Nur ein Soldat, der seine Pflicht tat.«

Ich legte den Gang ein, und wir fuhren die Straße hinunter nach Bergerac.

Ein umsichtiger Mensch

Timothy Hanson war ein Mann, der alle Probleme des Lebens ruhig und überlegt anging. Wie er mit Genugtuung feststellte, war er dank dieser Methode – kühle Analyse des Problems, sodann Entscheidung für die bestmögliche Lösung und schließlich deren entschlossene Verwirklichung – zu dem Wohlstand und Ansehen gelangt, dessen er sich jetzt, in der Blüte seiner mittleren Jahre, erfreuen durfte.

An diesem frischen Aprilmorgen trat er hinaus auf die oberste Stufe eines Hauses an der Devonshire Street, der Hochburg von Londons medizinischer Elite, und überdachte seine Lage, während die glänzende schwarze Tür hinter ihm sanft ins Schloß glitt.

Der Arzt, den er konsultiert hatte, ein alter Freund, der ihn seit Jahren betreute, wäre sogar einem Fremden gegenüber ein Muster an Mitgefühl und Anteilnahme gewesen. Das Schicksal des Freundes ging ihm noch bedeutend näher. Seine Betroffenheit war offensichtlich größer als die des Patienten gewesen.

»Timothy, nur dreimal während meiner ärztlichen Laufbahn mußte ich eine solche Eröffnung machen«, hatte er gesagt und beide Hände auf die Akte mit den Röntgenbildern und Befunden ruhen lassen. »Bitte glauben Sie mir, wenn ich sage, daß es im Leben eines Arztes keinen traurigeren Augenblick gibt.«

Hanson hatte ihm bedeutet, daß er es durchaus glaube.

»Wären Sie nicht der Mann, als den ich Sie kenne, so

wäre ich womöglich versucht gewesen, Sie zu belügen«, sagte der Arzt.

Hanson hatte ihm für das Kompliment und die Offenheit gedankt.

Der Arzt hatte ihn bis zur Tür des Sprechzimmers geleitet. »Falls ich irgend etwas ... ich weiß, es klingt banal ... aber Sie wissen, was ich meine ... irgend etwas ...«

Hanson hatte den Freund kurz am Oberarm gepackt und ihm zugelächelt. Mehr war nicht nötig gewesen.

Die weißgekleidete Sprechstundenhilfe hatte ihn zur Tür gebracht und hinauskomplimentiert. Jetzt stand Hanson auf der Treppe und holte tief Atem. Die Luft war kalt und rein. Während der Nacht hatte der Nordostwind die Stadt ausgefegt. Von der obersten Stufe blickte er hinab auf die Straße mit ihren diskreten und eleganten Häusern, in denen jetzt zumeist Büros von Finanzberatern, Kanzleien teurer Rechtsanwälte und Praxen bekannter Privatärzte waren.

Eine junge Frau ging beschwingt auf hohen Absätzen den Gehsteig entlang zur Marylebone High Street. Sie hatte ein hübsches, frisches Gesicht, strahlende Augen und von der Kälte rosig überhauchte Wangen. Hanson erhaschte ihren Blick, lächelte ihr spontan zu und neigte den grauen Kopf. Sie stutzte, dann wurde ihr klar, daß sie einander nicht kannten. Es war ein Kompliment gewesen, kein Gruß. Sie dankte mit einem kurzen Lächeln, dann trippelte sie mit betonterem Hüftschwung weiter. Richards, der Chauffeur, tat, als habe er nichts bemerkt, aber in Wahrheit hatte er alles gesehen und gebilligt. Er stand wartend neben dem Fond des Rolls Royce.

Hanson stieg die Stufen hinunter, und Richards riß den Schlag auf. Hanson stieg ein, die Wärme des Wagens tat ihm wohl. Er zog den Mantel aus, faltete ihn sorgfältig, legte ihn auf den Nebensitz und den schwarzen Hut obenauf. Richards setzte sich ans Steuer.

»Zum Büro, Mr. Hanson?« fragte er.

»Kent«, sagte Hanson.

Der Silver Wraith war nach Süden in die Great Portland Street eingeschwenkt und fuhr in Richtung Themse, als Richards sich eine Frage gestattete.

»Herzgeschichten, Sir?«

»Nein«, sagte Hanson, »tickt wie ein Uhrwerk.«

Er hatte wirklich keine Herzgeschichten. In dieser Hinsicht war er stark wie ein Pferd. Aber dies war weder Zeitpunkt noch Ort, um mit dem Chauffeur über die tollgewordenen, unersättlichen Zellen zu sprechen, die sein Gedärm auffraßen. Der Rolls schnurrte an der Eros-Statue am Piccadilly Circus vorbei und fädelte sich in den Verkehrsstrom des Haymarket ein.

Hanson lehnte sich zurück und blickte zur Polsterung des Wagendachs auf. Sechs Monate müssen wie eine Ewigkeit erscheinen, dachte er, wenn man soeben zu einer solchen Gefängnisstrafe verurteilt oder mit zwei gebrochenen Beinen ins Krankenhaus eingeliefert worden ist. Aber wenn das alles ist, was einem noch bleibt, dann erscheint es nicht sehr lang. Ganz und gar nicht lang.

Natürlich würde er im letzten Monat ins Krankenhaus müssen, hatte der Arzt ihm gesagt. Natürlich; wenn es zum Schlimmsten käme. Und es würde dazu kommen. Aber es gab schmerzstillende Mittel, neue, sehr starke Medikamente ...

Die Limousine bog links in die Westminster Bridge Road ein und fuhr dann über die Brücke. Von jenseits der Themse sah Hanson die cremefarbene Masse von County Hall auf sich zukommen.

Er war, so sagte er sich, ein Mann von nicht unerheblichen Mitteln, trotz der kriminellen Steuersätze, die die neue sozialistische Regierung eingeführt hatte. Er dachte an sein

Münzkabinett in der City, eine renommierte und in der Branche hochangesehene Firma, der auch das Gebäude gehörte, in dem sie untergebracht war. Und er war ihr alleiniger Besitzer, ohne Partner oder Anteilseigner.

Der Rolls hatte Elephant and Castle umfahren und hielt auf die Old Kent Road zu. Die gepflegte Eleganz Marylebones lag schon weit zurück, desgleichen der merkantile Wohlstand der Oxford Street und der Zwillingssitz der Macht in Whitehall und County Hall, diesseits und jenseits der Westminster Bridge. Vom Elephant an war die Gegend dürftiger, karg, eine Problemzone zwischen Reichtum und Macht der Innenstadt und der adretten Borniertheit der Vororte.

Wohlgeborgen in einem Fünfzigtausend-Pfund-Wagen auf einer Autobahn, die eine Million pro Meile gekostet hatte, sah Hanson die verwohnten alten Häuser vorbeigleiten. Er dachte liebevoll an das reizende Landhaus in Kent, dem er entgegenfuhr, an die dazugehörigen zwanzig Morgen gepflegten Parks mit den Eichen, Buchen und Linden. Was wohl später daraus werden würde? Und aus der großen Wohnung in Mayfair, wo er gelegentlich an Wochentagen übernachtete, um sich die Fahrt nach Kent zu ersparen, und wohin er ausländische Kunden einladen konnte, um ihnen eine Atmosphäre zu bieten, weit persönlicher als die eines Hotels, die die ideale Voraussetzung für zwanglose Unterhaltung und folglich auch für einträgliche Geschäftsabschlüsse war.

Neben der Firma und den beiden Immobilien besaß er eine private Münzensammlung, die er viele Jahre hindurch mit liebevoller Umsicht zusammengetragen hatte; und den Aktien- und Wertpapierbestand, ganz zu schweigen von den Konten bei verschiedenen Banken und den Wagen, in dem er jetzt fuhr.

Letzterer mußte plötzlich an einem Fußgängerübergang in einer der ärmeren Gegenden der Old Kent Road anhalten. Richards schnalzte mißbilligend mit der Zunge. Hanson blickte aus dem Fenster. Ein Lindwurm aus kleinen Kindern schob sich über die Straße. Zwei Nonnen gingen voran, zwei weitere hinterher. Am Schwanzende war ein kleiner Junge mitten auf dem Übergang stehengeblieben und staunte mit unverhülltem Interesse den Rolls Royce an.

Er hatte ein rundes, keckes Gesicht und eine Stupsnase; schief auf dem Wuschelhaar saß eine Mütze mit dem Monogramm St B; ein Strumpf hing in Falten um den Knöchel, der Gummizug hatte zweifellos an anderer Stelle einen wichtigen Dienst als unerläßlicher Bestandteil einer Zwille zu erfüllen. Der Junge blickte auf und bemerkte den silbergrauen Herrn, der ihn durch das getönte Fenster ansah. Blitzschnell zog der Knirps eine Grimasse, hob die Hand und drehte dem würdigen Haupt eine lange Nase.

Ohne mit der Wimper zu zucken, hob auch Timothy Hanson den rechten Daumen zur Nasenspitze und zeigte seinerseits dem Jungen eine lange Nase. Richards mußte die Gebärde im Rückspiegel gesehen haben, doch er hob nur kurz die eine Braue und starrte dann angelegentlich durch die Windschutzscheibe. Der Junge auf dem Übergang war verblüfft. Er ließ die Hand sinken, dann grinste er von einem Ohr zum anderen. Im nächsten Moment wurde er von einer aufgeregten jungen Nonne auf den Gehsteig gescheucht. Der Lindwurm hatte sich wieder zusammengefügt und marschierte auf ein großes graues Gebäude hinter einem umfriedeten Vorgarten zu. Nach Beseitigung des impertinenten Hindernisses schnurrte der Rolls weiter die Straße nach Kent entlang.

Eine halbe Stunde später lagen die letzten wuchernden Vorstädte hinter ihnen, und das gigantische Band der Autobahn M 20 begann, die kalkigen North Downs blieben zurück, und der Wagen fuhr durch die rollenden Hügel und Täler im Garten Englands. Hansons Gedanken schweiften zu seiner vor zehn Jahren verstorbenen Frau zurück. Die Ehe war glücklich gewesen, sehr glücklich sogar, aber kinderlos. Vielleicht hätten sie ein Kind adoptieren sollen; sie hatten häufig daran gedacht. Hansons Frau hatte keine Geschwister, und ihre Eltern waren seit langem tot. Hansons einzige Angehörige war seine Schwester, die er von Herzen haßte, ein Gefühl, das er sonst nur noch ihrem gräßlichen Ehemann und dem gleichermaßen unerfreulichen Sohn entgegenbrachte.

Kurz hinter Maidstone endete die Autobahn, und nach ein paar Meilen verließ Richards bei Harrietsham die Hauptstraße und fuhr nach Süden, auf das Schmuckkästchen zu aus unversehrten Obstgärten, Feldern, Wäldern und Hopfengärten, Weald genannt. Inmitten dieses lieblichen Stücks Natur stand Timothy Hansons Landhaus.

Und außerdem der Fiskus! Er würde seinen Teil haben wollen, dachte Hanson, und keinen kleinen. Denn eines stand fest: So oder so, er würde nach jahrelangem Hinausschieben nun doch ein Testament machen müssen.

»Mr. Pound läßt bitten, Sir«, sagte die Sekretärin.

Timothy Hanson stand auf und ging in das Büro Martin Pounds, des Senior-Partners der Anwaltsfirma Pound & Gogarty.

Der Anwalt erhob sich hinter seinem Schreibtisch, um ihn zu begrüßen. »Mein lieber Timothy, ich freue mich, Sie zu sehen.«

Wie viele wohlhabende Männer mittleren Alters pflegte Hanson seit Jahren eine persönliche Freundschaft mit seinen vier wichtigsten Beratern – Anwalt, Börsenmakler, Steuerexperte und Arzt –, die er, ebenso wie sie ihn, mit Vornamen anredete. Beide Herren setzten sich.

»Was kann ich für Sie tun?« fragte Pound.

»Martin, Sie reden mir schon lange zu, daß ich ein Testament machen soll«, sagte Hanson.

»Es wäre angebracht«, erwiderte der Anwalt, »eine derartige weise und lang versäumte Vorkehrung zu treffen.«

Hanson öffnete seinen Aktenkoffer und brachte einen umfangreichen, mit einem dicken roten Wachsklumpen versiegelten Manilaumschlag zum Vorschein. Er reichte ihn über den Schreibtisch hinweg dem überraschten Anwalt.

»Hier ist es«, sagte er.

Pound ergriff das Päckchen mit verblüfftem Runzeln der sonst stets so glatten Stirn. »Timothy, ich hoffe doch ... wenn es sich, wie in Ihrem Fall, um beträchtliche Vermögenswerte ...«

»Seien Sie unbesorgt«, sagte Hanson. »Es wurde von einem Notar aufgesetzt. Ordnungsgemäß von mir und den Zeugen unterschrieben. Keine Unklarheiten; nichts, was eine Handhabe zur Anfechtung liefern könnte.«

»Aha«, sagte Pound.

»Ärgern Sie sich nicht, alter Freund. Ich weiß, Sie fragen sich, warum ich nicht Sie bat, es aufzusetzen, sondern zu einem Provinznotar ging. Ich habe meine Gründe. Bitte vertrauen Sie mir.«

»Natürlich«, sagte Pound hastig. »Gar keine Frage. Möchten Sie, daß ich es in Verwahrung nehme?«

»Ja, ich bitte Sie darum. Und noch eine Bitte. Ich habe Sie zum alleinigen Testamentsvollstrecker eingesetzt. Es ist mir klar, daß Sie es lieber zuvor gesehen hätten ... Ich gebe Ihnen mein Wort, Ihre Pflichten werden nichts beinhalten, was in irgendeiner Weise Ihr berufliches oder privates Gewissen belasten könnte. Einverstanden?«

Pound wog das schwere Päckchen in den Händen.

»Ja«, sagte er. »Sie haben mein Wort darauf. Ohnehin zweifle ich nicht, daß die Sache noch gute Weile hat. Sie sehen prächtig aus. Gut möglich, daß Sie mich überleben. Was wollen Sie dann machen?«

Hanson nahm den Scherz so auf, wie er gemeint war. Zehn Minuten später trat er hinaus in die frühe Maisonne der Grays Inn Road.

Bis zur Septembermitte war Timothy Hanson so tätig wie eh und je. Er reiste mehrmals zum Kontinent und fuhr sogar häufiger als sonst in die Londoner City. Wenige Menschen, die vor der Zeit sterben müssen, haben noch Gelegenheit, ihre zahlreichen und verwickelten Geschäfte zu ordnen, und Hanson hatte die feste Absicht, dafür zu sorgen, daß alles nach seinem Sinn geschehen würde.

Am 15. September ließ er Richards zu sich ins Haus kommen. Der Diener – zugleich sein Chauffeur –, der zusammen mit seiner Frau seit einem Dutzend Jahren für Hanson sorgte, fand seinen Arbeitgeber in der Bibliothek.

»Ich habe Ihnen etwas mitzuteilen«, sagte Hanson. »Ich beabsichtige, mich Ende des Jahres zurückzuziehen.«

Richards war überrascht, ließ es sich jedoch nicht anmerken. Er schloß, daß noch mehr kommen werde.

»Ich beabsichtige ferner, das Land zu verlassen«, sagte Hanson, »und meinen Ruhestand in einem wesentlich kleineren Domizil, irgendwo in der Sonne, zu verbringen.«

Aus der Traum, dachte Richards. Trotzdem, es war nett von dem alten Knaben, ihn drei Monate vorher ins Bild zu setzen. Aber so, wie der Arbeitsmarkt aussah, würde er sich dennoch gleich auf die Suche machen müssen. Es war nicht nur der Job; es ging auch um das dazugehörige Pförtnerhäuschen.

Hanson nahm einen dicken Umschlag vom Kaminsims. Er reichte ihn Richards, der ihn verständnislos entgegennahm.

»Ich fürchte«, sagte Hanson, »falls nicht die künftigen Bewohner des Hauses Sie und auch Mrs. Richards weiterbeschäftigen wollen, dann müssen Sie sich wohl nach einer neuen Stellung umsehen.«

»Ja, Sir«, sagte Richards.

»Selbstverständlich werde ich Ihnen vor meinem Weggang ein erstklassiges Zeugnis ausstellen«, sagte Hanson. »Indes wäre ich Ihnen, aus geschäftlichen Gründen, sehr dankbar, wenn Sie niemandem im Dorf, genau gesagt, überhaupt niemandem etwas sagen wollten, ehe es soweit ist. Es wäre mir auch lieb, wenn Sie nicht vor dem, sagen wir, ersten November nach einem neuen Posten Ausschau hielten. Kurz, ich möchte nicht, daß meine bevorstehende Abreise schon jetzt bekannt wird.«

»Sehr wohl, Sir«, sagte Richards. Er hielt noch immer den dicken Umschlag in Händen.

»Womit ich«, sagte Hanson, »zum letzten Punkt komme. Zu diesem Umschlag. Sie und Mrs. Richards haben zwölf Jahre lang gut und treu für mich gearbeitet. Sie sollen wissen, daß ich es zu schätzen weiß. Immer gewußt habe.«

»Vielen Dank, Sir.«

»Es wäre mir sehr lieb, wenn Sie mir nach meiner Abreise ins Ausland auch ein treues Angedenken bewahren würden. Ich weiß, daß meine Bitte, Sie möchten noch sechs Wochen mit der Arbeitssuche warten, Nachteile für Sie bringen kann. Zum Ausgleich möchte ich Ihnen eine gewisse Starthilfe zukommen lassen. Dieser Umschlag enthält, in gebrauchten und nicht gekennzeichneten Zwanzig-Pfund-Noten, den Betrag von zehntausend Pfund.«

Jetzt war es endgültig um Richards Fassung geschehen. Seine Brauen hoben sich.

»Vielen Dank, Sir«, sagte er.

»Keine Ursache«, sagte Hanson. »Ich habe die ungewöhnliche Form der Barzahlung gewählt, da es mir, wie den meisten von uns, ein Greuel ist, große Mengen von mir verdienten Geldes zum Fiskus wandern zu sehen.«

»Sehr richtig«, sagte Richards mit Wärme. Er konnte die dicken Papierbündel durch den Umschlag spüren.

»Da Sie in Anbetracht der Summe mit einer beträchtlichen Schenkungssteuer rechnen müßten, möchte ich vorschlagen, das Geld nicht zur Bank zu bringen, sondern an einem sicheren Ort aufzubewahren. Und geben Sie es nur in Beträgen aus, die keine Aufmerksamkeit erregen. Es soll Ihnen beiden in ein paar Monaten den neuen Anfang erleichtern.«

»Keine Sorge, Sir«, sagte Richards. »Ich kenne den Dreh. Kennt heutzutage jeder. Und herzlichen Dank, von uns beiden.«

Richards überquerte den kiesbestreuten Vorplatz und polierte wohlgemut den neuen Rolls Royce weiter auf Hochglanz. Sein Lohn war stets großzügig gewesen, und dank der freien Wohnung hatte er einiges auf die hohe Kante legen können. Und nach diesem neuen Geldsegen konnte er vielleicht auf den immer enger werdenden Arbeitsmarkt verzichten. Da war diese kleine Pension in seiner Heimat Wales, die er und Megan erst in diesem Sommer ausfindig gemacht hatten ...

Am Morgen des 1. Oktober kam Timothy Hanson aus seinem Schlafzimmer herunter, noch ehe die Sonne ganz über den Horizont gestiegen war. Mrs. Richards würde erst in einer Stunde herüberkommen, um sein Frühstück zu machen und mit der Hausarbeit anzufangen.

Er hatte wieder eine qualvolle Nacht hinter sich, und die Tabletten, die er in der verschlossenen Nachttischlade aufbewahrte, wurden immer schwächer im Kampf gegen die Schmerzwogen, die durch seinen Unterleib rasten. Er sah grau und verfallen aus, zum erstenmal älter als er war. Er wußte, daß ihm jetzt nichts mehr zu tun blieb. Es war Zeit.

In den nächsten zehn Minuten schrieb er ein paar Zeilen an Richards, entschuldigte sich für die Notlüge, die er vierzehn Tage zuvor gebraucht hatte, und bat, man möge unverzüglich Martin Pound unter dessen Privatnummer anrufen. Den Brief legte er an der Schwelle zur Bibliothek mitten auf den Fußboden, wo er auf dem dunklen Parkett sofort auffallen mußte. Dann rief er Richards an und erklärte der schlaftrunkenen Stimme am Telefon, Mrs. Richards müsse ihm heute kein Frühstück bereiten, der Chauffeur solle sich jedoch in einer halben Stunde in der Bibliothek melden.

Danach schloß er den Schreibtisch auf und entnahm ihm das Gewehr, von dessen Läufen er dreißig Zentimeter abgesägt hatte, um es handlicher zu machen. Er lud die Kammern mit zwei großkalibrigen Patronen und zog sich in die Bibliothek zurück.

Penibel bis zuletzt, warf er eine schwere Pferdedecke über seinen Lieblingssessel, der ja von nun an fremdes Eigentum war. Er setzte sich und hielt das Gewehr in den Armen. Er ließ einen letzten Blick durch den Raum schweifen, über Reihen geliebter Bücher und die Vitrinen, die einst seine sorglich gehegte Münzensammlung beherbergt hatten. Dann richtete er die Gewehrläufe gegen die Brust, tastete nach den Abzügen, holte noch einmal tief Atem und schoß sich ins Herz.

Mr. Martin Pound schloß die Tür des neben seinem Büro liegenden Besprechungszimmers und nahm am Kopfende des langen Tisches Platz. An der Längsseite zu seiner Rechten saß Mrs. Armitage, die Schwester seines Klienten und Freundes, von der er bereits gehört hatte. Daneben ihr Ehemann. Beide trugen Schwarz. Am anderen Ende saß gelangweilt und träge ihr Sohn Tarquin, ein junger Mann anfang Zwanzig, der ein unbezähmbares Interesse für den Inhalt seiner übergroßen Nase bekundete. Mr. Pound rückte die Brille zurecht und wandte sich an das Trio.

»Ich darf Ihnen mitteilen, daß der verstorbene Timothy Hanson mich zu seinem alleinigen Testamentsvollstrecker bestellt hat. Unter normalen Umständen hätte ich, in dieser meiner Eigenschaft, sofort nach Bekanntwerden seines Todes das Testament geöffnet, um festzustellen, ob es irgendwelche Anweisungen von unmittelbarer Dringlichkeit, zum Beispiel hinsichtlich der Vorbereitungen für das Begräbnis, enthalte.«

»Haben Sie's denn nicht ohnehin aufgesetzt?« fragte Armitage senior.

»Nein, das habe ich nicht«, erwiderte Pound.

»Dann wissen Sie also auch nicht, was drinsteht?« fragte Armitage junior.

»Nein, das weiß ich nicht«, sagte Pound. »Der verstorbene Mr. Hanson hat nämlich einem sofortigen Öffnen des Testaments vorgebeugt, indem er einen an mich persönlich gerichteten Brief auf dem Kaminsims seines Sterbezimmers zurückließ. Darin führte er eine Anzahl von Punkten auf, die ich nunmehr zu Ihrer Kenntnis bringen kann.«

»Zuerst das Testament«, sagte Armitage junior.

Mr. Pound starrte ihn eisig und wortlos an.

»Still, Tarquin«, sagte Mrs. Armitage milde.

Pound fuhr fort: »Erstens: Timothy Hanson tötete sich nicht im Zustand geistiger Verwirrung. Er befand sich vielmehr im letzten Stadium eines tödlichen Krebsleidens und hatte dies bereits seit vergangenem April gewußt.«

»Armer Kerl«, sagte Armitage senior.

»Ich zeigte diesen Brief später dem Staatsanwalt der Grafschaft Kent, und der Inhalt wurde von Mr. Hansons Hausarzt sowie durch die Autopsie bestätigt. Daher konnten die Formalitäten wie Totenschein, Leichenschau und Freigabe zur Bestattung innerhalb von nur vierzehn Tagen erledigt werden. Zweitens: Mr. Hanson erklärte, er wünsche, daß das Testament erst nach Erledigung dieser Formalitäten geöffnet und verlesen werde. Ferner erklärte er, er wünsche keine schriftliche Mitteilung an die Erben, sondern eine förmliche Testamentseröffnung in Anwesenheit seiner einzigen lebenden Verwandten, seiner Schwester Mrs. Armitage, sowie deren Ehemann und Sohn.«

Die drei Armitages sahen sich mit wachsender und alles andere als schmerzgebeugter Überraschung im Besprechungszimmer um.

»Außer uns ist keiner da«, sagte Armitage junior.

»Das stimmt«, sagte Pound.

»Dann müssen wir die Alleinerben sein«, sagte der Vater.

»Nicht unbedingt«, sagte Pound. »Daß ich Sie heute hierher bat, geschah lediglich aufgrund des Briefes meines verstorbenen Klienten.«

»Wenn der uns irgendeinen Streich spielen will . . .« sagte Mrs. Armitage düster. Ihr Mund verkniff sich wie in lebenslanger Gewohnheit zum dünnen Strich.

»Wollen wir mit dem Testament fortfahren?« schlug Pound vor.

»Genau«, sagte Armitage junior.

Martin Pound ergriff einen schmalen Brieföffner und schlitzte behutsam den dicken Umschlag auf. Er entnahm ihm ein weiteres Kuvert und ein dreiseitiges Dokument, das am linken Rand mit einem grünen Klebestreifen zusammengehalten war. Pound legte den dicken Umschlag beiseite und entfaltete das Schriftstück. Er begann zu lesen.

»Für den Fall meines Todes erkläre ich, Timothy John Hanson, geboren –«

»Das wissen wir alles«, sagte Armitage senior.

»Machen Sie weiter«, sagte Mrs. Armitage.

Pound blickte jeden leicht angewidert über den Brillenrand hinweg an. Er fuhr fort: »– daß diese meine letztwillige Verfügung entsprechend dem englischen Gesetz auszulegen ist. Zweitens: Ich widerrufe hiermit alle von mir zu einem früheren Zeitpunkt verfaßten Testamente und letztwilligen Verfügungen . . .«

Armitage junior seufzte geräuschvoll, wie ein Mensch, dessen Geduld auf eine allzu harte Probe gestellt wird.

»Drittens: Zum Testamentsvollstrecker bestelle ich den im folgenden genannten Herrn, einen Anwalt, und bitte ihn, meinen Nachlaß zu regeln, alle in diesem Zusammenhang anfallenden Gebühren zu begleichen und die in diesem Testament enthaltenen Bestimmungen zu erfüllen: Martin Pound von der Firma Pound & Gogarty. Viertens: Ich bitte meinen Testamentsvollstrecker, an dieser Stelle der Verlesung den beiliegenden Umschlag zu öffnen, worin er einen Geldbetrag finden wird, der zur Deckung meiner Begräbniskosten, seines Honorars und allfälliger weiterer Ausgaben, die sich aus der Durchführung meiner Verfügungen ergeben, dienen soll. Für den Fall, daß aus einliegender Summe ein Überschuß verbleiben sollte, bestimme ich, den betreffenden Betrag einer karitativen Einrichtung seiner Wahl zu spenden.«

Mr. Pound legte das Testament auf den Tisch und griff abermals zum Brieföffner. Dem zweiten Umschlag entnahm er fünf Bündel Zwanzig-Pfund-Noten, jedes aus neuen Scheinen bestehend und mit einer braunen Banderole versehen, die für jedes Bündel den Wert von tausend Pfund auswies. Im Raum herrschte Stille. Armitage junior hielt in der Erforschung seiner Kopföffnungen inne und starrte den Geldstapel so lustlos an, wie ein Satyr eine Nymphe belauscht. Martin Pound nahm das Testament wieder auf.

»Fünftens: Ich bitte meinen Testamentsvollstrecker, unter Berufung auf unsere langjährige Freundschaft, daß er einen Tag nach meinem Begräbnis seines Amtes zu walten beginne.«

Wieder blickte Mr. Pound über den Brillenrand.

»Unter normalen Umständen hätte ich bereits Mr. Hansons Firma in der City und seine weiteren mir bekannten Vermögenswerte inspiziert, um sicherzustellen, daß alles gut und sorgsam verwaltet wird und den Erben durch etwaige Versäumnisse kein finanzieller Schaden entsteht«, sagte er. »Da ich indessen erst jetzt formell von meiner Bestellung zum alleinigen Testamentsvollstrecker erfuhr, konnte ich das bisher nicht tun. Und nun dürfte klar sein, daß ich erst am Tag nach dem Begräbnis beginnen darf.«

»Hören Sie«, sagte Armitage senior, »diese Versäumnisse da, die würden doch hoffentlich nicht den Wert der Erbschaft mindern, oder?«

»Das kann ich nicht sagen«, erwiderte Pound. »Aber ich bezweifle es. Mr. Hanson hatte in seinem Unternehmen in der City erstklassige Mitarbeiter, und ich zweifle nicht, daß er sich voll und ganz auf deren Loyalität und Tüchtigkeit verließ.«

»Wär's nicht trotzdem besser, wenn Sie schon mal loszittern würden?« fragte Armitage.

»Am Tag nach dem Begräbnis«, sagte Pound.

»Na, dann sehen wir zu, daß wir das Begräbnis so bald wie möglich hinter uns bringen«, sagte Mrs. Armitage.

»Wie Sie wünschen«, erwiderte Pound. »*Sie* sind seine

nächsten Angehörigen.« Er las weiter. »Sechstens: Ich vermache –«

Hier stockte Martin Pound und zwinkerte, als traue er seinen Augen nicht. Er schluckte. »Ich vermache meiner lieben und liebevollen Schwester uneingeschränkt den gesamten übrigen Nachlaß, im Vertrauen darauf, daß sie ihr Glück mit ihrem liebenswerten Gatten Norman und ihrem reizenden Sohn Tarquin teilen wird. Dies gilt vorbehaltlich der in Paragraph sieben aufgeführten Bedingungen.«

Nun herrschte beeindrucktes Schweigen. Mrs. Armitage betupfte die Augen mit einem Batisttüchlein, weniger um eine Träne zu trocknen, als um das Lächeln zu verbergen, das um ihre Mundwinkel zuckte. Als sie das Tüchlein wieder wegnahm, blickte sie auf Mann und Sohn wie eine ausgediente Glucke, die soeben eine Hinterbacke gelüpft und darunter ein goldenes Ei gefunden hat. Die beiden männlichen Armitages saßen mit offenen Mündern da.

»Wieviel war er wert?« fragte der Senior schließlich.

»Das kann ich wirklich nicht sagen«, sagte Pound.

»Na los, Sie müssen's doch wissen«, sagte der Sohn. »Über'n Daumen. Sie haben alles für ihn erledigt.«

Pound dachte an den unbekannten Notar, der das Testament ausgefertigt hatte. »Fast alles«, sagte er.

»Und . . .?«

Pound biß in den sauren Apfel. So unerfreulich er die Armitages fand, sie waren die einzigen Erben seines verstorbenen Freundes. »Ich stelle mir vor, wenn der gesamte Nachlaß liquidiert und zu den derzeitigen Marktpreisen veräußert wird, zwischen zweieinhalb und drei Millionen Pfund.«

»Gottverdammich«, sagte Armitage senior. Bilder tauchten vor seinem geistigen Auge auf. »Wie hoch wird die Erbschaftssteuer sein?«

»Beträchtlich, würde ich sagen.«

»Wieviel?«

»Bei einem Nachlaß dieser Größenordnung wird für das meiste die höchste Rate angesetzt, fünfundsiebzig Prozent. Alles in allem schätze ich, etwa fünfundsechzig Prozent.«

»Bleibt netto eine Million?« fragte der Sohn.

»Es ist eine sehr grobe Schätzung, wohlgemerkt«, sagte Pound hilflos. Er dachte an seinen Freund Hanson, wie er ihn gekannt hatte: kultiviert, humorvoll, korrekt. Warum, Timothy, um Himmels willen, warum? »Wir kommen zu Paragraph sieben«, betonte er.

»Was steht darin?« fragte Mrs. Armitage und riß sich aus ihren Träumen von einem gesellschaftlichen Senkrechtstart.

Pound begann wieder zu lesen. »Mein ganzes Leben hindurch graute mir vor dem Gedanken, daß ich eines Tages unter der Erde den Würmern und anderen Parasiten zur Nahrung dienen sollte«, las er. »Ich ließ daher einen bleigefütterten Sarg anfertigen, der jetzt im Bestattungsinstitut Bennet und Caines in Ashford steht. Und in diesem Sarg wünsche ich meiner letzten Ruhestätte übergeben zu werden. Zweitens wollte ich nie, daß mich eines Tages ein Schaufelbagger oder etwas ähnliches wieder ausgräbt. Deshalb bestimme ich, daß ich auf See bestattet werde, genau gesagt, zwanzig Meilen südlich der Küste von Devon, wo ich einst als Marineoffizier diente. Schließlich bestimme ich, daß meine Schwester und mein Schwager, angesichts ihrer lebenslangen Zuneigung für mich, eigenhändig meinen Sarg dem Meer anvertrauen sollen. Und meinem Testamentsvollstrecker erkläre ich, daß, falls seitens meiner Erben irgendeiner dieser Wünsche nicht erfüllt oder diesen Anordnungen irgendein Hindernis entgegengestellt werden sollte, alles Vorhergegangene null und nichtig wird und dann meine gesamte Hinterlassenschaft an die Staatskasse gehen soll.«

Martin Pound blickte auf. Insgeheim überraschte ihn, was er über die Ängste und Eigenheiten seines Freundes erfahren hatte, aber er ließ sich nichts anmerken.

»Und nun, Mrs. Armitage, muß ich Sie in aller Form fragen: Erheben Sie Einspruch gegen die Wünsche Ihres verstorbenen Bruders, wie sie in Paragraph sieben niedergelegt sind?«

»Ein Blödsinn«, erwiderte sie. »Bestattung auf See, so was. Ich hab' nicht mal gewußt, daß es erlaubt ist.«

»Es ist äußerst selten, aber nicht unzulässig«, erwiderte Pound. »Mir ist ein Präzedenzfall bekannt.«

»Das wird teuer kommen«, sagte der Sohn. »Viel teurer als auf dem Friedhof. Und warum nicht überhaupt Feuerbestattung?«

»Die Bestattungskosten werden das Erbe nicht schmälern«, sagte Pound gereizt. »Sie werden hiervon bezahlt.« Er tippte auf die fünftausend Pfund, die vor ihm lagen. »Also, erheben Sie Einspruch?«

»Nun, ich weiß nicht recht . . .«

»Ich muß Sie darauf aufmerksam machen, daß in diesem Fall die Erbschaft null und nichtig wäre.«

»Was bedeutet das?«

»Der Staat kriegt das Ganze«, bellte ihr Mann.

»So ist es«, sagte Pound.

»Kein Einspruch«, sagte Mrs. Armitage. »Obwohl ich es lachhaft finde.«

»Würden Sie, als nächste Angehörige, mir dann eine Vollmacht für die nötigen Vorbereitungen ausstellen?« fragte Pound.

Mrs. Armitage nickte knapp.

»Je eher, desto besser«, sagte ihr Mann. »Damit wir endlich zum Erbschein und zur Erbschaft kommen.«

Martin Pound stand rasch auf. Er hatte genug.

»Darin besteht der letzte Paragraph des Testaments. Jedes Blatt ist ordnungsgemäß vom Erblasser und zwei Zeugen unterschrieben. Ich glaube daher, daß es weiter nichts zu besprechen gibt. Ich werde alles Nötige veranlassen und Ihnen sodann Zeit und Ort mitteilen. Wünsche einen guten Tag.«

Wer sich für den Ärmelkanal um die Oktobermitte begeistern kann, muß einen ausgefallenen Geschmack besitzen. Mr. und Mrs. Armitage ließen, noch ehe sie die Hafenausfahrt passiert hatten, keinen Zweifel daran, daß sie diesen Geschmack nicht teilten.

Mr. Pound seufzte, als er auf dem zugigen Achterdeck stand, um dem Ehepaar nicht in die Kajüte folgen zu müssen. Über den Vorbereitungen war eine Woche vergangen, und er hatte sich für ein Boot aus Brixon in Devon entschieden. Die drei Fischer, die den Küstentrawler fuhren, hatten den ungewöhnlichen Auftrag angenommen, da er einträglich war und, wie Pound ihnen versicherte, nicht gegen das Gesetz verstieß. Mit der Kanalfischerei war heutzutage kein Vermögen zu gewinnen.

Nur mittels eines Flaschenzugs konnte der Zehn-Zentner-Sarg aus dem Hinterhof des Bestattungsinstituts in Kent auf den Tieflader gehievt werden, hinter dem die schwarze Limousine an diesem Morgen den ganzen Weg bis zur Südwestküste hergefahren war. Die Armitages hatten sich während der Fahrt pausenlos beklagt. In Brixham hatte der Tieflader am Kai gehalten, und die Schiffskräne hatten den Sarg an Bord gebracht. Jetzt stand er auf dem breiten Achterdeck auf zwei Balken aufgebockt; das gewachste Eichenholz und das polierte Messing glänzten unter dem Herbsthimmel.

Tarquin Armitage hatte die Gesellschaft in der Limousine bis Brixham begleitet, es jedoch nach einem einzigen Blick aufs Meer vorgezogen, in der warmen Geborgenheit eines Gasthofs in der Stadt zu bleiben. Für das Seemannsbegräbnis wurde er ohnehin nicht benötigt.

Der pensionierte Feldgeistliche der Royal Navy, den Pound über das Seelsorgeamt der Admiralität ausfindig gemacht hatte, war gern bereit gewesen, gegen eine großzügige Entlohnung seines Amtes zu walten, und saß jetzt ebenfalls in der Kajüte. Über dem Chorhemd trug er einen dicken Mantel.

Der Skipper kam breitbeinig über das schwankende Deck auf Pound zu. Er entrollte eine Seekarte, die in der Brise flatterte, und wies mit dem Zeigefinger auf eine Stelle zwanzig Meilen südlich des Ausgangspunktes. Er hob die Braue. Pound nickte.

»Tiefes Wasser«, sagte der Skipper. Er wies mit dem Kopf auf den Sarg. »Haben Sie ihn gekannt?«

»Sehr gut«, sagte Pound.

Der Skipper brummte. Er fuhr den kleinen Trawler zusammen mit seinem Bruder und einem Vetter; die meisten dieser Fischer waren untereinander verwandt. Diese drei waren harte Männer aus Devon mit nußbraunen Händen und Gesichtern, ihre Vorfahren hatten schon in diesen tückischen Gewässern gefischt, als Francis Drake erst den Unterschied zwischen Mast und Rahe lernen mußte.

»Noch eine Stunde«, sagte er und stapfte wieder nach vorn.

Als sie die Stelle erreicht hatten, drehte der Steuermann bei und ließ den Motor im Leergang laufen. Der Vetter holte ein langes, ein Meter breites Brett herbei, drei an der Unterseite durch Querleisten verbundene Planken, und legte es mit der glatten Seite nach oben über die Steuerbordreling. Das Brett lag fast in der Mitte auf der verschrammten Holzwand auf, wie eine Wippe auf ihrem Stützbalken. Die eine Hälfte senkte sich auf das Deck, die andere ragte hinaus über die hochgehenden Wogen. Während der Bruder des Skippers den Motor des Krans anließ, klinkte der Vetter Haken unter die vier Messinggriffe des Sarges.

Der Motor begann zu surren, und die Ketten zogen an. Der gewaltige Sarg hob sich vom Deck. Der Kranführer hielt ihn einen Meter über den Planken in der Schwebe, und der Vetter manövrierte den Eichenschrein genau über das Brett. Er drehte ihn mit dem Kopfende zum Meer und nickte. Der Kranführer senkte ihn, bis er fast auf dem Brett auflag. Die Kranketten wurden schlaff, und die Fracht kam ächzend zur Ruhe, halb über dem Deck, halb über dem Wasser. Während der Vetter den Sarg festhielt, stieg der Kranführer herunter, hakte die Bügel aus und half mit, das auf dem Deck ruhende Ende in die Waagrechte zu heben. Das Brett hatte jetzt wenig Gewicht zu tragen, denn der Sarg war genau ausbalanciert. Einer der Männer blickte Pound fragend an, und Pound holte den Geistlichen und die Armitages aus ihrem Unterstand.

Die sechs Menschen standen schweigend unter den tiefhängenden Wolken, von vorüberjagenden Wellenkämmen in kurzen Abständen mit staubfeinem Gischt besprüht, und versuchten, sich auf dem rollenden und schwankenden Deck im Gleichgewicht zu halten. Der Geistliche machte es wirklich so kurz, wie der Anstand es irgend zuließ, verständlicherweise, denn sein weißes Haar und das Chorhemd flatterten in der steifen Brise. Norman Armitage, gleichfalls barhaupt, war grün wie ein Papagei und bis auf die Knochen durchfroren. Mit welchen Gedanken er den verstorbenen Schwager bedachte, der jetzt, nur auf Armeslänge entfernt, in Schichten von Kampfer, Blei und Eichenholz eingebettet lag, ließ sich nur vermuten. Von Mrs. Armitage war zwischen Pelzmantel, Pelzmütze und Schal nur eine spitze rotgefrorene Nase zu sehen.

Martin Pound sah zum Himmel auf, während der Geistliche weiterleierte. Eine einsame Möwe kreiste auf dem Wind, unangefochten von Nässe, Kälte und Seekrankheit, unbekümmert um Steuern, Testamente und Erben, souverän in ihrer aerodynamischen Perfektion, unabhängig, frei. Der Blick des Anwalts wanderte zurück zum Sarg und hinaus aufs Meer. Nicht schlecht, dachte er, wenn einem dergleichen etwas bedeutet. Ihm persönlich war es immer egal gewesen, was nach seinem Tode mit ihm geschehen würde, und er hatte nicht gewußt, daß Hanson sich darüber so viele Gedanken gemacht hatte. Aber wenn schon, so war das kein schlechter Platz. Er sah das Eichenholz mit den Gischtperlen, die nicht eindringen konnten. Nun, hier wird dich nichts und niemand mehr stören, Timothy, alter Freund, dachte er.

»... befehlen wir diesen unseren Bruder Timothy John Hanson DEINER immerwährenden Gnade, durch Jesus Christus, unsern Herrn, Amen.«

Pound fuhr auf, es war soweit. Der Geistliche blickte ihn erwartungsvoll an. Er nickte den Armitages zu. Sie traten rechts und links neben die beiden Fischer, die das Brett hielten, und legten jeder eine Hand ans Fußende des Sarges. Pound nickte den Fischern zu. Langsam hoben sie ihr Ende des Bretts an. Das andere senkte sich meerwärts. Endlich bewegte sich der Sarg. Beide Armitages versetzten ihm einen Schubs. Ein Kratzen, dann glitt er rasch vom Brett. Das Boot schwankte. Der Sarg prallte seitlich in eine Woge, man hörte kein Platschen, eher einen dumpfen Aufschlag. Und weg war er. Augenblicklich. Pound blickte zum Skipper im Steuerhaus hinauf. Der Mann hob die Hand und wies in die Richtung, aus der sie gekommen waren. Pound nickte wieder. Der Motor wurde lauter. Das breite Brett war bereits eingezogen und verstaut. Die Armitages und der Geistliche hasteten unter Dach. Der Wind frischte auf.

Es war fast dunkel, als sie den Molenkopf von Brixham umfuhren, in den Häusern hinter dem Kai leuchteten die ersten Lichter auf. Der Geistliche hatte seinen kleinen Wagen in der Nähe geparkt und verabschiedete sich sogleich. Pound rechnete mit dem Skipper ab, der sich freute, an einem Nachmittag soviel verdient zu haben wie in einer Woche auf Heringsfang. Die Leute des Bestattungsunternehmens warteten mit der Limousine und einem arg mitgenommenen Tarquin Armitage. Pound beschloß, ihnen den Wagen zu überlassen. Er zog es vor, mit der Bahn allein nach London zurückzufahren.

»Machen Sie sich unverzüglich an die genaue Berechnung der Erbschaft«, drängte Mrs. Armitage mit schriller Stimme. »Und besorgen Sie den Erbschein. Wir haben jetzt genug von dem ganzen Theater.«

»Seien Sie versichert, daß ich keine Zeit verliere«, sagte Pound eisig. »Ich halte Sie auf dem laufenden.« Er lüftete den Hut und machte sich auf den Weg zum Bahnhof. Es würde, so vermutete er, kein langwieriges Geschäft sein. Er kannte den Umfang und die Einzelheiten von Timothy Hansons Nachlaß bereits. Alles würde in tadelloser Ordnung sein. Hanson war immer ein so umsichtiger Mensch gewesen.

Es wurde Mitte November, bis Mr. Pound sich in der Lage sah, wieder mit den Armitages Verbindung aufzunehmen. Obwohl nur Mrs. Armitage, als Alleinerbin, in seine Kanzlei an der Grays Inn Road gebeten wurde, erschien sie in Begleitung von Mann und Sohn.

»Ich bin in einiger Verlegenheit«, erklärte er ihr.

»Weswegen?«

»Wegen der Hinterlassenschaft Ihres Bruders, Mrs. Armitage. Lassen Sie mich erklären. Als Mr. Hansons Anwalt kannte ich bereits Umfang und Plazierung der einzelnen Vermögenswerte, aus denen seine Hinterlassenschaft besteht, und konnte daher unverzüglich alles in Augenschein nehmen.«

»Woraus besteht sie?« fragte Mrs. Armitage brüsk.

Pound ließ sich weder drängen noch hetzen. »Mr. Hansons Vermögen war in sieben Hauptbereichen angelegt. Insgesamt dürften sie neunundneunzig Prozent seines Besitzes bilden. Erstens, das Münzkabinett in der City. Wie Sie vielleicht wissen, war es eine Privatfirma, und Mr. Hanson war der alleinige Besitzer. Er hat sie gegründet und ausgebaut. Durch die Firma gehörte ihm auch das Gebäude, in dem sie untergebracht ist. Er kaufte es mit einer Hypothek kurz nach dem Krieg, als die Preise niedrig waren. Die Hypothek ist längst getilgt; der Firma gehörte der Grundbesitz, und ihm gehörte die Firma.«

»Welchen Wert mag das Ganze haben?« fragte Armitage senior.

»Ganz einfach«, sagte Pound. »Das Gebäude, die Firma, die Warenbestände, der Geschäftswert und die noch laufenden Mietverträge der anderen drei Firmen, die ihre Räume in diesem Gebäude haben, zusammen genau eine und eine Viertelmillion Pfund.«

Armitage junior pfiff durch die Zähne und grinste.

»Wieso wissen Sie das so genau?« fragte Armitage.

»Weil Mr. Hanson das Ganze für diesen Betrag verkauft hat.«

»Er hat . . .«

»Drei Monate vor seinem Tod verkaufte er nach kurzen Verhandlungen die Firma in Bausch und Bogen an einen reichen holländischen Geschäftsmann, der schon seit Jahren interessiert war. Die erlöste Summe nannte ich bereits.«

»Aber er hat bis zu seinem Tod dort gearbeitet«, wandte Mrs. Armitage ein. »Wer hat sonst noch von der Sache gewußt?«

»Niemand«, sagte Pound. »Nicht einmal die Angestellten. Der Hausverkauf wurde über einen Provinznotar abgewikkelt, der korrekterweise nicht darüber sprach. Alles übrige wurde in einem Privatvertrag zwischen Mr. Hanson und dem Holländer festgelegt. Der Vertrag enthält gewisse Bedingungen. Die fünf Angestellten behalten ihre Posten; und Mr. Hanson sollte als alleiniger Geschäftsführer weiterarbeiten, bis Jahresende oder bis zu seinem Tod, was immer früher eintreten würde. Natürlich hielt der Käufer dies für eine bloße Formalität.«

»Kennen Sie diesen Käufer?« fragte Mrs. Armitage.

»Mr. de Jong? Ja, ein angesehener Amsterdamer Münzenhändler. Und ich kenne auch die Verträge. Alles völlig in Ordnung, absolut legal.«

»Und was hat er mit dem Geld gemacht?« fragte Armitage senior.

»Zur Bank gebracht.«

»Na, dann ist ja alles in Butter«, sagte der Sohn.

»Als nächstes haben wir das Landhaus in Kent, ein herrliches Anwesen mit zwanzig Morgen Parkland. Vergangenen Juni nahm er auf den Besitz eine Hypothek von fünfundneunzig Prozent des Wertes auf. Zur Zeit seines Todes hatte er erst eine Vierteljahresrate abbezahlt. Als er starb, trat die Finanzierungsgesellschaft als Hauptgläubigerin auf und ist jetzt im Grundbuch eingetragen. Auch hier alles durchaus legal und in Ordnung.«

»Wieviel hat er dafür gekriegt, für das Landhaus?« fragte Mrs. Armitage.

»Zweihundertzehntausend Pfund«, sagte Pound.

»Auch auf die Bank gebracht?«

»Ja. Dann seine Wohnung in Mayfair. Er verkaufte sie etwa um dieselbe Zeit, durch Privatvertrag, der wiederum von einem anderen Notar ausgefertigt wurde, Verkaufspreis hundertfünfzigtausend Pfund, die er gleichfalls zur Bank brachte.«

»Das war Nummer drei. Was noch?« fragte der Sohn.

»Mr. Hanson besaß außerdem eine wertvolle private Münzensammlung. Sie wurde im Verlauf von mehreren Monaten stückweise durch die Firma verkauft, Erlös knapp über eine halbe Million Pfund. Die Abrechnungen wurden indessen gesondert geführt und in Mr. Hansons Safe im Landhaus vorgefunden. Bis ins kleinste korrekt und jeder Verkauf gewissenhaft verbucht. Nach jedem Verkauf wurde der Betrag auf der Bank einbezahlt. Auf Mr. Hansons Anweisung veräußerte sein Makler vor dem ersten August den gesamten Bestand an Aktien und Wertpapieren. Fünftens, der Rolls Royce. Mr. Hanson verkaufte ihn für achtundvierzigtausend Pfund und mietete einen anderen. Die Mietwagenfirma nahm dieses Fahrzeug wieder in Besitz. Schließlich hatte Mr. Hanson Konten bei verschiedenen Banken. Sein gesamter Nachlaß, soweit ich ihn feststellen konnte, und ich bin überzeugt, daß nichts fehlt, beläuft sich auf knapp über drei Millionen Pfund.«

»Wollen Sie sagen«, sagte Armitage senior, »er hat vor seinem Tod rein alles, was er besaß, zu Geld gemacht und das Geld bei der Bank einbezahlt, ohne jemandem ein Wort zu sagen und ohne daß von seinen Bekannten oder Mitarbeitern einer das geringste geahnt hat?«

»Ich hätte es selber nicht besser ausdrücken können«, räumte Pound ein.

»Na, wir hätten mit dem ganzen Kram ohnehin nichts anfangen können«, sagte Armitage junior. »Wir hätten ihn versilbern müssen. Er hat Ihnen also in seinen letzten Monaten die Arbeit abgenommen. Jetzt zählen Sie's zusammen, zahlen die Schulden, erledigen die Steuern, und dann rücken Sie das Geld raus.«

»Es tut mir leid, aber das kann ich nicht«, sagte Mr. Pound.

»Warum nicht?« Mrs. Armitages Stimme klang schrill vor Unmut.

»Das Geld, das Mr. Hanson zur Bank gebracht hat –«

»Was ist damit?«

»Er hat es abgehoben.«

»*Was* hat er?«

»Er hat es einbezahlt. Und er hat es sich wieder auszahlen lassen. Von ungefähr einem Dutzend Banken, in Teilbeträgen, über viele Wochen hin. Aber er hat es alles wieder abgehoben. In bar.«

»Man kann keine drei Millionen Pfund in bar abheben«, sagte Armitage senior ungläubig.

»O doch, das kann man«, sagte Pound milde. »Natürlich nicht alles auf einmal, aber bei Großbanken in Beträgen bis zu fünfzigtausend Pfund nach vorherigem Abruf. Zahlreiche Unternehmen bewegen beträchtliche Mengen Bargeld. Casinos zum Beispiel oder Wettbüros. Und der Gebrauchtwarenhandel fast aller Branchen . . .«

Seine Worte gingen im wachsenden Tumult unter. Mrs. Armitage hieb mit der molligen Faust auf den Tisch; der Sohn war aufgesprungen und richtete einen drohenden Zeigefinger auf Pound; Mr. Armitage mühte sich um die Pose eines Richters, der sich anschickt, eine besonders schwere Strafe zu verhängen. Alle schrien durcheinander.

»Das darf nicht wahr sein . . . Er muß es irgendwo versteckt haben . . . Sehen Sie zu, daß Sie es finden . . . Sie haben mit ihm unter einer Decke gesteckt . . .«

Bei dieser letzten Bemerkung riß Martin Pound der Geduldsfaden.

»Ruhe!« brüllte er, und der Ausbruch kam so überraschend, daß die drei verstummten. Pound wies mit dem Finger direkt auf den jungen Armitage. »Sie, Sir, werden diese letzte Bemerkung augenblicklich zurücknehmen. Drücke ich mich klar aus?«

Armitage junior rutschte auf seinem Stuhl herum. Er blickte seine Eltern an, die ihn anstarrten. »Entschuldigung«, sagte er.

»Nun«, fuhr Pound fort, »ein solcher Umweg wird gelegentlich gewählt, meist um die Zahlung von Steuern zu vermeiden. Ich wundere mich über Timothy Hanson. Es funktioniert selten. Man kann eine große Summe Bargeld abheben, doch die Wiederanlage ist etwas ganz anderes. Er könnte es bei einer ausländischen Bank einbezahlt haben, aber da er wußte, daß er sterben werde, wäre das nicht sinnvoll gewesen. Warum hätte er ohnehin schon reiche Bankiers noch reicher machen sollen? Nein, er muß es irgendwo verwahrt oder irgend etwas damit gekauft haben. Es mag eine Weile dauern, aber im Endeffekt bleibt es sich gleich. Wenn das Geld auf einem Konto liegt, wird es gefunden werden. Wenn andere Werte damit erworben wurden, wird sich auch das herausstellen. Außerdem sind auf den Verkauf von Vermögenswerten und auf das Vermögen selbst Kapitalertragssteuer und Vermögenssteuer zu entrichten. Folglich wird das Finanzamt Bescheid wissen wollen.«

»Was können Sie persönlich unternehmen?« fragte Armitage senior nach einer Weile.

»Ich habe inzwischen, wozu die letztwillige Verfügung mich berechtigt, mit jeder Großbank und Geschäftsbank im Vereinigten Königreich Verbindung aufgenommen. Heutzutage ist alles in Computern gespeichert. Aber es ist kein auf den Namen Hanson lautendes Konto aufgetaucht. Ferner habe ich in den großen englischen Zeitungen mit der Bitte um Auskunft inseriert, jedoch keine Antwort erhalten. Ich suchte Mr. Hansons früheren Diener-Chauffeur, Mr. Richards auf, der jetzt in Südwales lebt, doch er weiß nichts. Er hat nirgendwo große Mengen – und glauben Sie mir, es hätten sehr große und umfangreiche Mengen sein müssen – von Banknoten gesehen. Jetzt lautet die Frage: Was wünschen Sie, das ich sonst noch unternehmen soll?«

Schweigend brüteten die drei über diesem Problem.

Insgeheim war Martin Pound betrübt über das, was sein Freund offenbar zu tun versucht hatte. Wie konntest du nur glauben, damit durchzukommen, fragte er den Geist des Dahingeschiedenen. Hattest du so wenig Respekt vor dem Finanzamt? Von diesen drei gierigen, einfältigen Menschen hattest du nichts zu fürchten, Timothy. Immer nur von der Steuer. Diese Leute sind unerbittlich, unermüdlich. Sie geben nie auf. Ihre Mittel sind unerschöpflich. Das Geld mag noch so gut versteckt sein, sobald wir resigniert haben und sie an der Reihe sind, werden sie sich auf die Suche machen. Solange sie nicht wissen, wo es steckt, werden sie Jagd darauf machen und nicht ruhen, bis sie es wissen. Erst wenn sie sicher sind, wo es ist, und wäre es auch außer Landes und ihrer Amtsgewalt entzogen, werden sie die Akte schließen.

»Könnten Sie nicht weitersuchen?« fragte Armitage senior mit einer Spur mehr Höflichkeit, als er bisher an den Tag gelegt hatte.

»Noch einige Zeit, ja«, stimmte Pound zu. »Aber ich habe mein möglichstes getan. Ich führe eine Anwaltskanzlei. Ich kann meine Zeit nicht ausschließlich den Nachforschungen widmen.«

»Was würden Sie raten?« fragte Armitage.

»Wir haben immer noch das Finanzamt«, sagte Pound

milde. »Früher oder später, vermutlich früher, werde ich dort von dem Geschehenen Meldung machen müssen.«

»Und glauben Sie, das Finanzamt findet es?« fragte Mrs. Armitage eifrig. »Schließlich erbt das Finanzamt auch, sozusagen.«

»Ganz bestimmt«, sagte Pound. »Der Fiskus wird seinen Anteil haben wollen. Und ihm stehen alle staatlichen Hilfsmittel zur Verfügung.«

»Wie lang wird das wohl dauern?« fragte Armitage.

»Ah«, sagte Pound, »das ist eine andere Frage. Nach meiner Erfahrung hat man es dort nicht eilig. Wie Gottes Mühlen mahlen sie dort recht langsam.«

»Monate?« fragte Armitage junior.

»Schon eher Jahre. Zwar werden sie die Jagd niemals abblasen, aber sie werden auch nichts überstürzen.«

»So lang können wir nicht warten«, keifte Mrs. Armitage. Ihr gesellschaftlicher Senkrechtstart schien ein Fehlstart werden zu wollen. »Es muß einen schnelleren Weg geben.«

»He, wie wär's mit einem Privatdetektiv?« schlug Armitage junior vor.

»Könnten Sie einen Privatdetektiv beauftragen?« fragte Mrs. Armitage.

»Ich ziehe die Bezeichnung privater Ermittlungsagent vor«, sagte Pound. »Und die Branche auch. Ja, das ist möglich. Ich habe schon einmal einen sehr angesehenen Ermittler bei der Suche nach vermißten Erben beschäftigt. Hier indessen scheinen die Erben vorhanden zu sein, aber die Erbschaft wird vermißt. Trotzdem –«

»Dann nehmen Sie ihn«, fauchte Mrs. Armitage. »Er soll herausfinden, wo dieser Mensch sein ganzes Geld hingebracht hat.«

Gier, dachte Pound. Hätte Hanson nur ahnen können, wie geldgierig sie sein würden.

»Gut. Bleibt allerdings noch die Frage seines Honorars. Ich muß Ihnen mitteilen, daß von den für Spesen ausgesetzten fünftausend Pfund ziemlich wenig übriggeblieben ist. Die Ausgaben waren überdurchschnittlich hoch ... Und seine Dienste sind nicht wohlfeil. Dafür ist er aber auch der Beste ...«

Mrs. Armitage sah ihren Mann an. »Norman!«

Armitage senior schluckte heftig. Aus der Traum von seinem Wagen und dem geplanten Sommerurlaub. Er nickte. »Ich ... äh ... übernehme das Honorar, wenn der Rest der fünftausend Pfund verbraucht ist«, sagte er.

»Also gut«, sagte Pound und stand auf. »Ich werde Mr. Eustace Miller engagieren, und nur ihn. Ich zweifle nicht daran, daß er das verschwundene Vermögen aufspüren wird. Er hat mich noch nie enttäuscht.«

Damit verabschiedete er die Armitages, ging in seine Kanzlei und rief Eustace Miller an, den privaten Ermittlungsagenten.

Vier Wochen lang ließ Mr. Miller nichts von sich hören, wohl aber die Armitages, die Martin Pound mit endlosen Forderungen nach rascher Ortung des ihnen zustehenden Vermögens bombardierten. Endlich meldete Miller sich bei Martin Pound und teilte ihm mit, er sei bei seiner Suche fündig geworden und wolle über seine bisherigen Fortschritte Bericht erstatten.

Pound war inzwischen beinah so neugierig wie die Armitages und bat den Ermittler daher in seine Kanzlei.

Falls die Armitages einen zweiten Philip Marlowe oder irgendeine andere Version des stahlharten Privatdetektivs erwartet hatten, stand ihnen eine Enttäuschung bevor. Eustace Miller war klein, rundlich und sanft, ein buschiger weißer Haarkranz zierte den im übrigen kahlen Kopf und eine Halbbrille die Nase. Er trug einen biederen Anzug mit goldener Uhrkette über der Weste und erhob sich zu seiner nicht gerade stolzen Größe, um Bericht zu erstatten.

»Zu Beginn dieser Ermittlung«, sagte er und blickte über die Halbbrille hinweg jeden einzelnen an, »ging ich von drei Voraussetzungen aus. Erstens, daß der verstorbene Mr. Hanson alle diese ungewöhnlichen Transaktionen in den Monaten vor seinem Tode mit voller Überlegung und in einer bestimmten Absicht tätigte. Zweitens glaubte ich, und glaube noch immer, daß es Mr. Hansons Absicht war, seinen scheinbaren Erben und der Finanzbehörde nach seinem Tod jeden Zugang zu seinem Vermögen zu verwehren –«

»Dieser Dreckskerl«, keuchte Armitage junior.

»Schließlich hätte er Ihnen ja überhaupt nichts hinterlassen müssen«, mischte Pound sich milde ein. »Bitte fahren Sie fort, Mr. Miller.«

»Vielen Dank. Drittens ging ich davon aus, daß Mr. Hanson das Geld weder verbrannt hatte noch – wenn man bedenkt, welches Format ein Paket Bargeld in diesem Wert haben muß – die beträchtlichen Risiken eingegangen sei, es ins Ausland zu schmuggeln. Kurz, ich kam zu der Ansicht, daß er etwas damit gekauft habe.«

»Gold? Diamanten?« fragte Armitage senior.

»Nein, ich habe alle diese Möglichkeiten geprüft und nach gründlichen Ermittlungen ausgeschaltet. Dann fiel mir ein weiterer, sehr wertvoller Artikel ein, der relativ wenig Platz einnimmt. Ich konsultierte die Firma Johnson & Matthey, Edelmetallhändler. Und da fand ich es.«

»Das Geld?« riefen die drei Armitages wie aus einem Mund.

»Die Antwort«, sagte Miller, der die Wirkung seiner Worte genoß. Er entnahm seiner Aktenmappe ein Bündel Papiere. »Das hier sind die Belege, aus denen hervorgeht, daß Mr. Hanson bei der Firma Johnson & Matthey zweihundertfünfzig Barren hochwertiges, zu 99,95 Prozent reines Platin gekauft hat.«

Im Besprechungszimmer hätte man eine Nadel fallen hören können.

»Es war, ehrlich gesagt, kein besonders schlauer Schachzug«, sagte Mr. Miller mit einigem Bedauern. »Der Käufer hatte sämtliche Kaufunterlagen vernichten können, aber wie man sieht, hat der Verkäufer *seine* Unterlagen nicht vernichtet. Und hier sind sie.«

»Warum denn Platin?« fragte Pound mit schwacher Stimme.

»Das ist das Interessante. Unsere derzeitige Labour-Regierung hat verfügt, daß Kauf und Besitz von Gold genehmigungspflichtig sind. Diamanten sind innerhalb der Branche unschwer zu identifizieren und nicht annähernd so leicht abzusetzen, wie es schlecht informierte Thriller-Schreiber einen glauben machen möchten. Platin bedarf keiner Genehmigung, hat zur Zeit ungefähr den gleichen Wert wie Gold und ist neben Rhodium eines der gesuchtesten Metalle. Mr. Hanson bezahlte dafür den auf dem freien Markt geforderten Preis von fünfhundert US-Dollar pro Feinunze.«

»Wieviel hat er ausgegeben?« fragte Mrs. Armitage.

»Beinah die ganzen drei Millionen Pfund, die er für alle seine weltlichen Besitztümer bekommen hatte«, sagte Miller. »In US-Dollar – und dieser Markt rechnet stets in US-Dollar – sechseinviertelmillionen Dollar; insgesamt zwölfeinhalbtausend Unzen. Oder, wie schon gesagt, zweihundertfünfzig Barren zu je fünfzig Unzen.«

»Wo hat er das Ganze hingeschafft?« wollte Armitage senior wissen.

»In sein Landhaus in Kent«, sagte Miller. Er genoß seinen

Auftritt und die freudige Gewißheit, daß er noch mehr zu enthüllen hatte.

»Aber ich habe dort alles durchsucht«, wandte Pound ein.

»Mit dem Auge eines Anwalts. Nicht mit dem Blick des Ermittlers, wie ich. Und ich wußte, wonach ich suchte. Also fing ich nicht mit dem Haus an, sondern mit den Nebengebäuden. Wissen Sie, daß Mr. Hanson sich in einer ehemaligen Scheune hinter den Stallungen eine komplette Tischlerwerkstatt eingerichtet hatte?«

»Gewiß«, sagte Pound. »Es war sein Hobby.«

»Genau«, sagte Miller. »Und auf diese Werkstatt konzentrierte ich meine Bemühungen. Alles dort war peinlichst sauber; mit dem Staubsauger gereinigt.«

»Möglicherweise von Richards, dem Diener«, sagte Pound.

»Möglicherweise, aber vermutlich nicht. Trotz der gründlichen Reinigung entdeckte ich Flecken auf den Bodenbrettern und ließ ein paar Splitter analysieren. Dieselöl. Eine Ahnung sagte mir, es könne von einer Maschine stammen, vielleicht von einem Motor. Der Markt ist ziemlich klein, und innerhalb einer Woche fand ich die Antwort. Im vergangenen Mai kaufte Mr. Hanson einen starken, mit Dieselöl betriebenen Generator und installierte ihn in der Werkstatt. Er verkaufte ihn kurz vor seinem Tod als Altmetall.«

»Er wird seine elektrischen Geräte damit betrieben haben«, sagte Pound.

»Nein, dazu hätte die vorhandene Netzversorgung ausgereicht. Er betrieb damit etwas anderes. Etwas, das eine gewaltige Leistung erforderte. Nach einer weiteren Woche wußte ich auch, was es war. Ein kleiner, moderner und sehr starker Schmelzofen. Auch er ist längst beseitigt, und ich bin überzeugt, daß die Kellen, Asbesthandschuhe und Zangen auf dem Grund eines Sees oder Flusses ruhen. Aber ich glaube, sagen zu dürfen, daß ich noch ein bißchen gründlicher war als Mr. Hanson. Zwischen zwei Dielenbrettern, wohl in den Spalt gerutscht und vom dicken Sägemehl verborgen, zweifellos noch dort, wo es während Mr. Hansons Arbeiten hingefallen war, entdeckte ich dies.«

Es war seine *pièce de résistance,* und er ließ die Spannung wachsen. Er nahm ein weißes Tuch aus der Mappe und entrollte es langsam. Dann hob er einen dünnen Silberfaden aus erstarrtem Metall hoch, der im Licht glänzte, einen Faden, der über den Rand einer Kelle geronnen, erstarrt und zu Boden gefallen sein mußte. Miller wartete, während alle seinen Fund anstarrten.

»Ich ließ natürlich eine Analyse vornehmen. Es ist hochwertiges, 99,95 Prozent reines Platin.«

»Und das übrige haben Sie auch gefunden?« flüsterte Mrs. Armitage.

»Noch nicht, Madam, aber ich werde es finden. Keine Angst. Wissen Sie, Mr. Hanson machte einen großen Fehler, als er Platin wählte. Es hat eine Eigenschaft, die er außer acht ließ, obwohl sie ganz einzigartig ist. Das Gewicht. Jetzt wissen wir wenigstens, wonach wir suchen. Irgendeine Holzkiste, die ganz harmlos aussieht, aber – und das ist der springende Punkt – fast eine halbe Tonne wiegen muß . . .«

Mrs. Armitage warf den Kopf zurück und stieß einen seltsam rauhen Schrei aus, der sich anhörte wie das Geheul eines verwundeten Tiers. Miller fuhr hoch. Mr. Armitage ließ den Kopf in die Hände sinken. Tarquin Armitage sprang auf, das pickelige Gesicht ziegelrot vor Wut, und schrie: »Dieser Dreckskerl!«

Martin Pound starrte den erschrockenen Detektiv ungläubig an. »Gütiger Himmel«, sagte er. »Ach du meine Güte. Er hat es glatt mitgenommen.«

Zwei Tage danach setzte Mr. Pound das Finanzamt von den genauen Fakten dieses Falles in Kenntnis. Das Amt prüfte die Fakten und legte, obzwar widerstrebend, den Fall zu den Akten.

Barney Smee marschierte frohgemut und flotten Schritts zu seiner Bank und hoffte noch rechtzeitig zu kommen, ehe sie für die Weihnachtsfeiertage schließen würde. Der Grund für sein Hochgefühl steckte in seiner Brusttasche: Ein Scheck über einen recht namhaften Betrag, der letzte einer Reihe solcher Schecks, die ihm während der vergangenen paar Monate mehr einbrachten, als er in zwanzig Jahren im risikoreichen Handel mit Edelmetall-Abfällen für die Schmuckindustrie hatte verdienen können.

Er beglückwünschte sich zu seinem Mut, dieses Risiko auf sich genommen zu haben. Und es war unleugbar beträchtlich gewesen. Allerdings war Steuerhinterziehung heutzutage gang und gäbe, und wer war er, daß er über den Urheber seines Glücks den Stab brechen dürfte, bloß weil dieser Mann nur gegen bar hatte verkaufen wollen? Barney Smee hatte volles Verständnis für den silberhaarigen Anleger, der sich Richards genannt und zum Beweis einen Führerschein vorgelegt hatte. Der Mann hatte seine Fünfzig-Unzen-Barren offenbar vor Jahren gekauft, als sie billig gewesen waren. Ein Verkauf auf dem regulären Markt durch die Firma Johnson & Matthey hätte zweifellos einen höheren Gewinn gebracht, aber abzüglich wieviel Kapitalertragssteuer? Nur der Mann selber konnte das gewußt haben, und Barney Smee wäre der letzte gewesen, der Sache auf den Grund zu gehen.

Ohnehin waren Bargeschäfte in der Branche weit verbreitet. Die Barren waren echt gewesen; sie trugen sogar noch die Prüfzeichen der Firma Johnson & Matthey, bei der sie gekauft worden waren. Nur die Seriennummer war getilgt worden. Was für den alten Knaben eine Menge Verlust bedeutete, denn ohne Seriennummer konnte Smee ihm nicht annähernd den offiziellen Marktpreis bieten. Er konnte nur den Abfall- oder Herstellerpreis bieten, ungefähr vierhundertvierzig US-Dollar pro Unze. Aber über die Seriennummern hätte das Finanzamt den Eigentümer feststellen können, der alte Knabe war also keineswegs auf den Kopf gefallen.

Barney Smee hatte schließlich alle fünfzig im Fachhandel losgeschlagen und pro Unze schlanke zehn Dollar Gewinn gemacht. Der Scheck in seiner Tasche war für den Rest der Ware, die beiden letzten Barren. Zum Glück ahnte er nicht, daß in anderen Teilen Großbritanniens weitere vier Leute seines Schlages gleichfalls den Herbst damit zugebracht hatten, Fünfzig-Unzen-Barren stückweise unter der Hand wieder auf den Markt zu bringen, Barren, die sie gegen bar von einem silberhaarigen Anbieter erworben hatten. Schwungvoll bog er aus der Nebenstraße in die Old Kent Road ein. Dabei stieß er mit einem Mann zusammen, der aus einem Taxi stieg. Beide Männer entschuldigten sich und wünschten einander fröhliche Weihnachten. Barney Smee ging seines vergnügten Weges weiter.

Der andere Mann, ein Anwalt von der Insel Guernsey, warf einen Blick auf das Gebäude, vor dem er ausgestiegen war, rückte den Hut zurecht und schritt zum Eingang. Zehn Minuten später sprach er unter vier Augen mit einer recht verblüfften Mutter Oberin.

»Darf ich fragen, Frau Oberin, ob das Waisenhaus Sankt Benedikt als Wohlfahrtseinrichtung im Sinne des Gesetzes anerkannt ist?«

»Ja«, sagte die Oberin. »Gewiß.«

»Gut«, sagte der Anwalt. »Dann liegt kein Verstoß vor, und Ihr Fall unterliegt nicht der Kapital-Verkehrssteuer.«

»Der ... was?« fragte sie.

»Besser bekannt als Schenkungssteuer«, sagte der Jurist lächelnd. »Ich freue mich, Ihnen mitteilen zu können, daß ein Gönner, dessen Identität ich aufgrund der Schweigepflicht über Rechtsgeschäfte zwischen Anwalt und Klient nicht enthüllen darf, Ihrer Anstalt auf dem Schenkungsweg einen höchst ansehnlichen Geldbetrag zukommen läßt.«

Er wartete auf eine Reaktion, aber die grauhaarige Nonne starrte ihn nur bestürzt an.

»Mein Klient, dessen Namen Sie nie erfahren werden, wies mich ausdrücklich an, heute, am Heiligen Abend, bei Ihnen vorzusprechen und Ihnen diesen Umschlag zu überreichen.«

Er entnahm seiner Mappe einen dicken Pappumschlag und reichte ihn der Mutter Oberin. Sie nahm ihn, machte jedoch keine Anstalten, ihn zu öffnen.

»Meines Wissens enthält er einen beglaubigten Bankscheck, bei einer auf Guernsey eingetragenen angesehenen Handelsbank erworben und auf diese Bank trassiert, auszuzahlen an das Waisenhaus Sankt Benedikt. Ich habe den Inhalt nicht gesehen, aber so heißt es in meinen Anweisungen.«

»Keine Schenkungssteuer?« fragte sie mißtrauisch und befühlte unentschlossen den Umschlag. Wohltätige Spenden gingen spärlich und selten ein und mußten meist hart erkämpft werden.

»Auf den Kanalinseln gilt ein anderes Steuerrecht als im Vereinigten Königreich selber«, sagte der Anwalt geduldig. »Bei uns gibt es keine Kapital-Verkehrssteuer. Außerdem gilt das Bankgeheimnis. Eine Schenkung innerhalb Guernseys oder der übrigen Kanalinseln unterliegt keiner Besteuerung. Hat der Empfänger oder die Empfängerin Wohnsitz oder Aufenthalt innerhalb des Vereinigten Königreichs, so müßte er oder sie nach dem hier geltenden Steuerrecht Abgaben entrichten. Wenn keine Befreiung vorliegt. Zum Beispiel für wohltätige Einrichtungen. Wenn ich Sie nun noch bitten dürfte, eine Quittung für einen Umschlag mit unbekanntem Inhalt zu unterschreiben, so ist mein Auftrag erledigt. Mein Honorar ist bereits beglichen, und ich möchte gern nach Hause zu den Meinen.«

Zwei Minuten später war die Mutter Oberin allein. Langsam ließ sie den Brieföffner durch den Umschlag gleiten und nahm den Inhalt heraus. Ein einzelner, beglaubigter Scheck. Als sie die Zahl sah, die daraufstand, tastete sie fieberhaft nach ihrem Rosenkranz und begann hastig zu beten. Als sie sich wieder ein wenig gefaßt hatte, ging sie zu ihrem Betstuhl an der Wand, kniete nieder und verharrte eine halbe Stunde im Gebet.

Dann setzte sie sich wieder an ihren Schreibtisch und betrachtete, immer noch ein wenig benommen, den Scheck über zweieinhalb Millionen Pfund. Wer in aller Welt hat je so viel Geld gesehen? Sie versuchte, zu überlegen, was sie mit einer solchen Summe anfangen sollte. Eine Stiftung gründen, dachte sie, vielleicht einen Treuhandfonds. Es reichte, um das Waisenhaus für immer finanziell zu sichern. Und gewiß reichte es, daß sie den Traum ihres Lebens verwirklichen könnte: Das Waisenhaus aus den Slums von London hinaus in die gesunde Landluft zu verlegen. Sie könnte die Zahl der Kinder verdoppeln. Sie könnte ...

Zu viele Gedanken stürmten auf sie ein, doch schließlich gewann einer die Oberhand. Was war das doch gewesen? Ja, die Sonntagszeitung der vorvorigen Woche. Irgend etwas hatte ihren Blick gefesselt, ihr einen sehnsüchtigen Stich versetzt. Das war's, das war der richtige Platz, und dorthin würden sie übersiedeln. Sie hatte genug Geld, um es zu kaufen und für immer zu sichern. Ein Wunsch wurde Wirklichkeit. Eine Anzeige auf der Immobilienseite. Zu verkaufen: Ein Landsitz in Kent, mit einem zwanzig Morgen großen Park . . .

Mit harten Bandagen

Richter Comyn machte es sich in der Ecke seines Erste-Klasse-Abteils bequem, entfaltete die letzte Nummer der *Irish Times,* überflog die Schlagzeilen und ließ das Blatt sinken.

Während der vierstündigen Bummelfahrt nach Tralee würde er noch genug Zeit zum Lesen haben. Die wenigen Minuten bis zur Abfahrt des Zuges Dublin–Tralee, der ihn gemächlich seinen Pflichten in der Kreishauptstadt von County Kerry entgegentragen würde, verbrachte er damit, müßig durch das Fenster auf das Gewühl des Bahnhofs Knightsbridge zu blicken. Er hegte die leise Hoffnung, im Abteil allein zu bleiben und sich mit seinen Akten beschäftigen zu können.

Es sollte nicht sein. Kaum war ihm der Gedanke in den Sinn gekommen, als die Abteiltür aufging und jemand eintrat. Richter Comyn zwang sich, nicht hinzusehen. Die Tür rollte wieder zu, und der neue Fahrgast warf eine Reisetasche ins Gepäcknetz. Dann setzte sich der Mann ihm gegenüber, auf die andere Seite des glänzenden Tischchens aus Nußbaumholz.

Richter Comyn warf einen Blick auf seinen Reisegefährten. Er war ein kleiner verhuschter Mensch mit einer widerspenstigen sandfarbenen Haartolle über der Stirn und einem unendlich traurigen, unendlich sanftmütigen Augenpaar. Er trug einen Salz-und-Pfeffer-Anzug nebst dazupassender Weste und Strickkrawatte. Der Richter befand, er müsse etwas mit Pferden zu tun haben oder in einem Büro arbeiten, und wandte sich wieder dem Fenster zu.

Er hörte, wie draußen der Fahrdienstleiter dem Führer der alten Dampflok, die irgendwo weiter vorn vor sich hinschnaufte, etwas zurief und dann durchdringend in seine Trillerpfeife blies. Als die Lok bereits die erste Dampfwolke ausstieß und der Wagen anruckte, schusselte eine große, ganz in Schwarz gekleidete Gestalt hastig am Fenster vorbei. Der Richter hörte, wie die Waggontür aufflog und ein Körper mit einem Plumps im Korridor landete. Sekunden später erschien die Gestalt keuchend und schnaufend in der Tür des Abteils und ließ sich dann aufatmend in die Ecke sinken.

Richter Comyn riskierte wieder einen Blick. Der Ankömmling war ein rüstiger Priester. Der Richter wandte sich dem Fenster zu; er war in England erzogen und wollte keine Unterhaltung anknüpfen.

»Bei allen Heiligen, fast hätten Sie's nicht geschafft, *Father*«, hörte er den Kobold sagen.

Der Kleriker schnaufte noch ein paarmal. »Ja, da hieß es sich sputen, mein Sohn«, erwiderte er.

Danach wurde es wieder angenehm still. Richter Comyn beobachtete, wie der Bahnhof Knightsbridge zurückblieb und durch die wenig erbaulichen rußgeschwärzten Häuserzeilen ersetzt wurde, aus denen heutzutage die westlichen Ausläufer Dublins bestehen. Die Lok der Great Southern Railway Company legte sich ins Zeug, und das rhythmische Rattatata der rollenden Räder wurde schneller. Richter Comyn nahm sich seine Zeitung vor.

Schlagzeile und Leitartikel handelten vom Premierminister, Eamon de Valera, der sich tags zuvor im Dail, dem irischen Parlament, in Sachen Kartoffelpreise voll hinter seinen Landwirtschaftsminister gestellt hatte. Ganz unten auf der Seite wurde in wenigen Zeilen vermeldet, daß ein gewisser Mister Hitler in Österreich einmarschiert sei. Dieser Redakteur weiß die Spreu vom Weizen zu scheiden, dachte Richter Comyn. Im übrigen fand er wenig Lesenswertes in der Zeitung, und nach fünf Minuten faltete er sie zusammen, nahm einen Stoß Akten aus seiner Mappe und begann sie zu studieren. Der Zug hatte Dublin verlassen, die grünen Felder Kildares glitten an den Fenstern vorbei.

»Sir«, kam von gegenüber eine schüchterne Stimme. Du meine Güte, dachte Comyn, jetzt will er schwatzen. Er hob den Blick zu den flehenden Spanielaugen seines Gegenübers.

»Stört es Sie, wenn ich einen Teil des Tisches benutze?« fragte der Mann.

»Keineswegs«, sagte der Richter.

»Vielen Dank, Sir«, sagte der Mann, und es war unüberhörbar, daß er aus dem Südwesten des Landes stammte.

Der Richter vertiefte sich wieder in die Unterlagen eines verwickelten Zivilverfahrens, worin er nach seiner Rückkehr aus Tralee entscheiden sollte. In Kerry, wo er als Grafschaftsrichter den Vorsitz führen mußte, würden ihn hoffentlich keine so komplizierten Fälle erwarten. Bei diesen Tagungen der Assisengerichte kamen nach seiner Erfahrung nur die einfachsten Tatbestände zur Verhandlung, vor einheimischen Geschworenen, die in der Hälfte aller Fälle Entscheidungen von bestürzender Unlogik trafen.

Er blickte nicht einmal auf, als der Kobold ein Päckchen nicht allzu sauberer Spielkarten aus der Rocktasche zog und sich daran machte, sie zu einer Patience in Reihen aufzulegen. Doch nach ein paar Sekunden erweckte ein schmatzendes Geräusch seine Aufmerksamkeit. Jetzt blickte er auf.

Der Kobold hatte in konzentriertem Nachdenken die Zunge zwischen die Zähne geschoben – daher das Schmatzen – und starrte auf die untersten Karten jeder Reihe. Richter Comyn sah auf den ersten Blick, daß eine rote Neun nicht unter eine schwarze Zehn gelegt worden war, obwohl beide Karten freilagen. Der Kobold, dem die Chance entging, legte bereits drei weitere Karten auf. Richter Comyn schluckte seine Gereiztheit hinunter und wandte sich wieder seinen Akten zu. Geht mich nichts an, wies er sich zurecht.

Aber von einem Menschen, der Patience legt, geht eine hypnotische Anziehungskraft aus, zumal wenn er stümpert. Nach fünf Minuten war es um die Konzentration des Richters auf den komplizierten Zivilfall geschehen, und er starrte gebannt auf die ausgelegten Karten. Schließlich hielt er es nicht mehr aus. Rechts war eine Reihe frei, obwohl am Ende der dritten Reihe ein König lag, der auf den freien Platz gehörte. Er hüstelte. Der Kobold blickte betroffen auf.

»Der König«, sagte der Richter milde, »er müßte raufkommen.«

Der Spieler blickte auf die Karten, entdeckte seine Chance und verlegte den König. Die Karte, die jetzt freilag, war eine Dame, und sie kam unter den König. Nacheinander konnte der Spieler so, ohne zu mogeln, sieben Karten umlegen. Die Reihe, die mit dem König begann, endete jetzt mit einer Zehn.

»Die rote Neun«, sagte der Richter, »sie kann jetzt rüber.«

Die rote Neun und die sechs Karten darunter wanderten hinüber unter die Zehn. Die Karte, die jetzt freilag, war ein As, das nach oben kam.

»Ich glaube, sie geht auf«, sagte der Richter.

»Ach, nicht bei mir, Sir«, sagte der Kobold und schüttelte den Kopf mit den traurigen Spanielaugen. »Nämlich, mir ist im ganzen Leben noch keine aufgegangen.«

»Weiter, weiter«, sagte der Richter mit wachsendem Interesse. Dank seiner Hilfe ging die Patience dann tatsächlich auf. Der Kobold staunte das gelöste Rätsel ungläubig an.

»Na sehen Sie, Sie haben es fertiggebracht«, sagte der Richter.

»Ah, aber nicht ohne die Hilfe von Euer Ehren«, sagte der Kobold. »Einen guten Kopf für Karten haben Sie, Sir.«

Richter Comyn fragte sich, wie der Kartenspieler wissen konnte, daß er Richter war, kam aber zu dem Schluß, es handle sich einfach um die früher in Irland gebräuchliche Anrede gegenüber einer Respektsperson.

Auch der Geistliche hatte seine Predigtsammlung des verstorbenen großen Kardinals Newman beiseite gelegt und blickte auf die Karten.

»Oh«, sagte der Richter, der gelegentlich mit seinesgleichen im Kildare Street Club ein bißchen Bridge und Poker spielte, »das kann man nicht sagen.«

Insgeheim war er recht stolz auf seine Theorie, wonach ein guter Jurist dank geschulter Beobachtungsgabe, praktischen Kombinationsvermögens und eines guten Gedächtnisses immer auch ein brauchbarer Kartenspieler sei.

Der Kobold hörte auf, Patience zu legen, und fing an, je fünf Karten auszuteilen, die er umdrehte und ansah, ehe er sie wieder in das Päckchen schob. Schließlich legte er das Spiel hin. Er seufzte.

»Ein weiter Weg bis Tralee«, sagte er.

Rückblickend konnte Richter Comyn sich nie mehr entsinnen, wer eigentlich das Wort »Poker« ausgesprochen hatte, aber er argwöhnte, daß er selbst es gewesen sein konnte. Jedenfalls nahm er das Päckchen und teilte sich ein paarmal ein Blatt zu. Einmal hatte er, wie er freudig feststellte, ein Full House in der Hand, Buben und Zehner.

Mit zögerndem Lächeln, wie erstaunt über die eigene Kühnheit, nahm der Kobold eines der Blätter auf und hielt es vor sich hin.

»Ich wette mit Ihnen, Sir, um einen imaginären Penny,

daß Sie sich selber kein besseres Blatt geben können als das hier.«

»Gilt«, sagte der Richter und teilte nochmals ein Blatt aus, das er auffächerte. Es war kein Full House, enthielt aber immerhin zwei Neunen.

»Fertig?« fragte er. Der Kobold nickte. Sie deckten die Karten auf. Der Kobold hatte drei Fünfer.

»Ah«, sagte der Richter, »aber ich habe keine weiteren Karten abgehoben, wie es mir zugestanden hätte. Noch mal von vorn, mein Guter.«

Sie machten es noch einmal. Diesmal nahm der Kobold drei Karten hinzu, der Richter zwei. Der Richter hatte das bessere Blatt.

»Ich gewinne meinen imaginären Penny zurück«, sagte der Richter.

»Und ob, Sir«, sagte der andere. »Das war ein schönes Blatt. Sie haben Glück im Spiel. Das hab' ich sofort gesehen, obwohl ich selber keins habe. Ja, Sir, Sie haben Glück.«

»Nur klare Überlegung und kalkuliertes Risiko«, berichtigte Comyn.

Hier nannten sie einander ihre Namen, nur die Familiennamen, wie es damals üblich war. Der Richter ließ seinen Titel weg, sagte nur »Comyn«, und der andere teilte ihm mit, daß er O'Connor heiße. Fünf Minuten später, zwischen Sallins und Kildare, versuchten sie einen kleinen freundschaftlichen Poker. Man einigte sich darauf, daß fünf Karten gekauft werden dürften. Natürlich wurde nicht um Geld gespielt.

»Zu dumm«, sagte O'Connor nach der dritten Runde, »ich kann mir nie merken, wer wieviel gesetzt hat. Euer Ehren kommt das gute Gedächtnis zu Hilfe.«

»Ich hab's«, sagte Richter Comyn und förderte triumphierend eine große Streichholzschachtel aus seiner Mappe zutage. Nach dem Frühstück ließ er sich eine Zigarre schmekken und nach dem Dinner wieder eine, und niemals hätte er für eine Vier-Penny-Havanna ein Benzinfeuerzeug benutzt.

»Schenial«, sagte O'Connor bewundernd, als der Richter jedem zwanzig Zündhölzer zuteilte.

Sie spielten ein Dutzend Runden, hatten Spaß daran, und der Stand war ungefähr gleich. Aber Poker zu zweit ist schwierig, denn wenn der eine Spieler passen will, weil er ein schlechtes Blatt hat, kann der andere auch nicht mehr weiter. Kurz hinter der Stadt Kildare fragte O'Connor den Geistlichen: »*Father,* möchten Sie nicht mitspielen?«

»Oh, lieber nicht«, sagte der rundliche Priester lachend, »im Kartenspiel bin ich kein Held. Obwohl«, fügte er hinzu, »ich seinerzeit mit den Jungens im Seminar ein bißchen Whist gespielt habe.«

»Es ist dasselbe Prinzip, *Father*«, sagte der Richter. »Einmal gelernt, immer gekonnt. Sie kriegen einfach ein Blatt von fünf Karten; Sie können bis zu fünf weiteren abheben, wenn Ihnen Ihr Blatt nicht gefällt. Dann erwägen Sie, ob das Blatt gut oder schlecht ist. Wenn es gut ist, dann bieten Sie gegen uns, andernfalls bieten Sie nicht, sondern Sie passen.«

»Ein Glücksspiel, ich weiß nicht recht . . .« sagte der Priester zweifelnd.

»Es geht nur um Streichhölzer, *Father*«, sagte O'Connor.

»Muß man versuchen, Stiche zu machen?« fragte der Priester.

O'Connor hob die Brauen. Richter Comyn lachte ein bißchen von oben herab.

»Keine Stiche«, sagte er. »Das Blatt, das Sie haben, wird nach einer genau festgesetzten Punktskala bewertet. Moment . . .«

Er kramte in seiner Mappe und holte einen weißen linierten Bogen heraus. Dann aus der Jackentasche einen Schraubfüller aus Golddoublé. Er schrieb etwas auf das Papier. Der Priester rückte näher.

»Ganz oben auf der Liste«, sagte der Richter, »steht der Royal Flush. Das bedeutet fünf aufeinanderfolgende Karten derselben Farbe, angefangen mit einem As. Da sie aufeinanderfolgend sein müssen, heißt das natürlich, daß die anderen vier König, Dame, Bube und Zehn sind.«

»Leuchtet mir ein«, sagte der aufmerksame Priester.

»Dann kommen vier gleichwertige Karten«, sagte der Richter und schrieb »Vier Gleiche« unter den Royal Flush. »Ist wörtlich gemeint, vier Asse, vier Könige, vier Damen und so weiter bis hinunter zu vier Zweien. Die fünfte Karte spielt keine Rolle. Und natürlich sind vier Asse besser als vier Könige. Ja?«

Der Priester nickte.

»Dann kommt das Full House«, sagte O'Connor.

»Noch nicht«, verbesserte Richter Comyn. »Als nächstes kommt der Straight Flush, mein Freund.«

O'Connor schlug sich zum Eingeständnis seiner Dummheit gegen die Stirn. »Natürlich, stimmt«, sagte er. »Wissen Sie, Father, der Straight Flush ist genau wie der Royal, nur daß die höchste Karte kein As ist. Aber die fünf Karten müssen von derselben Farbe sein und eine Sequenz bilden.«

Der Richter schrieb diese Erläuterung unter die Worte »Vier Gleiche« auf das Blatt Papier.

»Jetzt kommt Mr. O'Connors Full House, das sind drei Karten derselben Farbe und ein Paar einer anderen, also wiederum fünf. Wenn die drei Karten Zehner sind und die anderen zwei Damen, so heißt das Full House: Zehn auf Damen.«

Der Priester nickte wieder.

Der Richter ging die Liste noch einmal durch und erklärte

jede Kombination: Flush, vier Gleiche, Straight, Drei Gleiche, Zwei Paare, ein Paar und As ohne alles.

»Also«, sagte er, als er fertig war, »es ist ganz klar, daß ein Paar, ein As ohne alles oder eine gemischte Hand ein so schlechtes Blatt sind, daß kein Mensch in diesem Fall bietet.«

Der Priester studierte die Liste. »Darf ich sie zu Hilfe nehmen?« fragte er.

»Selbstredend«, sagte Richter Comyn. »Bitte behalten Sie die Liste, *Father*.«

»Nun, schließlich spielen wir nur um Streichhölzer ...« sagte der Priester und bekam seine Karten zugeteilt. Harmlose Glücksspiele sind schließlich keine Sünde, nicht, wenn es um Streichhölzer geht. Sie teilten die Hölzchen in drei gleiche Haufen und begannen zu spielen.

Bei den ersten beiden Runden paßte der Priester bald und sah den Mitspielern beim Bieten zu. Der Richter gewann vier Streichhölzer. Beim drittenmal strahlte der Priester übers ganze Gesicht.

»Ist das nicht gut?« fragte er und zeigte den beiden sein Blatt. Es war gut; ein Full House, Buben und Könige. Der Richter schob resignierend seine Karten zusammen.

»Ja, es ist sogar sehr gut, *Father*«, sagte O'Connor geduldig. »Aber Sie dürfen Ihre Karten nicht herzeigen. Denn wenn wir wissen, was Sie haben, bieten wir nicht dagegen, wenn unser Blatt weniger gut ist. Ihr Blatt sollte so was ähnliches sein wie ... also, wie das Beichtgeheimnis.«

Das leuchtete dem Priester ein. »Wie das Beichtgeheimnis«, wiederholte er. »Ja, verstehe. Zu keinem Menschen ein Wort, wie?«

Er entschuldigte sich, und sie spielten weiter. In den sechzig Minuten bis Thurles spielten sie fünfzehn Runden, und das Streichholzhäufchen des Richters wuchs. Der Priester war beinahe blank, auch von den Hölzchen des sanftäugigen O'Connor war nur noch die Hälfte übrig. Er machte zu viele Schnitzer; der Gottesmann schien arg zu schwimmen; nur der Richter spielte harten, berechneten Poker, schätzte Für und Wider mit juristisch geschultem Verstand ab. Das Spiel bestätigte seine Theorie, daß Verstand vor Glück gehe. Kurz hinter Thurles schien O'Connor nicht mehr bei der Sache zu sein. Der Richter mußte ihn zweimal zur Ordnung rufen.

»Es ist wirklich nicht sehr fesselnd, wenn man um Streichhölzer spielt«, bekannte O'Connor nach der zweiten Mahnung. »Wollen wir jetzt nicht Schluß machen?«

»Oh, ich muß zugeben, daß es mir durchaus Spaß macht«, sagte der Richter. Den Gewinnern macht das Spielen meistens Spaß.

»Oder wir machen es spannender«, sagte O'Connor bescheiden. »Ich bin keine Spielernatur, aber ein paar Shilling wären zu verschmerzen.«

»Wenn Sie wollen«, sagte der Richter. »Allerdings stelle ich fest, daß Sie schon eine Menge Hölzchen verloren haben.«

»Ah, Euer Ehren, meine Glückssträhne ist bald fällig«, sagte O'Connor mit seinem Koboldlächeln.

»Dann muß ich ausscheiden«, sagte der Priester energisch. »Denn ich habe leider nur drei Pfund bei mir, und die müssen für den Urlaub bei meiner Mutter in Dingle reichen.«

»Aber, *Father*«, sagte O'Connor, »ohne Sie können wir nicht spielen. Und ein paar Shilling . . .«

»Schon ein paar Shilling, mein Sohn, sind zu viel für mich«, sagte der Priester. »Die Heilige Mutter Kirche ist nicht der rechte Platz für Leute, die mit dem Geld in den Taschen klimpern möchten.«

»Moment«, sagte der Richter. »Ich hab's. Sie, O'Connor

und ich teilen uns in die Hölzchen. Dann leiht jeder von uns dem Herrn Pfarrer eine gleiche Anzahl Hölzchen, die von jetzt an einen Wert darstellen. Wenn er verliert, fordern wir unser Guthaben nicht ein. Wenn er gewinnt, bezahlt er uns die geliehenen Hölzchen, und was übrigbleibt, gehört ihm.«

»Sie sind wirklich ein Genie, Euer Ehren«, sagte O'Connor bewundernd.

»Aber ich darf nicht um Geld spielen«, protestierte der Geistliche.

Eine Weile herrschte düsteres Schweigen.

»Und wenn Sie den Gewinn einem wohltätigen Zweck zuführen?« schlug O'Connor vor. »Dann hätte unser Herr doch gewiß nichts dagegen?«

»Aber der Bischof hätte etwas dagegen«, sagte der Priester. »Und es ist gut möglich, daß ich mich zuerst vor ihm verantworten muß. Allerdings ... ja, da ist das Waisenhaus in Dingle. Meine Mutter besorgt dort die Küche, und die armen Würmer frieren bitterlich im Winter – so, wie der Preis für Torf gestiegen ist.«

»Eine Spende«, rief der Richter triumphierend. Er wandte sich an seine verblüfften Reisegefährten. »Alles, was der Herr Pfarrer nach Abzug des Einsatzes, den wir ihm leihen, gewinnt, ist unsere gemeinsame Spende an das Waisenhaus. Was meinen Sie?«

»Ich meine, nicht einmal unser Bischof könnte gegen eine Spende an das Waisenhaus etwas einzuwenden haben«, sagte der Priester.

»Und die Spende soll unsere Gegenleistung für Ihre Gesellschaft beim Kartenspiel sein«, sagte O'Connor. »Alles in schönster Ordnung.«

Der Geistliche stimmte zu, und sie fingen wieder an. Der Richter und O'Connor teilten die Streichhölzer in zwei Häufchen. O'Connor gab zu bedenken, daß ihnen bei weniger als fünfzig Stück die Spielmarken ausgehen könnten. Richter Comyn löste auch dieses Problem. Sie brachen die Hölzchen entzwei; die Hälften mit den Schwefelköpfchen waren doppelt soviel wert wie die anderen.

O'Connor eröffnete ihnen, daß er sein Urlaubs-Taschengeld, mehr als dreißig Pfund, in bar bei sich habe und bis zu diesem Limit spielen wolle. Niemand wäre auf die Idee gekommen, Comyns Scheck zurückzuweisen. Der Richter war so eindeutig ein Gentleman.

Danach liehen sie, zu gleichen Teilen, dem Priester zehn Streichhölzer mit Köpfen und vier ohne.

»Und jetzt«, sagte Richter Comyn, während er die Karten mischte, »wie steht's mit dem Einsatz?«

O'Connor hielt eine Streichholzhälfte ohne Köpfchen hoch.

»Zehn Shilling?« sagte er. Das gab dem Richter einen leichten Ruck. Die vierzig Hölzchen, die er aus seiner Schachtel genommen hatte, bildeten jetzt achtzig Hälften und stellten bei dieser Wertung die Summe von sechzig Pfund Sterling dar, im Jahr 1938 ein ansehnlicher Betrag. Der Priester hatte zwölf Pfund vor sich liegen, die beiden anderen Männer je vierundzwanzig Pfund. Comyn hörte den Priester seufzen.

»Mitgegangen, mitgehangen. Der Herr sei mir gnädig«, sagte der Kleriker.

Der Richter nickte abrupt.

Seine Sorge war unbegründet. Er gewann die beiden ersten Runden und mit ihnen fast zehn Pfund. Bei der dritten Runde paßte O'Connor schon sehr bald und verlor seine zehn Shilling Einsatz. Der Priester setzte vier seiner Ein-Pfund-Hölzchen. Richter Comyn schaute sein Blatt an; er hatte ein Full House, Buben und Sieben. Es mußte das bessere Blatt sein. Dem Priester verblieben nur sieben Pfund.

»Ich gehe mit, *Father*«, sagte Comyn und schob seine Hölzchen in die Mitte, »und ich erhöhe auf fünf.«

»Du meine Güte«, sagte der Priester, »ich bin fast am Ende. Was kann ich tun?«

»Nur eines«, sagte O'Connor, »wenn Sie nicht wollen, daß Mr. Comyn nochmals auf eine Summe erhöht, die Sie nicht halten können. Schieben Sie fünf Pfund rein und lassen Sie sich die Karten zeigen.«

»Ich lasse mir die Karten zeigen«, sagte der Priester, als zitierte er ein Ritual, während er fünf Hölzchen mit Köpfen in die Mitte schob. Der Richter deckte sein Full House auf und wartete. Der Priester legte vier Zehner auf. Er bekam seine neun Pfund zurück, plus weitere neun vom Richter, plus dem Einsatz von dreißig Shilling. Mit den zwei Pfund, die ihm noch verblieben waren, hatte er jetzt einundzwanzig Pfund und zehn Shilling.

So gelangten sie zum Bahnhof Limerick, der, wie es sich für einen irischen Bahnhof gehört, keineswegs in der Nähe von Limerick liegt, sondern kurz vor Tipperary. Der Zug fuhr zunächst durch, hielt dann und krebste an den Hauptbahnsteig zurück, der nur aus dieser Richtung zugänglich war. Ein paar Leute stiegen aus und ein, aber niemand störte das Spiel oder kam ins Abteil.

In Charleville hatte der Priester zehn Pfund von O'Connor kassiert, der besorgt aussah, und das Spiel wurde langsamer. O'Connor neigte immer mehr dazu, rasch zu passen, und zu viele Runden endeten damit, daß noch ein zweiter Spieler paßte. Kurz vor Mallow kamen sie überein, alle niedrigen Karten wegzulassen, nur die von Sieben aufwärts zu behalten und mit zweiunddreißig zu spielen. Daraufhin bekam das Spiel wieder Schwung. Bis sie Headford erreichten, hatte der arme O'Connor zwölf Pfund verloren und der Richter zwanzig, alles an den Priester.

»Wäre es nicht ganz gut, wenn ich jetzt die zwölf Pfund zurückzahlte, mit denen ich angefangen habe?« fragte der Priester.

Die beiden anderen bejahten. Jeder bekam sein Darlehen von sechs Pfund zurück. Der Priester hatte noch immer ein Spielkapital von zweiunddreißig Pfund. O'Connor spielte weiterhin vorsichtig, nur einmal stieg er hoch ein und gewann zehn Pfund zurück, als sein Full House zwei Paare und einen Flush schlug. Die Seen von Killnarey glitten unbestaunt am Fenster vorbei.

Hinter Farranfore bekam der Richter das Blatt, auf das er gewartet hatte. Nachdem er drei Karten dazugekauft hatte, blickte er entzückt auf vier Damen und eine Kreuzsieben. O'Connor mußte sein Blatt gleichfalls für gut gehalten haben, denn er hielt mit, als der Richter die fünf Pfund des Priesters hielt, und erhöhte um weitere fünf. Als der Priester auch diese fünf hielt und um zehn erhöhte, verließ O'Connor der Mut, und er paßte. Wiederum war er, von Spielbeginn gerechnet, um zwölf Pfund im Minus.

Der Richter knabberte am Daumennagel. Dann hielt er die zehn Pfund des Priesters und erhöhte nochmals um zehn.

»Tralee, noch fünf Minuten«, rief der Schaffner durch die Abteiltür. Der Priester sah die Hölzchen in der Tischmitte an, dann erschrocken sein kleines Häuflein im Wert von zwölf Pfund.

»Ich weiß nicht«, sagte er. »O Gott, ich weiß nicht.«

»Father«, sagte O'Connor, »weiter können Sie nicht mehr erhöhen. Sie müssen die Wette halten und sich die Karten zeigen lassen.«

»Sieht so aus«, sagte der Priester traurig, schob zehn Pfund über den Tisch und behielt zwei Pfund. »Und ich war so gut dran. Ich hätte dem Waisenhaus die zweiunddreißig

Pfund geben sollen, solange ich sie hatte. Jetzt kann ich nur noch zwei Pfund spenden.«

»Ich fülle sie auf fünf Pfund auf, *Father*«, sagte Richter Comyn. »Hier. Vier Damen.«

O'Connor pfiff. Der Priester blickte auf die ausgelegten Damen und dann auf sein eigenes Blatt.

»Sind Könige nicht höher als Damen?« fragte er verwirrt.

»Doch, wenn Sie vier davon haben«, sagte der Richter.

Der Priester legte seine Karten auf den Tisch.

»Ja, die habe ich«, sagte er. Er hatte sie. »Gott sei Dank«, keuchte er. »Und ich dachte, alles sei verloren. Ich dachte, Sie müßten einen Royal haben.«

Sie räumten Karten und Zündhölzer weg, als sie in Tralee einfuhren. O'Connor nahm die Karten wieder an sich. Der Richter warf die halbierten Hölzchen in den Aschenbecher. O'Connor zählte von dem Geld in seiner Tasche zwölf einzelne Pfundnoten ab und überreichte sie dem Priester.

»Gott segne Sie, mein Sohn«, sagte der Priester.

Richter Comyn zückte schweren Herzens sein Scheckheft. »Genau fünfzig Pfund, wenn ich nicht irre, Father«, sagte er.

»Wenn Sie es sagen«, sagte der Priester, »dann stimmt es. Ich weiß nicht einmal mehr, womit wir anfingen.«

»Ich versichere Ihnen, daß ich dem Waisenhaus fünfzig Pfund schulde«, sagte der Richter. Er schickte sich zum Schreiben an. »Waisenhaus Dingle, sagten Sie? Soll ich das einsetzen?«

Der Priester schien überfragt.

»Also, ich glaube nicht, daß es überhaupt ein Bankkonto hat, es ist ein so kleines Haus«, sagte der Geistliche.

»Dann stelle ich den Scheck am besten auf Sie persönlich aus«, sagte der Richter und wartete auf den Namen.

»Aber ich habe selber nicht einmal ein Bankkonto«, sagte der Priester ratlos. »Ich hatte nie mit Geld zu tun.«

»Auch kein Unglück«, sagte der Richter gewandt. Er schrieb zügig, riß den Scheck aus dem Heft und reichte ihn dem Priester. »Er lautet auf den Überbringer. Die Bank of Ireland in Tralee wird ihn einlösen, wir kommen gerade noch zurecht. In einer halben Stunde schließt sie.«

»Wollen Sie sagen, daß die Bank mir hierfür Geld gibt?« fragte der Priester und hielt den Scheck behutsam in den Fingern.

»Gewiß«, sagte der Richter, »aber passen Sie auf, daß Sie ihn nicht verlieren. Er lautet auf Überbringer, also könnte jeder, der ihn vorlegt, das Geld kassieren. Nun denn – O'Connor, Father –, es war eine sehr interessante, wenngleich kostspielige Fahrt. Ich wünsche noch einen guten Tag.«

»Gleichfalls«, sagte O'Connor kläglich. »Der Herr muß Ihnen die Karten zugeteilt haben, *Father*. Ich habe selten so ein Blatt gesehen. Soll mir eine Lehre sein. Nie wieder im Zug Karten spielen, schon gar nicht mit der Kirche.«

»Und ich sehe zu, daß das Geld noch vor Sonnenuntergang diesem wahrhaft unterstützungswürdigen Waisenhaus zukommt«, sagte der Priester.

Auf dem Bahnsteig von Tralee trennten sie sich, und Richter Comyn suchte sein Hotel auf. Er wollte vor der morgigen Gerichtssitzung früh zu Bett.

Die ersten beiden Fälle des Vormittags waren ganz unkompliziert, die Angeklagten bekannten sich geringfügiger Vergehen schuldig, und Richter Comyn verhängte in beiden Fällen Geldbußen. Die Schöffen von Tralee saßen in erzwungener Muße da.

Der Richter hatte den Kopf über seine Akten gebeugt, als der dritte Beschuldigte vorgeführt wurde. Nur der Scheitel der Richterperücke war für die Gerichtsversammlung sichtbar.

»Verfahren gegen Ronan Quirk O'Connor«, trompetete der Protokollführer.

Man hörte schlurfende Schritte. Der Richter schrieb weiter.

»Sie sind Ronan Quirk O'Connor?« fragte der Protokollführer den Beschuldigten.

»Der bin ich«, sagte eine Stimme.

»Ronan Quirk O'Connor«, sagte der Protokollführer, »Sie sind beschuldigt des Betrugs beim Kartenspiel, strafbar nach Paragraph siebzehn der Gaming Act von 1845. Indem Sie, Ronan Quirk O'Connor, am dreizehnten Tag im Monat Mai dieses Jahres in der Grafschaft Kerry durch Betrug oder gesetzwidrige Mittel oder Mißbrauch beim Kartenspiel oder Spiel mit Karten eine Summe Geldes von einem gewissen Lurgan Keane für sich gewannen und folglich besagte Summe Geldes von besagtem Lurgan Keane durch Täuschung an sich brachten. Was antworten Sie auf diese Anklage? Schuldig oder nicht schuldig?«

Während dieses Vortrags legte Richter Comyn den Schreibstift mit ungewöhnlicher Behutsamkeit nieder, starrte noch eine Weile auf seine Akten, als würde er am liebsten das ganze Verfahren hindurch so verharren, und hob endlich den Blick.

Der verhuschte kleine Mann mit den Spanielaugen erwiderte seinen Blick in betroffenem Staunen. Richter Comyns Miene war gleichermaßen entgeistert.

»Nicht schuldig«, flüsterte O'Connor.

»Moment«, sagte der Richter. Der Gerichtshof saß schweigend da und starrte die regungslose Gestalt auf der Richterbank an. Hinter der Maske des Gesichts tobte ein Sturm von Überlegungen. Er hätte die Verhandlung sofort abbrechen können mit der Begründung, daß er mit dem Angeklagten bekannt sei.

Dann fiel ihm ein, daß dieses, da der Beschuldigte nun

formell angeklagt war, eine erneute Verhandlung bedeutet hätte, mit allen zusätzlichen Kosten für den Steuerzahler, die damit verbunden wären. Es ging im Grunde, sagte er sich, nur um die eine Frage: Konnte er sich zutrauen, das Gericht objektiv und sachkundig zu beraten und den Schöffen eine richtige und objektive Rechtsbelehrung an die Hand zu geben? Er kam zu dem Schluß, daß er es konnte.

»Ich bitte, die Schöffen zu vereidigen«, sagte er.

Der Protokollführer tat es und fragte sodann O'Connor nach dessen Rechtsbeistand. O'Connor sagte, er habe keinen und wolle seine Verteidigung selbst übernehmen. Richter Comyn fluchte im stillen. Jetzt gebot die Prozeßordnung, daß er über den eigenen Schatten springen und die Sache des Angeklagten gegen den Kronanwalt vertreten mußte.

Letztgenannter erhob sich nunmehr und brachte die Fakten vor, die, wie er sagte, höchst einfach waren. Am 13. Mai dieses Jahres habe ein Händler aus Tralee namens Lurgan Keane in Dublin den Zug nach Tralee bestiegen, um heimzufahren. Zufällig habe er einen bestimmten Geldbetrag bei sich gehabt, genau gesagt, einundsiebzig Pfund.

Im Verlauf der Fahrt habe er sich mit dem Angeklagten und einem Dritten in ein Glücksspiel eingelassen, wozu ein von dem Angeklagten zum Vorschein gebrachtes Spiel Karten benutzt worden sei. Die Verluste, die er erlitt, seien so beträchtlich gewesen, daß er Verdacht geschöpft habe. In Farranfore, eine Station vor Tralee, sei er unter einem Vorwand ausgestiegen und habe einen Eisenbahnbediensteten gebeten, die Polizei in Tralee zu verständigen, damit sie sich dort auf dem Bahnsteig einfinde.

Sein erster Zeuge war ein Sergeant der Ortspolizei von Tralee, ein großer stämmiger Mann, der über die Festnahme aussagte. Er beschwor, daß er aufgrund erhaltener Informationen am 13. Mai dieses Jahres auf dem Bahnhof von Tralee gewesen sei, als der Zug einfuhr. Dort habe sich ein Mann, den er später als Mr. Lurgan Keane kennenlernte, an ihn gewandt und ihm den Angeklagten gezeigt.

Er habe den Angeklagten aufgefordert, zum Polizeirevier von Tralee mitzukommen, was der Mann getan habe. Dort habe man ihn seine Taschen leeren lassen. Unter dem Inhalt sei auch ein Spiel Karten gewesen, das Mr. Keane als dasjenige identifiziert habe, welches bei einer Partie Poker im Zug verwendet worden sei.

Diese Karten, sagte der Sergeant, seien zur Prüfung nach Dublin eingesandt worden, und nach Eingang des Berichts aus Dublin habe man Anzeige gegen O'Connor erhoben.

So weit, so klar. Der nächste Zeuge war vom Betrugsdezernat der Garda in Dublin. Er mußte gestern auch im Zug gesessen haben, überlegte der Richter, aber in der Dritten Klasse.

Der Detective Constable beschwor, daß das Spiel Karten sich bei genauer Prüfung als gekennzeichnet erwiesen habe. Der Kronanwalt hob ein Spiel Karten hoch, und der Detective Constable identifizierte es anhand seines eigenen Zeichens. Das Spiel wurde ihm überreicht. In welcher Weise die Karten gekennzeichnet seien, wollte der Kronanwalt wissen.

»In zweierlei Weise«, erklärte der Polizeibeamte dem Richter. »Durch sogenanntes ›Schattieren‹ und durch ›Stutzen‹. Jede Farbe ist auf dem Rücken der Karte durch Stutzen der Ecken an jeweils einer anderen Stelle gekennzeichnet – aller vier Ecken, so daß es keine Rolle spielt, in welcher Lage die Karte gehalten wird. Durch das Stutzen ändert sich die Breite des weißen Streifens zwischen dem Muster des Kartenrückens und dem Rand der Karte. Diese Änderung ist zwar sehr geringfügig, jedoch für das Gegenüber unterscheidbar und zeigt dem Betrüger, welche Farben der andere Spieler in der Hand hat. Ist das klar?«

»Musterhaft einleuchtend«, sagte Richter Comyn und blickte O'Connor an.

»Die hohen Karten, vom As bis zur Zehn, waren durch Schattieren kenntlich gemacht, das heißt, mittels einer chemischen Lösung werden winzige Stellen im Rückenmuster der Karten dunkler oder heller gefärbt. Die so veränderten Stellen sind extrem klein, manchmal nicht größer als das Zipfelchen eines Schnörkels im Gesamtmuster. Aber der Betrüger kann sie über den Tisch hinweg sehen, weil er genau weiß, was er sucht.«

»Würde der Falschspieler auch beim Geben unredlich verfahren müssen?« fragte der Kronanwalt. Er bemerkte, daß die Schöffen gebannt lauschten. Das war einmal etwas anderes als die ewigen Pferdediebstähle.

»Ein Betrug beim Geben kann hinzukommen«, räumte der Beamte vom Betrugsdezernat ein, »aber nicht notwendigerweise.«

»Würde es möglich sein, gegen einen solchen Spieler zu gewinnen?« fragte der Ankläger.

»Ganz unmöglich, Sir«, belehrte der Zeuge den Gerichtshof. »Der Schwindler bietet einfach nicht mit, wenn er weiß, daß sein Gegenspieler ein besseres Blatt hat, und bietet sehr hoch, wenn er weiß, daß sein eigenes besser ist.«

»Keine weiteren Fragen«, sagte der Ankläger. O'Connor verzichtete auf ein Kreuzverhör.

»Sie haben das Recht, dem Zeugen beliebig viele Fragen zu stellen, soweit sie seine Aussage betreffen«, belehrte der Richter den Angeklagten.

»Danke, Mylord«, sagte O'Connor und schwieg weiter.

Dritter und letzter Zeuge der Anklage war der Händler aus Tralee, Lurgan Keane, der in den Zeugenstand stürmte wie ein Kampfstier in die Arena und O'Connor wütend anglotzte.

Auf Geheiß des Anklägers erzählte er seine Geschichte. Er hatte an jenem Tag in Dublin ein Geschäft abgeschlossen, daher der große Betrag, den er bei sich trug. Im Zug war er zu einer Partie Poker verlockt worden, das er nach seiner Meinung recht geschickt beherrschte, und noch vor Farranfore um zweiundsechzig Pfund erleichtert worden. Er hatte Verdacht geschöpft, denn so vielversprechend sein Blatt auch gewesen sein mochte, immer hatte ein anderer Spieler die bessere Hand gehabt und ihm Geld abgewonnen.

In Farranfore war er, überzeugt, daß Betrug vorliege, aus dem Zug gestiegen und hatte die Polizei von Tralee verständigen lassen.

»Und ich hab' recht gehabt«, brüllte er den Schöffen zu, »der Kerl hat mit gezinkten Karten gespielt.«

Die zwölf Gerechten nickten feierlich.

Diesmal stand O'Connor auf, betrübter dreinblickend denn je und harmlos wie ein Kälbchen im Stall, und nahm den Zeugen ins Kreuzverhör. Mr. Keanes Miene war drohend.

»Sie sagen, ich hätte die Spielkarten zum Vorschein gebracht?« fragte er bekümmert.

»Haben Sie«, sagte Keane.

»Auf welche Weise?« fragte O'Connor.

Keane schien verwirrt. »Aus der Tasche gezogen«, sagte er.

»Ja«, bestätigte O'Connor, »aus meiner Tasche gezogen. Aber was tat ich mit den Karten?«

Keane überlegte. »Sie haben angefangen, Patience zu legen«, sagte er.

Richter Comyn, der schon beinahe geglaubt hatte, daß hier das Gesetz des unwahrscheinlichsten Zufalls walte, sank wiederum das Herz.

»Und habe ich Sie angesprochen«, fragte der Angeklagte, »oder Sie mich?«

Der bullige Mann wirkte angeschlagen. »Ich habe Sie angesprochen«, sagte er und fügte dann, an die Schöffen gewandt, hinzu: »Aber der Kerl hat so miserabel gespielt, daß ich es nicht mehr ausgehalten hab'. Er hat alles übersehen, schwarze auf roten und rote auf schwarzen, also hab' ich ihn ein paarmal auf was aufmerksam gemacht.«

»Aber jetzt zum Pokern«, bohrte O'Connor weiter. »Wer hat ein freundschaftliches Spielchen vorgeschlagen, ich oder Sie?«

»Sie«, sagte Keane hitzig, »und Sie haben vorgeschlagen, daß wir's interessanter machen, wenn wir um ein bißchen Geld spielen. Ein bißchen, von wegen! Zweiundsechzig Pfund sind eine Menge Geld.«.

Die Schöffen nickten wieder. Ja, eine ganze Menge. Fast ein Jahr müßte man dafür arbeiten, um's wieder reinzubringen.

»Ich behaupte«, sagte O'Connor zu Keane, »daß *Sie* das Pokerspiel vorschlugen und auch, daß wir um Geld spielen sollten. Zuerst hatten wir um Streichhölzer gespielt, nicht wahr?«

Der Händler dachte angestrengt nach. Die Ehrlichkeit war ihm vom Gesicht abzulesen. Etwas regte sich in seinem Gedächtnis. Er war kein Lügner.

»Es kann so gewesen sein«, gab er zu; dann kam ihm ein neuer Gedanke. Er wandte sich an die Schöffen. »Aber ist das nicht gerade der Trick? So macht es doch der Falschspieler, oder? Er *verlockt* sein Opfer zum Spielen.«

Offensichtlich hatte es ihm das Wort »verlocken« angetan, ein für ihn neues Wort, wie der Richter dachte. Die Schöffen nickten. Ganz offensichtlich würden auch sie nicht gern verlockt werden.

»Eine letzte Frage«, sagte O'Connor traurig. »Bei der Abrechnung, wieviel haben Sie da an mich gezahlt?«

»Zweiundsechzig Pfund«, sagte Keane wütend. »Schwer verdientes Geld.«

»Nein«, sagte O'Connor von der Anklagebank her, »wieviel haben Sie an mich persönlich verloren?«

Der Händler aus Tralee dachte angestrengt nach. Sein Gesicht wurde lang. »Nicht an Sie«, sagte er, »nichts. Der Bauer hat gewonnen.«

»Und habe ich ihm etwas abgewonnen?« fragte O'Connor und schien jetzt den Tränen nahe zu sein.

»Nein«, sagte der Zeuge, »Sie haben an die acht Pfund verloren.«

»Keine weiteren Fragen«, sagte O'Connor.

Mr. Keane wollte den Zeugenstand verlassen, doch die Stimme des Richters rief ihn zurück. »Einen Augenblick, Mr. Keane. Sie sagen: ›Der Bauer hat gewonnen.‹ Wer war eigentlich dieser Bauer?«

»Der dritte Mann im Abteil, Mylord. Ein Bauer aus Wexford. Kein guter Spieler, aber er hat verdammtes Glück gehabt.«

»Konnten Sie seinen Namen erfahren?« fragte Richter Comyn.

Mr. Keane war perplex. »Nein«, sagte er. »Der Angeklagte hat die Spielkarten gehabt. Und er war derjenige, der mich beschummeln wollte.«

Die Beweisaufnahme war abgeschlossen, und O'Connor trat in eigener Sache in den Zeugenstand. Er wurde vereidigt.

Seine Geschichte war ebenso einfach wie leidvoll. Er verdiente seinen Lebensunterhalt mit dem Kauf und Verkauf von Pferden; das war kein Verbrechen. Er machte gern ein Spielchen, aber ein erfahrener Kartenspieler war er nicht. Eine Woche vor der Bahnfahrt vom 13. Mai hatte er sich in einer Kneipe in Dublin in aller Stille vollaufen lassen, als er auf der Holzbank neben sich etwas Hartes an seinem Bein fühlte.

Es war ein Spiel Karten, offenbar von einem früheren Insassen der Nische zurückgelassen und alles andere als neu. Er überlegte, ob er es dem Barmann geben solle, fand aber, daß ein so abgegriffenes Kartenpäckchen ohnehin wertlos sei. Er hatte es behalten und sich mit Patiencen die Zeit vertrieben, wenn er weite Reisen machen mußte, um für einen Kunden ein Fohlen oder eine Stute aufzutreiben.

Falls die Karten gekennzeichnet waren, so hatte er davon keine Ahnung gehabt. Er verstand nichts von diesem Schattieren und Stutzen, von dem der Polizeibeamte gesprochen hatte. Er würde nicht einmal wissen, wonach er auf der Rückseite der Karten, die er in der Kneipe gefunden hatte, würde suchen müssen.

Und was den Betrug anging: Gewann nicht immer der Betrüger? fragte er die Schöffen. Er hatte auf dieser Reise acht Pfund zehn Shilling an einen ihm gänzlich fremden Menschen verloren. Er war der Geprellte, denn der Bauer hatte ein gutes Blatt nach dem anderen gehabt. Wenn Mr. Keane höher geboten und mehr verloren hatte als er, so vielleicht deshalb, weil Mr. Keane weniger zaghaft sei. Aber mit Betrug hatte er, O'Connor, nichts im Sinn gehabt, und gewiß würde er nicht so viel von seinem sauer verdienten Geld verloren haben.

Im Kreuzverhör suchte der Ankläger diese Geschichte zu zerpflücken. Aber der verhuschte kleine Mann hielt mit demütiger und zerknirschter Hartnäckigkeit daran fest.

O'Connor kehrte auf die Anklagebank zurück und wartete die Rechtsbelehrung ab. Richter Comyn sah ihn über die Jury hinweg an. Du bist ein armseliger Wicht, dachte er. Entweder deine Geschichte stimmt, dann bist du ein Stück Malheur von Kartenspieler, oder sie stimmt nicht, dann mußt du der unfähigste Gauner der Welt sein. Verloren hast du in jedem Fall, denn du hast zum Glücksspiel mit Fremden in Eisenbahnzügen deine eigenen Karten benutzt.

In der Rechtsbelehrung durfte er jedoch keine Alternative zur Wahl stellen. Er wies die Schöffen darauf hin, daß der Angeklagte behaupte, die Karten in einer Dubliner Kneipe gefunden und nicht gewußt zu haben, daß sie gezinkt seien. Die Schöffen mochten privatim die Geschichte glauben wollen oder nicht; Tatsache war, daß die Anklagevertretung sie nicht widerlegt hatte, und nach irischem Recht oblag ihr die Beweislast.

Zweitens habe der Beschuldigte behauptet, nicht er, sondern Mr. Keane habe sowohl das Pokerspiel wie auch den Geldeinsatz vorgeschlagen, und Mr. Keane habe zugegeben, daß es so gewesen sein könne.

Doch vor allem habe die Anklage dahingehend gelautet, daß der Beschuldigte dem Zeugen Lurgan Keane unter betrügerischem Vorwand Geld abgenommen habe. Ob der Vorwand nun wahr oder betrügerisch gewesen sei, der Zeuge Keane habe unter Eid ausgesagt, daß der Beschuldigte ihm kein Geld abgewonnen habe. Beide, der Zeuge und der Beschuldigte, hätten Geld verloren, allerdings sehr unterschiedliche Beträge. Bei diesem Sachverhalt könne die Anklage nicht aufrechterhalten werden. Es sei seine Pflicht, den Schöffen zum Freispruch für den Beschuldigten zu raten. Da er seine Jury kannte, fügte er hinzu, daß nur noch fünfzehn Minuten bis zur Mittagspause fehlten.

Es bedarf eines gewichtigen Rechtsfalls, um eine Jury aus der Grafschaft Kerry vom Mittagessen abzuhalten, und die zwölf Gerechten erschienen nach zehn Minuten mit ihrem Spruch: Nicht schuldig. O'Connor wurde freigesprochen und verließ die Anklagebank.

Richter Comyn entledigte sich im Umkleideraum hinter

dem Saal seiner Robe, hängte die Perücke an einen Haken und verließ das Gerichtsgebäude, um ebenfalls essen zu gehen. Ohne Robe, Halskrause und Perücke passierte er unerkannt das Gedränge auf dem Gehsteig vor dem Gerichtsgebäude.

Er wollte gerade über die Straße ins beste Hotel der Stadt gehen, wo, wie er wußte, ein köstlicher Shannon-Lachs den Kenner erwartete, als er aus dem Hotelhof eine schöne funkelnde Limousine einer Nobelmarke fahren sah. Am Steuer saß O'Connor.

»Sehen Sie den Kerl?« fragte eine erstaunte Stimme neben ihm. Er blickte nach rechts und sah den Händler aus Tralee an seiner Seite stehen.

»Ja«, sagte er.

Die Limousine glitt aus der Hoteleinfahrt. Neben O'Connor saß ein ganz in Schwarz gekleideter Fahrgast.

»Sehen Sie, wer neben ihm sitzt?« fragte Keane entgeistert.

Der Wagen rollte an ihnen vorüber. Der Kleriker mit dem mildtätigen Herzen für die Waisenkinder von Dingle schenkte den beiden auf dem Gehsteig ein gütiges Lächeln und hob zwei gestreckte Finger. Dann fuhr die Limousine weiter, die Straße entlang.

»War das ein geistlicher Segen?« fragte der Händler.

»Möglich«, gab Richter Comyn zu, »obwohl ich es bezweifle.«

»Und warum war er so angezogen?« fragte Lurgan Keane.

»Weil er ein Priester der Heiligen Kirche ist«, sagte der Richter.

»Nie im Leben«, sagte der Händler erbittert, »der ist ein Bauer aus Wexford.«

Serie Piper

S. T. Haymon

534

ie Stadt rüstet sich zum
)sterfest, auf dem Markt-
latz sind die drei Kreuze
on Golgatha errichtet.
Vas als Werbegag für eine
Rockgruppe gedacht war,
vird der makabre Schau-
latz eines Mordes: Am
Morgen nach dem Konzert
ängt der Sänger der Grup-
e tot an dem mittleren
reuz, an das eigentlich
ein Ebenbild aus Wachs
ehörte.

5505

Auf Bullen Hall leben in ungewöhnlicher Nachbarschaft Aristokraten, Künstler und Handwerker beieinander. Daß deren Beziehung nicht einfach ist, stellt auch Inspektor Ben Jurnet fest.
»Ein weiteres Meisterstück: diskreter Sex, ein Dutzend unvergeßlicher Charaktere und historische Stätten.«
Kirkus Review

5504

Ein Chorknabe wird tot aufgefunden, dessen Leiche auf genauso grauenvolle Weise verstümmelt worden ist, wie die eines mittelalterlichen Kind-Heiligen. Als ein zweiter Chorknabe verschwindet, gerät Ben Jurnet in allergrößte Bedrängnis.
»S. T. Haymon schreibt wie ein Dichter und heraus kommt ein Schocker.«
New York Times Book Review

SERIE PIPER

»Mr. Innes' wunderbar kultivierter Stil – er gleicht den delikaten Pinselstrichen eines Malers – macht die Lektüre bis zum Ende zum reinen Vergnügen.«

Daily Telegraph

567

5566

5513

510

Michael Innes
Lord Mullions
Geheimnis
Kriminalroman.
190 Seiten.
Serie Piper 5519

5568